On Trails An Exploration

Robert Moor
ロバート・ムーア
岩崎晋也訳

トレイルズ

「道」と歩くことの哲学

A&F

トレイルズ　「道」と歩くことの哲学

歩くことで道はできる。——荘子

目次

プロローグ

もう何年かまえのことになるが、わたしは大冒険を求めて旅に出て、結局五カ月のあいだ泥ばかりを眺めて過ごした。二〇〇九年の春、ジョージア州からメイン州までつながるアパラチアン・トレイルの全行程を歩いたときのことだ。その時季を選んだのは、穏やかな春に南部を出発し、北部に着くころに爽やかな夏を迎える予定だったからだが、どういうわけか、その年は気温が上がらなかった。ずっと寒く、いつも雨が降っていた。新聞は「一八一六年の異常気象の再来」と書いた。トウモロコシが根まで凍り、イタリアでピンク色の雪が降った年だ。当時、スイスの陰鬱な村に滞在していた若きメアリー・シェリーは、屋内で長い時間を過ごしているうちにフランケンシュタインという怪物の物語の構想を温めはじめた。ハイキングの記憶といえば濡れた石と黒い土ばかりで、山頂から見えるはずの眺望はいつも雲に遮られていた。霧に包まれ、フードをかぶって伏し目がちになり、わたしは何カ月ものあいだ、目の前のトレイルをじっと見つめながら歩いた。

ジャック・ケルアックは『ザ・ダルマ・バムズ』のなかで、この種の歩行のことを〝トレイルの瞑想〟と呼んでいる。禅詩人ゲーリー・スナイダー〔(一九三〇–)ビート・ジェネレーションを代表する自然詩人〕をモデルとするジェフィ・ライダーという登場人物は、友人に対して「ひたすら足元の道を見つめて歩き、脇見をせず、刻々と過ぎ去っていく道を見ながらトランス状態に入るんだ」と忠告している。道がこれほど凝視されることは少ない。一日中足元を見つめていた、というのは、荒れた道に対するハイカーの不満を表す言葉だ。できれば顔を上げて、遠くを見ているほうが気分がいい。理想を言えば、道はわたしたちが自分の意思で独立して行動しているという感覚を残しながら、目立たない補助のように世界を優しく案内してくれるものであってほしい。過去の文学でもほとんど例外なく、道はわたしたちの視界の隅、意識の端っこに置かれてきた。道はわたしたちの意識の下にあった。

数百、さらには数千キロの道が目の下を流れるように過ぎていくうちに、わたしはこの果てしない連なりの意味について考えはじめた。誰がこの道をつくったのだろう？　どうしてそれは存在するのか？　それに、そもそも道はなぜあるのだろう？

アパラチアン・トレイルを歩ききったあとも、その疑問はついて回った。それらに駆りたてられ、また新しい知の地平に導いてくれるかもしれないという思いもあって、わたしは道の意味についてのさらなる探究を始めた。数年かけてその疑問を追いかけるうちに、さらに大きな疑問が浮かびあがってきた。そもそも動物はなぜ動くようになったのだろう？　生物はどのようにして世界を認識するようになったのだろう？　なぜ先導する者とあとについていく者がいるのか？　わたしたち人間はどのようにして、現在のように世界をつくりかえたのか？　やがて、道が地球上で欠かせない行き先案内の役割を果たしていることがわかってきた。小さな細胞からゾウの群れまで、あらゆるサイズの生き物が、道をよりどころにして圧倒的な数の選択肢からすばやく一本のルートを選んでいる。もし道がなかったら、わたしたちは迷子になってしまうだろう。

道の性質への探究は、ときに予想以上の困難に見舞われた。現代のハイキング道は看板や標識で自らのありかを声高に主張しているが、古い道は目立たない。チェロキー族など、先住民の社会で使用された小道はわずか十数センチの幅しかなかった。北アメリカを侵略したヨーロッパ人は、もともとの道のネットワークの一部を徐々に拡張し、まず馬、ついで馬車、それから自動車が通れるようにした。現在、そうしたネットワークの多くは舗装道路の下に埋まっている。それでも、古い道のシステムはその所在と探し方を知っていれば見つけられる。

ところが、それ以上にわかりにくい道もある。森に棲む哺乳類の道には、下生えがかすかに窪んだだけのものもあり、慣れていないと見分けることはできない。アリは化学物質による、目には見えない道を通る（それを目で見るためには、警察が指紋採取に使う石松子《せきしょうし》をふりかける必要がある）。地下を通っている道もある。シロアリやハダカデバネズミは地中に穴を掘り、場所を忘れないようにフェロモンをかける。人間の脳の神経細胞はそれ以上に複雑で、世界最高の性能のコンピュータでさえ再現できないほどだ。一方で、テクノロジーによって地中深くからはるか上空まで複雑なネットワークが張りめぐらされ、情報は大陸をまたいで伝達される。

どうやら、道が道であるためには土や岩が不可欠というわけではないらしい。道はむしろ空気のように実体がなく、永続せず、流動的なものだ。道の本質はその機能にある。そして、使い手の必要に応じて変化しつづける。人は開拓者を称えるものだ。彼らは屈強な精神を持ち、比喩的にも現実にも、未知の領域を切り拓いていく。だが、あとに続く者たちもまた道をつくるうえでそれに劣らぬ重要な役割を果たしている。不要な曲がり角を削り、障害物を取り除き、通るたびに道を改善する。道が、詩人ウェンデル・ベリーの言う「経験し、慣れ親しむことによって、動きが場所にぴったりと適合する」状況になるのは、これらの人々の行動のおかげだ。それまでのやり方がうまくいかなくなり、途方にくれたときには、視線を下げ、足元にある見落とされがちな知恵を思えばいい。

道とは草の生えていない地面のつながり以上のものだということをはじめて意識したのは十歳のときだった。その夏、わたしは親にメイン州にあるパイン・アイランドという小さく古びたサマーキャンプに行かされた。電気も水道もなく、あるのは灯油ランプと冷たい湖だけだった。六週間の滞在期間のうち第二週目に、幾人かでヴァンに乗り、数時間かけてワシントン山の麓まで行った。バックパックを背負って旅するのははじめてだった。イリノイ州郊外の舗装道路ばかりのプレーリー［ミシシッピ川流域に広がる広大な温帯草原地帯］に住む子供には不安なことだった。重い荷物を背負って山を歩くのは、大人がときどき罪悪感にかられて遠くの親戚を訪ねたり、パンの耳を食べてみるのと同じことのように思われた。

だがそれは間違っていた。そんな生やさしいものではなかった。キャンプリーダーはワシントン山の山頂まで十三キロの往復に三日間を予定していたが、それは充分な時間のはずだった。ところが道は険しく、わたしは痩せていて体力もなかった。重くて体のサイズに合わない、アルミニウム製フレームのケルティのバックパックを背負っているのは、全身に歯列矯正具を着けているようなものだった。岩だらけで幅広いタッカーマン峡谷を登っていくと、革の硬い新品のブーツで一時間もしないうちに足の指先が水ぶくれをおこし、踵には靴ずれができた。背中がじっとりと汗ばんで痛んだ。キャンプリーダーが見ていないときは、すれちがう知らない人たちを悲痛な表情で見つめ、自分たちは誘拐されているのだとどうにか伝えようとした。その夜はシェルターで寝袋にくるまりながら脱出経路を夢想した。

二日目の朝、灰色の雨が降った。キャンプリーダーは登頂するのは危険だと判断し、南側の山腹を歩くことになった。バックパックを小屋に残し、水筒ひとつとポケットに詰めこんだお菓子だけを持って出発した。バックパックの恐ろしい重さから解放されて、ゴム製の雨合羽が温かかったこともあり、わたしは楽しくなりはじめた。モミの木の香りの空気を吸いこみ、白い息を吐いた。森が放出した葉緑素がかすかに感じられた。

わたしたちは一列になって、小さな幽霊の一団のように木々のあいだを漂った。一、二時間ほどで着いた場所には木が生えておらず、岩は地衣類に覆われ、白い霧が出ていた。山を囲むトレイルはいくつにも枝分かれし、交錯していた。クロフォード・パスと交差する地点で、アパラチアン・トレイルに入ったとキャンプリーダーのひとりが告げた。その口ぶりからして、感銘を受けるべきことのようだった。聞いたことはあるけれど、知らない名前だった。わたしたちの足元にあるこの道は、北はメイン州から南はジョージア州まで、アパラチア山脈に沿ってほぼ三千五百キロ続いている、と彼は言った。

その言葉を聞いたときの体の疼《うず》きを、わたしはいまも覚えている。足の下の平凡な道が急に大きなものに変わった。それはまるで、キャンプ場の湖に潜ったら、ゆったりと体を波打たせて泳ぐ巨大な青いクジラを発見したような気持ちだった。自分はちっぽけな存在だと思っていたから、それほど大きなものにわずかでも触れていると感じて興奮した。

わたしはその後もハイキングを続けた。歩くのは少しずつ楽になっていった――あるいは、体力がついたのかもしれない。バックパックとブーツは使いこんだ野球のグローブのように柔らかくなっていった。重い荷物を背負って何時間も休むことなく早足で歩けるようになった。それに、長い一日の終わりにバックパックを降ろす満足感を知った。温かい動物のような重みを体から離し、不思議な軽やかさとともに荷物を置いて立ちあがる。すると宙に浮いて、つま先が地面に軽く触れているように感じられた。

ハイキングはわたしのような、とりたてて熱中するもののない子供には最適な時間の過ごし方だった。母からかつて革製の日記帳をもらったことがある。背表紙には金文字で名前が刻印されるはずだったのだが、印刷工房の手違いで「ROBERT MOON」と彫られてしまった。ところが、この間違いは不思議と馴染んだ。成長するにつれ、わたしは地球の外にはみ出ているように感じることが多くなった。孤独だったとか、いじめられたということではない。ただ、いつも自分の居場所はここではないと感じていた。大学に入学するまで、ゲイであることは誰にも言っていなかったし、ゲイの知りあいもいなかった。わたしは懸命に周囲に溶けこもうとした。義務的にスーツとタイを着け、春のパーティや舞踏会、卒業パーティに出席した。スポーツや初デート、友人宅の地下で酒を飲むといった状況では、それぞれにふさわしい格好をした。でもそのあいだずっと、心のどこかで疑問を抱いていた。わざわざこんな手の込んだ服装をすることになんの意味があるんだろう、と。

すぐ上の姉とは十歳近く年が離れていた。予期せぬところにできた子供だったからはじめはちやほやされたが、十歳になるころには、だいたいいつも放っておかれ、自分のことは自分でするようになった。悪い遊びを覚えてもおかしくなかったのだが、わたしは部屋で本ばかり読むようになった。それは危険を冒したり親を悲しませることなく家から逃げだす方法だった。小学三年生くらいのころから、一本の煙草を消すまえから次の一本を取りだすチェーンスモーカーのように次々と本を読んでいった。

本格的に読書をするようになったきっかけは『大きな森の小さな家』の薄いペーパーバックだった。イリノイ州北部のわたしの家は、作者のローラ・インガルス・ワイルダーが一八六七年に生まれた場所から南東にわずか数百キロのところだった。それでも、彼女が書いているウィスコンシン州の巨大な森はまるで未知の世界だった。「まる一日、あるいは一週間、それどころか一カ月歩きつづけても森以外何もなかった。家もない。道路もない。人もいない。ただ木々が生え、そこに棲む野生動物だけがいた」。わたしはインガルスの孤独と自信に魅了された。

このシリーズを何冊か立てつづけに読んだ。それを知った先生は、ほかの本も読んでみたらいいと優しく言ってくれた。それから数年のうちに、『大きな森の小さな家』から『ひとりぼっちの不時着』［ゲイリー・ポールセン作の冒険小説］、『ウォールデン 森の生活』［ヘンリー・デイヴィッド・ソロー作］、『野生のうたが聞こえる』［アルド・レオポルド作］、『ティンカー・クリークのほとりで』［アニー・ディラード作］へと読み進めていった。野外生活の細部をあれこれ想像するのは楽しかった。パイン・アイランドではじめて夏を過ごしたころ、わたしは別のジャンルの冒険ものの本を発見した。まずはマーク・トウェインやジャック・ロンドンの少年冒険小説、それからジョン・ミューアの山岳関係の著書、アーネスト・シャクルトンの南極探検、ロビン・デヴィッドソン［オーストラリアの砂漠を、ラクダと犬だけをつれて女性ひとりで横断した記録文学『Tracks／足跡』の作者］やブルース・チャトウィン［紀行文学作家。作品に『パタゴニア』など］の実体験に基づく冒険物語などだ。

わたしが愛読したアウトドア作家は、ひとつの土地に深く根ざした人たちと、誇りをもってなにものにも束縛されない人たちという、ふたつの系統に分かれる。より強く惹かれたのは漂流者たちだった。自分には土地や祖先、文化、共同体、ジェンダー、あるいは人種との深いつながりはなかった。とくに宗教的でも、宗教に反感を抱いているわけでもなかった。家族はばらばらだった。両親はどちらもテキサス出身で寒い北部に住んでいたが、わたしが学校に行くころには離婚していた。それから間もなく、ふたりの姉は遠くの大学に進学して家を出、それきり戻ってこなかった。わたしには落ち着きのない血が流れているようだった。

一年のうち九カ月間は、研究所の講堂から講堂へと渡り歩き、服装を変え、覚えたての方言で話した。

夏のあいだはしだいに原生自然（ウィルダネス）［「人間によって開拓されていない土地」を意味するが、「人間を恐れさせる未開の地」を表す場合と、「人間の手で汚されていない価値ある自然」を表す場合がある。本書では前者を「原野」、後者を「原生自然」と訳し分ける］に滞在する期間が長くなっていったが、ありのままの自分でいられるのはそのときだけだった。アパラチア山脈からロッキー山脈、ベアトゥース、ウィンド・リバー・レンジ、アラスカ山脈の雪に覆われた山並みに登った。それから、メキシコやアルゼンチンの高山に。山の上では礼儀作法など気にせず自由に歩くことができた。

　大学の夏休みのうち二回は、パイン・アイランドに戻って子供たちをアパラチア山脈にハイキングに連れていくバイトをした。アパラチアン・トレイルを歩いていると、ときどきトレイルの全行程を何カ月もかけて歩いているハイカーに遭うことがあった。これら「スルーハイカー」たちはすぐに見分けることができた。彼らは奇妙な「トレイルネーム」を名乗り、食欲旺盛で、オオカミのような軽い足取りで歩いていた。わたしはそんな姿にいくらか怯《ひる》んだが、同時に羨ましさも覚えた。どこか昔のロックミュージシャンのようだった。長髪で髭を伸ばし、痩せこけ、謎めいた隠語を使っていた。放浪の暮らしを送り、存在に対する意識が希薄で、ある意味で英雄的だった。

　ときどきスルーハイカーたちにチーズの塊やキャンディを差しだして話しかけてみた。スコットランドのキルトにサンダルという姿でずっとトレイルを歩いてきた老人や、テントを持たず羽毛の枕だけを持っている若い男に出会った。なかには熱心に布教活動をしている人や、経済はいずれ行き詰まるからそれに備えているという人もいた。話をした人々の多くは、仕事を辞めて次の仕事に就くまでのあいだだったり、学校と学校のあいだだったり、あるいは離婚して次の相手を探すまでのあいだだったりした。戦争から帰還した兵士や、家族を亡くしたばかりという人もいた。彼らは決まって、「頭をすっきりさせる時間が必要だったんだ」とか「これが最後のチャンスだと思って」と言った。ある年の大学の夏休み、わたしは若いスルーハイカーに、自分もいつかやってみたいと話した。すると彼は「中退しろよ」ときっぱりと言った。「いますぐやればいい」

わたしは中退しなかった。そこまで大胆にはなれなかった。二〇〇八年にニューヨークに引っ越し、いくつか賃金の安い仕事をした。自由な時間にはスルーハイク（トレイルの全区間を一シーズン内に歩くこと）の計画を練った。ガイドブックやインターネットの掲示板を読み、仮の日程を立てた。一年もしないうちに出発の準備は整った。

多くの人とは違って、わたしにはロングハイクをする明確な動機もきっかけもなかった。大切な人を失ったわけでも、薬物依存から回復したばかりでもなかった。何かから逃げていたわけでもない。戦争に行ったこともなく、心の病にも罹っていなかった。ただ、ちょっと変な考えを起こしただけなのだろう。わたしのスルーハイクはほんとうの自分や心の平和、あるいは神を求める試みではなかった。

たぶんみんなが言うとおり、わたしも頭をすっきりさせる時間が欲しく、これが最後のチャンスだと思ったのだろう。使い古された文句の常で、そのどちらもまるで的はずれというわけではなかった。それに、何カ月も原生自然のなかで自由に過ごすとはどういうことか知りたいという気持ちもあった。けれどもそれ以上に、子供のころから絶えず意識していた困難をやり遂げたいという思いのほうが強かった。自分が小さくて弱かったころには、トレイルを踏破するのは超人的なことのように思われた。だが成長するにつれ、その現実的なむずかしさがより正確にわかるようになっていた。

わたしは何年もかけて、出会ったスルーハイカーから有益なヒントをもらっていた。スルーハイクを成功させるうえでとくに大事なのは重さを避けることだったから、昔から使っていた信頼できるパックをやめ、新品の軽量のものを手に入れた。そしてかさばるテントをハンモックに替え、軽いグースダウンの寝袋を買い、革製のブーツをトレイル・ランニングシューズと交換した。薬箱の中身は下痢止め薬とヨード綿棒、親指サイズの粘着テープ、安全ピンだけにした。ガスコンロはコーラのアルミ缶で作ったほとんど重量がゼロのものにした。新しい持ち物をパックにすべて詰めこみ、はじめて担いだとき、わたしはその軽さに驚き、同時に少し怖くなった。ひとりの人間の五カ月分の衣食住をまかなうにしては頼りないように感じた。

インスタントラーメンとフリーズドライのマッシュポテトばかり食べつづけるのは嫌だったから、ビーンズライスやキヌア〔南米原産の穀物〕、クスクス〔小麦粉で作る粒状の食べ物〕、全粒小麦のトマトソースパスタといった栄養のある料理を作り、乾燥させた。小さなペットボトルにオリーブオイルとチリソースを少しずつ詰めた。ビニールの小袋に重曹や痛み止めクリーム、ビタミン剤を入れた。そして分量をだいたい五日分ずつに分け、十四個の厚紙の箱に詰めた。それぞれの箱にはポケットサイズの詩集や、それよりもう少し重いペーパーバックの小説をカッターで薄く切り分け、テープで留めたものを入れた。

トレイル沿いのアーウィン、ハイアワシー、ダマスカス、キャラタンク、（そして町名が「味気ない」を意味する）ブランドといった町の郵便局に着くように箱に宛名を書き、それを送付する日付をルームメイトに伝えた。仕事を辞めた。アパートメントは又貸しした。なくてもいいものはすべて売るか捨てるかした。そして、まだ寒い三月にジョージアに向けて出発した。

トレイルの南の終着点のスプリンガー山の山頂で、わたしは「メニー・スリープス（たくさんの眠り）」

と名乗る老人から声をかけられた。このトレイルネームは、彼が過去に例がないほどゆっくりしたスルーハイクをやり遂げたときにもらったのだという。目が垂れ下がり、白い髭を蓄えた彼は、まるでナイロンの服を身にまとったリップ・ヴァン・ウィンクル［ワシントン・アーヴィング作の同名の小説の主人公。森で眠りこけ、目覚めると二十年の歳月がたっていた］のようだった。

　彼はクリップボードを持っていた。彼の仕事は通過するスルーハイカーの情報を集めることだった。今年は忙しいね、と彼は言った。今日はもう十二人がここを通ったし、昨日は三十七人だ。この春、合計千五百人がメイン州を目指してスプリンガー山を出発したという。ただし、最後まで到達できるのはそのうち四分の一ほどだ。

　山頂で、待ち望んだハイクを始めるにあたり、わたしは立ち止まって下界の景色を眺めた。霜が降り、茶色から灰色、青と、遠ざかるにつれて霞んでいく。山並みは上下し、交錯している。町も道もまったく視界に入らない。もしトレイルがなかったらメインにはきっとたどり着けないだろう。この見知らぬ、複雑に入り組んだ地形では、隣の尾根に着くことさえかなりむずかしそうだ。これからの五カ月間、トレイルがわたしのライフラインになる。

　トレイルでは、歩くことはあとに従うことだ。権威にひれ伏し、あるいは見習い工が親方に従うように、トレイルを歩くには謙虚さが要求され、またそうした態度が自然と体に染みついてくる。パックを軽くするために、わたしは地図もＧＰＳも持ってきていなかった。薄いガイドブックと緊急用の小さなコンパスのほか、進むべき方向を知るほとんど唯一の情報源がトレイルだった。ギリシャ神話でアリアドネからもらった糸玉をたぐって迷宮の出口を目指すテセウスのように、わたしはそれに頼った。

夜につけていた日記のなかで、わたしはある日こう書いている。「自分の命が善意だけではない神の手のなかにあることを感じる瞬間がある。再び登るためだけに尾根を降りていく。回避するルートもあるのに、あえて急な山頂を通ることもある。一時間に三回も同じ川を渡り、足がずぶ濡れになることもある。どこかの誰かが、トレイルがそこを通ると決めたからだ」

決断が自分のものではないと知るのは変な感覚だった。最初の数週間に、わたしはかつて聞いたことがある有名な昆虫学者のＥ・Ｏ・ウィルソンに関する逸話を何度も思いだした。一九五〇年代後半に、ウィルソンはしばしば客人を楽しませるために特殊な液体薬品を使って紙に自分の名前を書いた。すると大量のハリアリが巣穴から出てきて、まるで楽隊の隊員のように彼の名前のそれぞれのアルファベットの上に整列した。

そのトリックは科学上の大発見を基にしていた。何世紀もまえから、科学者たちはアリが目に見えない道をつくっていると考えていたのだが、ウィルソンはそれに使われるのが指のような形をしたデュフール腺という小器官であることをはじめて解明したのだ。腺をハリアリの腹部から取りだし、それをガラスのプレートに塗ると、ハリアリはそれに群がってきた（「彼らはわたしが目印をつけた道を目指して押しあいながら殺到した」とウィルソンは回想している）。彼はのちにこのトレイルをフェロモンと結びつけた。わずか一ガロン（約三・八リットル）のフェロモンで、一兆ものハリアリを集めることができる。

一九六八年、ミシシッピ州ガルフポートの研究者グループがウィルソンのトリックをさらに発展させた。ある種のシロアリがごく普通のボールペンで書かれた線に従うことを発見したのだ。ボールペンには、シロアリがフェロモンと勘違いするグリコールが含まれているためだ（どういうわけか、シロアリは黒よりも青のインクを好む）。それ以来学校では理科の先生が紙に青い螺旋状の線を引き、シロアリがそれに沿ってウロウロするのを見せて生徒を楽しませるようになった。

スルーハイク中、トレイルが大きく曲がっていくと、わたしは残酷な円に沿って進むシロアリの気分になった。ある意味で、トレイルとは問答無用の決定論を表している。「人間は好きな方向へ行き、やりたいことはなんでもやる」とゲーテは書いている。「だが結局は、自然があらかじめ描いていた道に必ず戻ってくる」。アパラチアン・トレイルも、まさにこのとおりだった。わたしは周囲の森を散策したり、ヒッチハイクをして町へ降りたりしたけれど、結局いつもトレイルに戻ってきた。ゲーム盤の上を前後に棒で動かされるだけの、ホッケーゲームのプラスティックの人形と同じだと思ったこともある。これなら、あらかじめ決められた溝に沿って突進しているのと変わらない。不確実性こそが冒険の本質だとしたら、これのどこが冒険といえるのだろう。


南部の灰色の春を通り抜け、わたしは北へ向かった。木々は枝ばかりになり、地面には枯れ葉が敷きつめられていた。テネシー州では、ある朝目覚めるとハイキングシューズが凍っていた。ノースカロライナ州では、膝のあたりまで積もった雪のなかを進んだ。歩くのは大変だったが、それからは数日おきに、場所や天候に関係なく、暗い森から抜け出して空気と光を楽しむことにした。

トレイルでの二週目にはスルーハイカーの小グループと合流し、それから数週間、一緒に楽しく歩いた。だがヴァージニア州に入るとわたしは足を速めて彼らとは別れた。ずいぶんと時間がたったあとでも、わたしがペースを落としたり彼らが速めたりしたときには、奇跡のように再会することができた。奇跡を起こしているのはもちろんトレイルだ。わたしたちは一本の糸でつながったビーズのようだった。

すべてのスルーハイカーにトレイルネームがあった。その多くは、口にした言葉や行動から仲間のスルーハイカーがつけたものだ。たとえば友人の「スリスリ」は、夜になるとシェルターのなかで体を温めるためにほかのハイカーにすりすりと身を寄せる癖があった。あるいは、なりたい自分を表した名前を自ら名乗る人もいた。神経過敏な白髪の女性は「セレニティ（平穏さ）」、臆病な若者は人気のラッパーの名前から「ジョー・キックアス」と名乗った。不思議なことに、彼らは時がたつにつれて実際に落ち着き、あるいは大胆になっていった。

わたしの場合は、光沢のあるウルトラライトの装備が宇宙飛行士のように見えたらしく、陽気な年配の女性たちのグループに「スペースマン」と名づけられた。その名前がアイデアをくれた。わたしはトレイルのレジスター（トレイルに一定の間隔で置かれているノートで、記録と情報共有のためのもの）に漫画を描くようになった。主人公は地球にやってきた宇宙人で、どういう経緯でか地球人の不思議な慣習やおかしな性格、アパラチアン・トレイルの擬似的な原生自然を観察しているという内容だ。

週に一度くらい、スルーハイカーはグループでヒッチハイクをして町へ行き、安いモーテルの一室を借りた（多いときで一部屋に八人くらい寝ることもあった）。そしてシャワーを浴び、汚れた服を洗い、ビールを飲み、脂ぎった食べ物をこれでもかと食べ、低俗なテレビ番組を見た――つまり、文明がもたらす表面的な快楽を野蛮人のように味わった。すると次の朝には、トレイルに戻って汗をかいてアルコールを流し、きれいな空気を思いきり吸いたいという気分になっていた。

以前は、トレイルにいるのは自分と同じ孤独好きばかりだろうと思っていた。ところが歩きはじめるとスルーハイカーのコミュニティがあって、それにはじめは驚き、やがてハイクの貴重な喜びになった。共通の経験でわたしたちはつながっていた。みな、雹《ひょう》や雪や雨のなか何週間も歩きつづけるというのはどういうことかを知っていた。空腹に苦しみ、貪るように食べた。雨水を飲んだ。グレイソン・ハイランズ州立公園ではポニーに自分の足の汗を舐められたことがある。グレート・スモーキー山脈国立公園では、眠っているとブラックベアーが近づいてきた。みな孤独と退屈、自信喪失に襲われ、解決するためには歩くことでそれを振りはらうしかないのだと知っていた。

自由を求める者と自然愛好家、そして変人たちといった仲間のスルーハイカーとつきあっているうちに、わたしたちがみな一本の道に好きこのんで束縛されているのは奇妙なことのように思えてきた。ほとんどの者がこのハイクを、大人としての複雑な生活に帰っていくまでの、つかの間の際限のない自由だと考えていた。ところが、トレイルが与えてくれるのは完全な自由ではなかった。むしろまったく逆で、トレイルでは選択肢がうまく減らされていた。トレイルが与えるのは川の自由であって、海の自由ではなかった。

一言で言うなら、道を歩くとは世界を理解することだ。ある場所を通り抜けるには無数の通り方がある。選択肢は膨大で、落とし穴も多い。道の機能とは、この混沌を理解可能な一本の線に変えることだ。古代の予言者や賢者たち（彼らのほとんどは主に徒歩で移動していた）はこの事実を理解していた。主だった宗教のほぼすべての根本経典で道の隠喩が用いられているのはそのためだ。ゾロアスターはしばしば高みや、成長、知恵への道について語る。ヒンドゥー教でも精神的な自由への三つの道（マルガ）を命じる。ゴータマ・シッダールタ［釈迦］は八正道を説く。タオは、その言葉自体が〝道〟を意味している。イスラム教では、ムハンマドの教えはスンナ（これもやはり「道」）である。聖書もまた道と交わっている。「昔からの道に問いかけてみよ。どれが幸いに至る道か、と。その道を歩み、魂に安らぎを得よ」と主は異教徒に言われた（しかし、彼らは言った。「そこを歩むことをしない」と）。

キリスト教の預言者も言っているように、山の上にもたくさんの道がある。人が世界を歩み、何が正しいかを探究する助けになるかぎり、その道には存在価値がある。精神的な指導者で、知恵への道など存在しないと説く人物はほとんどいない。仏教の禅師にはそれに近い人もいるが、道元でさえ座禅は「仏道へのまっすぐな道だ」と述べている。インドの哲学者ジッドゥ・クリシュナムルティはこの点で異質だ。「真理に道はない」と彼は書く。「あらゆる種類の権威は、とりわけ思想や学問などの分野では、きわめて破壊的であり邪悪だ」。道はないという彼の道には、ムハンマドや孔子のように詳細な指示を与えてくれる教えと比べて多くの信奉者は集まらなかった。人生の荒涼とした風景のなかで迷っている多くの人々は、目印すらない原野での目眩《めまい》がするような自由よりも、道による制限を選択するだろう。

わたしにとって何か精神的な道があるとすれば、それはトレイルそのものだった。長距離ハイキングは、わたしにとっては現実的で必要最小限のアメリカ式歩行瞑想だった。トレイルはその制約のため、より深く考える自由を精神に与える（たぶん、アウトドア愛好者のなかでもハイカーが最も思索を好むのはこれが理由だろう）。わたしの無鉄砲なトレイル教の目的は、動きを滑らかにし、シンプルに生き、自然の知恵を引き出し、現象の絶え間ない変化を静かに観察することだった。もちろん、ほとんどの場合はうまくいかなかった。当時の日記を読みかえしてみたのだが、心静かな観察の記録といったものは少なく、物資の手配や食べ物に関する心配や妄想ばかりが書かれていた。悟ることなどできなかった。それでも全体として見れば、かつてないほど幸せで健康だった。

最初の二、三カ月くらいのあいだ、歩くペースは徐々に上がっていった。最初は一日に十六キロだったが、やがて二十四キロ、そして三十二キロになった。メリーランド、ペンシルヴェニア、ニュージャージー、ニューヨーク、コネティカット、マサチューセッツなどの比較的標高の低いところでは、さらにペースは上がった。ヴァーモント州に入るころには一日に四十八キロ歩くようになっていた。その過程で、わたしの体は歩行という任務を遂行するための道具になっていった。歩幅が広がり、水ぶくれは硬くなった。余分な脂肪や筋肉の多くは燃料に変わった。ほとんどつねに、わたしという機械の一、二箇所は修理を必要としていた。くるぶしが痛んだり、尻がひりひりしたりした。だがごく稀に、すべてが調和し、空っぽの州間高速道路をスーパーカーで飛ばしているように、道具と任務が完全に調和していると感じられることもあった。

精神も少しずつ変化していった。伝説のハイカー、ニンブルウィル・ノマドによれば、アパラチアン・トレイルのスルーハイクを途中でやめてしまう者の八十パーセントが身体的ではなく、精神的な理由でそうするのだという。「来る日も来る日も、何週間も、何カ月も黙って歩いていることに耐えられなくなるんだ」。わたしの場合は、東部の森を黙々と歩いていくことをどうにか受け入れていった。何キロも歩いたあと、静かで澄みわたり、余計な考えもない、ほとんど完全な精神の平穏さに達することができる日もあった。禅師たちの言葉どおり、わたしはただ歩いていた。

トレイルは旅人の体にその印を刻みつける。わたしの脚は黒い傷とヒルに噛まれたような赤い痕だらけになった。ハイキングシューズはほころびて穴が開き、やがて靴下も破れて足が剝き出しになった。Tシャツは何カ月も擦れ、汗を吸いすぎたせいでボロボロになった。当時に戻ったとしたら、開いた穴から肩甲骨がまるで生えかけの翼のように飛び出しているのが見えただろう。

またわたしは、通過するハイカーがトレイルに変化を加えるということに気づいた。はじめて意識したのは、S字に曲がりくねった登り道（スイッチバック）を進んでいたときだ。あまりにカーブがきついときには、降りていくハイカーは近道をするためにカーブを飛ばしていた。また沼地では、ハイカーは足元の乾いた場所を選んで歩き、それによってトレイルが分岐することがあった。それはトレイルの設計者と歩く人との根本的な発想の違いのように感じられた。のちに、トレイルビルダーの作業員のボランティアをしたことでこの理由がわかった。ハイカーが探しているのはその場所を通過する最も抵抗の少ない道だ。一方、トレイルの設計者は浸食の防止や植生の保護、私有地の回避などを目指している（この二十年間に「痕跡を残さない」という原則がハイカーに教育されたことによって、こうした価値観の相違は縮小している）。だがたとえトレイルからはずれることなく歩くとしても、やはりトレイルは変化する。ハイカーは一歩歩くごとに、トレイルの存続に一票を投じているのと同じことだからだ。誰ひとりアパラチアン・トレイルを歩かなくなってしまったら、そこには草が生え、やがて道は消滅するだろう。

ここで、無数の聖なる書で語られた精神的な道とは少し話が違ってくる。聖なる書では知恵にいたる不変の道のイメージが語られ、それが高みから与えられる。だが道は、宗教のように、固定されたものではない。広がったり狭まったり、あるいは枝分かれしたり合流したりして、絶え間なく変化する。それは道をたどる者の選択にかかっている。宗教的な道もハイキング道も、道教で言われるように、歩くことで形成されるのだ。

使うことがトレイルをつくる。長く残る道は、だから役に立つものでなければならない。道は、シェルターと湧き水の出ている泉、あるいは家屋と井戸、村と林といった、多くの者が行きたがる場所をつなぐことによって存続する。道は人々の欲求を表し、それを満たしているため、その欲求が存在するかぎり存在し、欲求が失われれば消える。

一九八〇年代、シュトゥットガルト大学教授で都市計画を研究しているクラウス・ハンパートは、大学構内の舗装された通路のあいだの芝地にできる近道について調査した。構内の芝生のはげた部分に芝生を植えなおし、非公式の近道を消すという実験が行われた。予想どおり、新しい道はすぐに元の場所とまったく同じところに形成された。

このような道は「デザイア・ライン（欲求の線）」と呼ばれ、さまざまな場所にある。あらゆる主要都市の公園でも、最も効率のいい経路をたどっている。衛星写真で見れば、平壌《ピョンヤン》やミャンマーのネピドー、トルクメニスタンのアシガバードなど、世界で最も抑圧された国の首都にもやはりデザイア・ラインが存在している。独裁者も設計者もそれが気に入らないだろう。近道は地図に描かれた落書きに似ている。権力者が人々の欲求を読みちがえ、その管理に失敗したのを揶揄しているかのようだ。それに対して、設計者はデザイア・ラインを塞ごうとすることがある。だがこの戦略はうまくいかない。柵は乗り越えられ、看板は引き抜かれ、フェンスは倒される。賢明な設計者は欲求に逆らうのではなく、それに寄り添うものだ。

以前、森や都市の公園で標識のない道を見つけたとき、誰がつくったのだろうと疑問に思ったことがある。それはたいてい、誰かひとりがつくったわけではない。道は誰かがつくるのではなく、そこに現れる。まず誰かが試しにそこを通ってみる。そしてつぎの人がそれに続く。つぎつぎにそこを誰かが通るたびに、少しずつルートが改善されていく。

これはトレイルだけのことではない。民間説話や労働歌、ジョーク、インターネット上の情報など多数の人の手でつくられるものは、多くが同じような進化の過程をたどる。古くから伝わるジョークを聞くと、無名で忘れ去られた天才コメディアンが考えたに違いないと思うものだ。ところが実は、こんな感想にはあまり意味がない。なぜなら昔から伝わるジョークのほとんどは最初から完全な形でつくられたのではなく、何十年という時間をかけて変化したものだからだ。ユダヤのジョークを研究しているリチャード・ラスキンは、十九世紀初頭から現在までの数カ国語で書かれた数百編のジョークを調べ、その原型を探った。彼が発見したのは、伝統的なユダヤのジョークもやはり普通の筋道で発展するということだった。つまり、そのストーリーが持つ潜在的な面白さを充分に発揮するために、構成が直され、ひねりが加えられ、人物や設定が変えられ、意外なオチが付け足される。良いトレイルと同じように、良いジョークは数多くの名もなき著者や編集者の手になるものだ。ラスキンは一九二八年にできたジョークを例に挙げている。夫婦が舗装されていない道を歩いていると、激しい雨が降りはじめるというものだ。


「サラ、スカートを上げたほうがいい。泥で汚れてしまうよ」と夫が声を上げる。

「そんなことできないわ。ストッキングが破れてるんだもの」妻が答える。

「なんで新しいのをはいてこなかったの？」夫は尋ねた。

「雨が降るなんてわかるはずないでしょう」


ラスキンはこのジョークを失敗作とみなしている。不条理を生み出す論理矛盾がなく、きれいにまとまってしまっているからだ。二十年後、このジョークには多くの修正が加えられた。どこかわからない場所ではなく、馬鹿者たちであふれるチェルムという謎めいた町に変更された。言葉は研《と》ぎ澄まされ、ストッキングは傘に変わり、オチは気のきいたパラドックスに変わった。長い時間をかけ、駄作は古典的名作に変貌した。

　チェルムの町のふたりの賢者が散歩をしていた。ひとりは傘を持ち、もうひとりは持っていない。そこへ急に雨が降りだした。

「傘を開いてくれ、急いで！」傘を持っていないほうが言う。

「無駄だね」もうひとりが答える。

「どういうことだい、無駄とは。雨を防いでくれるじゃないか」

「この傘はザルみたいに穴だらけなんだ」

「だったら、なんでその傘を持ってきたんだい？」

「雨が降るなんて思いもしなかったからさ！」


　アパラチアン・トレイルでの、あるどしゃ降りの午後のこと、ニューヨーク州のニュークリア湖の近くで、わたしは曲がり角の先にブラックベアーがトレイルの真ん中を悠然と歩いているのを見つけた。激しい雨のせいで、わたしの足音やにおいに気づかずに周囲を嗅ぎまわっている。トレッキングポールで音を立てるとようやく振り向いてわたしに気づき、不安げに森のなかに消えていった。わたしは立ち止まり、太くて短く、鋭い爪の形がついた足跡を見た。それから数週間、わたしはほかの足跡も意識して歩いた。湿ったトレイルに、シカやリス、アライグマ、さらに北に行くとヘラジカの足跡が刻まれていた。トレイルからはずれて近くの森に入っていくと、人間が知らない場所どうしをつなぐ無数のトレイルがあることに驚いた。

人間は地上で最初に道を切り拓いたわけでも、最大の開拓者でもない。人がつくる不格好な土の道と比べて、アリの道は明らかに優美だ。哺乳類の多くも道を切り拓くのが巧みだ。どれだけ知性の劣る動物でも、最も効率よく場所を通過するルートを見つけることができる。こうしたことは人間の言語にも反映されている。日本では、デザイア・ラインは「獣道」と呼ばれる。フランスでは、「ロバの道」だ。オランダでは「ゾウの道」、アメリカとイギリスでは「ウシの道」という言い方をすることがある。

「ウシがボストンを設計した」とエマソン〔（一八〇三―八二）アメリカの思想家〕は書いている。彼は、ボストンの街路が曲がりくねっているのは古くからあるウシの道を舗装したためだという（おそらく誤った）考えに依拠している。「測量技師のなかにも、これほど上手ではない者もいる。牧草地を散策する歩行者は、多くの場所について、茂みや丘を越える最高の道を拓いてくれたとウシに感謝しなければならない。旅人とインディアンはバッファローのトレイルの価値を知っている。それは確実に尾根を抜ける最も手軽な道だ」。それから百年以上もたったあと、オレゴン大学の研究によってエマソンの主張の正しさが確認された。四十頭のウシの群れが、洗練されたコンピュータ・プログラムと対抗して、野原を渡る最も効率的な道を探すという仕事を与えられた。その結果、ウシはコンピュータを十パーセントも上回る成績を上げた。

植民地化されるまえ、北米の多くの部族はシカやバイソンのトレイルを使っていた。動物たちは最も低いところを通って山を越える道を見つけ、いちばん浅い場所を通って川を渡ることができた。ゾウもまた、インドやアフリカのあちこちで最も効率のいい道を切り拓いたと考えられている。人間以外の動物たちがこうした効果的な道の設計を行うのは、人間を上回る知能によってではなく、継続によってである。彼らはよりよい道を探しつづけ、見つかればそれを使う。こうして、かなり効率的なトレイルのネットワークが、計画など立てなくても簡単に、有機的に、反復することでできあがる。

忍耐強く観察していれば、トレイルが洗練されていく様子を目にすることも可能だろう。たとえば物理学者のリチャード・ファインマンは、パサデナの自宅で群れているアリを観察することでこの現象を目撃した。ある午後、彼は自宅の風呂のバスタブの縁を列になって歩くアリに気づいた。アリの研究は完全に専門外だったが、彼はアリの行列がなぜ〝それほどまっすぐで美しいのか〟に興味を抱いた。バスタブの奥の端に砂糖の塊を置いて一時間ほど待っていると、一匹のアリがそれを見つけた。そのアリが砂糖を巣に持ち帰るとき、ファインマンはその帰り道を色鉛筆でたどった。そのトレイルは〝ぐねぐね曲がっていて〟ひどいものだった。

別のアリが現れ、そのトレイルをたどって砂糖を見つけた。それが巣に戻るとき、ファインマンはちがう色の鉛筆でマークをつけた。食べ物を抱えて急いでいたのか、二番目のアリは最初のトレイルから何度もはずれ、不要なカーブの多くを飛ばしていった。第二の線ははじめのものよりずっとまっすぐだった。三番目の線はさらにまっすぐになっていた。彼は結局十匹のアリの通り道を色鉛筆でたどったのだが、最後のものは予想したとおり、ほとんどバスタブの縁に沿ったまっすぐな線になっていた。「それはどこかスケッチに似ている」とファインマンは観察している。「最初に引く線は下手くそだが、何度か引きなおすうちに、しだいに線はきれいに整ってくる」

わたしはのちに、この合理化のプロセスがアリ以外の動物や、さらには動物以外にも適用できることを知った。「すべてのものは本来、最適化に向かう」と昆虫学者のジェームズ・ダノフ・ブルグはわたしに言った。

興味を抱いたわたしは、最適化についていい本があれば教えてほしいと尋ねた。

「ああ」と彼は答えた。「チャールズ・ダーウィンの『種の起源』だね」

進化とは長期間にわたる遺伝子の最適化なんだ、と彼は説明した。プロセスは試行錯誤と同じ。そしてダーウィンが示したとおり、最適化というきわめて普遍的な行為のなかでは間違いすらも欠かせない。間違いがちなアリがいなかったら、アリの通路は決してまっすぐにはならない。食べ物を見つけるアリはトレイル開拓の天才かもしれないけれど、どんな怠け者でも偶然近道を見つける可能性はある。新たな道を拓く者も、既存の道からはずれない者も、ルールをつくる者も壊す者も、成功する者もしくじる者も、全員が最適化に寄与しているんだ。

三カ月半後、ニューハンプシャー州のワシントン山の麓に着いた。わたしは十歳のときと同じ、クロフォード・パスから登頂した。それから立てつづけに、プレジデンシャル山地、オールド・スペック山、シュガーローフ山、ボールドペート山、ビゲロー山など、この十年間に登ってきた山頂を再び訪れた。この山並みには驚かされた。まるで子供時代のアルバムを見せられているかのようだった。それに、この山々は記憶にあるよりも小さく感じられた。子供のころ何日もかけて登った山に、いまでは数時間で登頂できた。それは、かつて通っていた幼稚園に行ってみたときのような、自分が巨大化したかのような奇妙な感覚で、同時に、力を与えてくれた。

だが、自分の成長を感じながらも、謙虚な気持ちも忘れることはできなかった。三千二百キロ歩いてきたことはたしかだが、それはとても自分ひとりでやり遂げられることではなかった。そのルートは多くのトレイルビルダーやハイカーが通過することによって形成されたものだった。

トレイルを歩きながらわたしは、ある考えと、それと相反する考えを同時に思い描くことがよくあった。そのきっかけはトレイルだった。トレイルは対立を曖昧にする。悟りを開いたあとの最初の説法で、ブッダは弟子たちに苦と楽のあいだの「中道」を歩めと教えた。のちに中道のイメージは拡張され、大乗仏教ではあらゆる二元性の解消の象徴になる。ここで「道」という字が使われているのは適切な選択だ。なぜなら、それはうまく二項対立を曖昧にしてくれるものだからだ。道は原生自然と文明、導く者と従う者、自己と他者、古いものと新しいもの、自然と人工の区別を曖昧にする。そうした区別はむなしいものだ。トレイルにとって究極的に意味のある二項対立は、使われるか使われないか、つまり社会的な意味を持ちつづけるか、それとも徐々に無秩序に向かっていき、やがて解体するか、ということしかない。

八月十五日、スプリンガー山を出発してちょうど五カ月後、わたしはメイン州のカターディン山の頂に着いた。どの方角にも、はるか下のほうに緑の森と青い湖、そして青い湖に浮かぶ緑の森の島が見える。何カ月もずっと雨ばかりだったが、ようやく晴れわたった。体の芯から湿気が抜けていくようだった。

山頂の真ん中には、そこがトレイルの北の終着点であることを告げる象徴的な木の看板が立っていた。まるで聖地のようだった。デイ・ハイカーはその看板の後ろに丸く並ぶのだが、あまり数の多くないスルーハイカーたちはひとりひとり、畏敬と抑えた期待感を持ってそこに近づいていく。ひとりずつ看板とともに写真撮影し、あるいは喜びを爆発させ、あるいは暗い表情で、それを記録に残す。そして、次のハイカーのために場所を空ける。

順番が来ると、わたしは看板に近づき、それに手を触れ、風雨にさらされたその表面に唇をつけた。不思議と実感は湧いてこなかった。何千回と想像していた瞬間だというのに。友人たちが持参していた安物のシャンパンの栓を抜き、ボトルを振って中身を溢れさせた。ようやく飲んだときには、ぬるくなって気が抜けていた。トレイルの踏破も、どこかそれに似ていた。酔いながらも、どこかさめていた。五カ月の旅は終わった。

ところが、ニューヨークに戻ってもわたしはスルーハイカーの目で世界を見つづけていた。山のなかで半年近く過ごしたあとでは、都市は驚異であり、奇怪だった。徹底して人間の手で変形させられているという意味で、これ以上の場所はあまりない。いちばん衝撃を受けたのは、その硬直性だった。直線と直角、舗装道路、コンクリートの壁、鉄の梁、そして政府が定めた厳格な規則。廃棄物があふれ、あらゆるものが壊れている。わたしはトレイルから、年を経た道具や古典的な民間説話のように、よいデザインはトレイルに似ていることを学んでいた。それは効率性と柔軟性、耐久性のバランスをとることによって人々の共通の欲求を満たす。滑らかだが強さがある。曲がるけれども、折れない。それと比較すると、人間の建築したもののかなり多くが、恐ろしいまでに優美さを欠いていた。

その一方、わたしはいたるところで新しいトレイルに気づいた。イースト川のほとりの小さな公園を通る、曲がりくねったデザイア・ライン。部屋の窓枠をじわじわと進むアリの列。通勤者の靴は、地下鉄のプラットフォームへと通じるコンクリートの地面に跡を残していた。チューインガムが吐き捨てられて黒くなり、煙草の吸いがらが捨てられている場所はナイトクラブの入口だった。貪るように本を読み、トレイルは文学や歴史、環境学、生物学、心理学、そして哲学をも貫いていることに気づいた。それからわたしは本を置いてまた歩き、旅人たちを探した。トレイルを歩く人々、それをつくる人々、狩猟家、羊飼い、昆虫学者、古生物学者、地質学者、地理学者、歴史家、そしてシステム理論の研究者を探し、さまざまな分野の専門知識から、なんらかの共通の真理が導けるのではないかと考えた。

その途中で、自分の考えの核には、トレイルは目的に合わせて円滑になるという単純な発想があることに気づいた。探検家が価値のある目的地を見つける。それからその道を通る歩行者たちが少しずつそれを改善していく。アリの行列や、狩猟のルート、古代の道、現代のハイキング・トレイルなど、これらはすべてそこを歩く人々の目的に適合するように変えられてきた。急ぐ者は道をまっすぐにし、楽しんで歩く者は曲がった道にする。それはちょうど、利益を最大化しようとする社会もあれば、平等、あるいは軍事力、国民の幸福を最大化しようとする社会もあるのに似ている。

多くの場合、ランナーの道は歩行者の道とは分かれている。たとえ目的地は同じでも、優先順位が異なっているからだ。ニュージーランドの牧畜家、ウィリアム・ハーバート・ガスリー＝スミスによれば、馬が通る平地の道はしだいにまっすぐになっていくという。ところが、こうなるのは馬が速歩《はやあし》や駈歩《かけあし》、襲歩《しゅうほ》（ギャロップ）をすることが許されている場所だけだ。並歩《なみあし》だと、馬は曲がったトレイルに喜んで沿い、地形の輪郭に合わせて曲がることで仕事を楽にしようとする。ところが速度が上がると、彼らはカーブのコーナーを無視し、まっすぐに通るようになる。ガスリー＝スミスは、「レースのスピードで」走ることを許されれば、「馬はやがて道を完全にまっすぐにしてしまうだろう」と考えている。

ここからわかるのは、ギャロップをする馬の通路は合理化されるということだけではない。速い馬も遅い馬も、それぞれに最も抵抗の少ない道を求めるということだ。目的が違えば、トレイルも変化する。このような、それぞれの目的をもった無数の生き物たちによってつくられる、重なりつつ食いちがうトレイルが地球の縦糸と横糸になっている。

この本は、数年間におよぶ調査と歩行の成果だ。その間、幸いにも各分野の専門家たちに導かれ、そのそれぞれから、先カンブリア時代から現代までのトレイルの長い歴史について重要な事柄を教えてもらった。第一章では、世界最古のトレイルの化石を観察し、そもそも動物はなぜ動きはじめたのかという疑問を考察する。第二章では、昆虫のコロニーが集合的知性を最大化するためにいかにトレイルのネットワークをつくるかを調べる。第三章では、ゾウ、ヒツジ、シカ、ガゼルといった四本足の哺乳類を追い、彼らがどのようにして広大なテリトリーを移動しているのか、そして彼らを狩猟し、飼い慣らし、研究することがいかに人間を発達させてきたかについて述べる。第四章では、古代の人類社会がいかにして土地に道とネットワークを張りめぐらせ、それが密接に交わることで言語や伝承、記憶といった文化を織り上げたかを記す。第五章では、アパラチアン・トレイルなどの長距離トレイルが誕生するまでの経緯を、ヨーロッパ人のアメリカ大陸への進出に遡って明らかにする。第六章（最終章）では、メイン州からモロッコに至る世界最長のハイキング・トレイルをたどり、トレイルとテクノロジーが交通システムとコミュニケーションのネットワークを結びつけ、かつて想像すらできなかったような方法で人々をつないでいる姿を描く。

書き手としても、歩き手としても、わたしには経験や背景、時代による限界がある。この本をアメリカ中心主義、あるいは人類中心主義と感じる読者がいたら、どうかお許しいただきたい。わたしはアメリカ生まれのひとりの人間にすぎないが、見かけ以上に複雑な問題をできるかぎり理解しようと努めた。また、この本はゆるやかに空間と時間に沿った構成になっているということも書いておきたい。小さいもの、古いものからはじまり、徐々に大きなもの、新しいものについて述べている。それは階段を上昇していき、やがて最終目的地に到達するという目的論とは違うものだ。わたしには、トレイルが数億年の時間をかけて二十一世紀のハイキング道となるためにだけ進化を続けてきたとは思えなかった。この本は上方へ伸びる梯子の構造をしているのではなく、太古の薄暗い地平から現在の状況へいたる曲がりくねった道の形をしているのだと理解してほしい。わたしたちの歴史は、可能だった多くの道のひとつにすぎない。だがそれは、実現したただひとつの道でもある。

広大で、不思議で、気まぐれで、おとなしいところもあるが、それでも恐るべき粗暴さを持ったこの世界の、ほとんどあらゆる場所にトレイルは存在する。地球の生命の歴史を通じて、わたしたちは旅をし、メッセージを伝え、混沌を整理し、知恵を保存するために道をつくってきた。同時に、トレイルがわたしたちの体を形作り、地形をならし、文化を変形させてきた。トレイルの知恵は、テクノロジーのネットワークが迷宮のように発達した現在、かつてないほどにその必要性を増している。この世界のなかで生きていくためには、わたしたちがいかにトレイルをつくり、またトレイルがいかにわたしたちをつくるかを理解する必要があるだろう。

Chapter
1

道のない原野《ウィルダネス》を歩かざるをえない状況を経験しなければ、道の価値を充分に理解することはできない。ローマ帝国の崩壊からロマン主義の台頭まで千年以上のあいだ、ヨーロッパ人にとって「道のない」あるいは「植物で絡まりあった」未開の原野ほどに忌まわしいものはあまりなかった。ダンテは「未開の、荒れた、通り抜けられない」道のない森にいるのは「死も同然のつらさ」だと書いている。

それから五百年後、西ヨーロッパの原野がすべて人の管理下に置かれたことで、バイロンらロマン主義者は「道のない森の喜び」について語れるようになった。そのころ、大西洋の向こうのアメリカ大陸には「道のない森」が存在すると考えられ、このフレーズは十九世紀に入っても使われていた。* 「ウィルダネス」は、人を寄せつけない、はるか遠くにある、冷たく無慈悲な、文明化されていない土地を意

*白人が到来するはるか以前から、その地には小道が張りめぐらされていたのだが。

味するようになっていた。一八五一年のボストン・カナダ間の鉄道開設記念式典で、政治家のエドワード・エヴァレットは、ボストンとカナダのあいだの土地について、「恐るべき原野《ウィルダネス》で、川や湖には人間の手による橋が架けられておらず、道のない沼地と陰鬱な林はぞっとするほどだ……」と表現した。

　道のない原野は現代の世界にも残っている。そして少なくともそのうちのいくつかは、人を恐れさせる力をまだ失っていない。わたしが訪れたのもそのひとつで、場所はカナダ最東部のニューファンドランド島にあるウェスタン・ブルック・ポンドというフィヨルド湖の北岸にあった。はっきりと区画されたトレイルのありがたみを感じたければ（いささか苛酷ではあるが）そこに行くといい。

　陰鬱なフィヨルド湖を渡るにはフェリーボートに乗らなければならなかった。乗船すると、ボートの下の水はあまりに澄んでいる（水質学的には、あまりに貧栄養である）ため、生物はほとんど存在しない、と船長は説明した。水は電気を通さず、送水ポンプのセンサーすら機能しない。

　フィヨルド湖を渡った先の岸で、船長はわたしと四人のハイカーを長い峡谷のそばに降ろした。深いシダのジャングルを通って、いくつもの動物のトレイルが滝で二分された硬い壁面を上っていた。アパラチアン・トレイルから戻って以来、これがはじめてのハイキングだった。体力はみなぎり、パックは軽かった。シダをかき分け、わたしはほかのハイカーたちを追い抜いていった。峡谷の上に出ると、そこは広大な緑のテーブルランド［グロス・モーン国立公園に広がる台地］だった。たどってきたトレイルはそこで消えていた。坂で汗まみれになり、崖の端に腰かけて少し休んだ。テーブルランドの西側から、切り立った数十メートルの崖下にフィヨルドの藍色の水が見えた。

　わたしは腰を下ろしてほかのハイカーが登ってくるのを見ていた。テーブルランドまで到達すると、彼らはみな景色がいい南へと向かっていった。彼らが重たいリュックを背負っていくのを見送るとき、わたしは自信満々だった。地図とコンパスを手に持って立ちあがると、北へ向かった。そんなに大変なわけがない、とわたしは思った。わずか二十五キロの行程だ。

ところが歩きはじめると、その自信はすぐにしぼんだ。（原生自然を抜ける小道から空港の動く歩道までさまざまな）トレイルという厳しい制限のなかを長期間歩きつづけたあとなのだから、どの方角にも自由に動けるのは解放感があると思う人もいるだろう。だがそれはちがう。どんな決断にも、かすかな恐怖が張りついていた。グロス・モーン国立公園から渡された、プラスティック製のボールからワイヤーが出ているような発信器のほか、通信手段はいっさいなかった。予定から二十四時間たっても原野から帰ってこない場合、パークレンジャーがそれを使って捜索すると伝えられていた。おそらく、遺体回収には効果を発揮するのだろう。

死の恐怖以上に悩まされたのが、いちいち細かい選択をしなければならないことだった。大まかな方向はわかっていたのだが、決めなければならないことがつぎつぎに現れた。登るか降りるか。沼地でどの草の束をつかむか。湖の縁の岩の上を行くか、それとも草むらを抜けるか。数学における証明の手順のように、どの場面でも採るべきルートはいくらでもあるのだが、どれもが同じようにエレガントなわけではない。

ニューファンドランド島民が「タカモア」と呼ぶ、強い風で形の歪んだトウヒやモミの木立によって、進みにくさは十倍にも増幅された。遠くからだと、それはこぶや節のある、童話に出てくる切り株のようだった。矮性低木の例に漏れず、樹齢数百年になっても高さは人が見下ろせる程度でしかない。成長によって、高さではなく堅さを増していくのだ。

歩いていると何度も、行きたい場所と自分のあいだにタカモアが立ちはだかった。時計を見て、十分もあれば通過できるだろうと推定する。そして深く息を吸いこんで、低い緑の雑木林に入っていく。だがそれはまるで悪夢だった。急にあたりは暗くなり、空間はぐちゃぐちゃに寸断されていた。一歩進むごとに枝が皮膚を傷つけ、バックパックに入れた水筒に引っかかった。いらいらして、仕返しに踏んづけてやろうと思うのだが、そんなことをしてもまったく意味はない。傷ひとつつくことなく、木々は押しもどしてくる。あちこちにヘラジカやカリブーが狩りをした狭い跡があるのだが、それもすぐに消えたり、逸れてしまったりする。左のだいぶ遠いところに明るい場所が見え、そっちに行ってみると、ただの水たまりだったりした。肩を低くして壁に押しあてて進むしかない迷宮のようだった。

そしてようやく、疲れはて血だらけになって、わたしはそこを抜けた。時計を見ると一時間経過しているのに、たった五十メートルしか進んでいなかった。

そのうちに、ヘラジカの行動を観察して迷路の抜け方を学べばいいのだと気づいた。ヘラジカは、泥まみれにはなるが、水路を通ることでいちばん速く進める経路を見つけていた。また彼らは足を高く上げ、枝を踏みつけて道を平らにして進んでいた。このテクニックを身につけていくうちに、最高の発見をした。ハイクの終わりが近づいたあるとき、あえてタカモアが最も密集した場所を選んでみたところ、木の上を映画に出てくるカンフーの達人のように歩くことができたのだ。

二日目の夜には、少なくとも三キロは予定のルートから逸れていた。二十五キロ進むのに、すでにまる一日遅れていた。平らな地面の上や水の近くでビバークするのははじめての経験だった。

一晩中小雨が降りつづいた。夜明けごろ目が覚めると、空に紫色のヒヤシンスのような帯があり、こちらに向かって動いていた。はじめ、この美しい景色は雲の切れ間なのだと思って、もう一度眠ろうとした。だが寝袋に横になろうとしたとたん、その紫の縞模様にわずかに雷光が見えた。晴れた空ではなく、地平線の端から端までつながる嵐雲《あらしぐも》だった。それはかすかに飲みこむような音を立てた。

三十分もしないうちに雲は真上まで来ていた。激しい雨が降りだした。雷に打たれるのを恐れて、わたしは寝袋からあわてて飛び出して防水シートの下から出ると、その付近でいちばん低い場所を探した。そして下にマットを敷いてしゃがみ、両手で頭を抱え、ずぶ濡れで震えていた。あたりで光の筋がつぎつぎに輝いた。

一時間近くしだいに高まっていく太鼓のような轟音のなかにいて、わたしはハイキングの利点について考え直していた。ロマン主義の美名をはぎ取られた原野は、人に霊感を与えるようなものではなかった。わずか一枚の美しい幕をはぎとれば、崇高さは消え、恐怖が顔を覗かせる。探検家のジャック・カルティエは一五三四年にこの島を訪れ、「これは神がカインに与えた不毛の土地ではないだろうか」と述べた。彼は正しかった。そこは暗く、伝染病のはびこる場所だった。見た目の美しさは、蠅をおびき寄せるハエトリソウの計略にすぎなかった。わたしは、もしここを生きて脱出できたら二度とハイキングはしないと心に誓った。

覆いをはぎとられた地球の真の残酷さを目にしたとき、過去の作家たちは幻滅や、裏切りを表明してきた。作家のスティーヴン・クレインは半自伝的短編「オープン・ボート」で、難破した船の乗客が、自然は自分たちの運命について「まるで無関心だ」と気づく恐ろしい瞬間を描いている。作家のアニー・ディラードは、水生昆虫がカエルを飲みこむのを見て、「わたしたちをとりまく宇宙は、わたしたちが生きようが死のうが気にしない怪物なのかもしれない」という可能性に思い至った。ゲーテはさらにそれを推しすすめ、宇宙を「我が子を食べる、恐ろしい怪物」と呼んでいる。カントやニーチェも、自然を民話に出てくる邪悪な悪女になぞらえ、母ではなく「継母」と表現している。

イギリスの作家オルダス・ハクスリーは、ボルネオ島の自然のなかを歩いていてそうした考えに至った。彼は滞在場所にこだわり、食人種を恐れ、「踏みならされた道」を歩くことを好んでいた。だがある日、サンダカンの郊外十八キロのところで、それまで彼が歩いてきた舗装道路が急に途切れて、ジャングルを歩いて通過せざるをえなくなってしまった。「（旧約聖書で、預言者）ヨナを飲んだクジラの体内も、これほど暑く、暗く、じめじめしてはいなかっただろう」と彼は書いた。静まりかえった暑い黄昏《たそがれ》時で、鶏の鳴き声にすら、土着民の邪悪な口笛かと震えあがった。「ジャングルの口から再び外に出て、待っていた車に乗りこんだとき、これ以上ない安堵の念を抱いた……わたしは蒸気ローラー［道路の表面を平らに均す車両］とヘンリー・フォードを創りたもうた神に感謝した」

帰国すると、ハクスリーはこの経験から、ロマン主義的に原野への愛着を表現することに対して、激しい攻撃を繰りかえした。「自然を愛することは」と彼は書いた。「上品ぶった精神による、現代的で、つくり物の、危うい発明品」だ。バイロンやワーズワースが自然への愛を謳うことができるのは、イギリスの田園がすでに「人間に隷属していた」からだ。だが熱帯に行けば、森には毒が滴り、蔓がからまりあっている。ロマン主義詩人などひとりもいない。熱帯の人々はイギリス人よりもよく知っている。「自然はつねに異質で、非人間的で、魔性を秘めている」と、ハクスリーは書いた。この〝つねに〟は文字どおりの意味だ。ジョージ・メレディスの『ウェスターメインの森』でも、ロマン主義者は素朴にも環境は人間的だと推定して、それが雷光や突然の寒気で人間の命を奪うということを忘れている。タカモアに囲まれて三日間を過ごしたわたしはハクスリーに同意したくなった。

雨がやむと、防水シートの水を払って荷物を詰め、体を温めるために歩いた。わたしはタカモアに感嘆の念を抱きはじめていた。嵐にもびくともせず、むしろより元気になったようだった。このゴツゴツした低木は完全にこの場に適合し、風に耐え、地面にしっかりと根を張っていた。一方でわたしはといえば、ずっとふらふらし、装備も悪く、適応できず、しかも迷っていた。

三時間後、さらにいくつか厳しい不運に見舞われた（峡谷を降りようとして失敗し、滝を何度も渡った）あと、ようやくわたしは標識すらない原野の終点に着いた。そこからはピラミッドのように積みかさなった岩から、スナッグ・ハーバーへのトレイルが伸びている。わたしは大声を上げ、ハクスリーが運転手を見つけたときと同じ安堵感を味わった。トレイルがあれば、それがどれだけ荒れていても、人の住む領域に戻れる。混沌から解放されると、わたしはすぐさま恐怖を忘れ、地球がまた好きになり、その上を隈なく歩きまわりたくなっていた。

わたしはニューファンドランド島へ、木に足止めされるために行ったわけではなかった。このハイクはただの寄り道だった。わたしの最終的な目的地は、もっと不可思議で近寄りがたい原野、つまり遠い過去だった。わたしは島の南東の端の、ある露出した岩を目指していた。地球最古のトレイルがある場所だ。

そのトレイルの化石はおよそ五億六千五百万年前の、動物が出現しはじめたころのものだ。現在ではひっそりと化石化し、幅は一センチほどで、乾燥しかけた土器を指でなぞって線をつけたような形で残っている。単なる情報としてではなく、自分で触り、その溝を自分の指でたどってみたかった。それをじかに見ることで、長年の疑問が解けるのではないかと期待していた――なぜわたしたち動物は、元の場所から自分の体を離し、別の場所へ行くのか？　なぜわたしたちは木の揺るぎない安定性を捨て、見知らぬ場所へ行くのか？　なぜわたしたちは未知を目指すのか？

世界最古のトレイルは、二〇〇八年のある日の午後、オックスフォード大学の研究者アレクサンダー・リウによって発見された。彼とアシスタントたちは、有名な化石層が数多くある、北大西洋を望むミステイクン・ポイントという岩だらけの岬で新しい化石を発掘していた。ある層の端に、赤みを帯びた小さな泥岩の岩棚があることにリウは気づいた。赤いのは錆（黄鉄鉱の酸化した部分）で、通常は先カンブリア時代の化石層に見られるものだ。彼らは急な崖を降り、それを調べた。そこでリウは、それまで古生物学者たちが見落としてきたものを発見した。地球最古の動物であるエディアカラ生物群が残したと考えられる、連続する曲がりくねった跡だ。

およそ五億四千百万年前に絶滅したとされるエディアカラ紀の生物たちは奇妙な生き物だった。体は柔らかく、ほとんどどれも動くことはできなかった。口と肛門の区別はなく、円盤状のものや、ひだのあるマットレスに似たもの、あるいは葉状体のものがいた。ひどいことに泥を入れた袋に喩えられるものもいる。

それらがどのような姿をしていたかは、ぼんやりとしか想像できない。色や寿命、あるいは何を食べ、どのように繁殖していたかは古生物学者にもわかっていない。そして、なぜ彼らが這うように動きはじめたかも不明だ。餌を求めたのかもしれないし、捕食者から逃れようとしたのかもしれない。あるいはまるで別な理由という可能性もある。このようによくわかっていないことも多いが、リウのトレイルは五億六千五百万年前に、ある生き物が地球上でほとんど先例のないことをしたことをはっきりと示していた。つまり、彼らは震え、体を膨らませ、前方へ伸ばし、身をすぼめた。そしてそうするうちに、ほとんど知覚できないほどの遅さで海底を動き、背後にトレイルを残した。

トレイルの化石があるミステイクン・ポイントへ行くため、わたしはディア・レイクまで飛び、そこからおよそ千百キロの距離をヒッチハイクした。遠回りになったせいでほとんど島全体を通過することになった。その途中で山へ登り、川で泳ぎ、氷河の氷を食べ、キャンプをし、見知らぬ人の家のソファで眠った。ニューファンドランド島は放浪に最適だった。自殺率は世界的にもかなり低く、住民はみな親切で、誰もが大型の車に乗っている。車を乗り継ぎ、わたしは島の南東の端へと向かった。

ところが保護区の入口で、わたしは門前払いにあった。管理官が規則にうるさく、許可証に不備があったため入場を禁じられたのだ。有名な化石を削りとって収集家に販売する化石盗掘者「パレオ・パイレート」が増加しており、管理が強化されているようだった。

わたしはくじけることなく、今度は適切な入園許可証をとって翌年戻ってきた。前の年にも会った優しい夫婦がありがたいことに空港まで迎えに来てくれ、いつも霧が立ちこめ、多くの船が難破するため「死の入り江」という異名があるトレパシーまで送ってくれた。そこの殺伐としたモーテルのレストランで、わたしはようやくアレクサンダー・リウに会った。

彼については新聞の切り抜きを読んだだけだったから、もみあげが白く、サヴィルロウ［ロンドンの眼鏡ブランド］の丸眼鏡を鼻に乗せ、その奥に、きつい日射しを浴びながら日がな一日細かいものを見つめつづけて皺だらけになった目が覗いている、という古生物学者に対する一般的なイメージを抱いていた。ところがレストランの入口に現れたリウは、驚いたことに髪が黒く若々しくて、照れくさそうに微笑む三十歳にもならない人物だった。隣には二人のアシスタントがいた。ジョー・スチュアートは髪を短く刈りこみ、ラグビー選手のような整った顔立ちだ。ジャック・マシューズはこのなかでいちばん若く、いたずら好きな少年から風変わりだが優秀な白髪の教授に変わっていく過程にいるようだった。

わたしたちは握手を交わして腰を下ろし、ビールとフライド・フィッシュを注文した。全員が貪るように食べた。チームの予算は限られており、彼らは三晩のうち二晩は誰も使っていないトレーラーパークにテントを設置して過ごし、残りの一晩はこのモーテルでシャワーを浴び、洗濯するという日々を送っていた。どうやら、予算不足はジャーナリズムだけのことではないらしい。大学も政府も古生物学のような古くさい学問への予算は削っている、とリウは言った。彼は諦めたように笑った。「わたしがしているのは人類の起源を考えるうえでとても重要なことだ。でも、社会的な影響力はまるでない。気候変動の問題を解決できるわけじゃないし、経済を上向かせることもできない」

少年時代、リウは恐竜が大好きだった。『ジュラシック・パーク』はとくにお気に入りだった。その気持ちを持ちつづけ、フィールドワークも好きで地質学の才能があったことから、彼は化石の発掘をするようになった。オックスフォード大学で修士号を得るための勉強をしていたころは、氷河期の哺乳類を研究するつもりだった。だがその分野は誰もがやりたがっていた。修士論文では、エジプトの始新世のゾウの歯を研究した。ケンブリッジ大学での博士論文で、彼はずっと古く、あまり研究されていないエディアカラ紀の研究に転向した。「もし哺乳類の研究を続けていたら、人類が何百年も抱えてきた問題に取り組んでいただろうね」と彼は言った。「でもエディアカラ紀はまだ研究されていない。そのほうがもっと面白いし、大きな問題に出会えるんだ」

捉えどころのない軟体動物たちをめぐる疑問は数多いが、そのなかで最大のものは、いつ彼らが動きはじめたのかということだろう。それが海中で穏やかに揺れるアネモネのような生物たちに間欠的な形態の変化を生じさせ、走りまわり、飛び、泳ぎ、掘り、歩く、暴力的で互いを食糧にする現代のような動物たちの王国への発展をもたらしたと考える古生物学者もいる。科学の世界で新しい大疑問にぶち当たることはめったになく、それに答えを与えることはさらにむずかしいが、リウはそのひとつを捕まえた。

地位のある科学者にとって、エディアカラ紀の泥まみれの世界に足を踏みいれるのは危険な冒険だ。そのような遠い時代についての情報はきわめて少なく、最も基礎的な仮定すらひっくり返ってしまう可能性がある。たとえば、エディアカラ紀の生物たちがどの分類に含まれるのかについては、まだ答えが出ていない。植物、あるいは菌類、単細胞生物のコロニーと考えられたこともある。トレイルの化石研究の先駆者アドルフ・ザイラッハーは「ヴェンド生物界」という失われた王国であると考えた。一時はほとんどの研究者がそれに同意していたが、最近ではエディアカラ紀の種のすべてをひとつの分類にまとめてしまうのは過度の単純化であり、化石ごとに分類し直すべきだと考える研究者もいる。

その夜夕食の席で隣にすわっていて、はじめわたしは、リウのような口調も柔らかく慎重な研究者がそのような分野に引き寄せられたことを不思議に思っていた。最初にエディアカラ紀に関心を持ったのはオックスフォード大学二年のとき、古生物学者のマーティン・ブレイジャーのクラスで先カンブリア紀の化石の謎について興味深い話を聞いたためだとリウは話してくれた。二〇一四年に交通事故のため六十七歳で亡くなったブレイジャーは、エディアカラ紀を研究する古生物学界の破壊神シヴァのような存在だった。彼は根拠の薄い説を切り捨て、未確定の領域を広げた。二〇〇九年の著書『Darwin's Lost World／ダーウィンの失われた世界』において、自然法則は不変であり化石は現在生きている動物を研究することによってより理解できるとする斉一説《せいいっせつ》を、ブレイジャーは激しく攻撃した。多くの分野で強力なツールとなっていることはたしかだが、斉一説は生物と環境との相互依存を無視しており、それゆえ海洋の環境が劇的に変化した先カンブリア紀については、その法則の有効性は認められないと彼は言う。「カンブリア紀より以前の世界は、おそらく遠い惑星のようだっただろう」とブレイジャーは書いている。

わたしたち地上に棲むものにとって、深海は遠いところだ。そこは圧倒的に暗く、ホウズキイカやクラゲなど得体の知れない生物たちがいる蛍光色が氾濫する場所だ。だがエディアカラ紀の生物がいたころには、海の奇妙さはそれ以上だった。はじめて動いた生物が見た世界は、捕食者がおらず、海底には厚い細菌の塊や有害な堆積物があっただろう。あるいは、地球全体が凍結する「スノーボール・アース」が溶けつつあった時期かもしれない。もしその生物に目があったなら、ところどころゼラチンで覆われた水中の荒れ地が見えただろう。あちこちに、ふっくらした葉っぱのようなもの、あるいはくるくる巻いたイソギンチャク、または小さく丸い袋のような動かない生物たちを見ただろう。原始的なクラゲが上のほうを雲のように漂っていったかもしれない。

リウが解こうとしている、動物はどのように動きはじめたかという問題は、こうした異質な世界から、いまわたしたちが知るこの世界へとどのように変わってきたかというさらに大きな問題を解く鍵になる。筋肉による運動が可能になると、彼らは細菌の塊をステーキのように食べ、動かない生物を攻撃できるようになった。暴力の登場は生物たちの軍拡競争を引き起こし、硬い殻や鋭利な歯、盾や剣などカンブリア紀の化石記録を特徴づける進化が促されただろう。そして動物の体が硬くなったことが三葉虫やティラノサウルス、そして始新世のゾウ、あるいはわたしたち人間へとつながっていくことになる。

エディアカラ紀の化石が発見されたあとになっても、科学者の多くは複雑な生命はカンブリア紀に始まったと主張していた。また化石記録がこの説を裏づけているという見方も不可能ではない。およそ五億三千万年前に、交響曲のクライマックスのようにさまざまなタイプの化石が一挙に現れる。ところが、それ以前にはまったく何もない。沈黙だ。地質学者にして敬虔なキリスト教徒だったロデリック・マーチソンは、証拠の欠落を創世記の地質学的証拠なのだと考えた（そして神は言われた。「生き物が水の中に群がれ。……」）。

チャールズ・ダーウィンはこうした解釈に疑問を呈し、「われわれは世界のごくわずかしか正確には知りえないことを忘れてはならない」と『種の起源』で書いている。彼は地質学上の記録を何巻にもおよぶ歴史書になぞらえる。「この歴史のうち、われわれは最後の一巻だけを所有しているのだが、それはわずか二、三カ国に関する部分のみだ」と彼は書く。「そしてその巻のうち、短い章がところどころいくつか、そしてそのページのうち、ところどころ数行が保存されているだけなのだ」

現在明らかになっているところでは、先カンブリア紀にも大量の動物が存在したが、体が柔らかかったため、化石として残ってはいない。ミステイクン・ポイントのような地質的な条件を満たした場所でのみ、その化石は例外的に出現している。

トレパシーのモーテルでの夕食で、すべての皿を平らげ、デザートを断ったあと、自分がまだ解いていない最大の問題は、ニューファンドランド島のエディアカラ紀の化石が、なぜこれほどよい状態で保存されているのかということだとリウは言った。おそらくミステイクン・ポイントのエディアカラ生物群はポンペイのように火山灰に覆われ、海底の細菌のマットに押しつけられたのではないかと彼は考えている。研究室で実験してみることも検討したが、新鮮な火山灰が必要なため実行は困難だった。ところが幸いなことに、リウのガールフレンド、アンバーは火山学者だった。

「アンバーにバケツで火山灰を集めさせたんですか？」とスチュアートがにやにやしながら尋ねた。

「よかったらお願いできないかなと言ったのはたしかだよ」とリウは認めた。「ちょうど彼女は去年、カリブ海のモントセラト島にいたからね。灰の種類も最適だった。でも噴火しなかったんだ」

スチュアートは笑った。「ガールフレンドがカリブ海の島にいるというのに、噴火するのを祈っているのは、たぶん地球上であなただけですよ」


二杯目のビールを飲むころには、科学者たちの会話は人間に関する話題に変わっていった。生命の起源を研究していると、多くの人々は非理性的な非難を浴びせてくる。リウの上司のひとりが五千万年前の猿の化石に関する論文を発表したところ、すぐに創造論者から死の脅迫が届くようになったという。似たような話は、ニューハンプシャー州のツアーガイドからも聞いたことがあった。バスツアー中に、彼女は窓の外に見える花崗岩の崖はおよそ二億年前にできたものだと子供たちに話した。すると児童たちの引率者は席から飛び上がり、ガイドの手からマイクを奪い取ると、いまのは二千年ということですと子供たちに向かって語った。そしてマイクを塞ぎ、ガイドに向かって、彼らの教会ではこの宇宙は神様が六千年前にお創りになったと教えているのだと説明した。そして、これからは違った考えを持っている人々に対してもう少し敬意を持ったほうがいいでしょうと付け加えた。

わたしなら簡単にその考えの誤りを指摘できるよ、とリウは言った。

「いや、無理ですよ」とスチュアートが口を挟んだ。「どんな証拠を突きつけたって、それは悪魔の欺瞞だと言われるだけですからね」

その言葉は、彼らにおやすみの挨拶をして、その晩キャンプをする予定にしていたビーチに向かって歩きはじめたときにも頭に引っかかっていた。悪魔の欺瞞、それは一六四一年にデカルトが考察したのと同じものだ。自分が見ているものは、神のような姿をした邪悪な者が見せる単なる幻想ではないと、わたしたちはどうすれば知ることができるのか、とこの偉大な思想家は問う。わたしたちが知覚しているものが真の世界だと、どうすれば知ることができるのだろう?

ハクスリーはボルネオで「植物のお化けの体内で歩きまわった」恐怖を忘れることなく、原野に対する嫌悪感から、人間はじかに現実を経験することはできないという、カントのような懐疑論を展開させた。世界そのものは恐るべき混沌であり、想像と工夫によってのみそのなかで生きていくことができる。「人間の精神は世界そのものも、世界に対する直観も、思考の対象にすることはできない」と彼は書いた。「世界について、あるいは世界を改善する方法について考えるとき、人間は記号による見取り図、つまり複雑で多種多様な現実に対する直観を精神が抽象化した、二次元の単純な見取り図しか扱うことはできない」

知識は、たとえ経験に裏づけられていても、単なる見取り図にすぎず、目で見た景色そのものではない。だがそれは、さほど殺風景ではないかもしれない。知識は地図と土地、人工と自然の混ざりあったトレイルのように、広大な景観のなかを通り抜けている。科学は、たとえば天地創造の神話よりはたしかだが、狭い道であることに変わりはない。それは環境を通り抜けられる一本の線に還元するが、環境すべてを包みこむものではない。科学的方法の信奉者にとっては、これはあまり穏やかではない考え方だろう。わたしたちは暗い水中でひっそりと身をくねらせる魔物のような大きな謎に取り囲まれている。その存在を感じ、想像することはできるが、それが明るみに出てくることはない。

テントを張る場所を探してビーチをうろうろしていると、不安になってきた。きっとどこで眠ることにしても、地元のやんちゃな連中に一晩中嫌がらせをされるに違いない。よそ者のホームレスだと思われ、町の人々に排除されてしまうかもしれない。

道のそばの平らな場所にテントを設置したが、車が通りすぎるたびにテントにヘッドライトが当たり、ランタンのように明るくなった。車のなかでどんな会話が交わされているか聞こえるような気がした。おかしな場所でキャンプをしていると思われているだろう。そこでテントをもっとビーチに近い暗がりへ移した。そのとき縦長のヘッドライトに照らされて、巨人がイグルー［カナダ北部で見られるイヌイットの住居］を移動させているような影ができた。

最初はいちばん平らな場所を探したが、そこは近くの家から四輪駆動のトラックが出てくる通路上だった。その晩遅く、わたしが眠っていたかもしれないその道を酔っぱらった若者たちが通っていった。ビール瓶が地面に落ちる音がした。女の子がわたしのテントを見つけて言った。「変ね、あんなところにテントがある」。指を唇にあてながらテントのほうへ寄ってきてにやにやしている顔が想像できた。

わたしは横になって、かすかな足音が近寄ってくるのを聞いていた。ミステイクン・ポイントへのヒッチハイク中に車のなかで聞いた話を思い出した。海岸沿いを南に走りながら、ニューファンドランド島の田舎には「妖精の道」があちこちに通っていると最近まで信じられていたんです、と運転手の女性は西の丘を指さして言った。いまでも、その道を小さな光の玉が漂っているのを見たという人がときどき現れるという。妖精を恐れて、この島の人々は古い道の上に家を建てなかった。バーバラ・ゲイ・リエーティの『ニューファンドランド島の妖精の伝統』という大部の民族誌によれば、妖精の道に家を建てた人々はしばしば夜間の物音に悩まされ、少なくともひとりが神経衰弱にかかったという記録が残っている。子供たちの身には、さらに恐ろしいことが起こっていた。大人たちが用事をすませて帰ってくると赤ん坊がいなくなっていたり、ゆりかごに寝たまま体が動かなくなっていたり、あるいは頭がグロテスクに巨大化して口を開いたままますわっていたりしたという。また、赤ん坊は消え、甲冑をつけた小さな老人が背筋を伸ばしてすわっていることもあった。その髪は真っ白で、爪は伸びて内側に巻いていた。とくに気味が悪いのは、セント・ジョンズに住む少女が誤って幽霊がよく出没する道を横切ってしまった話だ。少女はそのとき顔に何かが当たるのを感じ、それが傷になって残る。家に帰ったあと、傷は悪化し、感染してしまう。「数日後、感染したところが崩れ、古い布きれや錆びた釘や針、岩や土のかけらが顔からこぼれ落ちた」とリエーティは書いている。

南へ向かう途中、運転手の女性は自分の家族が幽霊や妖精、白衣の女、ゴブリン、ジプシー、天使に遭ったという話を続けた。彼女自身は、天使（あるいは幽霊かもしれない）に抱えられ、夜、雪道で車に轢かれないように守られた経験があった。その後、その天使は家まであとをついてきたという。彼女におかえりの挨拶をしようと出てきた犬は、彼女の脇をすり抜けて表の通りまで行き、まるで見えない手に撫でられているかのように口を上に向けて立っていたという。

こんな話がわたしを不安にさせた。細部まで妙にリアリティがあった。大都市の明るい光のなかで見える世界は明確で固定されているが、大陸の端のここでは夜はぼやけ、灰色の霧に囲まれ、どんなことでも起こりそうに思える。

グラシン紙のような明け方に目が覚めた。夜の風は強く、テントの杭が二本抜けていた。ビーチは何もかも吹き飛ばされていた。わたしはふらつきながら寝袋を這い出て、テントをたたみ、荷物をまとめた。

まる一日化石の発掘ができるように、モーテルで早い朝食をとることをまえの晩にリウたちと約束していた。朝食のあと、スチュアートとわたしが地元の食料品店にピクニック用の物資を買い出しに行った。パンにチョコチップクッキー、燻製風味のスティックポテト、冷凍プラム（「壊血病予防のためにね」とスチュアートは言った）。それからチームがレンタルした日本製のSUVに買ったものを載せた。合成繊維の内装は、新品ではなく脱臭剤のにおいがした。荷台には登山用ロープ、金属製のワイヤー一巻き、黄色いヘルメット、青いアルミ製のキャンプ用ボウル、スナック菓子の巨大な袋、寝袋、絶縁テープで束ねられたテントのポール、ハンマー、ゴムボート、それからドラゴンスキンという、化石層の鋳型を作るのに使われるシリコンラバーの容器が積まれていた。この車の次の借り手にこの状況を見せたいくらいだった。

リウの計画では、この日はピジョン・コーブというよく知られた発掘場所で作業を始め、そこから少しずつ、十六キロほどを徒歩と車で移動することになっていた。それぞれの場所で、トレイルの化石の発見場所をはじめ、いちばん有望な化石層へ行く予定だった。

開いた窓から海の空気が入ってくる。曲がった木と黄色い草の生えた土地を抜けてピジョン・コーブまで行き、そこで車から降りて砂の道を海岸まで歩いた。そこには、テニスコート三面分くらいの広さで手触りもまるでコート面のような平らな岩盤があり、斜面がそのまま海に吸いこまれていた。表面は灰色、黒板の緑、くすんだ茄子の紫の三色が渦を巻いている。そこにかすかに、だがはっきりと肉厚の葉状体のような形が刻みこまれている。矢のような形のものも見られるが、それはおそらく生きているときは円錐形のコーンスナックのような形で、尖ったほうを下にして地面に刺さっていたのだろう。三つ目は、古生物学者が「ピザディスク」と呼ぶ大きい袋状のものだ。

チームは分かれて仕事を始めた。リウは小型の黒いノートを取りだし、化石の表面についてきれいな文字でメモをとり、イラストとGPSの位置情報を書き添えていた。スチュアートは膝を地面について傾斜計を使い、近くにある同年代の層を見つけるために岩盤の角度を測りはじめていた。マシューズは女性のような日よけ帽をかぶり、宝石鑑定ルーペのようなものを使って、岩盤の放射年代測定に用いるジルコン結晶を探している。この岩盤は、系統的な年代測定がまだほとんど行われていない。ジルコン結晶の採集は極度に単調なうえ、予算がかかることもその理由のひとつだった。マシューズはわたしでもわかる簡単な言葉でやり方を説明してくれた。

「まず、岩をはぎ取って細かいサイズに砕き、それをひいて粉にする。それから粉をふるいにかける。粉を水に混ぜて、金などの選鉱に使う『ロジャーズ・テーブル』という機材に流しこむ。ぼくはそこにすわったまま、大きなバケツを持って小さなスプーンでちょっとずつ掬うという作業を何時間も続ける。テーブルが振動すると、沈殿した鉱物は端に流れていって、軽い土は全部横に行く。そうしたらはじめからやり直す。これだけで一日がかりだ。鉱物分離装置を使う技法もある。これは少しずつ磁石の強度を上げて、鉱物を細い滑り台に落としていく。鉱物はそれぞれ引きつけられる磁石の強さが違うから、それで選別ができるんだ。最後に、ヨウ化メチレンという物質を使う方法がある。これは水と同じくらいの粘度ではるかに密度が高い、比重の重い液体なんだ。つまり、水には沈むものでも、それに混ぜると浮いてくる。ジルコンはとくに密度が高いから、ほかのものが浮いているなかで沈んでいく。それをパイプで汲みあげてフィルター・ペーパーの上に噴きだす。そしてこの紙を乾燥させて、三日かけてバラバラにする。この岩から何か見つかるようにとお祈りしながら顕微鏡で覗くんだ」

彼は、勝ち目のないゲームなのに、それが楽しくてしかたがないといったようにため息をついた。

「ぼくのバックパックの半分くらいの大きさの岩を集めると、肉眼では見えないくらい小さなジルコン結晶が四十個くらいになる」。その結晶は強酸で洗い流されたあと、そのなかに含まれるウランがどれだけ鉛に変化しているかを調べることで、数十万年程度の誤差で年代を測定することができる。

数時間後、最後の目的地である海から高く突きでた化石層、有名なDサーフェスに向かった。層理面に降りるまえに靴を脱ぎ、化石が崩れないようにポリエステルの履き物に替えた。寺院に入るまえの儀式のようだった。

岩は広く平らで、モスクの床のように複雑な模様が張りめぐらされていた。それまでのふたつの層理面は目を細め、首をかしげて眺めてもどこに化石があるのかよくわからなかったのだが、Dサーフェスは化石の数が多いうえ、それぞれがはっきりしていた。ピジョン・コーブの化石は約五十個なのに対し、ここにあるのは約千五百個だ。葉状体や袋状、螺旋型のものがちらばり、なかには人間の手より大きいものもあって、まるで花壇のようだった。

もちろん、これは実際の花壇ではない。植物の出現にはあと二億年待たなければならない。どういうわけかわたしはこの点にこだわって、それでも植物にそっくりだと言いつづけた。マシューズは、それはこれだけ古いと系統の違いが曖昧になるからだと、生物の系統を樹に喩えて説明してくれた。人間など現在地上に生きているすべての生物は系統樹のいちばん上にいる。その樹の根元には、いちばん最初の単細胞生物がいて、そこからほかのすべての生物は生まれた。そのため、この樹の幹を下のほうに行けば行くほど生物は互いに似てくるのだ。「そうすると、たとえば動物と菌類の本質的な違いがわかるようになる」とマシューズは言った。「実際には生物学的にとても近いのだけれども、彼らはただ、細胞どうしをちょっと違ったようにつなげようと〝決定〟した。そして、少し違うやり方で細胞をつなげたことで、ひとつは主に死んだ木で育ち、もう一方は地上を征服した、というわけなんだ」
では、征服の要因はなんだったのだろう？　わたしたちには性がある。わたしたちは太陽光を吸収するのではなく、生物を食べる。多数の細胞があり、そのそれぞれに核があるが、硬い細胞壁は持たない。ほとんどの動物では筋肉が発達している。

筋肉こそが、リウの大疑問を解くうえで重要な要素だ。数多くの種類の生物が（単細胞生物さえも）、泳ぎ、体を伸ばし、漂い、身をくねらせ、転がることすらできるが、筋繊維を発達させたのは動物だけだ。それによってわたしたちはさまざまな方法で移動し、はるかに重いものを運べるようになった。リウのトレイルは、いつ動物が出現したかを解き明かす鍵になる。五億六千五百万年前にこれらのトレイルをつくるほどの大きさと強さを持っていたものは筋肉を持つ動物だったに違いないからだ。

偶然にも、リウはトレイルの化石を発掘したのと同じ夏に、はっきりと筋繊維を持っているのがわかるエディアカラ紀の新種を発見している。それは五億六千万年前のもので、これまでの筋繊維を持つ化石記録よりはるかに古い。彼はそれがトレイルをつくった原因であると考えているわけではないが、筋肉組織の発達はそれまで考えられていたよりも早いという証拠になる。その新種の生物は驚くような外見をしている。水かきのついたカップ状の手が細い茎から伸びていて、まるで通過する足を罠にかけるのを待ちかまえているかのようだ。リウはそれを、ハウーシャ・クアドリフォーミスと名づけた。それは島の先住民であるベオスック族の言葉からとったもので、〝ハウート〟は「悪魔」を意味する。

地球上の生命の進化には繁殖と死の両方が必要となるように、科学の発展にも、新発見という誕生だけでなく古いものの死が必要になる。新しい科学的発見は大きな発見であればあるほど苛酷な攻撃にさらされる。二〇一〇年、リウが世界最古のトレイルの化石についての論文を発表すると、古土壌学者のグレッグ・リタラックはそれは誤りだと主張した。そのトレイルは動物ではなく、「転倒の痕跡」つまり潮流に流された小石がつけたものだというのだ。リウはすぐにリタラックのすべての論点に対する反論を発表した。そして「転倒の痕跡」という発想をはじめに提唱した生痕学研究者のアンドレアス・ヴェッツェルを招き、トレイルの化石を見てもらった。ヴェッツェルはそれが転倒の痕跡ではないとはっきり言った。

同じころ別の論文が現れた。ウルグアイで発掘を行っているアルバータ大学のチームで、彼らはリウのものより二千万年古いトレイルを発見したと主張していた。この論文はウルグアイの地質学者のチームによって、年代測定が不適切であり、同様の化石はずっと新しいペルム紀［約二億九千九百万年前から約二億五千二百万年前］にしか見つからないと反論された。彼らの発見にさらなる疑いを抱かせたのは、リウのものよりはるかに古いにもかかわらず、より進化した体を持つ生物によってつくられたトレイルだったことだ。これはたとえば、自動車史家が十九世紀の空飛ぶ車を発見したというのに似ている。不可能ではないものの、可能性はかなり低いと言わざるをえない（ただし、リウは自分の発見も可能性は低いと思われていたと指摘した）。

科学の研究にはこのような闘争的な、より的確にはダーウィニズム的な性質がある。その目的は哲学者のカール・ポパーが述べているように、研究費と名声を求めて競争することで、誤った研究は排除され、最も強い理論のみが生き残るということだ。しかし、これには悪い影響もある。ブレイジャーはそれを「自分の化石は他人の化石より古い」の原則と呼んだ。「あらゆる科学者、あらゆるジャーナリストには、手に入る限られた素材によって自分の科学的主張をできるだけ強固にしようとする傾向がある」。適正価格で売買を成立させるために、青空市場ではまずかなり低い値段をふっかけてみるのと同じで、大胆な憶測は健全な科学に欠かせない。だがこうした傾向は危険もはらんでいる。とくにその結果が一般の人々にまで知れ渡ってしまうと、彼らはそれもまた必要な過程であることを知らないから、あらゆる科学的主張に対して偏見を持ってしまうのだ。

二〇一三年に電話で会話したとき、ブレイジャーはこの分野につきものの不確実性はその魅力なのだと語った。彼は、純粋な科学は未知という暗闇の縁にあるべきものだと考えていた。「ポパーだったら、宇宙物理学や古生物学は科学ではないと言っただろう。自分でそこへ行って確認することができないからだ。わたしはまったく逆だと思っている。これこそ本来の科学の姿なんだ。丘の向こうの見えない場所に何があるのかを推測して、未知の土地の地図を描こうとすることこそが。人がそこに行き、住みつくというのは、単にテクノロジーの問題にすぎない」。ブレイジャーの心には探検家が住んでいた。

リウのように知覚可能な世界の果てで作業をすることには奇妙な副作用がある。物事を知れば知るほど、何も確実だと思えなくなることだ。リウたちと話をしているうちに、わたしのそれまでの仮定はどんどん崩れていった。基本的な、根底となる知識すら危うくなっていった。たとえば、運動とはどう定義すればいいのか（漂流している状態を含めるべきか、それとも自力で動く場合のみか。とすると、どのような組織を使ってか）。あるいは、「動物」というカテゴリーの境界は明確なのか、それとも曖昧なのか。そもそも、生きているというのは何を意味するのだろう。

エディアカラ紀の研究者の基本書であるミハイル・A・フェドンキンの『The Rise of the Animals／動物の誕生』によると、生命とは単に、「自己永続的な化学反応」あるいは「自己集合を行う動的システム」を意味する。このシステムの基礎となる要素は膜である。膜がなければ細胞はなく、細胞がなければ永続する化学反応が行われる場所もない。「細胞膜は外の世界とのコミュニケーションを可能にし、中に入ってくるものと外に出ていくものを規制する」とフェドンキンは書いている。そのコミュニケーションは完全ではないが、その不完全さがひとつの細胞を別の細胞から分ける。

数十億年のあいだ、単細胞生物は地球上で唯一の生き物だった。しかし、細胞は他の細胞とコミュニケーションをとり、協力しあうことで利点を得た。そこで細胞のなかには互いに共生関係を築くものが現れ、しだいにコロニーができ、さらには結合することで組織になっていった。相互依存は束縛であり、同時に強みにもなった。自由は制限されるが、組織はより幅広いタイプの体を持つことができた。（前と後ろが区別される）左右対称の形態は、現在地上や海中、空を動きまわる動物たちの構造的な基礎になっている。マシューズはおどけて、この数十億年にわたる細胞から左右対称の動物への進化の過程をこんな風にまとめた。「筋肉や尻があるほうが快適だ。組織が発達したのはそのためです。口から便をするなんてあまり楽しくないでしょう」

わたしたち組織でできた生き物は、各個体を閉じた、固く結合したシステムだとみなしている（「さもないと」とマシューズは言う。「腕がどこかに逃げだしちゃう」）。だがここでも、わたしたちの仮定は崩壊する。Dサーフェスの近くの岩にすわってランチを食べながら、スチュアートは最近読んでいる科学雑誌に、人間の定義を疑問視する記事が載っていたと言った。なぜなら、わたしたちの体は目に見えない微生物の存在に依拠しているからだ。たとえば人間の体内には、少なくとも人間の細胞と同数の細菌が棲んでいる。あるいは、はるかに多いかもしれない。

「自分のなかには、自分じゃない細胞のほうがたくさんいるってこと?」とマシューズは言った。

「そうだ」とスチュアートが答えた。「『自分って何?』とか『おれってなんなの?』って考えちゃうよね。自分の存在に疑問を抱いたよ」

かじっていたプラムは気づくと毛の生えた種だけになっていた。気が抜けるような感覚がした。わたしは急に自分の複雑さに気づいた。わたしの体内という川には自分のものと外から来た細胞が混じって泳いでいて、骨の構造にはさまざまな組織がついている。消化管は植物の塊を分解する。二本の足は地面に触れ、ふたつの鼻の穴は空気を吸って吐く。そのあいだでは、枝分かれした神経のネットワークは電気信号を伝え、状況の把握に努めている。人間の体内には永遠の暗闇があり、そこで奔放な生活が営まれているが、その多くはまだ解明されていない。わたしたちはみな、骨まで野生なのだ。

ランチのあと、海岸沿いに東に向かい、地質年代のより新しい岩へと歩いていった。リウの作成した、何層にも重なったアイスクリームサンドのような層位の図に従って進んでいく。どの層にも岩が連なっていて、そのなかにチョコチップのようによく知られた化石が混ざっている。図によると円盤形の化石がいくつかあるはずの場所で立ちどまったが、光の角度のせいでよく見えなかった。太陽が低く、はっきりと影が出ているときでないと化石が見えない層があるのだ。リウは腰を地面に下ろして岩を調べ、すぐに見つけた。「あ」と彼は指さしながら言った。「ひとつあった」。わたしはその指の先を目で追った。モザイクのようだった背景から、楕円形の化石の線が浮かびあがった。それは子供のころに見た、かくし絵が浮きでてくる３Ｄ画像の本のようだった。

「実際にはたくさんあるんだ」とリウはまだらの表面を手で示しながら言った。彼が指さす先を見るたびに円盤の輪郭が浮かんできた。

わたしは度肝を抜かれた。わたしが見ると、その岩はこんなバラバラのコードに見える。

QAZXSWEDEWASDXDRTHUJKGFRTDXDRTDEASVBS
EDEGFRTGFDEWRDSAWEDSERTGVFTYHGYUDXKPT
DRTGFRTJHUJKMJUIOLKMJIOLKOPOIUJHHYYHGH
TFTFGFFRDCVFDFEDSXDEDFDCVGFASOEGFGHJF
GFGFDFDSXSWWSAZXDXCFDXCFRDSFOSSILFGYST
GLJXPYFOSFOSSILHYHUIOPLKJUYTGHNBVGFTRD
VCFKIUJASOPOIKMJNHINJUHYNJHNJMKIJUHNJM
NMJHJKJHBNJNMKJNMKJNMKJMKMJHBEAJDAEI
IEODFKDLSDKFJMCLXSOEOEOEKRJFIKDOLSXCKM
JDLSKOGHNHJUFOEJOABARIDONGOEOIDNOODC
OSOIDKEDINTOQKIOPREDEWASDXDRTGFRTGFDE
RDSAWEDSERTGVFTYHGYUJHUJKMJUIOLKMJIOLK
POUJHHYYHGHYGTFTFGFFRDCVFDFEDSXDEDFDC
VGFASOEGFGHHGFGFDFDSXSWWSAZXDXUIPCFDX
CFRDSFOGOSTFGYSTOGOOOFOHFOSSILYHUHUM
PLKJUYTGHRDFGBVCFKIUJASOPOIKMJNHNJUHYL
HNJMKIJUHNJMKJHNMHJKJHBNJNMKJNMKJNMK
MKMJHBEAJDAEIURIEODFOSSILDKFMCLXSOEOEO
KRJFKDOLSXCKMKFJDLSKOGHNHJUFOEJOABARD
NGOEOIDNOODCNOSOIDKEIDINTOAQNBVCXEDEH
SDXDRTGFRTGFDEWRIDSAWEDSERTGVFTYHGYUJ
KMJUIOLKMJIOLKOPOIUJHHYYHGHYGTFTFGFFRD
DFEDSXDEDFDCVGFASOEGFGHGFGHGFGFDFDSXS
WSAZXDXCFDXCFRDSFOGOSGOOOFOSSILSFHYHU
PLKJUYTGHNBVGFTRDFGBVCFKIUJASOPOIKMJNH
UHYNJHNJMKIJUHNJMKJHNMJHJKJHBNJNMKJNM
NMKJMKMJHBEAJDAEIURIEODFKDLSDKFJMCLXSO
RDFGBVCFKIUJBARIDONGOEOEOEKRJFKDOLSXCK
KFJDFKDLSDKFOSSILSKOEOEOEKRJFKDOLSXCKM
JDLSKOGHNHJUFOEJOABARIDONGOEOIDNOODC
OSODKEIDINTOQKOPREDEWASDXDRTGFRTGFDEW

ところがリウにはこのようなはっきりした絵が見えているのだ。

XXXXXXXXXXXXXXXXXXXXXXXXXXXXXXXXXXXXXXXXXX
XXXXXXXXXXXXXXXXXXXXXXXXXXXXXXXXXXXXXXXXXX
XXXXXXXXXXXXXXXXXXXXXXXXXXXXXXXXXXXXXXXXXX
XXXXXXXXXXXXXXXXXXXXXXXXXXXXXXXXXXXXXXXXXX
XXXXXXXXXXXXXXXXXXXXXXXXXXXXXFOSSILXXXXX
XXXXXXXXXFOSSILXXXXXXXXXXXXXXXXXXXXXXXXXX
XXXXXXXXXXXXXXXXXXXXXXXXXXXXXXXXXXXXXXXXXX
XXXXXXXXXXXXXXXXXXXXXXXXXXXXXXXXXXXXXXXXXX
XXXXXXXXXXXXXXXXXXXXXXXXXXXXXXXXXXXXXXXXXX
XXXXXXXXXXXXXXXXXXXXXXXXXXXXXXXXXXXXXXXXXX
XXXXXXXXXXXXXXXXXXXXXXXXXXXXXXXXXXXXXXXXXX
XXXXXXXXXXXXXXXXXXXXXXXXXXXXXXXXXXXXXXXXXX
XXXXXXXXXXXXXXXXXXXXXXXXXXXXXXXXXXXXXXXXXX
XXXXXXXXXXXXXXXXXXXXXXXXXXXXXFOSSILXXXXXX
XXXXXXXXXXXXXXXXXXXXXXXXXXXXXXXXXXXXXXXXXX
XXXXXXXXXXXXXXXXXXXXXXXXXXXXXXXXXXXXXXXXXX
XXXXXXXXXXXXXXXXXXXXFOSSILXXXXXXXXXXXXXXX
XXXXXXXXXXXXXXXXXXXXXXXXXXXXXXXXXXXXXXXXXX
XXXXXXXXXXXXXXXXXXXXXXXXXXXXXXXXXXXXXXXXXX
XXXXXXXXXXXXXXXXXXXXXXXXXXXXXXXXXXXXXXXXXX
XXXXXXXXXXXXXXXXXXXXXXXXXXXXXXXXXXXXXXXXXX
XXXXXXXXXXXXXXXXXXXXXXXXXXXXXXXXXXXXXXXXXX
XXXXXXXXXXXXXXXXXXXXXXXXXXXXXXFOSSILXXXXX
XXXXXXXXXXXXXXXXXXXXXXXXXXXXXXXXXXXXXXXXXX
XXXXXXXXXXXXXXXXXXXXXXXXXXXXXXXXXXXXXXXXXX
XXXXXXXXXXXXXXXXXXXXXXXXXXXXXXXXXXXXXXXXXX
XXXXXXXXXXXXXXXXXXXXXXXXXXXXXXXXXXXXXXXXXX
XXXXXXXXXXFOSSILXXXXXXXXXXXXXXXXXXXXXXXXX
XXXXXXXXXXXXXXXXXXXXXXXXXXXXXXXXXXXXXXXXXX
XXXXXXXXXXXXXXXXXXXXXXXXXXXXXXXXXXXXXXXXXX

どのようにして視覚情報のうちの重要な点に焦点を合わせているのかを尋ねてみると、リウは目の訓練だと答えた。スチュアートはそれに同意せず、リウは普通の人よりも生まれつき目がいい。それは単なる視力の問題ではなく、知覚の器官として優秀なのだと言った。「この人はいつもぼくに同じことをしてくれるんだ」とスチュアートは言った。「イギリスに化石発掘に行ったとすると、この人は『ほらここにある』『ここにも』ってどんどん見つけていくんだ。納得いかないよ。でもさすが、これを仕事にしているだけのことはあるね」

リウはこの過程をあとでもっと詳しく説明してくれた。コツは、「ノイズを排除する」ことなのだそうだ。つまり、訓練されていない目には化石に似ているように見える非生物的な特徴を認識し、排除する。そうやって整理されると、図柄が浮かびあがってくる。また「探すもののイメージ」も大切だ。「何を探しているのかわかっていれば、それが目に入る。わかっていないと見逃してしまうんだ」

考えてみれば、これは科学全般にあてはまることだ。自分が探しているものを知らなければ、発見することはむずかしい。新発見を目指す科学者にも同様の論理的な困難が待ち構えている。ここで重要になるのが仮説を立てる想像力だ。既知のパターンから新しい現象を予測し、それを現実世界で探せばいい。

仮説を立てることは非常に強力な道具であり、探しているものが実際にはない場合でもよい結果につながることがある。ハクスリーは、科学哲学者トーマス・クーンのパラダイムシフトを五十年も前に先取りし、このような推測の過程があらゆる科学的探究の導きになると主張している。

人間は失敗の連続を通じて得がたい真理に近づく。物事の奇妙な複雑さに直面し、人はまったくの思いつきから世界を説明できる単純な仮説を生み出す。そのあとで、こんどはそれが正しいかのようにその仮説に沿って行動し、思考する。経験から人は徐々に仮説の不充分さや、どう修正すればいいかを学ぶ。このようにして、物事の性質についてまるで間違いだらけの理論を立証しようとすることによって偉大な科学的発見が行われる。発見は元の仮説を修正するように迫り、その修正を立証するためにさらなる発見がなされ、その発見がまたさらなる修正を迫る。これは終わることなく続いていく。

科学の終わりのなさは、見方しだいでその最大の利点にも、また致命的な欠陥にもなる。神秘主義者や科学に対して懐疑的な精神の持ち主は、科学の変わりやすさを科学的知識が結局浅はかで幻想的なものにすぎないという証拠とするだろう。一方科学的方法の信奉者は、それが宇宙のよくわからない領域の輪郭によりぴったりと合わさるよう進化しつづけるという事実に安心を覚えるだろう。

さらに古い地層へと登っていくと、最後にリウのトレイルに到達した。海に面したところに、腰くらいの高さの岩棚が突きでている。わたしたちはそこに登り、下を見た。またしても、わたしには平らな石の広がりとしか思えず、リウは岩のなかに微かに刻みこまれたトレイルを指で教えてくれた。ようやく目的のものにたどり着くことができた。世界最古のトレイルだ。気をつけないとたやすく見落としてしまうだろう。まるで誰かが乾きかけのコンクリートを消しゴムでこすったようだった。マシューズは水筒のふたを開け、化石が浮きあがるように岩に水をふりかけた。ほかの何十人もの古生物学者がそれを見落としたのも無理はないと思えた。周囲にはもっと大きく明確な体そのものの化石があちこちに刻みこまれている。リウのトレイルはまるで、ルーヴル美術館の階段の手すりに書かれた一編の詩のようだった。

わたしたちはさらにトレイルを見るために壁面に沿って進んだ。大きさはそれぞれだが、どれも指くらいの太さだった。ほとんどはまっすぐに伸びていたが、なかにひとつ、もがき苦しむヘビのように輪になっているものがあった。リウはそれこそ、この印がリタラックの言う、海流に流された岩や貝によるものではないという証拠だと考えている。

わたしはそっとそのトレイルに自分の指を這わせてみた。そこには明らかに命の手触りがあった。その表面は「（（（（（」という連続するカッコのような柄になっていた。リウはこのカッコが、生物の丸い足が水を含んで膨らみ、前方に伸びるときに以前につけた印をかき消すことによってできたのだと考えている。いくつかのトレイルの端には「（（（（）」という形の「終着点」と呼ばれる小さな窪みがある。それはその生物が最終的に身を落ち着けた場所を示しているのかもしれない。

現代のイソギンチャクは同じような方法で海底を這っている。そしてこれが、なぜ最初の動物がトレイルをつくったのかについてヒントを与えてくれるとリウは考えている。ミステイクン・ポイントで発見されたエディアカラ紀の生物の多くは、吸盤のついた足で海底に固定され、水中にふっくらした体を伸ばして食べ物を集めて生きていたらしい。同じような体を持つ現代の動物は通常、たとえば石やガラスなどの硬い基盤の上につかまることを好む。リウは研究室で、イソギンチャクが無理やり水槽のガラスから引き剝がされると、底の泥の面を這っていき、再び硬くて平らな面を探すことを観察している。

おそらくトレイルの化石もそのようにして形成されたのではないかというのがリウの考えだ。エディアカラ紀の生物は岩から洗い流されて軟らかい堆積物に巻きこまれ、這って進むことでつかまる場所をもう一度確保した。

　わたしは最初の動物がなぜ動くようになったのかを理解したいと思ってミステイクン・ポイントに来た。その点についてリウは現在、以上のように考えている。わたしはどちらかというと、最初のトレイルメーカーたちは食べ物や異性、あるいは身に迫った危険のために動いたのではないかと考えていた。やや意外な、しかし同じように原始的な欲求、つまり安定性への欲求のことは考えていなかった。

　わたしはタカモアのなかで迷子になりかけたことを思い出していた。あのとき、建物の快適さや、安定感と親しみがあって頼りになるわずか一本のトレイルをどれだけ切望したことだろう。ハクスリーも同じことを感じていたし、たぶん多くの人はそんな経験があるのではないだろうか。大昔のエディアカラ紀の生物がどう感じていたかは知ることはできない。それに、そもそも感じられたのかさえわからない。だが、この石の上に手がかりがある。結局のところ、最初に力をふりしぼって這った動物は、単に家に帰りたかっただけなのかもしれない。

Chapter 2

わたしはニューファンドランド島から山ほどの疑問を抱えて帰ってきた。ミステイクン・ポイントの化石にはどこか引っかかるところがあった。考えれば考えるほど、あの不可解な印には生命力が欠けているように思えた。それはつくり手が何億年もまえに絶滅したためではない。トレイルが備えているはずのしなやかさや優美さがなかった。

わたしはのちに、地球上で最高のトレイルづくりの名人、アリの目に見えないトレイルを研究していて、そこに欠けていたものに思いあたった。エディアカラ紀のトレイルは、厳密にはむしろ痕跡というべきだったのだ。アリの道はその魔法のような効率性をとても単純なフィードバックシステムによって得ている。一匹のアリが残したトレイルの上を、別のアリが、少しずつルートを改善しながらつぎつぎに通っていく。おそらく、エディアカラ紀の生物はほかの個体の足跡（というより、足のしみ）をたどりはしなかったはずだ。そのトレイルには、呼びかけに対する応答がなかった。

移動の経路を表す英語の言葉には、trail, trace, track, way, road, path などがあるが、それぞれの意味の違いはあまり明確ではない。わたし自身もまた、よく区別せずにこれらの言葉を使っている。意味がかなり重なっていることもその理由のひとつだ。しかし、トレイルの機能についてもっとよく理解するためには、それらをいったん区別して考える必要がある。たとえば trail（トレイル）と path（パス）の意味は少し違う。パスは威厳があって堂々とし、人の手が入っていることを感じさせるが、トレイルは無計画で洗練されておらず、人の思うままにならない。オックスフォード英語辞典（ＯＥＤ）の編集者はトレイルを見下して「整備されていないパス」と定義している。たしかに、トレイルは開墾された場所ではなく、必ず荒れ地を通っている。「庭のトレイル」を歩いた、という言い方は変に感じられる。だが、それはなぜなのだろう？

　少し離れたところからトレイルとパスを眺めれば、その主な違いは方向性にあることがわかる。パスは前方に、トレイルは後方に伸びている（この区別の重要性は、突進してくるゾウのパスにいるという状況と、ゾウのトレイルにいるという状況を比べてみるといちばんはっきりするだろう）。パスは、都市の建造物に似て、より文明度の高いものと考えられている。それは前方の空間へ伸びる線であり、知性によって考案され、手という高貴な器官によってつくられる。反対に、トレイルは逆さ向きに、雑然と、汚い足が通ることによってつくられていく。

　十九世紀の北アメリカでは、イギリス系アメリカ人はほぼ動物や先住民が残したトレイルだけを使っていたこともあり、パスとトレイルはしだいに同じ意味になっていった。やがて、トレイルという言葉の意味には、開拓時代の西部で新たなニュアンスが加わった。ＯＥＤによれば、歩道や動物の足跡、荷馬車用の道路を意味する「トレイル」の最初の用例は、ルイス・クラーク探検隊［十九世紀初頭、メリウェザー・ルイス大尉とウィリアム・クラーク少尉が率いたアメリカの探検隊で、フランスから買収したばかりのルイジアナを通って太平洋に到達した〕にまで遡る。一八七六年には、『Plains of the Great West／大西部の平原』で、リチャード・アーヴィン・ドッジ大佐がトレイルをたどった経験をもとに、有益な定義を与えてくれた。「トレイルとは信頼してついていくことのできる〝印〟のつながりだ」。こう定義すれば、トレイルとは未舗装の地面の連続だと考える誤りを避けられる。ただし、多少の説明が必要だろう。〝印〟とは、足跡や糞、折れた枝、枝角でこすられた樹の幹といった、動物が通る際に残す目印のことだ。「トレイルは〝印〟でつくられる。だが印そのものはトレイルではない」とドッジははっきりと言っている。「シカは〝印〟を残すが、おそらくそれをたどることは不可能だろう」。トレイルとは、簡単にたどることのできるものなのだ。

トレイルがたどられると、奇跡が起こる。生命力に欠けていた一本の線が、読解可能な印のシステムに変わるのだ。それを使えば、動物たちは互いにまるでテレパシーのように遠く離れたまま導きあうことができる（印には、物理的なもの、化学的なもの、電気的、仮想上のものがある。ここでは、媒体《メディア》そのものはメッセージではなく、たどられることではじめてメッセージになる）。

このシステムの利点は、つくることにも従うことにもとくに知性は必要ないということだ。動物界でおそらく最初にトレイルをつくったカタツムリやナメクジの先祖である腹足類は、オルドビス紀に出現した。海に棲む現代の腹足類はぬるぬるした粘液の跡に沿って海底を動くが、この過程は「接触化学受容」と呼ばれている。腹足類の粘液の第一の機能は移動速度を上げることだが、この滑らかな媒体は、シグナル伝達機構としても発達した。これは路肩がガタガタのハイウェイでは、車が滑らかな路面を走っていることが車線をはずれていないという情報を伝達しているようなものだ。腹足類のうちタニシなどは、粘液のトレイルにのみ従い、いちばん新しい粘液を目指して進む。こうして彼らは互いのあとを追い、群れのように移動することができる。また、カサガイは分泌したトレイルを逆にたどって岩陰の家に戻っていく。

粘液のトレイルは地上でも同じように機能しており、カタツムリやナメクジが頻繁に使用している。ダーウィンはロンズデール氏という知人の話を伝えている。その人物はかつて「狭くて条件の悪い」庭に二匹のリンゴマイマイを放ったことがあった。二匹のうちより強いほうが塀を乗り越え、もっと食物のある隣の庭に移動した。「ロンズデール氏は、その個体は弱い仲間を見捨てたと考えた。ところが、二十四時間後にそれは戻ってきて、どうやら成功した探検の話を伝えたらしい。二匹は同じ跡をたどって壁の向こうに消えていったからだ」

ロンズデール氏は、もう一匹がたどれるような知覚可能なトレイルを最初のカタツムリが残すことができれば、それ以外にコミュニケーションは不要だったということは考えなかったようだ。トレイルは動物界で最もエレガントな情報共有法だ。その一センチごとがなぐり書きの矢印のようなもので、その意味はいたって単純だ。

こっちだ……

こっちだ……

こっちだ……

トレイルの発明は動物のコミュニケーションに新しい強力なツールをもたらした。それはこっちか、こっちでないかという単純な二進法で記述できる、インターネットの原型のようなものだった。この新しいテクノロジーを最も賢く利用したのがアリで、彼らは食物を探し、それを巣に持ち帰るのに日常的に使った。科学者たちは現在、この小さな、しかし驚くほど効率的なトレイルのシステムを研究し、光ファイバーのネットワークによる情報伝達に役立てようとしている。

何世紀ものあいだ、アリが組織としてそれほど巧みに働くことができるしくみは謎だった。アリは各個体が特別な知性を持っていて、そのために合理的判断力や言語、学習能力があるのだと考える者もいた。たとえばナチュラリストのジャン＝ピエール・ユベールは一八一〇年にそう主張している。簡単に言えば、これはアリが知恵によって食物を発見し、そのことを巣全体に「伝える」のだという見解だ（こうした、極度に擬人化した発想はイソップ童話やT・H・ホワイトの『永遠の王』などをはじめ、その後も民話や児童文学に広く残った。ホワイトも含めこうした解釈の多くでは、働きアリは全能の〝女王アリ〟に指示されて行進する）。この理論への反対者は、デカルトの教えにならってアリにはいっさいの知性（当時の言葉では〝魂〟）はなく、全能の神によって操られているか、あるいはゼンマイ仕掛けの玩具のような単なる機械だと考えた。ナチュラリストのジャン＝アンリ・ファーブルは時代遅れなこの説の支持者で、一八七九年にこう書いている。「昆虫が何世代もかけて、ときに実験をし、暗中模索をして、その能力を徐々に獲得してきたなどということがありうるだろうか？　そのような秩序が混沌から、先見性があてずっぽうから、知恵が愚かさから、生まれうるものだろうか？」。ファーブルは不可能だと結論づけた。「よく見れば見るほど、また観察すればするほど、物事の謎の背後には（神の）知性が輝いている」

昆虫はそれぞれの個体が知性を持っているのか、それとも完全に愚劣で、神に操られているのか。答えはその中間にあるということが科学者にわかってきたのはごく最近のことだ。アリに複雑な行動ができるのは、個体が賢明だからではなく、システムが賢明だからだ。それは生き物のあいだや内部にある知恵だ。

すべての動物は、内在する知性と外在する知性という図式のどこかに位置している。この図式の片方の端には仙人がいて、ガラス瓶のなかの虫のように、頭のなかで孤独な思考をめぐらせている。反対の端にいるのは粘菌だ。それは変形しつつ広がる単細胞生物で、生物として最も知性は低い。原始的な神経系すらない。ところが、彼らはそれにもかかわらずとても効果的な食物の獲得方法を発達させた。彼らは触手のような仮足《かそく》を伸ばして周囲を探り、何も見つからなければ引っこめる。その際、仮足は食物が見つからなかった場所を示すトレイルを、つまりある種の反トレイルを残す。盲目の探査はさらに続けられ、粘液のない新たな方向へ進んでいく。およそこうした試行錯誤によって、粘菌は驚くほど複雑な問題を解くことができる。東京近辺の地図を模した容器で、人口の多い箇所にオーツ麦を配置し、そこに粘菌を置いてそれらをつなげる任務を与えると、粘菌は効率的に現代の鉄道網を再現してみせた。単細胞生物が日本の技術者と同等に巧妙な鉄道システムをデザインすることができるという事実について少し考えてみよう。粘菌が持っている知性がなんであれ、それは外在する知性だ。その囲いが完全に消され、トレイルがなくなってしまったら、粘菌はすべてを忘れたかのようにまた無目的にうろつきはじめるだろう。彼らにはいっさいの記憶はない。それはトレイルにある。

人間という種は外在する知性と内在する知性の両方に支えられている。大きな脳と（通常は）小家族を持ち、伝統的に各個体の賢さを利用することで、ライバルに勝って食物や異性を手に入れ、他の種を狩り、支配し、そして究極的には地球をコントロールしてきた。もっとも、後の章で出てくるように、わたしたちもまたトレイルや口伝え、書かれたテクスト、芸術、地図、そして最近では電子データといった形で知恵を外在化している。とはいえ、このインターネット時代においても、独立した天才への憧れはいまだにある。ほとんどの人、とくにわたしたちアメリカ人は優秀さや成果を自分だけのものと思いたがる。自己中心的な見方をすることで、わたしたちは自分の発見を支えている共通の基盤をずっと意識してこなかった。この自己中心性は道に対する態度にも表れている。トレイルについて書くとき、わたしたちはそれを、ウィルダネス・ロードを切り拓いたダニエル・ブーン「（一七三四―一八二〇）探検家。一七七五年、ヴァージニア州からケンタッキー州を通り、西部へ抜けるウィルダネス・ロードを切り拓いた」や、アパラチアン・トレイルを構想したベントン・マッケイなど、ひとりの「開拓者」がつくったものとする傾向がある。たいていのトレイルは集合的に、有機的に、設計者や独裁者がいなくても形成されていくことについては、まだよく理解されていない。

わたしたちが昆虫のトレイルについての理解を深めるきっかけになったのは、なんとケムシだった。一七三八年のある春の一日、シャルル・ボネというジュネーヴ出身の若い哲学者が、自宅があるトネの田舎道を歩いていたとき、サンザシの木の枝にかかっている小さな白い絹のような巣を見つけた。なかには生まれたての、燃えるように赤い毛を逆立てたテンマクケムシが群れていた。

このときボネは十八歳で、虚弱で、喘息があり、近視で難聴だった。外見はあまりナチュラリストらしくなかったが、忍耐と観察力と粘り強さ、そして燃えるような好奇心を持っていた。父親は法律家にしたがったが、彼自身は（当時まだそのような職業はなかったのだが）生涯をかけて昆虫などの小さな生き物の小宇宙を研究したいと考えていた。

ボネはそのサンザシの枝を折り、家に持ち帰ることにした。当時のナチュラリストは密閉した小瓶にケムシを入れて死骸を観察するのが常だった。だがボネはケムシが戸外で邪魔されずに行う自然の行動を自宅でゆっくりと観察したいと思った。彼は自分の書斎の窓枠の外にそのサンザシの枝をかけることにした。その窓は、ガラスのスクリーンを通じてミニチュア化された世界を垣間見せてくれるテレビのようになった。ボネはその前にすわって時間がたつのを忘れて眺めた。

二日間じっと見つづけていると、ケムシたちは巣から出てきて、一列縦隊で窓ガラスを上にのぼっていった。四時間後、列は窓枠の上まで進み、それから反転した。不思議なことに、ケムシたちはのぼってきた経路を正確にたどって降りていった。ボネは後に、窓ガラスに（おそらくは色鉛筆で）元の経路をはずれるかどうか確認するため、通り道の印をつけてみたと書いている。「彼らは忠実に元の道をたどっていた」

ボネは毎日、ケムシが窓ガラス上を探検するのを観察した。もっとよく注意して見ると、ケムシは進みながらごく細い白い糸を吐き出しており、あとに続くものはそれに従っていた。ボネは好奇心から、指でそのトレイルをこすり、糸を寸断してみた。帰ってきた一団の先頭の個体は、その切れ目にさしかかると明らかに混乱した様子で後ろを振りかえった。次の虫も、その次の虫も同じだった。どのケムシもゆっくりとトレイルの切れ目までやってきて、そこで回れ右をするか、足元に懐中電灯を落としてしまった人間のように、糸を探すような動きをした。ようやく一匹の、ボネによれば「他のものより大胆な」ケムシが勇気を出して前進した。そして切れ目に糸が再びつながり、他のものもついていった。

これに気をよくして、ボネはもっと多くの巣を集めてきて今度は室内の炉棚の上に置いた。すぐに大量のケムシが寝室を探検しはじめ、壁や床、家具までも這いまわった。トレイルを消すことだけでケムシの移動をコントロールできると知り、彼はきっと自分を小さな神のように感じただろう。彼は喜んでこのトリックを訪問客に教えた。「あんなにきれいに整列して歩いているでしょう？　でも、彼らは間違いなくこの印を越えることができませんよ」彼はそう言ってケムシのルートを指で拭い、彼らを止めてみせた。

アパラチアン・トレイルを歩いているとき、わたしも何度か、木の枝の根元に謎めいた小さな白いケムシの巣を見つけた。ときにはかなり巨大なものや、角を曲がってみると、多角形の雲のような巣に一面覆われた木を見つけることもあった。ハイカーたちはそれを「ミイラの木」と呼んでいた。

わたしはそれを見ると、なぜか体が震えた。テンマクケムシは、あとで知ったのだが、気持ちの悪い生き物だ。顔は黒いマスクのようで、体にはびっしりと細かい毛が生えている。その毛は風の強い日には一・六キロ以上飛ばされ、人は発疹や咳の発作、目の充血を起こす。種類によっては、十年サイクルで大発生するものがある。一九一三年六月には、大発生したテンマクケムシの死骸がロングアイランド鉄道の線路に密集し、やってきた列車がスリップしたことがある。

生物学者のエマ・デスプランドの話では、テンマクケムシの大発生のときにサトウカエデの林に入っていくと、「幽霊の森」のようだったという。

「六月のことで、枝には葉がついていなかった。そこにはべたべたの絹のような、大きな巣がまるでハロウィンの飾りみたいに張られていたわ。それから、雨みたいな音がしていた。ただしそれは雨じゃなくって、ケムシの糞が落ちてくる音なんだけれど」

生物学者のあいだですら、テンマクケムシはあまり好かれていない。それなのにデスプランドたちがその研究をしてきたのには理由があった。テンマクケムシは、ひたすら忠実な、まったく愚かな追従者で、あまりに道に忠実だとどうなるかという好例だからだ。デスプランドによると、幼いケムシを巣の仲間から引き離すと、それは混乱し、ずっと頭を振ってトレイルを探しつづけ、そのまま餓死してしまうという。だが、一匹ではまるで役立たずだが、彼らは集団なら森ひとつを裸にすることができる。

それほど弱い生物が互いに結びつき、繁栄できた理由に関心を抱いて、わたしはデスプランドがテンマクケムシの研究をしているモントリオールの研究室へ向かった。到着すると、彼女はタッパーを開いてケムシを見せてくれた。その黒っぽい数匹の虫は、まるで生命を与えられたネズミの糞のようだった。それから、オフィスの古いデスクトップ・コンピュータで、食物の探し方を実験した低速度撮影の動画を見せてくれた。ケムシたちが厚紙の囲いのなかにいる。その左端にはケムシの大好物であるポプラの葉が置かれている。右端には、ブラックコットンウッドとイースタンポプラの交配種（クローンH 11-11）が置かれているが、こちらはあまり好きではない。単純な実験だ。目隠しをされた数名の子供が長い廊下の真ん中に立たされていて、その片方の端にはチョコレートケーキが、反対の端には生のセロリが置かれていると思えばいい。おいしいほうをみんなで食べてもいいと言われたら、子供たちはすぐに手分けをして探し、声をかけあうだろう。では、ケムシはどうするだろうか。

デスプランドのコンピュータの画面には五枚の厚紙が映っており、同時に実験が行われていた。彼女はわたしに下から二番目の厚紙に注意するよう言った。ケムシのグループは誤って交配種のポプラのほうへ向かいはじめ、数分がたっていた。他のケムシもそれについていき、ほぼすべてのケムシが端まで到達したが、ほとんどどの虫も食べようとはしない。かなり長い時間、彼らはこの最初の間違いを訂正しようとしなかった。いま来た道をたどって真ん中の「ビバーク（休憩地として設置した絹のようなパッド）」まで戻っては、また交配種のほうへ向かうだけで、おいしいポプラの葉がある右側へは一匹も行かなかった。すべてのケムシが他のもののあとについて交配種の葉のほうへ進み、さらにトレイルを残し、フィードバックを残すということを延々と続けた。

わたしはボネが発見し記述していた奇妙な出来事を思い出していた。それはマツノギョウレツケムシが誤って陶器の瓶の縁に円形に行列をつくってしまったときのことだ。ケムシは少なくともまる一日そこを回りつづけたという。後に、ジャン＝アンリ・ファーブルも同じ現象を観察している。ケムシはなんと、この自分の尾を噛んだヘビのような輪を壊して脱出するまで、一週間以上も輪になって歩きつづけた。『ティンカー・クリークのほとりで』でディラードは、ファーブルが書いたこの魂のない、回りつづける自動機械の話を読んだときの恐怖心について書いている。「怖いのはそこから抜けだせないということだ。どこへも向かわない動き、無力な力、瓶の縁を無目的に回りつづけるケムシの行列。わたしが嫌だったのは、いつわたし自身がその呪われた光る糸に巻きこまれないともかぎらないことだった」

デスプランドのケムシもまた同じような円環にはまりこんでしまったようだった。低速度撮影で二時間のあいだ、それは繰りかえされた。ケムシたちはビバークに戻り、交配種の葉まで行き、またビバークに戻ってきた。見ているこちらが落ち着かなかった。

だがついに、ちょっとした偶然から反対側へ進むものが現れた。彼らはゆっくりと、恐る恐るそちらへ向かっていった。少しずつ、こわごわと、ためらい、互いを前へ押しやり、そして何度も振りかえりながら。デスプランドはそのためらいを、鳥に食べられることを恐れ、群れを離れることを遺伝的に忌避するためではないかと推測している。

二時間が経過するころには、偵察隊はポプラの葉に到達し、その後ほかのケムシたちも彼らが開拓したトレイルをたどってあとについてきた。最初のミスにもかかわらず、四時間後にはすべてのケムシが正しい葉を見つけ、心ゆくまで食べていた。

このケムシの食物探しのテクニックはとても単純で、愚かでさえあるが、しかし機能は果たしている。

飢えが不安を呼び起こし、何度も歩いたトレイルを放棄させ、新たな場所へと向かわせることが安全装置の役割を果たしている、とデスプランドは説明した。「リーダーになるのは飢えた個体が多いわ。なぜなら彼らは犠牲を厭わないから」

最初のケムシの実験の一年後、シャルル・ボネは新たなケムシを探していて、偶然ナベナの花を見つけた。その先には、小さな赤アリの集団がいた。興味を引かれ、彼はそれを折って書斎に持ち帰り、蓋を開けたガラス瓶にまっすぐ挿した。

ある日ボネが帰宅すると、アリは巣からいなくなっていた。周囲を探すと、アリは列になって壁をのぼり、窓枠の上の部分の木材をかじりとっていた。ボネは一匹のアリが壁を這いおり、瓶の側面をのぼって巣に戻る姿を観察して日記に書いている。それと同時に、別の二匹がナベナの先から現れ、窓枠の上までのぼり、最初の一匹とまったく同じルートでおりていった。

「すぐさま、目の前のこのアリたちはケムシと同じようにコースを指ししめす跡を残したのだとわたしは思いついた」と彼は回想している。

もちろん、彼はアリが糸を吐き出さないことを知っていた。しかしアリはときに尿のような強い臭いを発する（そのため、アリはかつて「pismire（piss は小便の意）」や「piss-ant」と呼ばれた）。その物質は「触れたものに付着し、嗅覚に働きかけるもの」かもしれないとボネは予想した。彼はそうした「見えない跡」を、人間には知覚できないが犬にとってはすぐにわかる、ヤマネコの道のようなものだと考えた。

それを確かめるのは簡単だった。前と同じように、彼は指でアリの通路をこすってみた。「そうすることで、わたしは指の太さの通路を破壊した。するとケムシのときとまったく同じ光景を見ることができた。アリはうまく歩けずに回り道をした。わたしは彼らの混乱をしばらく楽しんだ」

ボネはアリの道の形成について的確な説明を探しあてた。ユベールやファーブルはいずれも、強い記憶力や視力、簡単な言語が必要になると考えたが、ボネはそう考えなかった。彼は、アリが巣に戻り、食べ物のありかに行くことができるのは、トレイルに従っているからだと正しく推論した。だが、アリのなかには「特定の臭いや人間にはわからない感覚に引き寄せられて」道をはずれ、新しい脇道をつくるものもいる。もしそのはぐれたアリが食べ物を見つければ、それは巣に帰るときに新たなトレイルを残し、残りのアリはそれについていく。だから、とボネは書いた。「アリは、自分の発見を言葉で伝えなくても、多数の仲間たちをある場所へ連れていくことができるのだ」

日記を読むかぎり、ボネ自身はこの発見の重要性に気づいていなかったようだ。科学者たちはアリが歩きながら化学物質を分泌するのではないかと考えていた。十六世紀には、ふたりのドイツ人植物学者オットー・ブルンフェルスとヒエロニムス・ボックが、チコリーの青い花を蟻塚の上に置くと鮮やかな赤に変わることから、アリが蟻酸を分泌することを発見していた。だがボネ以前に、それについて正しく理解した者はいなかった。

一七九三年にボネが亡くなったころ、昆虫学者のピエール・アンドレ・ラトレイユが、アリは道に従って歩くというボネの考えを裏づけた。ラトレイユは大量のアリの触覚を切断した。するとアリはすぐに無目的にうろうろしはじめた、と彼は書いている。それはまるで「酔っぱらいか狂人のようだった」。一八九一年には、さまざまな分野に精通したイギリスの知識人、ジョン・ラボック卿がY字迷路や橋、回転台を使った画期的な実験を行った。骨の折れる実験のすえ、彼はトビイロケアリが主ににおいのトレイルで道案内をすることを明らかにした。

一九五〇年代後半、E・O・ウィルソンはハリアリの体内にある、トレイルのフェロモンを分泌する腺を突きとめ、謎を解明した。彼はトレイルをつくる物質がアリの体内にあるはずだと考え、腹部を開き、時計技師が使う先の尖ったピンセットで慎重にすべての器官を取りだし、一枚のガラス板にそれを塗りつけた。そうするごとに、彼は近くのアリのコロニーに影響を及ぼすかどうかを確認した。毒腺、後腸、「脂肪体」と呼ばれる脂質の塊など、器官をひとつひとつ取りだしていったが、反応はなかった。最後に彼は小さな、指のような形をしたデュフール腺という器官を塗りつけた。「アリたちは爆発的な反応を示した」と、ウィルソンはのちに回想している。「彼らは走りながら、触覚を左右に揺すり、空気中に蒸発し、発散している分子を確認した。トレイルの終点で、彼らは混乱し、あるはずの褒美を探してあたりをうろついた」

一九六〇年には、アリの道に対する理解はかなり深まっていた。ふたつの重要な用語が同時期に生まれた。ふたりのドイツ人生物学者が名づけた、行動を促す、あるいは印となる化学物質「フェロモン」と、ピエール＝ポール・グラッセが提唱した「スティグマジー」という概念だ。スティグマジーとは、リーダー不在で、環境に蓄積された信号を使って行われる間接的なコミュニケーションの一種だ。たとえばシロアリは、スティグマジーを利用して巨大な巣をつくりあげる。現場監督はいないし、シロアリどうしの直接のコミュニケーションもない。シロアリは、（もし土がここにあれば、そこに土を運ぶ、といった）環境のなかの単純な合図に反応する。するとそれがさらなる環境の変化をもたらす。こうした、行動によるフィードバック・ループによって、驚くほど効率的で復元力のある建造物ができる。たとえばオーストラリアの巨大な蟻塚は、つくり手の体長との比で考えると、人間がつくる最も高い超高層建築物の三倍にも相当する。フェロモンとスティグマジーの組み合わせで、いたって単純な昆虫が迷宮のようなトレイル・システムを構築できるのだ。

一九七〇年代、ウィルソンの業績をよく知っていた生物学者のテレンス・D・フィッツジェラルドは、テンマクケムシもまたフェロモンを使っているのではないかと考えた。当時、テンマクケムシは同じ巣の仲間が吐く糸についていくと考えられていた。しかしフィッツジェラルドは、ケムシはその糸の上に、アリのように腹の先端からトレイルのフェロモンを分泌しているのではないかと思いついた。そこで彼はまっさらな紙を半分に折り、折り目をケムシの腹部の裏側に這わせた。それから紙を広げ、数匹のケムシをその上に乗せた。すると思ったとおり、ケムシたちは折り目に沿って、ウィルソンのハリアリがしたように目に見えないフェロモンの線に沿って歩いていった（ウィルソンと同じく、彼はのちにそのトレイルのフェロモンを分離し、特定することに成功した）。この発見によって、ボネが始めた探究に面白い対称性が生まれた。テンマクケムシを研究することでアリがフェロモンの道に従うことが発見されていたが、今度は逆に、アリの解剖から、テンマクケムシがフェロモンを分泌することが知られるようになったのだ。

そうなると、ウィルソンもフィッツジェラルドもボネの発見に言及していないのはおかしなことに思えるかもしれない。またボネには多くの著作があり、なかにはアリの道の性質を発見した話が載っているものもあるのだが、英語で出版されたことはない。ボネのキャリアははじめ有望だったが、その後不運に見舞われてしまったためだ。二十代で、ボネはナチュラリストとして名を馳せた。彼ははじめてアブラムシの単為生殖を確認し、ミミズなどの再生を記述し、ケムシが皮膚の穴から呼吸していることを知り、葉から気体が発生することを証明した。ところがその後、運命のいたずらにより、彼は白内障を患い、失明してしまった。観察による研究ができなくなった彼は、哲学や心理学、形而上学、神学などの思索的な分野に転じた。人生の後半では、新しい生物学的発見と、世界は神によって創られたとする、自らの深い宗教的信念との橋渡しをしようとした。あらゆる種は永遠の時間をかけて完全性に向けてゆっくりと進んでいくという、「存在の大いなる連鎖」という包括的な理論を表したボネの主著は、後のジャン゠バティスト・ラマルクやジョルジュ・キュヴィエといった進化論者たちに影響を及ぼした。しかし科学史のなかでそれは傍流にすぎず、ダーウィンの自然選択説の出現によって忘れ去られた。晩年、ボネは盲目のため恐ろしい幻覚を見るようになった。その病気は現在、シャルル・ボネ症候群と呼ばれている。*今日、ボネの名はわずかにこの病名としてしか残っていない。

どんなトレイルにも物語があるが、その語り口や内容はそれぞれだ。たとえばデスプランドが研究する、テンマクケムシのトレイルはとても単純で、大きな声で「こっちだ」というひとつのフレーズを伝えるだけだ。ある種のアリの道はもっと洗練されていて、大声を出すだけでなく小さな声で伝えることもできる。化学物質の強さによって、コロニーに対してその先にどれだけ素晴らしいものが待っているかを示し、より細かいニュアンスを伝え、すばやく集合的な判断を下すことができる。科学者たちは長いあいだ、個体の知能は低いのに、どうしてアリのコロニーはそれほど知的なふるまいができるのかについて考えてきた。『巣の精神』の多くは目に見えない、複雑な化学物質の信号で、ようやく解明されはじめたばかりにすぎない」とE・O・ウィルソンは書いている。

ハリアリを例にとろう。偵察隊は食物を見つけると、その発見に興奮して、帰り道に腹の先を地面に押しつけ、万年筆の筆先からインクを出すようにフェロモンを分泌する。見つけた食物が多ければ多い

*シャルル・ボネ症候群という病名は、彼がそれに罹ったことではなく、それをはじめて記述したことに由来する。祖父のシャルル・ルーランがその病気に罹り、ボネはその症例を残した。後年、自分も同じ病気に罹ったのは不幸な偶然だった。

ほど、分泌されるフェロモンは多い。* 他のアリはその道をたどり、さらにフェロモンを分泌しながら巣に戻る。食物の量が多ければ、道はすぐに出現し、(化学的に) 目立ち、それによってさらに多くのアリを呼び寄せる。食物が残っているかぎりその道はアリを引きつけつづける。食物がなくなれば、道は消滅し、アリはその道を捨てて他のより強力な道に向かう。これはスティグマジーによって単純な生き物が複雑な問題のスマートな解決法を見つけることができるという完璧な例だ。

ここで働いている基本的なメカニズムは、フィードバック・ループだ。原因が結果を生み (アリは食物を見つけ、巣に戻るときに道をつくる)、そしてその結果が (さらなるアリを引き寄せるという) 新たな原因となる、ということが繰りかえされる。フィードバック・ループは二種類に分けることができる。ひとつはアリがより強力な道をつくるような好循環で、もうひとつは悪循環だ。たとえば、マイクがあまりにアンプの近くにあると、小さな音が増幅して恐ろしい高い音になる。コンサートによく行く人にはお馴染みのものだ (科学者はかってこの現象を詩的に「singing condition (歌っている状態)」と呼んでいたが、今日では単にフィードバックと呼ぶ)。

テンマクケムシの輪によって、ボネとファーブルはどちらも、好循環をもたらすのと同じメカニズムが悪循環をもたらしうるという、まさに文字どおりの例を自分の目で見た。動物心理学者のT・C・シュネーラは、一九三六年にパナマ運河の人工湖に浮かぶ島にある研究室にいたとき、この恐ろしい出来事を目撃した。ある朝、コックのロサが興奮して駆け寄ってきて、彼を外へ連れだした。すると図書館の前のセメントの歩道で数百匹の軍隊アリが輪をつくって行進していた。輪の幅は十二センチほどだった。

軍隊アリは目が見えず、フェロモンの道に依存して生きている。多数で隊列を組んで進み、通り道にあるものを食べ尽くしていく。その習性から、「昆虫界のフン族、タタール人」と呼ばれるほどだ。シュネーラは、このコロニーで問題が発生していることに気づいた。アリたちの大群は隊列というより、むしろ真ん中の空間の周囲を半狂乱で回転するレコード盤のようだった。午後になると雨が激しく歩道を打ちつけはじめた。そのためアリはふたつの小さな渦巻きに分離し、どちらも夜までぐるぐると回りつづけた。翌朝、シュネーラが起きると、ほとんどのアリは死んでいた。生き残ったアリは、まだとぼとぼと悲劇的な周回を続けていた。数時間後にはすべてが死に、ほかの種のアリがその死骸を漁《あさ》るために集まってきた。

シュネーラは、おそらくアリが完全に平らなセメントの上を歩いていたために周回が始まったのだろうと推測した。そうでなければ、ジャングルの地面のうねりに遮られたはずだ。しかし、さまざまな状況下でループするトレイルを記録した著名な科学者はほかにもいる。たとえば昆虫学者のウィリアム・モートン・ウィーラーは、アリの集団がガラス瓶の周りを四十六時間回っているのを見た。「昆虫の限界についてこれ以上に驚くべき事例は見たことがない」と彼は書いている。

一九二一年、探検家でナチュラリストのウィリアム・ビービは軍隊アリのコロニーがガイアナのジャングルのなかで巨大な輪を描いて行進しているところに遭遇したと記述している。建物をくぐり、丸太をまたいでいくその行列を四百メートルほどたどっていくと、結局元の場所に戻っていた。行列は、少なくともまる一日は「疲れ、望みもなく、混乱し、愚かに、何も考えずに、ついに死んでしまうまで」回りつづけ、ついには列から抜ける数匹の落伍者が出た。だがほぼすべてのアリが、飢えか渇き、ある

＊テンマクケムシの愚かさの原因は、こうしたシンプルな、だがきわめて巧みな工夫の欠如によると思われる。

いは疲労のために死んだ。

「この惨事はまるでギリシャ悲劇のようだ。これはネメシスの与える罰のように、通常なら素晴らしい行動を特徴づけるアリの性質から起こったことなのだ」とシュネーラは書いている。

ビービの表現はもっと簡潔だ。「ジャングルの主人が、自らの精神的な獲物になった」


わたしたちが周回するアリやケムシをこれほどおぞましく感じるのには単純な理由がある。原野のなかで迷子になった人間は真っ先に、トレイルを見つけたらそこから絶対に離れないようにしようと本能的に考える。専門家も通常この戦略を推奨している。「トレイルを見つけたらそこから離れないこと」と、米国森林局のバックパッカー向けガイドの「もし迷子になったら」の項には書かれている。トレイルは、「不安になった人にとって、あてもなく同じところを回りつづけることなく、どこかへたどり着けることを約束するもの」だ、とナチュラリストのアーンスト・インガーソルは書いている。ならば、円をなすトレイルとは残酷な詐欺、論理の破綻、黒魔術の一種のようなものだ。

数年前、パートナーのレミとわたしはニューヨークの小さなアパートメントから、カナダ、ブリティッシュ・コロンビア州の小さなキャビンに引っ越した。裏には背の高いヒマラヤスギの森がある。そしてその向こうが、冷たい緑色のジョージア海峡だ。はじめて来た人はこのキャビンに驚く。それはクラシックギタリストの隣人ジョニーがモダニストの気まぐれで建てたもので、列車の車両が別の車両の上に積まれた形をしている。一階の床はポリッシュコンクリートで、壁はほぼすべてガラス張りになっている。断熱は不充分で、しょっちゅう停電する。庭にはシカが顔を出す。いちばん近いスーパーマーケットへは車で二十五分かかる。だが静かで空気は澄んでいて、近所にはウォーキング・トレイルがたくさんある。

　キャビンの前の土の道は、曲がった腕のような形をした大きな通りの、ひじの内側のあたりに針が刺さったようにつながっていて、そこから、森へ入っていく小さなトレイルが伸びている。ジョニーはわたしたちに、その先には地元の人たちが「草の丘」と呼んでいる場所があると教えてくれた。海峡に面して露出した、柔らかい草が生えた岩だ。ヴァンクーヴァー島の山々に日が沈むのを見ることができる特等席だという。だが迷子になるかもしれないから、長居をしてはいけないとジョニーは強く言った。「わたしでも同じ場所を回りつづけた経験があるんだ。もう二十年も住んでいるのに」。コリーという別の隣人は幼い娘と散歩をしていて迷ったことがある。日が沈みかけたとき、彼は激しいパニックに見舞われたそうだ。彼は迷子だと気づき、精神的な動揺に襲われた。どうにか気力をふりしぼってそこから脱出したが、キャンプファイヤーを囲んでその話をしながら、その感覚を思い出しているようだった。

　わたしたちは心配していなかった。わずか五百エーカーの田舎の小さな公園にすぎない。迷子になっても、四、五キロ歩けば海岸か道に出られる。午後三時ごろ、わたしたちは大きな通りへ出ると、枝をかいくぐってそこへ入っていった。

　トレイルを抜けると、日光がシーグラスに反射していた。わたしたちは周囲を見渡し、繁茂する緑や濃い影に驚いた。ブリティッシュ・コロンビア州の海岸は雨量が多く、日射しが強い。土壌は豊かで、木々が高く伸びている。高いものは、下のほうの枝が落ちて宇宙船のような形をしている。だが、高く育った木もやがては倒れる。それは静かに地面に横倒しになって風を起こし、やがてそこで湿った茶色のくずになっていく。あたりはどこもかしこも苔で覆われ、地衣類が付着していた。湿った根で足を滑らせると、灰色と緑の空気に包まれながらおかしなほどゆっくりと体が倒れ、着地するときは地面が少し持ち上がって優しく受けとめてくれる。

そのトレイルは公園管理局によってつくられたのではなく、どうやら地元の有志が切り拓いたものらしい。つまり、その分だけ道ははっきりしていない。標識は、沼地を迂回するところでいくつか枝に結びつけてある程度だ。道は分かれたりつながったりしていた。わたしたちはジョニーから丘の頂上への行き方を教わっていた——T字のところで右に曲がり、あとはずっと左の道を行けばいい。いたって簡単だ。

最初の分かれ道に来ると、レミは迷子になったときに目印になるようにと棒を木に立てかけた。右に曲がり、ゆったりと曲がっている道を楽しく語りながら歩いていった。ところが、しばらく進んだところの分かれ道の脇には、レミが立てかけた棒があった。わたしたちは円を描いていたのだ。わたしたちはまごつき、向きを変えて今度は反対に曲がってみたのだが、数分歩くと、また棒のところに戻ってきてしまった。

マーク・トウェインは『西部放浪記』で、ネバダ州カーソンシティに向かって吹雪のなかを進んだときのことを回想している。オレンドルフという名の男が、自分の本能はコンパスと同じくらい正確だから、ついてくれば大丈夫だと語った。雪のなかを馬で三十分ほど進んだところで、一行はできたばかりの蹄のあとに行きあたった。「みんな、わたしはコンパスと同じくらい正確なんだ」とオレンドルフは大声で言った。「ほら、誰かが通った跡があるぞ。これについていけば大丈夫だ」

一行はそれについていった。間もなく、前にいる人々に近づいていることがわかった。蹄の跡がいっそうはっきりしてきたからだ。

わたしたちは足を速めた。一時間後、蹄の跡はより鮮明になった。驚いたことに、先を行く旅人たちの人数は、着実に増加しているようだった。どうしてこれほど大人数の集団が、こんな時間にこのような辺鄙な場所を移動しているのだろう。誰かが、これは砦から移動している軍隊だと言い、みんなその意見に同意して、それほど遠くはないはずだと考えてさらに足を速めた。ところが、蹄の跡はさらに増加したため、わたしたちは小隊がどういうわけか大隊になったのだと考えた。もう五百人の軍隊になっている、とバルーは言った。やがて彼は馬を止めて言った——

「みんな、これはわたしたち自身のつけた跡だ。わたしたちはもう二時間も、この吹雪のなかで円を描いてぐるぐると歩きつづけているんだ！」

人間には円を描いて歩く傾向があるというのは、何世紀もまえからわかっていることだ。一九二八年、生物学者のエイサ・スカエファーは、目隠しをされた人間は歩くときも走るときも、あるいは列をつくったり車を運転するときも、螺旋状に進むことを示す実験を行った。この現象を、彼は脳内の「螺旋状メカニズム」と名づけた。航空士のハロルド・ガティは、左右の脚の長さの違いという単純な生物学的非対称性によって人間は円を描くと考えていた（「人体の構造上、わたしたちはみなアンバランスなのだ」）。一八九六年にはノルウェーの生物学者F・O・グルベリが、円を描くことは生物学の「一般法則」だと主張した。彼は灯台の前で旋回する鳥や、ダイバーの照明のなかで回る魚、ハンターから逃れるために円を描く野ウサギやキツネ、霧で迷うとループ状に進む人間の例を挙げた。

グルベリは、円を描くことは失敗ではないとみなしていた。円形に動くという法則のおかげで、動物はたとえ迷っても、「生存の危機に瀕した動物がいつも戻る生まれた場所への」帰り道を確実に見つけられる。「たとえば母牛の乳房、母鳥の温かい羽毛や導き、母性本能が選んだ、身を隠せる木や茂みなどへ」。わたしたちは慣れ親しんだ場所への帰り道を見つけるために否応なく円を描くのだ、と彼は主張する。

二〇〇九年、研究者のヤン・ソーマンが円形を描く本能について検証した。彼はドイツの森とチュニジアの砂漠で、ボランティアにGPS追跡装置をつけて知らない場所をまっすぐに歩くように指示した。太陽など、方向を知るための手がかりがないと、参加者はたしかに円を描いて自分の歩いたところに戻ってくる傾向があった。「まっすぐ歩くのは簡単なことに思える」とソーマンはわたしに語った。「だが考えてみれば、それほど簡単なことではない」。自転車に乗ることと同じで、まっすぐ歩くためには実際には複雑なバランスを保たなくてはならない。だから酒を飲みすぎていないかを調べるいいテストになるのだ。

ソーマンはさらに実験を行い、脚の長さや強さがその要因ではないことを明らかにした。また、「円形を描く本能」が脳のなかにあると考えるだけの証拠も発見されなかった。参加者が通過した跡は、大きな円や螺旋ではなく、幼児がクレヨンで描いたような不規則に曲がりくねった線だった。ときには歩いた跡が輪のようにつながり、一度通ったところに戻ってくることがある。そこで歩行者は見慣れた足跡を見つけ、自分は円を描いて歩いているのだと勘違いし、パニックに陥る。ところが実際には、歩行者はずっと円を描いてスタート地点に戻ってくることはほとんどない。ソーマンは、道に迷った人は平均して、道を教えてくれる外からのヒントがないと、歩く時間と関係なく、百メートルほどしか移動しないという結論に達した。

これは恐ろしいことだ。曇った日に、背の高い森のなか、コンパスなどの器材を持っていないと、人は一方向にフットボール場くらいの距離しか移動できないということなのだ。

レミとわたしはまさにそのような状況にいた。空は灰色に濁っていた。あらゆるものが一様に苔に覆われていたから、いつものやり方では役に立たなかった。ジョニーの忠告を無視して、コンパスは持ってきていなかった。わたしの携帯電話には電子コンパスの機能がついていたが、かつて一度それを使ったときには、おどおどした人の目のように針が弱々しく左右に振れるだけだった。わたしたちは、トレイルのほか外的な判断基準はまったくない状況にいた。そのうちに、ぐるぐる回っていることに苛立って、海があると思った方向に道を逸れ、茂みに入っていったりもした。だが、道を見失うことが怖くなってすぐに魔法をかけられた道に戻った。

空が暗くなりはじめたころになってようやく、わたしたちはまったく同じように見えた分岐点が実はふたつのものだったということに気づいた。ひとつは、別のハイカーが以前に、まったく同じように木に立てかけたものだったのだ。レミがその枝を森のなかへ蹴飛ばすと、魔法は解けた。つぎの分かれ道で別の道に進み、わたしたちは家に帰ってきた。

グルベリによれば、ノルウェーの人々は円形に歩くことを「間違ったにおいを追う」と言う。この表現は、わたしが話したノルウェー人も知らなかったので、あまり使われない言葉なのかもしれない。だが円形に歩く人が抱く、前に進んでいるという錯覚をうまく言い表している。議論をしていて堂々めぐりになるときにも、だいたい同じようなことが起きている。双方が、もう少しで自分が議論に勝てると考えている。そしてどちらも攻撃や反撃、さらにその反撃を繰りだすが、どちらも決定的な勝利を収めることはできない。そのため双方が「ぐるぐると堂々めぐり」を続ける。それはまるで、樽の縁を走り、互いに追いかけあう二匹のネズミのようだ。

前世紀の後半まで、アリの研究者はふたつの陣営のどちらかに分類することができた。アリが知覚を持ち、学習することができると考えるか、本能による機械だと考えるかのいずれかだ。十九世紀には、神を世界を動かす根本原因、「第一動者」とみなすことに基づいた説明が時代遅れになり、またアリの問題解決能力に関する証拠が集まったこともあって、アリには知覚があるという主張が優勢になった。だがその後一九三〇年代初頭に、動物行動学という新しい学問分野を生み出したコンラート・ローレンツは、昆虫が「固定された行動パターン」に頼っていることを示し、機械説を活気づけた。この行動パターンは、かつては単に「本能」と呼ばれていたもので、神ではなく遺伝が決定するものだった。ただし、神ではなく遺伝によって説明されるようになっても、基本的な主張はそれまでと同じだった。このふたつの陣営による論戦の中心には、アリをめぐる逆説があった。アリに知性があるなら、なぜ個々のアリはあれほど愚かな行動をするのか？　だがもしアリが愚かなら、どうして彼らのコロニーはこれほど幅広い複雑な問題を鮮やかに解決できるのだろう？

この堂々めぐりの議論は、コンピュータの出現でようやく解消された。初期のコンピュータが新たな道を切り拓いた。昆虫のようなタスクを遂行するプログラムを開発することによって、またそれまでは複雑すぎた群れの行動をコンピュータで研究することによって、しだいに単純なルールに従う単純な機械がきわめて知的な決定を下せることがわかってきた。アリは単純か利口かなのではなく、そのどちらでもあるのだ。

自動システムの研究を行う新しい学問分野「サイバネティックス」の会合が一九四〇年代末から五〇

年代初頭にかけて定期的に開催されたが、そこで生物学者とコンピュータ科学者は、互いの分野の重なる部分について議論をした。第二回目の会合で、シュネーラは普通の黒アリに迷路の抜け方を訓練した方法について講義をした。彼は慎重に、定期的に床の紙の線を消し、トレイルが蓄積しないようにしたのだが、それによって、基本的なルートを記憶することができるアリもいることが確認された。この発見は、アリの個体は多くの科学者がそれまでに考えていたよりも強い知性を持っていることを示していた。しかし、これはのちに別の出席者で、情報量の単位「ビット」を導入した科学者のクロード・シャノンによって、最も初歩的な電卓よりもはるかに単純なプロセッサーによるロボットアリが製作されたことにより、価値がいくらか減ってしまった。電子「アンテナ」を車輪につけたロボットアリは、単純な試行錯誤のプログラムで、迷路のなかを、壁に何度もぶつかりながら、「ゴール（ロボットのモーターを切るスイッチ）」まで進んだ。ロボットアリは迷路を記憶し、二度目には、壁に一度もぶつからずにゴールに到達した。

ロボット化された昆虫による研究はその後も続けられている。数年前、研究者のシモン・ガルニエは電子フェロモンに従うロボットアリを作った。その道は、頭上に並んだプロジェクターが個々のロボットアリの動きを自動的に追跡することで定められる。一方、各ロボットアリの「頭部」には光センサーが装備され、他のロボットアリが通ったために光っている道を通ることができる。基本的に、「道」か「食べ物」のどちらかを見つけるまでランダムに進むこと、そして自分が見つけた最も強い道に従うこと、というふたつの規則のみで、ロボットアリたちは最終的に迷路を通過する最短ルートを見つけることができた。

アリのコロニーが機械的にルールに従うものとして研究されるようになったことで、コンピュータが個々の回路の集積であるのと同じく、コロニーもひとつの自己組織化システムとしての機能を果たしているという見方が優勢になってきた。この発想は、一九七〇年代にベルギーの研究者、ジャン＝ルイ・ドノブールによって実証された。その最も有名なもののひとつに、アルゼンチンアリの巣と食物をふたつの橋でつないだ実験がある。ふたつの橋はよく似ているが、唯一、一方の長さが他方の二倍あるという点だけが違う。はじめアリたちはふたつの橋をランダムに選んだが、やがて時間がたつにつれ、短い橋ばかりを選ぶようになった。短いほうが、フェロモンがより早く蓄積されるという単純な理由のためだった。道が短いほどフェロモンは新鮮で、より多くの個体がそこを通るという、アリのシステムによる巧みな自動調節だ。ここに鍵がある。個々のアリは愚かかもしれないが、ドノブールが言う「集合的知性」を高いレベルで持っているのだ。

アリのコロニーを単純なルールに従う個体で構成される知的なシステムとみなしたことによって、ドノブールの研究はさらに飛躍した。アリの行動を数式で表し、それを使ってコンピュータ・モデルがつくれると気づいたのだ。はじめに無数のルートが開拓され、そのなかでよいものが増幅し、その他は消えていくというアリのコロニーのアルゴリズムは、それ以来、イギリスの通信ネットワークの改善や、より効率的な輸送ルートの設計、財務データの仕分け、災害救助活動での物資運搬、工場でのタスク・スケジューリングなどに利用されている。科学者たちはアルゴリズムを（たとえばケムシではなく）アリに似せてつくった。アリはつねに設計を微調整し、新しい解決法を探っているからだ。彼らは最適な解決法だけでなく、多数のバックアッププランを発見する。

わたしはある冬の日の午前に、ブリュッセルのドノブールの自宅で彼と話をした。玄関口で挨拶をした彼は、小柄で精力的で、白髪で耳は大きく、満面の笑みを浮かべていた。皺が過去のあらゆる表情の蓄積だとしたら、これまでにたくさんの喜びを感じてきた人であることは間違いなかった。

キャリアのはじめ、システム理論の研究で有名なイリヤ・プリゴジンのもとで学んだころから、ドノブールは動物の行動の背後にある見えないシステムを明らかにしようとしてきた。彼は早くから、集合的知性が昆虫のコロニーにとどまるものではないと気づいていた。実際、その発想はまず人間に、さらには動物に応用されるようになった。「集合的知性」という言葉がはじめて使われたのは、一八四〇年代に共和主義者のジュゼッペ・マッツィーニが、歴史とは「偉人」の活動の記録だというトマス・カーライルの考えを批判したときだった。マッツィーニは、より大きな歴史の目標は「社会組織における……集合的な思考」を認識することにあると主張した。あまりに長いあいだ、歴史家たちは花全体ではなく花びらにのみ意識を集中してきた。熱心なカトリックだった彼は、人間の「集合的知性」は全能の神から生じるものであり、人間は神の「道具」にすぎないと信じていた。

ドノブールは神による説明を排除し、個体どうしの相互作用から昆虫や人間の集合的知性が出現することを示そうとした。初期の論文で、ヒトはアリと同様にスティグマジーによって居住地をつくる傾向があると主張した。ヒトは無意識に環境に修正を加え、それがほかの人々に、どこにどのように家を建てるべきかという信号になる。たとえば、人口の少ない地域に家を建てれば、ほかの人々はそこが家を建てるのにいい場所だと思いはじめる。家が増えれば、誰かが店を出すだろう。店が増えれば、工場や輸送のための拠点ができる。トップダウンの管理は必要ない。都市は何もないところから出現する。

ドノブールと会うまえの週に、わたしは彼の弟子のひとりで、トゥールーズで研究を行っているギ・テロラと話をした。彼はメッソル・サンクトゥスというクロナガアリ属の一種が、円盤状の泥を掘って枝分かれしたトンネルのネットワークをつくる動画を見せてくれた。つぎに、彼はわたしにインドのベナレスやドイツのゴスラー、シリアのホムスといった、自然発生的に成立した村落の航空写真を見せた。その類似性は驚くべきだった。それらのシステムはいずれも、効率性（最小限の道）と丈夫さ（ひとつの通路が崩壊してもシステム全体は崩壊しないための余分の確保）の、数学的にほとんど最適なバランスを見つけていた。

「面白いことに、ローマの道ははじめ、格子状だったんです」と彼は言った。「ところがやがてすべての道路システムが破壊され、中世期には有機的なシステムに変わりました」。同様に、ローマ式の格子状につくられたヨーロッパ中の多くの都市の道（シリアのダマスカス、スペインのメリダ、ウェールズのカーリアン、ドイツのトリーア、イタリアのアオスタ、スペインのバルセロナなど）も、崩壊すると、人々は空き地になった区画を通って近道をし、無駄な広場に建物を建て、ローマ帝国の道路ネットワークを必要に合わせて有機的な配置に変更した。

ドノブールのオフィスで、わたしはこのことを思い出していた。集合的知性を長年研究してきた人は、この知識を使って都市をどのようにデザインするだろうか。そこで、新しい都市の市長としてブラジリアのように無から都市をデザインするとしたら、どのようにつくりますか、とドノブールに質問してみた。

「新しい街ができあがっていくところを見たいね」と彼は言った。「もしわたしが市長だとしたら、まあそうなる確率はかなり低いけれど、自由にやってもらうよ。さまざまなタイプの素材を用意し、市民が好きなように問題解決する手助けがしたい」

わたしはこの回答に少し驚いた。彼は効率的なシステムを設計する専門家だ。それなのにその専門知識を使わず、居住者自身に計画を立てさせるというのだろうか？

「そのとおり」と彼はいたずらっぽい笑顔で答えた。「ほかの人々にとっての解決法を知っていると考えることは、ある種の愚かさだからね」

人口が増えつづけ、いっそう過密で蜂の巣のような都市への集中が進むにつれて、アリの集合的知性はますます驚くべきものに思われてくる。アリの創造性の多くは、ほとんど理想的な（だが見方によってはあまりに悲惨な）高度の無私性から来ている。それはわたしたちにはないものだ。たとえば、研究室のV字の傾斜路を渡っていくとき、軍隊アリは自分たちの体を使って橋をつくり、川を渡る近道にする。人間で言えば、まるで朝急いで通勤しているビジネスマンが、歩道にできた穴に自分の体を横たえて他の通勤者のために通路をつくってあげるようなものだ。近い将来に、わたしたちがこうした種類の利他主義を発達させるとは思えない。それでも、人間がアリの知恵から学べることはたくさんある。

多くの個体が歩くとき、人間もアリも自然と列を形成する。人間の場合、列は三十秒くらいの間隔で崩れ、停滞し、またつくり直されるのだが、アリの列はつねに安定し、規則正しく進んでいく。この理由を解明するために、群集理論の研究者メディ・ムーセはトゥールーズで最も人通りの多い歩道に沿ったバルコニーにカメラを設置した。すると、人混みをかき分けて進み、流れを乱し、ほかの人々を停滞させるのは、ひとりのこらえ性のない者であることがわかった（ムーセがこの話をしてくれたとき、わたしはバツの悪さに笑ってしまった。かつてマンハッタンで通勤していたとき、六番街と七番街のあいだの混雑した地下鉄のトンネルで、毎朝これと同じ現象が起きていた。厄介者は、いつも仕事に遅れそうになっていたわたし自身だった）。結局、流れに従って進んだほうが、流れに逆らって進むよりも、各自が目的地により早く到達することができるのだ。

アリの交通の動態に関してはほかにも興味深い研究がある。ムーセの元同僚のオドレイ・ドュストゥールは、アリは渋滞してもつねに動きつづけることを明らかにした。アリには、道の境界が定まっていないから、通行量が増えるにしたがって道を広げられるという優位性がある。しかし、人工的に制限された状況でも、アリの適応力は人間よりも高い。ドュストゥールはこのことを、狭い箇所がある迷路にアルゼンチンアリを入れることによって示した。上から見るとアリは、劇場の狭い出口から外へ出ようとする人の群集と同じように見える。しかし、出口の狭い迷路にどれだけ多くのアリを入れても、人とは違って、アリの流れは決して止まらなかった。

それに対する有望な説明を最近見つけたところだと彼女は言った。アリの群集がある程度の量に達すると、およそ十パーセントのアリが流れのなかで「石のように」静止していた。最大で二十分止まっていることで、静止したアリは自分の周りでうろうろする者たちをいくつかの列に分け、それによって渋滞を防ぐ。自分を犠牲にして立ち止まる個体は、コロニーがより早く移動できるようにしていたのだ。この発見は人間の群集に関する同様の研究とも合致している。それは戸口のすぐ前に障害となる柱を置くことで群集がきれいな列になり、流れが速まるというものだ。

ドゥストゥールと話しているうちに、アリの行動を基にしたアルゴリズムによって、大量の車が自動運転で走り、交通渋滞と無縁になった未来が浮かんできた。それまではずっと、そのような技術がもたらす理想状態は実現不可能だと思っていた。車の動きを調整する中央集権型のスーパーコンピュータが必要になると考えていたからだ（そのスーパーコンピュータがウィルスに感染したり、ハッキングされたときの凄まじい交通渋滞は考えるだけで恐ろしい）。しかし、群ロボット工学などの新しい分野での研究成果が蓄積されてくると、車はそれらを動かす神の手がなくても車自身でうまく調整しうることが明らかになってきた。個々の車が単純なルールに従うことで、ボトムアップによって高度に洗練された調整ができるのだ。

しかしアリが無私で協調的なふるまいをするからといって、彼らがロボットのように同一で予測可能なものだと考えるのは誤りだ。ドゥストゥールはそう強調した。集合的知性の研究におけるつぎの大きなパラダイムシフトは、群れのメンバーのあいだに著しい差異があることへの気づきから生まれるだろうと彼女は考えている。「誰もがアリはみな一緒だと言うけれど、誤解もいいところね」と彼女は言った。たとえば、庭にいるごく普通の黒いアリのうち十四パーセントは食物を探すあいだいっさいトレイルを残さないことがわかっている。また、食物を探しているグリーンヘッド・アントの少なくとも十パーセントは、自分が見つけたものを巣に持ち帰らず、自分で食べてしまう。さらに、ムネボソアリの一種のうち二十五パーセントはまったく働かないという。こうした利己的なアリが存在する理由はわかっていない。彼らはコロニーになんらかの進化上の利点を与えているのだろうか。それともどんな種にも必ず一定の反抗者やなまけ者がいるということを示しているだけなのだろうか。*

メンバー全員に対する信頼のうえに成り立っている組織では、ズルをすることはいたって簡単だ。だからこそ人間界では、ユートピア的なコミューンのメンバーは多大なエネルギーを使って怠慢や詐欺を取り締まらなくてはならないのだ（「コミューンは」と社会心理学者のジョナサン・ハイトは書いている。「集団を

---

*また、アリの種ごとの多様性についても研究は進んでいる。道しるべフェロモンも、「こっちに進んではいけない」という信号を発するものなど、新たな種類が発見されている。そしてある種のアリは、まったく異なる種類の移動法を発達させてきたこともわかってきた。アリゾナ州やオーストラリアなど暑く乾燥する地域では、フェロモンがすぐに蒸発してしまう。そうした地域では、アリは太陽の角度や風向き、地面の感覚や傾斜など、さまざまな印を使って正しい方向へ進む。砂漠に棲むある種のアリは、自分の「歩数」をカウントし、そこから推測して進むことがわかっている。

結束させ、私利私欲を抑制し、不労所得者の問題を解決できるかぎり続いていく」)。社会的結合を重視することによって、協力する共同体は(昆虫の巣からユートピアまで)カリスマ的リーダーによって揺さぶられやすい。ゴールデンシャイナーという魚の群れで行われた実験により、一匹の目立つ個体が、集団にとって最高の利益となるかに関係なく、魚の群れ全体の進路を変更させてしまうことがあるとわかっている。また人間のあいだでも、集団のなかで最も自信満々で、話術の巧みなメンバーが、その人物の意見の質とはほとんど無関係にリーダーになることが判明している(これを「おしゃべり効果(babble effect)」という)。

「群集の知恵はつねにうまくいくわけではない」とニュージャージー工科大学の群集研究所所長のシモン・ガルニエは語っている。「うまくやれば、群集は自在に操ることができる」

ガルニエは二〇〇四年にジェームズ・スロウィッキーが発表した『「みんなの意見」は案外正しい』に言及した。この本では、ごく普通の人々が集まることで、最も高度な専門家にも匹敵する判断を下すことができることが述べられている。特徴的な例として、イギリスの科学者フランシス・ゴールトンによって行われた実験がある。一九〇六年、ゴールトンは見本市で太った牡牛の体重を推測しようとした人々のデータを集めた。推測を行ったおよそ八百人のうち、ほとんどは見当違いの推測をした。ところが、それらのすべての推測の平均を取ると、ほとんどぴったり当たっていたのだ。

この実験はのちに何度も繰りかえされた。興味深いことに、必要なのはこの実験の鍵がウシの体重に関する判断を、互いの推測を教えあわずに、各自が独立して行うことだった。人々が互いの答えを知ることができた類似の実験では、集団の知性は精度が落ちたのだ。はじめのほうで行われた推測が誤ったコンセンサスをつくってしまい、悪循環が生じてのちの判断がさらに大きな間違いをしてしまったためだ。「ある集団のメンバーが互いに及ぼす影響が大きいほど、集団の決定の賢明さが失われてしまう」

とスロウィッキーは描いている。

この発見をはじめて読んだとき、わたしはかなり驚いた。それはこの三百年間のトレイルに関する科学的発見と矛盾するように思えたからだ。トレイルが形成されるとき、先行する歩行者の選択はすべて地面に描かれているのだから、群集のあらゆるメンバーはまえの人の推測をすべて知ることができる。だがそれでもトレイルはその場所を通過する最適なルートを見つけることができ、でたらめな回り道に逸れてしまうことはない。どうしてこうなるのだろうか。

生物学者のアンドルー・J・キングの論文がその答えを教えてくれた。キングはゴールトンの有名な牡牛の体重に関する実験をやり直した人物だ。彼は四百二十九人の人々に瓶に入った果実の数を推測するよう指示した。ただし彼はそこに少し変化を加えた。彼はひとつのグループの各メンバーには、自分のまえの人の推測を知らせた。そして別のグループには、それまでのすべての推測の方法を知らせた。そして第三のグループの人々には、それまでに行われた推測をランダムで見せた。予測どおり、そうした追加情報はグループの回答をゆがめ、悪化させた。ところが、彼は第四のグループには「現在の最善の推測」つまりそれまでのいちばん正解に近い推測を見せたところ、そのグループはまえの三つのグループより成績がよかっただけでなく、ゴールトンの古典的な、ほかの人の推測をまったく知らないグループをも上回ったのだ。* 群集のあいだで、ランダムな情報をさらに共有することは一般的に意味がない。学校の噂話のように、誤りをさらに大きく増幅してしまうからだ。しかし完全に正確ではなくても信頼できる情報であれば微調整が起こり、やがて正解に到達できる。


*まったく知らないグループでは中央値が、そして最善の推測を知らされたグループでは平均がより正解に近くなった。全体として、どちらも残りの三グループより正解に近かった。

あらゆるトレイルは、本質的に、最善の推測なのだ。アリが強いフェロモンを残すのは、食物を見つけたあとだ。それはすでに食物のありかについて正しい判断をしているということを意味する。同じ原則が人間にもあてはまる。わたしたちはその先に行くだけの価値があるものがないかぎりトレイルをつくらない。最初の最善の推測がなされるのはたった一度だけで、他の人々はそれに追随し、その跡がトレイルになっていく。

ハクスリーが主張したように、同じパターンはすべての科学的発見に見られる。最善の推測がなされ、それが時間の経過とともによりよい推測になっていく。これがトレイルの成長のしかただ。予感は主張に強められ、主張は対話となり、対話は議論に変わり、議論は合唱へと膨れあがり、そして合唱は響きあい、反響し、不思議な新しいハーモニーになってそれぞれが新たな声で叫ぶ――。

こっちだ……

こっちだ……

こっちだ……

Chapter 3

珍しい生き物が秋の黄色い芝生の上を歩いていた。わたしたちが乗っているランドローバーの左側の窓の外には三頭の野生動物がいる。右側にはエランドの群れ。車は速度を落とし、徐行になった。前方ではシロイワヤギの群れがのろのろと動き、道をふさいでいる。ゆっくりと進んでいくと、近くのキリンが首を折り曲げ、高級売春婦のような退屈で眠そうな目で窓ごしに車内を覗きこんだ。

横の運転席には、大型動物の群れのふるまいを専門にする生物学者のニディ・ダーリスリーサンがいる。彼女はヌーやオリックス、クーズー、アダックス、ウォーターバックなど、SF小説の登場人物のような、わたしにはよくわからない種を挙げた。何カ月ものあいだ彼女はそうした動物たちを観察し、そのそれぞれについて面白い率直な意見を抱いていた――シロサイは「かわいい」けど、シマウマは「いやなやつ」。ゾウはチャンスがあれば「なんでも引き裂いてしまう」。オスのクーズーは学校ではじめてダンスを習う男の子のように、実際に相手を見つけること以上に、手の込んだ求愛行動に関心がある。

わたしはダーリスリーサンとニューアークの群集研究所で会った。そこで彼女は博士課程を終えた。熱心に昆虫を研究している同僚が多いなか、毛皮で覆われた大型動物の群れに関心を抱いているのは珍しかった。だが、同僚たちの研究と重なりあう部分もかなりあるらしい。昆虫と同じく、哺乳類もかなり大きな群れをつくり、情報を共有し、とても効率的なトレイルのネットワークを築いている。野生動物が大移動する季節に、熱気球に乗ってタンザニアのセレンゲティ国立公園の上空に昇ったら、有蹄類の群れは侵略するサスライアリによく似ているだろう。

昆虫について学んだことで、トレイルがある種の外的な記憶や集合的知性として機能しうることがわかった。虫は小さな体と脳で大きく複雑な仕事に立ち向かわなければならない。だが、脳が大きく個体ごとの独立性が高く、また既知の宇宙のなかで最大の歩行者である陸生哺乳類のわたしたちがなぜ、互いの跡についていく必要性を感じるのだろうか。単独で、完全に自由に歩けばいいのではないだろうか。

ほかの動物の行動の理由を突きとめるのは困難な場合もある。人間とその他のあらゆる動物とのあいだには、ほとんど乗り越えられない心理的、言語的な壁がある。だがそれでも人間はいつも、ほかの動物の動機や、彼らを人間と比較することに興味を抱いてきた。わたしは地球上の文化で、ともに暮らす動物の内面生活を推測しないような文化にはお目にかかったことがない。それは当然のことだ。生き残れるかどうかは、それにかかっているからだ。獲物の心理を理解するために、多くの土着の狩猟社会は、トランス状態になる儀式や生け贄、儀礼的ダンス、さまざまな形態による断食、自傷といった魔術的な儀式を行う。これと同じ基本的な疑問に駆りたてられ、西欧の科学者たちは複雑な実験を行い、恐ろしく込みいったコンピュータ・モデルを組み立ててきた。こうして数百万年にわたって、他の動物たちを理解しようとし、絆を結んできたことが、カラハリ砂漠のガゼル狩猟者から東京の愛猫家まで、あらゆる人間をいまの姿へと変えてきた。

人間は伝統的に三つの方法でほかの種を理解しようとしてきた。なかでもおそらく最も一般的なのは、動物たちと暮らすことだった。すみかや餌を与え、繁殖させ、さまざまな場所で群れの番をすることで、やがて彼らと緩やかに共生するようになった。反対に、人間は動物を狩り、殺すことによっても彼らについて学んできた。それは冷酷な捕食者というまったく異なる立場から動物の思考を読みとることにつながった。そして最も新しく始まったのが動物たちの研究で、人間は彼らの食べ物を分類し、移動を追跡し、反応を調査し、集団のつくり方をモデル化した。

いまランドローバーの車内でダーリスリーサンの隣にすわっているのはそのためだ。わたしは古くからあるこの観察、牧畜、狩猟という異種間コミュニケーションをひとつずつやってみることにした（いちばん手がつけやすそうなものを最初にした）。

その三つの試みのなかで、わたしはトレイルがほかの動物の心を理解するための（狭いが）役に立つ入口だということを知ることになった。想像とは違って、動物の世界は子供の絵本のように、シマウマが一つのページにいて、キリンは別のページ、そのつぎがライオンといったように区切られているわけではなかった。動物たちはみな混ざりあい、関わりあっている。群れたり、あとをつけたりして互いを追いかけまわしている。そして最も大事なものが重なりあっている場所には、必然的にトレイルができる。

この協力の過程には人間も関わっている。初期の人類は間違いなくほかの陸生哺乳類のトレイルに頼っていただろう。それは現代の道路が古い獣道と重なっているのと同じだ。ほかの動物の足跡を追うことで、人間はその意図を読みとってきた。熟達した追跡者は自分を獲物と同一視することで、途切れがちなトレイルをたどり、さらには歩きながら動物と同じ感覚を味わえるようにさえなるという。てのひらに触れる枝の棘のしなりや蹄の下の温かい土の柔らかさを感じる。こうして彼らは「動物になる」。

人間はほかの動物の心を読むことはできなくても、そのトレイルを読むことはできる。そのことがわたしたちを人間らしくした。動物たちを狩猟することで、わたしたちは知性を形成し、最初期のテクノロジーを発明した。牧畜によって、ミルクや肉、革や羽毛などの贅沢品を着実に手に入れられるようになった。動物たちの力を利用して、畑を耕し、商品を輸送し、都市を建設した。そして動物の知恵を学ぶことで、自らの知恵を高めてきた。長い時間をかけ、いくつもの大陸をはさみ、動物と人間がぶつかり、絡みあい、そして支えあうことで、わたしたちはしだいに変化してきたのだ。

パート1 観察

ダーリスリーサンとわたしが動物たちの単調な日常生活を眺めていると、べっとりした雨が降ってきた。一頭のアダックスが長く曲がった角で背中をかいていた。アンテロープの赤ん坊が母親の横でよろめくと、母親は膝をついて鼻を子供の後ろ脚の下に伸ばし、その尻を舐めた。赤ん坊はこちらを見て、恥ずかしげもなく幸せそうな顔をしている。

縞や斑点模様の有蹄類の群れを見ていると、はるか遠くのアフリカの草原で探検をしているかのような気分になるが、よく見るとおかしな部分がある――高い金属製のフェンスや、「ＡＦＲＩＫＫＡ」と書かれた木造風の漫画のような看板、そしていちばん気になるのは、遠くのほうで急降下しているジェットコースターだ。実はここは「アフリカ大陸の外で世界最大のドライブスルー・サファリ」と呼ばれる、シックスフラッグス・グレートアドベンチャーというテーマパークに付属する広大な動物園だ。ニュージャージー州の郊外にあり、高速道路でニューヨークから車で二時間もかからない。このサファリパークは一九七四年に、どちらも世界最大の熱気球やティピーなどとともにつくられた。ここには現在、六つの大陸から来た千二百の動物がおり、そのなかにアフリカの動物の大きな群れもいる。

ダーリスリーサンは三脚で固定したカメラを窓にセットし、動物たちの動きを撮影した。彼女はフィールドジャーナルに、日付、時間、気温、天候、そして注意すべきふるまいなどのメモを書きはじめた。数年にわたってパークに棲むアフリカの有蹄類にGPS機能のついた首輪をつける活動の準備中だった。そのデータはワイヤレスで受信局から群集研究所へと転送され、哺乳類がなぜ群れをつくるのかという謎の解明に使われる。

なかでも最も有力で、彼女がテストすることを望んでいる理論は、「多くの目理論」と呼ばれるものだ。群れに目がたくさんあるほど、捕食者や新しい食物源を見つけやすい、というのがその理論だ。交代で平原を見ていることで、多くの群れのメンバーは平和に草を食べていられる。シマウマやヌー、ガゼル、アンテロープなど、多くのアフリカの有蹄類は混ざりあった群れで生活する傾向がある。それはひとつの種の長所が別の種の欠点を補えるからかもしれない。たとえばシマウマは近視だが、とても耳がよく、一方、キリンやヌーは視野が広い。それらが一緒に群れをつくることで、密かに近づいてくるライオンを見つける（あるいは聞きわける）可能性は上がる。

ダーリスリーサンはこの理論を検証するべく、すべての有蹄類に電子首輪をつけ、GPSによって個々の動物の位置をたどるだけでなく、ジャイロスコープと加速度計によってその群れが見ている方向を記録する予定だ。種の混ざった群れの動態に関するこのような研究はまだあまり行われていない。この実験はとても大がかりになる、とダーリスリーサンは言った。「こんな研究は野生ではできない。あまりに広すぎるから。わたしたちにはそんな予算はないわ。それに実験室の装置のなかでもできない。動物たちが収まりきらないの」。幸い、シックスフラッグス・グレートアドベンチャーの所有者がこの実験に最適な場所を建設してくれていた。

野生動物の調査では、このような微細なデータは犠牲にし、より広い視野から観察することが多い。衛星技術の発達とともに、人間は動物が広大な土地をどのように動きまわるかを神の視点から見る方法を手に入れた。それ以前は、野生動物のグループを追跡するためには、科学者は発信器つきの首輪をつけ、特殊なアンテナをつけたジープを使ってその動物たちを追いかけなければならなかった。いまではGPSの機能があるため、動物たちに首輪をつけたら数カ月も自由に放浪させ、それから首輪のデータを手動で（最近ではワイヤレスで）ダウンロードすればいい。この新しい技術と、衛星画像の解像度が上がったことにより、哺乳類の集団が移動のルートをどのようにつくり、それを次世代に伝えるかが明らかになりつつある。そうした移動ルートのうち、カナダのオオツノヒツジのものなど、最も古いものは、おそらく数万年前にまで遡る。

数年前、生態学者のハティ・バートラム＝ブルックスがボツワナのオカバンゴ・デルタのシマウマのグループに、牧草を食べる際のパターンを調べるためにGPSつき首輪をつけた。当時、シマウマはデルタを離れることはないと考えられていたため、雨季のはじめに多数のシマウマがいなくなったとき、バートラム＝ブルックスはライオンに食べられたのだと考えた。だがそれから六カ月後、首輪をつけたシマウマは戻ってきた。バートラム＝ブルックスが首輪をはずし、データをダウンロードすると、シマウマたちは国土の半分ほどの範囲を移動し、マカディカディ塩湖で草の新芽を食べていたことが判明した。

過去の狩猟家や探検家の記録を読むと、かつてそれと同じルートをたどって大規模なシマウマの移動が行われていたことがわかった。しかしボツワナ政府が一九六八年に動物の移動を制限するフェンスを設置し、そのルートは分断されてしまっていた。以後数十年間、政府が二〇〇四年に最終的にフェンスを撤去するまで、それはシマウマの移動ルートを塞いでいた。フェンスがあったのは三十六年間で、一方シマウマの平均寿命はわずか十二年ほどであるため、現在生きているシマウマに、そのルートをたどって移動した記憶があったはずはない。では、シマウマたちは進むべき方向をなぜ知っていたのだろう。

わたしがボツワナに長距離電話をかけてバートラム＝ブルックスと話をしたとき、彼女は即座にわたしの最初の推測を否定した。シマウマを誘う草の生えた通路があるのではないかと思ったのだが、そのようなものはないという。シマウマたちは乾燥したカラハリの低木林を数百キロも通り抜けなければならない。この研究の共同執筆者のピーター・ベックは、この移動の興味深さはそこにあると言った。動物たちの移動は、一般に犠牲によって特徴づけられる。そこにはつねにかなりの「エネルギーコスト」が発生する。すべての旅は賭けだ（おそらくこのために、移動をしないシマウマもいるのだろう。シマウマにも、やはり大胆なものと臆病なものがいるのだ）。

探検が失敗したときのコストはかなり大きいだけに、移動の成功はいっそう貴重で得がたい。群れの年長のメンバーは子供にそのルートを教え、それはある種の伝統的な知識として受け継がれていく。しかしあらゆる伝統と同じように、移動のルートはデリケートだ。いったんルートが途絶えてしまえば、それが再び通じることはほとんどない。バートラム＝ブルックスが明らかにしたのは、ある種が祖先の生活方法を復活させた希有な例だった。

だがまだよくわからない。どうしてそのようなことが可能になったのか？　わたしはバートラム＝ブルックスに推測してみてほしいと言った。

彼女の答えはわたしを驚かせた。おそらく、シマウマたちは何度も実験的に歩いてみて、水飲み場から水飲み場へと連れていってくれるゾウのトレイルをたどって塩湖まで行ったのではないかというのだ。「ゾウはシマウマよりもはるかに長生きするわ」と、彼女は言った。「だからフェンスが撤去されたとき、彼らがかつて使っていた古い歴史的な通路を覚えているゾウもいたということは大いにありうる。ゾウはたぶん簡単にトレイルを復活させ、シマウマはそのあとをついていったんでしょう」

なるほど、ゾウだったのか。

わたしはかつて三週間かけてタンザニアの草原を歩き、ンゴロンゴロ・クレーターを渡って、活火山オルドイニョ・レンガイ［ンゴロンゴロ・クレーターはタンザニア北部、セレンゲティ国立公園の東側に隣接するンゴロンゴロ保全（NCA）地域にある、休火山のカルデラ。保全地域の北部に活火山オルドイニョ・レンガイがある］まで行ったことがある。日中、わたしたちはときどき、普段は見ることのできない動物たちが遠くで草を食《は》んでいるのを見つけた。キリンやバッファロー、さまざまな種類のアンテロープ。その角はガラス彫刻作品のようにねじれつつ上を向いていた。夜になるとハイエナがテントに身をすりつけ、忍び笑いのような鳴き声で威嚇した。麝香《じゃこう》のような体臭がナイロンごしに匂った。

歩くのは大変だった。地面は背の高い黄色い草で覆われ、深い溝ででこぼこだった。幸い、ゾウがトレイルをつくってくれており、それについていけばよかった。彼らはとても聡明な道の発見者だ。ゾウの道に従って何度も別の溝に到達してみると、ゾウが少なくとも両側百メートルのなかで最も勾配の緩やかなところを選んでいることに驚いた。地図とコンパスを持った人間ですらどこへ行けばいいかわからないのに、どうしてゾウにはわかるのだろう。

ゾウは地勢を読みとる天才だ（これはその土地が棘だらけの低木やイラクサばかりの場合、とても重宝する能力だ）という記述は、植民地を描いた文学でも頻繁に出てくる。「彼らが『道をつくる』際に見せる賢明さは信じがたいほどだ」と、ジェームズ・エマーソン・テネント卿はスリランカのゾウについて書いている。「ゾウはつねに、川の最も安全な浅瀬を通って反対側まで最もうまく渡れる場所を選んで進む」。同じことはアフリカゾウにもあてはまる、と詩人のトーマス・プリングルは書いている。彼らの道はいつも、「素晴らしい判断で、つぎの開けたサバンナや川の渡り場までの最善で最短のルートをとっている。そしてこのため、彼らはわたしたちにも大いに役立つ。非常に困難で入り組んだ土地を抜けるルートを開拓してくれるからだ」。

ゾウのトレイルのネットワークは数百キロの広がりを持つこともあり、遠隔地の食糧源や塩なめ場をつなぎ、しかも谷や山、深い森といったさまざまな障害で遮られることもない。だがゾウはどうやってトレイルの通るべきルートを判断しているのだろう。なぜ彼らは遠くの塩なめ場や川を渡るいちばんの浅瀬を見つけられるのか。

わたしはこの疑問の答えを探す旅に出た。幸い、どこから始めればいいかはよくわかっていた。アパラチアン・トレイルで知りあった友人のケリー（トレイルネームは「スリスリ」）の職場は、テネシー州の田舎にあるエレファント・サンクチュアリという施設だった。そこでは、かつて動物園やサーカスに閉じこめられていた十九頭の牝のゾウが二千七百エーカーの開けた林で自由に歩きまわっている。

ある夏の日の午後、わたしはサンクチュアリまでケリーとゾウに会いにいった。車で砂利道を進み、「警告　バイオハザード」と書かれた看板のある、パスワードが必要な鉄門の前で止まった。敷地全体が二重の鉄製フェンスで囲まれ、そのうち片方は上に有刺鉄線が張られている。見たところ、この場所はサンクチュアリ（聖域）というより、むしろモンスターを生み出す秘密の施設のように思われた。

ケリーは門の内側で車に乗って待っていて、わたしをなかへ招き入れた。彼女はサンクチュアリの敷地内にある自宅の日当たりのいいランチハウスへ連れていってくれた。そこで二頭の犬と四匹の猫、そして一羽の賢いヨウム（犬と猫、ゾウの鳴き声に、携帯電話の呼び出し音が出せる）と一緒に住んでいた。裏庭から遠くのほうに、鼻に怪我をしたゾウがフェンス際を歩いているのが見えた。こうした、温かい家族とはぐれ者という対置はサンクチュアリの滞在中にしばしば経験することになった。

ケリーとわたしはその晩、遅くまでビールを飲みながらアパラチアン・トレイルの思い出話をした。彼女はわたしたちがテネシー州アーウィンで一緒に過ごした朝のおかしな出来事を思い出した。軽食堂で朝食を食べ、トレイルに戻ろうとしていたときだった。町の男のひとりがケリーのほうを向き、明らかに誇らしげに、アーウィンの町自慢を始めた。それは一九一六年に、メアリーという名の狂ったゾウを数千人の目の前で「リンチ」したことだった。男は壁にかかった、そのときのことを記録する白黒の写真を指さした。男はケリーが何年もゾウのそばで暮らしていることを知らず、彼女の反応を待っていた。おそらく感心してくれるとでも思っていたのだろう。ケリーは無言でその顔をじっと見つめかえした。表情は恐怖に固まっていた。

翌朝、ケリーは敷地内を案内してくれた。まずはアフリカゾウが寒い日に収容されている「納屋」から見学した。なかは広く、半透明のポリカーボネート製の壁で囲まれた音の反響する小屋で、床が温められ、トタン屋根がついていた。ゾウの部屋を出ると刈りこまれた芝地で、その先には広大な林が広がっている。その外側は、ゾウの縄張りが四角い鉄のアーチでつくられたフェンスで囲まれ、まるで巨大なホチキスの針が並んでいるように見える。ちょうど人間ならば通れるがゾウは通れないサイズになっている。フェンスの向こうへ行ってもいいかと尋ねると、ケリーは厳しい顔で首を横に振った。

フェンスの反対側二、三十メートルほどのところを、日本の素焼きの陶器のような色の巨大な生き物が歩いていた。わたしたちは近づきすぎないように注意して寄っていった。その大きな生き物はでこぼこした二本の牙とワニの灰色の尾のような鼻を持っていた。そのゾウの名前はフローラだとケリーは言った。

フローラの鼻がわたしたちのにおいを嗅ぐように伸び、フェンスのあたりを滑った。本から得た知識では、この鼻はブルーベリーを摘み、木を引き抜き、大量の水を噴き、何キロも離れたにおいを嗅ぎとるという。

「なんてすごい動物なんだろう」とわたしは言った。

「そう、ほんとうにすごいわ」ケリーはため息をついた。「でも、その気になれば人を殺すこともできる」

「だったら、もし僕がフェンスまで歩いていったら……」わたしは声をひそめた。

「やめて。たぶんフローラは頭を振ってあなたを捕まえて殺すでしょうね」

開設以来二十年のあいだに、サンクチュアリでは死亡事故が一度だけ起きている。二〇〇六年に、ウィンキーというゾウによって飼育係が踏み殺されたのだ。その影響で、飼育係はゾウと接触しないようになった。それ以来、人がフェンスの向こうへ行き、好きなゾウの背中を撫でることはなくなってしまった。捕獲されたゾウの多くが人間に対して並はずれて獰猛になるのは、トラウマが原因ではないかとケリーは考えている。「あまりに傷が深くて、決して人間を信頼しないゾウもいるわ」

たとえばフローラは、まだ幼いころにほぼ間違いなく自分の両親が殺されるのを目撃している（多くの科学者はゾウが死の概念を理解していると考えている。家族の墓の前で悲しんでいるゾウが目撃されたこともあるほどだ）。フローラはそのあと捕獲され、鎖につながれ、海を渡り、調教師に叩かれ、入場料を払って見物に来た観客のために芸を見せることを強いられた。サーカスでは、「世界でいちばん小さく、いちばん若い、芸をするゾウ」と呼ばれていた。

フローラは鼻を手前に引き、それを額につけ、太いSの字をつくった。口のなかは貝のようなピンク色だった。それは内側に丸まり、キンギョソウの花のようだった。「すごくかわいい」とケリーは言った。「あの口を見て！」

わたしたちは立って、フローラが興味を失って立ち去り、林に入っていくのを眺めていた。「このエリアはすべて、わたしが来たときにはマツが生えていた。でもゾウたちがすべて倒してしまったわ」

わたしはその理由を尋ねた。

「草原をつくる習性があるの」彼女は肩をすくめた。多くの専門家は、ゾウが「生態系エンジニア」として働くと考えている。動物学者のアンソニー・シンクレアの調査で、ゾウは山火事を利用して一区画の森を草地に変化させることがわかった。ゾウは火がほとんどの木を焼き払うのに任せ、その後、焼け残った柔らかい緑の若木を抜いて木が再び伸びてこないようにする。ゾウはまた、トレイルの脇に「庭」をつくることでも知られている。生えている余計な若木を抜き、自分たちが食べるフルーツの種をそこに蒔くのだ。深いジャングルのなかでは種が風で飛ばされないから、ゾウはジャングルにマンゴーヤドリアン、そして（名前もぴったりの）いわゆるエレファントアップル（ビワモドキ）などの大きなフルーツの種をばらまく。すると、ゾウたちのトレイル脇には都合よく彼らのお気に入りのフルーツが並ぶことになる。

若い飼育係のコーディが近寄ってきた。擦りきれた野球帽と、髑髏《どくろ》の柄が入ったTシャツを身につけている。わたしは彼に、ここに来てからずっと疑問に思っていたことを尋ねた。「サンクチュアリのゾウは野生のゾウと同じようにトレイルをつくるんですか？」

つくらないという答えが返ってくると予想していた。野生のゾウとは違って、ここではトレイルを歩く理由がないように思えたのだ。長距離を歩くトレイルも必要ないし、渡らなければならない急流や、登らなければならない山もない。しかし、コーディとケリーはふたりともうなずき、ゾウはトレイルをつくるのが好きらしい、と言った。コーディは庭を横切り、フェンス沿いに続く微かなトレイルを指さした。まだほかにもある。施設内のいたるところで交差している細い小道だ。ふたりとも、ほとんどのトレイルがどのようにしてできたのかを知らなかった。ほとんどが、数年前に突然現れたのだ。シャーリーという一頭のゾウは、仲間だったバニーの墓へのトレイルをつくった（いまでは飼育係は「バニーのトレイル」と呼んでいる）。ゾウのなかには、トレイルがふたつの地点をつなぐ最速のルートではなくなってしまっても、それに固執するものもいるという。

わたしはケリーに、なぜ彼らがそこまでトレイルに執着するのだろうと質問した。ずっと捕まえられた状態で生きてきて、いまでは生きていくために必要ではないのに。

彼女は笑顔で首を振った。

「たぶん彼らのなかに深く根を下ろしているのね」

その日、わたしは疑問に対するさらなるヒントを集めはじめた。ケリーとわたしは敷地の反対側にあるアジアゾウの小屋を訪れた。小屋の前にミスティとドュラリーという二頭の灰色がかった黄色いゾウがすわっていた。アフリカゾウよりも小さく、ずんぐりしている。ミスティは地面に横たわり、ドュラリーは見張りをしている。わたしたちを見つけ、ドュラリーはゆっくりとフェンス際まで歩いてきてこちらを見つめた。額の形はウシの頭に似ていた。眼窩の上が膨らみ、こめかみは深く窪んでいる。鼻は古いガスマスクのように下に垂れている。白目があるはずのところは黒い。

ミスティは腹ばいになり、膝を体の下に折り曲げ、よちよち歩きをするような動きで前脚から立ちあがった。顔はドュラリーよりも丸く、皺が多い。ケリーはマシュマロのように「つぶれた」顔だと言った。ミスティはドュラリーのほうへ歩いてきた。二頭は並んで立った。愛くるしい顔に、死を思わせる顔。彼らは鼻で互いの体を優しく撫ではじめた。それから、合図でもしたかのように、一斉に迸るような小便をした。

間もなくコーディが回診に来た。ミスティは滑らかに決められたルーティンどおりに動いた。コーディがフェンス際まで来ると、ミスティは後ろを向いてごつごつした尻尾を突きだした。コーディがそれを優しくたぐり寄せると、ミスティは足を上げた。コーディはそれにハグをした。

飼育係は治療のためにゾウが足を上げるように訓練するのだとケリーに教わった。飼育係は傷ついた足の治療（爪のひび割れや膿瘍、感染など）だけに毎週何時間もかけている。こうした怪我は、捕まえられていた以前の生活ではほとんど一日中堅いコンクリートの上に立っていたため、よくあることなのだ。さらに悪いことに、捕まえられていたころにチック症に罹ってしまったゾウもいる。たとえば体を左右にリズミカルに揺らしたり、鼻を前後に振ったりする（動物学ではこれを「常同行動」と呼ぶ）。ゾウは素晴らしい長距離歩行者だ。野生では、一日に八十キロ移動することもある。そのため閉じこめられると、有りあまったエネルギーを発散するために体を動かすようになる。行動によってエンドルフィンが放出されるため、ある種の自己慰撫として癖になり、それが長く繰りかえされると膝や足の怪我につながるのだ。ケリーによれば、捕獲された動物で最も多い死因は足の問題だという。

ゾウの足は木の切り株のように見えるが、とても繊細だ。その太い円筒のなかには、細く尖ったヒールがついた靴のような骨の構造がある。このつま先立ちのような形によって、ゾウは驚くほど敏捷に斜面を登ることができる。植民地時代のアフリカで、ひとりのハンターが「ヒヒ以外のどんな動物にも近寄れない」ような崖の表面をゾウのトレイルが通っているのを発見したと書いている。サーカスでは、ゾウはロープの上を歩くよう訓練される。

平らな地面では、足の裏の脂肪の円盤があるため、そっと静かに歩けば歩行の衝撃はかなり和らげられる。体重四トンのゾウの足にかかる重みは、一平方インチ（約六・四五平方センチメートル）あたりわずか四キロだ。ゾウは道を切り拓く性質があるから、静かに進む傾向はいっそう促進される。ゾウの文化史について著書があるダン・ワイリーは、ジンバブエのザンベジ川で、国立公園管理官のグループがある夜キャンプをしたときに、そうとは知らずにゾウの道で眠ってしまった話を書いている。翌朝起きると、彼らはゾウが自分たちの体の真上を誰ひとり起こすことなく歩いていたことに気づいた。眠っていたシートの上に足跡が残っていた。

さらに信じがたいことに、ゾウは遠くにいる群れのメンバーのメッセージを足で聞きとることができるという。ゾウの研究者ケイトリン・オコネル＝ロドウェル（以前は草の葉の震動によってコミュニケーションを行うハワイのプラントホッパーを研究していた）は、ゾウが「巨大な聴診器の足」を使って遠距離から地面を伝って送られてくる警報を探知することができると発見した。彼女はまた、ゾウの足は百六十キロ先の雷の音を探知できるという仮説を立てている。もしそうなら、雨が降った正確な場所まで遠距離を移動できるというゾウの謎めいた能力を説明することができるかもしれない。

この足が、なぜゾウは数百キロにもわたってジャングルや砂漠を通る最も簡単なルートを見つけられるのかという問いのヒントになる可能性がある。考えてみれば、ゾウの体すべてがトレイルをつくるのに完璧に設計されている。鋭い嗅覚と聴覚を持ち、食べ物や水、遠くにいるほかのゾウを感知できる。肩幅が広いため、深い茂みをかきわけて進むことができる。体重が重く、ゾウは一メートル登るのに、水平に同じだけ移動する二十五倍のエネルギーを必要とする。そのため彼らは傾斜の緩やかな場所を探すために遠くまで行く（だから、わたしがタンザニアで見たように、ゾウはいつも最も簡単に川を渡れる場所を見つけられるのだ）。脳もトレイルをつくるのに最適だ。大きな脳を持つ哺乳類のなかで、ゾウは道具の使用やパズルは比較的得意ではないが、よく知られているとおり、記憶力は素晴らしい。とりわけ、空間情報の記憶にかけては。彼らの脳はまるで、土地を知るために進化したかのようだ。

そして何より、ゾウの家族構成もトレイルをつくるのに最適だ。普通、牝のゾウの群れは長老の牝を先頭にして一列で歩く。草を食べたり、水を飲んだりする場所を記憶するのは長老の役目だ。何度も繰りかえし移動するうちに、ルートは若い牝へと伝達され、そのうち一頭がやがてリーダーになる。[*] この階層的で血のつながりを基盤にした移動形態は、おそらく種の誕生にまで遡る。古生物学者は、六百万年前の「長鼻類の足跡化石（十三頭の牝のゾウに似た生物が同じ道を一緒に移動していた足跡の化石）」を発見している。ゾウはその巨体と社会構造によって、時間の経過とともに否応なく自分たちの通過したあとにトレイルをつくりだす。

ゾウのユニークな生態や社会構造から、あれほど優美なトレイルをつくる方法はわかった。だがその理由についてはまだはっきりしなかった。知覚器官がこれほど発達したゾウがトレイルを必要とするのだろうか。それともトレイルは単なる歩行の副産物なのだろうか。彼らは、人間が数センチ積もった雪の上につくる足跡ほどにも自分たちのトレイルを大切にしないのではないだろうか。

わたしはこうした疑問を、動物の移動がその土地の生態に及ぼす影響を研究している生態学者のスティーヴン・ブレークに向けた。彼は一九九〇年代後半から、コンゴ北部のヌアバレ・ンドキ国立公園でマルミミゾウが果実の種を蒔く方法を研究している。ゾウがどこを移動しているのかをさらに詳しく知るために、彼はゾウのトレイルのおおまかな地図を描くようになった。沼地や熱帯雨林を歩きまわり、彼は計画的にゾウの道を囲む木を、トレイルの交差点にとくに注意して調査していった。彼は、トレイルが圧倒的にフルーツのなる木の多いところや鉱床を通っていることを発見した。ほかの研究でも、砂漠では、ゾウは生きるために広範囲を歩かなくてはならないが、トレイルは同様に水飲み場と草を食べるエリアをつないでいたことが判明した。「なんということでしょう。イギリスの歩道がどれもパブや教会につながっているように、ゾウのトレイルはすべて彼らが求めているものとつながっていたんです」と、ブレークは言う。

彼によれば、前もって意識的にそうしたトレイルがつくられるわけではないが、つくられるとすぐに

*ケリーは、捕らえられていたゾウがサンクチュアリに来てほかの牝と再び行動をともにするようになっても、どういうわけか明瞭な家母長制に基づく群れをつくることはないと気づいた。ミスティとドュラリーのように二頭でペアになるか、一頭のままでいるものもいる。タラというゾウは、ベラというゴールデンレトリーバーと友達になったことでよく知られている。

多くの機能を果たすようになる。「たとえばゾウを見知らぬ森に連れてきたとしましょう。そのエリアにはさまざまな木が点在しています。おそらくゾウはまずうろうろと、フルーツのなる木が見つかるまで歩きまわるでしょう。そうしながら、彼らはそこに着くまでにたくさんの植物をなぎ倒します。そしておそらくその木の位置を記憶します。もし覚えなくても、彼らは歩きつづけることによって、生い茂っていた茂みを抵抗なく歩けるようにするでしょう。そして、人が森のなかを散歩すると、どのトレイルがよい場所へ通じていて、どれがそうではないかを知っていくように、ゾウも学び、特定のトレイルが強化されていきます」

フルーツのなる木などの資源が豊富に、だがばらばらに配置されているジャングルや、水飲み場などの資源が少なく、離れた場所にある砂漠では、トレイルはあてもなくさまよう（エネルギーの面でコストが高い）距離を短くし、目的地にたどり着けない可能性を低くする。「ゾウは、人間と同じように道に迷います」とブレークは説明した。トレイルは迷子のゾウに方向を教え、異質な個体群を結びつけることができる。そうすることで、トレイルは「ある種の社会的空間記憶」の役割を果たす。それは集合的な、外在化された記憶のシステムであり、アリやケムシのものと大きく異なるものではない。

また、脳の大きさと強力な知覚器官によって、ゾウはトレイルをつくる必要がなくなるのではなく、むしろより広く、複雑なトレイルのネットワークをつくることが可能になっている。ケムシのトレイルは単に「こっちにはいいものがある」と示すだけだが、より記憶力が強い動物には、意味の違いや新しい分類をすることが可能になる。動物は「こっちには食べ物があり、こっちには水がある」とか、さらには（たとえばゾウならば）「こっちには姉の墓がある」ということも覚えられる。動物はネットワークのなかで方向をつかみ、自分が必要とするものとの位置関係を把握する。記憶がトレイルガイドの役目を果たしているとも言える。何がどこにあるかを完全に記憶していなくても、早くそこへ行くにはどうしたらいいかを知る手がかりになるのだ。

これだけの強力な記憶があり、これだけ人間のつくる道のネットワークに似ていれば、ゾウはトレイルをわたしたちと同じように、象徴的に理解しているのではないだろうか。わたしはブレークに質問した。ゾウはトレイルの意味をわかっているのでしょうか？　つまり、ゾウはトレイルを単に歩きやすい場所とかなんとなく引かれるということではなく、その先に何か価値あるものがあるという象徴的な印とみなしているのではないでしょうか？

わたしはこの質問を、ケムシから家畜までさまざまな分野の、何十人もの動物の研究者に投げかけてきたが、それまで一度も満足のいく答えは返ってこなかった。だがブレークの回答は揺るぎなかった。

「きっとそうです」

象徴的なトレイルをつくることは、人間以外の動物にとって大変な作業のように思えるかもしれない。だが、広大な土地について記憶しなければならない動物にとっては、象徴的に考えることが最も抵抗の少ない道になる。それは複雑な環境を、整理された認識可能な線に解体する。もちろん動物はそれがなくても移動できるが、いくらか困難になるだろうし、リチャード・ドーキンスが述べたように、自然選択は「無駄を嫌う」ものなのだ。

とはいえ、トレイルに頼って生きていれば危険はないということではない。たとえばコンゴでは最近、ゾウのトレイル網が木材の伐採搬出作業で寸断され、ゾウは道に迷っている。ブレークはその破壊をこう表現している。「第二次世界大戦でひどい爆撃を受けた活気ある都市、たとえばコヴェントリーやドレスデンを考えてみましょう。そこではいたるところに交通網が張りめぐらされていました。誰もが都市の端から端までどう行けばいいのか知っていた。人々が理解していたそうしたインフラは、彼らの生活の基盤だったんです。それが爆撃を受け、建物は焼け落ち、どこもかしこも破片の山になった。そしてあとには混沌だけが残った。それと同じように、熱帯雨林を伐採するときには、ブルドーザーを入れ、ヘクタール当たり一、二本を伐採し、運搬します。そのためにほかの木をなぎ倒し、通り道をつくり、そこにあったものを消し去ってしまう。直接ゾウを殺さなくても、美しい格子細工のようなシステムの機能に大きな損害を与えてしまうのです」

トレイルのシステムや記憶された移動ルートが分断されると（それは現在、人間の住宅や産業のためにます危険なほどに進んでいるのだが）、再びつくられることはめったになく、集団はひどい損失をこうむる。だからこそ、バートラム＝ブルックスによるオカバンゴ・デルタのシマウマの移動ルートの発見は驚くべきもので、希望に満ちているのだ。彼女の理論が正しければ、フェンスが取り除かれたことで、ゾウの群れは数百キロ先にある、新鮮な草が生い茂った川へ続く祖先のルートを復活させることができた。ゾウの道が再構築されれば、多くのほかの動物たちもまたその幅広く鋭敏な足が通ることによる知恵の恩恵を受けられるだろう。

パート2　牧畜

サンクチュアリから帰ったあとも、わたしはコーディに診てもらうために従順に後ろ足を上げていたミスティの姿について考えつづけていた。行くまえの想像では、ゾウは遠く離れたところで、かつて自分をひどい目に遭わせた弱々しい生物である人間を慎重に避けているのではないかと考えていた。だがミスティとコーディを見ていて、彼らの交流がとても穏やかで自然なことに驚いた。見世物にされたゾウはしかたなく人間とつきあっているように見えるものだが、そうした印象はまったくなかった。優しく、ほとんど愛情さえ感じられた。あとで気づいたのだが、まるで握手をしているかのようだった。

サーカスのゾウを訓練することには暴力がつきものだが、ミスティにこの仕草を教えるためにどの程度の強制があったのだろうかとわたしは興味を持った。ケリーによれば、痛みはまったくともなわなかったという。それはパブロフの条件付けの典型事例だった。まず、飼育係はゾウがベルの音とリンゴなどのご褒美を関連づけるように教える。「ブリッジ」と呼ばれるベルが使われるが、その意図はいつ望ましい行動をしたかをゾウにわからせることだ。飼育係はまずベルを鳴らし、ゾウにご褒美を与えることからスタートする。

ベル――ご褒美
ベル――ご褒美
ベル――ご褒美

飼育係はこれを、ベルの音がしたらゾウが毎回鼻を伸ばすようになるまで続ける。

それから、飼育係は棒でゾウの足に触れる。

棒――ベル――ご褒美
棒――ベル――ご褒美
棒――ベル――ご褒美

最後に、飼育係は棒をゾウの足から十数センチほどのところに保ち、「足」と言う。そして待つ。

「足」

「足」
ゾウが足を上げ、棒に触れたら、ベルを鳴らし、ご褒美を与える。

ケリーはだいたいこのような方法によって、結核の治療を受けるように何頭かのゾウを訓練した。そのゾウたちは治療を必要としていたのだが、おいしくない薬を飲みこむことを拒絶していた。そこで毎日一回、感染したゾウはケリーたち飼育係が直腸にゴムをはめた腕を挿入するあいだ我慢して待っているように訓練された。ケリーにとってもゾウたちにとっても、この治療は楽しいものではなかった。* 地球上でのゾウと人間の共進化はここまで来ているのだ。はじめ人間はゾウから逃げ、つぎに狩り、やがて奴隷化した。そしていまではわたしたち人間（の少なくとも一部）は、ゾウを生かしておくためにあまり心地よくないことまでする。

サンクチュアリに来ることのできた幸運なゾウは、北アメリカにいるほかのゾウよりもよい生を送っている。広大な開けた森を自由に歩きまわり、充分に食物が与えられ、命の危険もなく、怪我やくしゃみをすれば心配してもらえる。それでもときには、カート・ヴォネガットの『スローターハウス5』の主人公で、異星に捕らわれ、調査や世話、そして丁寧ではあるにせよつねに尋問されていたビリー・ピルグリムのような気分を感じることもあるだろう。飼育係はゾウの自然環境をできるかぎり再現しようとしているが、家族や故郷と離れ、ゾウたちは異郷にいると感じているだろう。

ゾウは歴史上何度も飼い慣らされてきたが、家畜化されたことはない。訓練されたゾウはほぼすべてが（ポエニ戦争でハンニバルが使った戦象から、サーカスでバレエを踊るゾウまで）野生の生まれで、そのあとで調教師の用語では「躾《しつけ》」がなされる。これが飼い慣らされた動物と家畜化された動物の違いだ。家畜化された動物は、ヒツジやウシのように、躾の必要がない。生まれつき人間のいる環境で快適に生きるようになっているからだ。わたしたちは家畜を、遺伝子のレベルまで、人間の世界に合わせてつくりかえているからだ。

『銃・病原菌・鉄』で、ジャレド・ダイアモンドは「五大」家畜（ヒツジ、ヤギ、ウシ、ブタ、馬）は共通する稀な特徴を持っていると書いた。彼らは大きすぎず小さすぎず、あまりに攻撃的でも臆病でもなく、成長が早く、狭い場所で休息を取り、ダイアモンドの言葉では「リーダーに従う」社会的序列を受け入れる。トルストイをまねて、彼はこう言う。「家畜はどれもよく似ているが、家畜化されない動物はみなそれぞれのしかたで家畜化されない」

ゾウはこの特徴のいくつかを持っている（厳格な支配の階層）が、いくつかは持っていない（大きすぎ、安息できず、成長が遅すぎる）。彼らは家畜化されず、恐ろしい運命のいたずらに翻弄されてきた。過去四千五百年のあいだ、運のよいものは自由に歩きまわってきたが、運の悪い少数は捕らえられ、躾けられ、人間のために働かされてきた。

論争を呼んだ一九九二年の著書『The Covenant of the Wild: Why Animals Chose Domestication／野生の契約　なぜ動物たちは家畜化を選んだか』で、科学ジャーナリストのスティーブン・ブディアンスキーは「家畜化した動物とその野生の祖先を分ける重要な特徴のほぼすべて」は、「幼形成熟」によって説明できると述べた。「幼形成熟」とは、成熟しても未成熟な特徴を保持していることで、ブディアンスキーの言葉では「永続する思春期」を表す生物学的現象である。とてもかわいらしい姿や柔軟な脳もこうした特徴に含まれる。柔軟性のない大人の行動とは正反対に、幼形成熟の動物はまるで子

＊全員にとって幸いなことに、わたしが最後にサンクチュアリを訪れたあとで、薬品をゾウの食べ物に混ぜる方法が開発された。

供のように動きまわり、遊び、気を引く。そして重要で際立った特徴は、他の種や新しい状況に対して身構え、恐れるような態度をあまりとらないことだ。こうした点は、犬に最もよく表れている（最初に家畜化された動物が犬であることは偶然ではない）。とはいえ程度はさまざまだが、五大家畜のすべてがこの特徴を持っている。

だがもっと衝撃的なのは、ブディアンスキーがパノラマのように描きだした、人間と家畜が共生という血の約束で自分たちを縛り、地球上に広がっていった様子だ。人間とその仲間になった群れをなす動物を結びつけたのは、わたしたちがみな、機をうかがってつねに移り変わる土地を開発する「辺境にすむもの」であったことだ。柔軟性こそがいちばんの武器だった。わたしたちは「雑多なものを食べることができる腐食動物や草食動物であり、大量の竹だけを食べるように優美に適応したパンダとは違う」。それは決して隷属というようなものではなく、家畜は人間と、人間が土地にもたらした変化に頼ることを「選んだ」（つまり、そう進化した）のだ。五大家畜と、鶏、モルモット、アヒル、ウサギ、ラクダ、ラマ、アルパカ、ロバ、トナカイ、ヤクなどの珍しいウシ科の動物、さらにいくつかのほかの種は、人間が狩猟採集民の自由な生き方を放棄し、農耕民として骨の折れる仕事をすることを選んだのと同じ理由で家畜化された。つまり、それによって競合相手よりも子孫を増やし、競争に勝つことができたからだ。孤独に荒野を放浪するよりも、犬に追われて家畜小屋に入るほうが楽だったからだ。

家畜化した犬やヒツジ、ヤギ、馬、ウシがみな、同じ種の野生のものよりも個体数が多いことは偶然ではない。また人間も農業と牧畜によって、同じ面積の土地で狩猟採集の百倍もの人口が暮らせるようになった。動物の権利を守る活動家は、畜産は不自然で残酷だと主張するが、ブディアンスキーは牧畜の生活を声高に擁護する。「動物を育てることで、わたしたちは狩猟ほど古くはないが、ある意味でそれ以上に深いものを再現しているのだ。なぜなら動物を利用した農業は、わたしたち人間を含む種のあいだのシステムが最高度に進化した例だからだ」。農耕牧畜民と家畜、農産物はともに、互いの必要に自分を合わせてきた。そうすることで、わたしたちは（失敗することはあっても）逆境に負けない生態系を発展させ、地球に変化を加えてきた。

トレイルは、個体のグループが団結して共通の目的を目指すときに形成される。だから動物界の最も印象的なトレイルの多くは、ゾウやバイソン、さまざまなアフリカの有蹄類など、協力しあうことができる大型哺乳類の群れによってつくられる。

だが、これまでの研究では、動物の群れのしくみはまだはっきりとわかっていない。群れの動態について考えていて、ひとつ気づいたことがあった。それは人間が群れをなす動物の一種、ヒツジを間近で千年にもわたって観察してきたということだ。ヒツジがいかに協力してトレイルをつくるか、そしてさらには人間とヒツジが協力して土地を変化させてきたかを観察するため、わたしは牧羊に挑戦してみることにした。

すべてのヒツジの心には生まれながらにして従順と無秩序のせめぎあいがある。子供はみな、ヒツジが群れをなす動物の典型であることを知っている。またヒツジという言葉は周りに盲目的に従うものといった意味で使われる。この特徴のため、アリストテレスはヒツジが「世界で最も愚かな動物」だと考えた。だが、わたしは二〇一四年の春に数週間牧夫として働いたのだが、ヒツジは知れば知るほどヒツジらしくなかった。個々のヒツジにはそれぞれの性格や気質があった。頑固で（比較的）孤独を好むものもいれば、従順で仲間と一緒にいるものもいた。それでも、彼らは一体となって動いているように見えることもあるくらい協力しあっていた。

ほぼ二十年間にわたってカリフォルニアの羊飼いを観察し、彼らと対話してきたナチュラリストのメアリー・オースティンは、群れには必ず「リーダーと中間者、あとに従うもの」がいると書いている。リーダーは群れを引っぱる。中間者はいつも真ん中にいる。あとに従うものは後ろからついていく。個々のヒツジはだいたい固定した役割を果たし、リーダーは群れを動かすことができるから、羊飼いはたいていリーダーに目をかける。自分のガールフレンドの名前をつけて、命を守ってやることさえあると彼女は書いている*。

しかしわたしの経験では、群れの動態はオースティンが書いているほど単純ではない。むしろひとつの群れに多くのリーダーがいて、状況ごとに別のものが前に出てくる。さらに興味深いことに、自分が群れを率いていると仲間から思われようとする個体さえいるようだ。群れが自分の統率を放棄して別の方向へ進みはじめると、彼らはまるで、気まぐれな選挙民の動きを先取りする政治家のように、急いでその先頭へ走っていく。

同じように、羊飼いと群れの関係も見た目ほど明らかではない。羊飼いは群れの主人とは違う。群れと羊飼いはたえず交渉を行い、押しあいへしあい、協力していたと思えば、つぎの瞬間には仲たがいをしている。羊飼いのなかには言葉や口笛でヒツジたちをコントロールできると語る人もいる。それも正しいのかもしれないが、わたしとヒツジのあいだで使われた意思疎通の方法は、空間による対話だけだった。つまり、わたしがあまりに近寄ると、彼らは後ずさっていく。このようにして動きをつくりだすことはできるが、それは煙の柱を動かすようにつかみどころのないものだった。群れを率いることは、支配ではなくダンスだ。

羊飼いは、あらゆる技能と同じく、一生をかけて習得されるものだ――あるいは理想を言えば、何世代にもわたって伝承されるものだ。それと比べれば、わたしが羊飼いをした時間は短く、初心者が少しかじった程度にすぎない。快活で穏やかなアリゾナ州での晩春、わたしはナバホ族［アメリカ合衆国南西部に暮らすインディアン部族。アリゾナ州など三州にまたがる準自治領（居留地）「ナバホ・ネイション」がある］とホピ族の居留地の境界に近い、ブラック・メサという場所に滞在した。そこはフラッグスタッフから車で三時間ほどの、轍《わだち》が刻まれた何キロもの未舗装の道路沿いにあった。市の電気、水道、電話網からは完全にはずれていた。羊飼いの仕事の対価として、わたしは一日に一食と眠るための小屋を支給された。こうした機会があることを教わったのは友人のジェイクからで、ジェイクがそれを知ったのは、ブラック・メサ先住民サポートという、年を取ったナバホ族の家族が先祖伝来の土地で暮らしつづけられるように支援しているボランティア組織からだった。九年間羊飼いをしていたジェイクはナバホ族との暮らしについて話してくれた。彼らは徒歩で行う古いスタイルの牧畜をしている、北アメリカでも数少ない人々だ。

　羊飼いの生活は繰りかえしであり、同時に混沌だ。それはゆったりと回転する水車が渦巻きをつくるのに似ている。朝、日が昇るとすぐに、わたしはヒツジたちを柵から出して不安を覚えながら丘を登っていく。午後になると、水桶に向かって走っていくヒツジたちについていく。晩には、ヒツジたちを柵まで追い立てる。夜には、ホーガンと呼ばれる床の低い八角形のドーム型の天井がついた小屋のマットレスで眠る。農場は二軒のホーガン、二軒の古い石づくりの家、二軒の新しいプレハブ製トレーラーハ

＊イヌイットの猟師も同じようなことをすると読んだことがある。彼らは毎年、翌年の移動ルートが混乱するのを防ぐため、カリブーの群れのリーダーを生かしておくという。

ウス、二軒の離れ家、馬とヒツジの柵、長いこと放置されて骨組みだけになったホーガンからなっていた。水道も電気もなく、屋根には数枚の太陽光パネルがあるが、あまり役に立ちそうには見えなかった。

それらはすべて、年老いたナバホ族の夫婦、ハリーとベシー・ビゲイの所有物だった。ふたりとも七十代後半だ。ハリーは白髪でかぎ鼻をしており、窪んだ頬と疑り深い目を持ち、美しい姿勢をしていた。馬に乗るときは野球帽を、町に出るときはカウボーイハットをかぶる。右手の指が二本なかった。あとで聞いたところでは、チェーンソーで切断したためだった。彼の妻のベシーは感じがよく体の丈夫な女性で、身長は百五十センチほどだ。ターコイズと銀のブローチが首元に留められたベルベットのブラウスを着て、固く束ねた鋼色の髪の周りに黒いスカーフを結んでいた。口は普段は少し不機嫌そうに閉じられているが、何か面白いことがあると、逆さ向きのカシューナッツのように唇が上を向いて笑顔になる。

ハリーとベシーはおそらく、羊飼いをする家族で最後の世代になるだろう。子供は六人いるが、いずれも祖先の土地に戻ってヒツジを育て、慎ましい暮らしをする予定はない。羊飼いがしだいに減っていることを、ナバホ族の多くはとても心配している。なぜならこの仕事が、長く彼らの文化的アイデンティティを支えてきたからだ。考古学上の証拠や文献から、ナバホ族がヒツジを飼い始めたのは一五九八年ごろだったと考えられる。その年、アメリカ大陸を探検したコンキスタドール〔征服者〕のドン・フアン・デ・オニャーテは三千頭のチュロ羊をアメリカ南西部に連れてきた。しかし、ナバホ族の伝承では、ヒツジを飼うようになったのはそれよりはるか以前、ナバホ族の誕生にまで遡る。「ヒツジとともにわれらは創られた」と、ハターリ（儀式での歌い手）であるミスター・イエローウォーターは語っている。ナバホのとりわけ鮮やかな創世神話では、チェンジング・ウーマンという神聖な存在がヒツジとヤギを創ったとき、羊水が大地に染みこみ、そこからヒツジがいま食べている植物が芽を出したという。つぎに、彼女は人間（ナバホ族は自分たちをディネ*と呼ぶ）を創り、現在もナバホの土地を区切る四つの聖なる山のあいだで生きるよう送りだした。別れの際には、贈り物として彼らにヒツジを与えた。

数世紀にわたって、この贈り物は、水が峡谷を穿つようにナバホ族の文化を形成してきた。ナバホの人々の体内時計は羊飼いの毎日のスケジュールに合わせられ、暦は季節ごとの移動によって構成された。羊毛が彼らの物質文化を劇的に変化させ、軽い衣服や暖かい毛布、精巧なラグを織る手段を手に入れた。外部の襲撃からヒツジを守るために、防御を固めた建物ができた。牧畜は彼らの食生活や土地との関係、それにおそらく世界観を変えた。ひとりのナバホの女性は作家のクリストファー・フィリップスに、ヒツジを飼うことでナバホの聖なる原則である「ホジョ（調和）」を理解することができたと語っている。「ヒツジたちはわたしたちを大切に思い、糧を与えてくれて、わたしたちもヒツジたちに同じようにする。これがホジョにとって大事なことなのです。毎日ヒツジの世話をするようになる以前、わたしは聖なる人々に祈り、ヒツジや調和のある生活を与えてくれたことに感謝を捧げていました」。赤ん坊が産まれると、ナバホ族の両親は、子供をヒツジと土地に結びつける象徴として、へその緒をヒツジの柵のなかに埋める。人類学者のルース・マリー・アンダーヒルが示唆しているように、わたしたちが、そしてそれ以上に彼ら自身が知っているナバホ族は、ヒツジとともに現れたのだ。

羊飼いの初日、わたしはホーガンの前の金属製の折りたたみ椅子にすわり、何をしたらいいかを教え

---

*多くの先住民の部族名と同じく、「ディネ」は単に「人々」を意味している。「ナバホ（Navajo）」は「谷の耕作地」を意味するテワ・プエブロ族の「navahu'u」という言葉をスペイン人が取りいれたもの。

てくれる人を待っていた。これが最初の間違いだった。そもそもナバホ族の老人は、好奇心はあるが無知な白人に進んで物事を説明してくれたりはしない。生徒が黙って観察しながら覚えることを好む。さらに、ハリーとベシーはナバホ族の伝統的な言語であるディネ・ビザードしか話さなかった。英語はかなり不自由で、わたしのほうもディネ・ビザードがほとんど理解できなかった。彼らの子供たちの誰かがいないかぎり、わたしたちのあいだの通訳をしてくれるのは、あまり親切ではないベシーの兄弟で名前はジョニーかキーかキースか、あるいはそのすべてである人物だけだった（ナバホ族は生涯のあいだに複数の名前を加えていくことで知られている）。ジョニー・キー・キースは、いるときには通訳をしてくれるのだが、この日の朝は、五日間戻らないと言ってピックアップトラックで友人のノーマンと出かけていた。英語を話せる人はわたし以外には誰もいなかった。

そのホーガンは、あらゆるホーガンと同じように、東向きに建てられていた。昇ってくる太陽の光が顔に当たった。ベルの音が聞こえて振り向くと、ヒツジの群れが大挙して柵の外に飛びだしてきた。ベシーはその後ろにいて、古いほうきの柄にもたれていた。わたしはそのそばまで走っていった。柄を使って、彼女はほこりのなかに円を描き、それからまっすぐな線でそれをφという文字のように分割した。

「ト」とベシーは言った。それはわたしが知っている数少ないディネ・ビザードの言葉のひとつ「水」だった。

ジェスチャーとわずかな英単語を交えて彼女がわたしに伝えたのは、地下水を汲みあげて桶に注いでいる近くの水車へヒツジたちを連れて行き、水を飲ませ、大きな円形の場所で草を食べさせ、日が暮れるまでに連れて戻ってきてほしいということだった。水車はここへ来るドライブの途中で見かけていた。

そこへ行く道は知らなかったが、たぶんヒツジたちが知っているのだろうと思った（これがわたしの二番目の間違いだった）。

ヒツジたちはすでに北西にある浅い峡谷のほうへゆっくりと流れていきつつあった。わたしはホーガンまで走り、いくつかのものをバックパックに入れてその後ろを走っていった。

ヒツジたちはビゲイ家の庭の外の雑草のあたりにいた。彼らは地面を嗅ぎながら進み、柔らかな新芽を引っこ抜き、口をすばやく動かしていた。ときどき、口のなかへ入っていく雑草が光って見えた。

この群れは最近毛を刈られたばかりだった。背中のカーキ色のひだや裂け目は砂漠を上空から見た景色のようだった。ナバホ・チュロ羊は北アメリカで最も古いヒツジの種で、長くまっすぐな羊毛で知られており、ナバホの織り手に愛されている。この種は、連邦政府が無知にも「劣等」で「近親交配」の「退化した」種であると判断して干渉したため、この数十年のあいだに個体数が減少している。牡羊には四本の角を持つものがおり、「アメリカン・フォーホーン（四本角）」として知られている。それを見たいと思っていたのだが、この群れにいるのは去勢された牡だけで、角を見ることはできなかった。

群れの周りを五頭の毛むくじゃらな雑種犬がうろうろしていた。そのうち四頭はヒツジの近くを離れなかった。もう一頭の、茶色い毛でかわいい目をした大胆な犬が、すぐにわたしに近づいてきた。この犬は朝から晩までわたしのそばにいた。休憩を取るときにはあごをわたしの膝に乗せた。ハリーはこの犬のことを、人間にばかりついてきてヒツジを追わないため、牧羊犬としては役に立たないから、子供たちが捨てようとしていると言っていた。だがそのおかげでわたしはこの犬が好きになり、ほかの犬が見ていないあいだにビーフジャーキーをやったりした。

犬は少なくとも中世から、ヒツジを飼うにあたって捕食動物を近づけないために使われている。適切に訓練すれば、牧羊犬は笛や手の合図に従って大きな群れを統率できる。しかしビゲイ家の犬はそうした種類の犬ではなかった。彼らは命令に反応せず（例外は餌をもらうときだけ）、服従もしなかった。わたしが見るかぎり、彼らの役目は、駆けていくジャックウサギでも怖がっている馬でも通過するピックアップトラックでも、なんであれ動くものに対して吠えることのようだった。

ビゲイ家のヒツジは「扱いがむずかしい」と忠告されていたのだが、牧場を離れて水のない川床の砂地へ降りていく様子を見ていると、ちゃんと思慮分別があるように思えた（わたしには適切な比較対象もなかったのだが）。夜中は小屋で過ごしていたため、彼らは元気よく歩き、数歩ごとに立ち止まって草を食《は》むくらいだった。子ヒツジたちは魚のように体を震わせて飛び跳ねた。ときどき若い牡が立ち止まって頭を振るが、すぐに駈け足で群れに追いついた。

群れが道にぶつかると、ヒツジたちは押しあいながら一列になり、耳を立てたり絞ったりしながら無意味に走り出す。これはリーダーの一頭がおいしい草に気を取られてレースをやめるまで続く。群れの形態はスピードによって変わる。スピードが落ちるとすぐにヒツジたちは広がって三角形になり、いちばん幅の広い辺を先頭にして進む。とくにおいしい草だと、這うようなスピードに落ちて、腕を組んでデモ行進する抗議者のように横に広がる。スピードが上がると行列に戻る。一列になって走るヒツジを見ていると、なぜ、どのようにしてトレイルができるかがすぐに理解できた。それはスピードの問題だった。

しかし時間がたつにつれ、ゆっくりと歩いているときでも、ヒツジたちがトレイルに対してときに奇妙な、愚直とも言えるほどの忠実さを示すことに気づいた。彼らはトレイルの端に沿って草を食《は》み、別のトレイルと交差すると、わたしが指示しないかぎり、何も考えずに元の経路ではなく、新しいトレイルを進もうとした。どんなトレイルでも、どこへでも、ついていくことが幸せらしい。

牧畜家のガスリー＝スミスによれば、家畜のヒツジは、新しい場所へ連れていかれるとすぐにトレイルをつくり、居場所を確立しようとする。彼がそれをはじめて観察したのは、一八八二年に、二万四千エーカーのニュージーランドの雨がよく降る荒野を購入し、苦心してヒツジの牧場を開いたときだった。新しい土地でのヒツジの最初の行動は、「確立されたキャンプを中心に放射状に……場所を把握し、探検する」ことだった。ヒツジのトレイルは外に向かって曲がりながら伸び、沼や崖、落とし穴、そして「見えない染み出る小川」に沿っていた。多くのヒツジはこの探検で、湿った土地に「夢中になっていた」という。そしてやがて、草が食べられる場所へ到達できないトレイルは消え、役に立つトレイルは改善されていった。ガスリー＝スミスが描いた放射状のパターンはヒツジにとって一般的なものだ。青銅器時代のメソポタミアでも、地面に「窪んだ道」が放射状に伸びるのが発見されている。

ガスリー＝スミスの本を読んでいて、わたしはビゲイ家のヒツジがなぜこれほど盲目的にトレイルを信じるのかについてふたつのことを考えた。第一に、羊飼いがいない場合、ヒツジが食べ物や水、寝床への行き方を知る基本的なガイドになるのは道だ。アリやゾウでもそうだったように、トレイルはある種の外在的な記憶として機能する。人間にとってはどこへも通じていない道を建設することは馬鹿げていると感じられるが、ヒツジは何か有益なものに通じていないトレイルがあるということなど思いもしない。だから彼らはその先には価値のあるものがあると信じてそれに従う。第二に、ヒツジのトレイルは、新しい日の当たる場所（生態学者の言う「生息地の境界」）をつくりだす。そこには異なった種類の草が生えている。ニュージーランドでは、ヒツジのトレイルの脇に「シロツメクサやコメツブツメクサ、ワタゲハナグルマ、カタバミなどのみずみずしい緑色の草」が生えたとガスリー＝スミスは書いている。

同じことがアリゾナで起きたとしてもまったくおかしくない。ヒツジは（ほかの群れによって食べ尽くされていないかぎり）道やトレイルの脇の草を食べることを好むからだ。こうした単純な方法で、ヒツジはトレイルを使って土地を自分たちの必要に合わせて変えていく。

初日の午前の比較的静かなときに、砂漠を見ることができた。土壌は鉛筆の削りかすのような色をしていた。淡い黄色とピンク色の点、そして乾いた黒だ。そこから硬い黄色の草が生えていた。わたしはジョン・ミューアが描写した五月下旬のカリフォルニアのセントラル・バレーを思い出した。「まるですべての植物がオーブンで炙られたかのように、枯れ、渇き、硬くなっていた」。実際に、本物の回転草《タンブルウィード》が通り道で回転していた。歩くたびに、先の尖った草や「モルモンティー」という名の緑のマオウの小さな茂み、古釘のような色の棘があるくるぶしの高さのサボテンなどが当たった。日陰をつくっているのは、永遠の凪に身もだえするビャクシンだけだった。

北西に風車があったが、まだブリキのおもちゃのように小さくしか見えない。群れの向きを変えるべきか、だとしたらどのようにすればいいのかと考えているうちに、ヒツジたちは陰謀を企てていたかのように、ふたつの等しいサイズのグループに分かれはじめた。しだいに亀裂が広がっていくのはわかったが、防ぎようがなかった。

ひとつのグループはじりじりと坂を東の方へ降りていき、もう一方は西に坂を登っていった。リーダーの方向感覚は正しいだろうと信頼して（これがわたしの最大の間違いだった）、あとについていくヒツジたちに意識を集中した。彼らのほうが頑なではないだろうと思ったのだ。わたしは下っていくヒツジたちの周りを走りまわった。それから大声で罵りながら、坂を登るように誘導しようとした。ところがずっときびきびと軽かったヒツジたちの足取りは急に遅く、重たくなってしまった。しばしば立ち止まって、まるで見知らぬ危険な地域に入ったかのようにあたりを確認した。ビゲイ家のヒツジを半分失ってしまうかもしれないとさらにパニックになり、わたしは遅れたヒツジたちをその場に残し、もう半分を最後に見た方向へ駆けあがった。

坂の上は平らな台地で、細い水の流れがあり、マツの林があった。ヒツジたちは一本一本の木の後ろに隠れているように感じられ、ベルの音さえ聞こえるような気がしたが、どこにもいなかった。段丘《メサ》の頂上に上ると、何かが前方を横切った。右側から左側へ、低い姿勢ですばやく道を渡った。犬の一頭だろうと思った。

それから、その姿が見えた。コヨーテだ。耳を立て、口を開き、標的目がけて飛ぶミサイルのように冷静に的確に砂の上を駆けていく。

体のなかに嫌な感覚が広がっていった。子ヒツジの一頭が引き裂かれ、赤い胸が牙でえぐり出され、白い肋骨が露わになっている姿が浮かんだ。

あたりを走りまわりながら、わたしは名前も知らないのに大声で犬たちを呼んだ。それから坂を駆け下り、群れの半分を残してきた場所へ戻ったが、彼らもやはり消えていた。ありえない、手の込んだいたずらのように思われた。わたしは目眩《めまい》をしそうになりながら振り向いた。舌が乾き、猫のようにざらざらした。

「パニック」という言葉は適切にも、ヤギの脚を持ち、羊飼いやヒツジの群れを驚かせた半獣の牧神パンから来ている。わたしはその真の意味を体感した――目をくらませるような高ぶりが精神に押しよせ、予測もつかない行動をさせる。わたしは再び坂を駆け上った。何も見つからない。谷を駆け下りた。やはり何もない。それからやけになって、何をしていいのかわからないまま、もう一度丘を駆け上った。羊飼いの初日、まだ午前十時にもならないというのに、わたしは一頭残らずすべてのヒツジを失ってしまった。

テオクリトスからミルトン、ゲーテ、ブレイク、レオパルディといった詩人たちによって広められた、幸せでのんきな羊飼いという牧歌的な固定観念が、広大なアメリカ大陸に到達するやいなや崩れたのはおそらく偶然ではないだろう。「詩人／放浪者／地質学者／植物学者、さらに鳥類学者／ナチュラリストなどなど！」を自称するジョン・ミューアは、若者だった一八六九年の夏、シエラネバダ山脈でヒツジの群れと過ごした。ほとんどの時間、彼は羊飼いにヒツジの世話を任せて歩きまわり、氷河やマツのスケッチを描いた。彼はヒツジを嫌い（「蹄のあるイナゴ」と呼んでいた）、羊飼いは汚く、知的に怠慢で、精神的に不安定だと考え、敬意を払わなかった。「何週間、何カ月ものあいだ誰とも会わないため」、羊飼いは「半分、あるいは完全に正気をなくす」とミューアは言う。二十年近く牧畜を行ったアーチャー・ジルフィランもそれに同意する。「羊飼いの仕事中に起こること、そして起こりうることを考えれば、不思議なのはおかしくなる羊飼いがいることではなく、正気を保てる者がいるということのほうだ」と彼は書いている。

この言葉の意味を、わたしは理解しはじめていた。

南を見ると、ビゲイの青いピックアップトラックが地面をじわじわと進んでいた。こんな大失敗を予期し、ずっとわたしのあとをそっとつけていたのだろうか。近づいていくと、ベシーが助手席の窓を開けた。眼鏡の奥の目はまるく、口は大きく開いている。彼女はディネ・ビザードで何か複雑なことを言い、わたしの混乱に気づいて尋ねた。「ヒツジはどこ?」その声は震えていた。わたしは出来事を身振りで伝えようとしたが、うまくいかなかった。彼女は首にまわした刺繍されたポーチから古い折りたたみ式携帯電話を取りだして数回それを押し、わたしによこした。電話の相手は彼女の娘のパティだった。

「何があったの?」パティは尋ねた。

わたしは話した。分裂、漂流、広がっていく極のあいだを半狂乱で走ったこと……。

わたしは電話をベシーに返した。パティが通訳をした。ベシーはため息をつき、電話をたたむと、わたしにトラックに乗るよう示した。

わたしたちはゆっくりと道を調べていった。数分ごとにハリーはトラックを停め、地面に真新しい足跡がないか探した。停止したときにより高いところから見えるように、わたしはトラックの荷台に移った(そしてベシーの視線を避けた)。罪悪感で吐き気がした。ナバホ族は母系社会で母系居住であり、伝統的に家族のヒツジは女性が所有している。ベシーのヒツジへの愛着は言うまでもない。それは彼女の生涯の貯蓄で、一万ドルほどの価値があり、さらに数十年の労働と、数世紀にわたる伝統でもあった。わたしが失ったヒツジは先祖からの生きた遺産であり、孫たちへの将来の贈り物でもあった。

一時間探したあと、わたしたちは諦めて帰宅した。パティはそこでふたりの元気いっぱいの子供と待っていた。彼らはビゲイ家の明るい居間の三方の壁に並んだカウチにすわっていた。パティは子供たちを静かにさせ、わたしを出迎えてくれた。

「何頭見失ったの?」

わたしは落胆のため息をついた。「全部です」

「心配しないで。よくあることよ」と彼女は言った。「結局戻ってくるから。ひょっとしたらコヨーテに一頭やられるかもしれない。それもよくあることなの。これがはじめてじゃない。最後でもないわ」

彼女は生のスカート肉のステーキがいっぱい入ったクーラーボックスを持ってきていた。食料品店までで一時間ほどかかり、冷蔵庫も持っていないハリーとベシーをもてなすためだった。パティは外へ出て、グリルの炭火に火をつけた。わたしは居間にすわり、壁を見ていた。古い家族の写真やカレンダー、そしてビゲイ家の息子のひとりが軍務から持ち帰った、植民地で将校が脚を大きく開いてゾウにまたがってトラ狩りをしている姿が描かれたタペストリーが掛かっている。本棚には、何十年もまえの黄色い背表紙の『ナショナル・ジオグラフィック』が並んでいる。カウチはきれいにシーツで覆われている。ハエが部屋のなかで、幾何学模様を描きながら飛びまわっている。

しばらくすると、ハリーが馬に乗って、ヒツジの群れの半分を連れて戻ってきた。ヒツジたちが柵のなかに戻っていくのを見ていくらか安堵したが、不安は消えなかった。まだ半分がコヨーテのいる場所に残されているのだ。

昼食後、もう一度トラックに乗って出かけた。ヒツジを見失った西のほうではなく、北に向かい、草の生えた谷の真ん中を上っていった。北の端に、先ほど見つけたクロムのような色をした風車が立っていた。

パティは左の窓の外を指さし、あそこへヒツジを連れていってはいけないと言った。それはまさにわたしが連れていった場所だった。「あの丘ではみんなおかしくなるの」と彼女は言った。それに、木や峡谷のある場所では、慣れない羊飼いはヒツジを簡単に見失ってしまう。それよりも大きな円になって谷を歩かせるほうがいい。その谷の草の生えた斜面を、わたしは何度も歩き、のちに「サラダボウル」と名づけた。わたしはベシーがほこりのなかに描いた地図を思い出し、突如その意味を理解した。あの

ϕという文字のような形は、道で分割されたサラダボウルの図だったのだ。

わたしたちは風車のところでトラックを停めた。それはゆっくりと回転し、内部ではピストン運動で地面から水を引き上げていた。背後の風向計に、「アーモーター社／アメリカ合衆国テキサス州サン・アンジェロ」と書かれている。その隣は桶と三メートルの高さの貯水タンクだ。

その陰にヒツジたちがいた。

数えてみると、全頭そこにいた。一頭もコヨーテに食べられなかったのだ。犬たちはみな近くにいた。わたしの腹のなかで何かが緩み、ようやくひと息つくことができた（この犬たちは案外役立たずでもないのかもしれない、とわたしは思った）。

パティはわたしに、ヒツジたちを家まで歩いて連れて帰るようにと言った。「ゆっくりとね」

わたしはトラックを降り、ヒツジたちの周りを大きな円を描いて歩いた。彼らは静かに、罪悪感などまるでなさそうにわたしを見た。犬ですら儀礼的に視線をはずしたのに、彼らはまっさらな雪のように無邪気だった。

ヒツジたちが水を飲み終えると、わたしたちは家に向かって歩きはじめた。ヒツジは道を知っているようだったので、わたしは杖を肩に乗せ、日射しの注ぐ谷を渡っていくヒツジたちのあとをついていった。すると、やはり羊飼いの暮らしは牧歌的であるように思えてきた。

ビゲイ家に戻ると、ヒツジたちを木材と金属の廃材や場違いに思えるビニールシートでできた、肩ほどの高さの柵のなかに入れた。群れの残りの半分はすでに柵のなかで待っていて、わたしたちが近づく音を耳にしてしきりに鳴きはじめた。いま連れてきた半分も、それに応えるように鳴いた。扉を開けてヒツジを入れようとすると、大混乱が起こった。なかのヒツジは逃げだそうとし、外のヒツジは入ろうとする。白い液体がぐちゃぐちゃに混ざりあった。腹を空かせた子ヒツジが飛びだし、母親の後ろ脚のあいだに鼻を寄せて乳房を口に含み、その間にも牝羊は柵のなかに入ってくる。努力はしたのだが、二頭の腹を空かせたヒツジが脱出してしまった。習性で多くの仲間がいる柵に戻ってくるだろうとは思ったが、扉の扱いにまごついているあいだに、反対に多くのヒツジが脱出したヒツジを追って柵の外に出てしまうかもしれなかった。

問題は、わたしが連れ戻った半分は草を充分に食べていたのに、ハリーが先に捕まえてきた半分は午後のあいだにますます腹を空かせていたことだ。

逃げたヒツジは草を探して歩きまわった。どうしてもなかに戻すことはできなかった。柵のそばに連れてきても、門を開けるとリーダーたちは顔をそむけ、牧草地に戻ってしまう。結局、二頭の反抗的なヒツジは、腹一杯に食べてからようやく柵に入った。これがその日の最後の教訓だった。ミューアはこう書いている。「人間と同じで、飢えたヒツジは手に負えない」

長い年月をかけて、羊飼いとヒツジは互いを変化させてきた。行動や体を、互いに合わせてつくりかえてきた。羊飼いはヒツジを太らせ、ヒツジは羊飼いを痩せさせた。人間は従順でないヒツジを（その肉を食べることで）排除し、ヒツジは統率に向いていない人間を（狂気や抑うつ状態に陥れることで）排除した。

ある日の朝、ベシーは用事で出かけることになり、ハリーをヒツジとともに送りだし、わたしに昼食の準備を言いつけた。豆を鍋で煮ながら、わたしはひそかにハリーの仕事を観察した。驚いたことに、ハリーが世話をするとヒツジたちはいたって静かで、長い時間立ちどまって草を食んでいた。わたしのときはノミのようにせわしないのに。年を取って体が不自由で、あまり長く歩けないハリーは、額に白い星のある鹿毛の牡馬に乗っていた。群れの周りを優美な弧を描いてまわり、先頭のヒツジを落ち着かせ、後ろのものをせかし、優しく群れの形を整えていた。馬は速歩《はやあし》にすらならず、ゆったりとバレエのようなステップを踏んでいた。後ろのものがついてこられない（または、ついてこない）と、ハリーはときどき後ろに戻った。そのほかのときは、いずれ追いつくと信じて遅れるままにした。

何世紀ものあいだに、羊飼いは群れを動かす巧みな方法を数多く生み出してきた。多くの国では、羊飼いはヤギか去勢した牡羊（「ウェザー」）を言葉での命令に従うように訓練した（その居場所が簡単にわかるように、羊飼いは多くの場合このヒツジに鈴をつけた。そこから「ベルウェザー（鈴つきヒツジ）」という言葉が生まれた）。ヒツジに鈴をつける習慣はアリストテレスの『動物誌』にまで遡る。一八七三年には、作家で雑誌編集者のトーマス・バイウォーター・スミシーズが、羊飼いにとって一歩間違えば悪夢のような逸話を報告している。ある日、彼はヨルダン川沿いで多くの異なる群れの何千というヒツジが混ざっているのを見た。「それは解決不能の混乱のように思えた」とスミシーズは書いている。「だが、羊飼いが独自の奇妙な呼び声を上げると、ヒツジはその声を覚えていて、自分のリーダーについていった」

三週間しか羊飼いをしなかったわたしには、ヒツジを訓練する時間はなかった。捕食者のふりをして、ヒツジたちをいるべきところへ追っていくくらいしかできなかった。だがやがて、わたしはあることを思いついた。群れを細かく管理することをやめたのだ。というのは（ユタ州の牧羊家モロナイ・スミスが書いたように）「不安な羊飼いは群れを弱くする」からだ。わたしはそれぞれのヒツジを区別することを覚えた。一頭ごとにあだ名をつけ、性格を把握していった。すると、行動が予測できるようになり、ヒツジが遅れる理由もわかってきた。先を急ぐリーダーの食べ残しをゆっくりと食べていくことで、彼らは生態的地位（ニッチ）を確保していた。また大きな群れのなかで危険がないと感じているときこそ、ヒツジが群れからはぐれる危険が最も大きい。[*] そして、重要なのは朝牧場を出たときの最初の方向付けだということも学んだ。ヒツジには社会科学で言う「経路依存性」があり、その日の最初の百歩の軌道によってそのつぎの千歩が予測できるためだ。

また、なぜいつも同じヒツジが迷うのかについてもわかった。群れには、決まってはぐれるヒツジが何頭かいた。いちばんよく覚えているのは「ギザギザ」と名づけた、痩せこけて外反膝の老いた牝羊で、左の頬が、いつも悪性の腫瘍のように大きなギザギザの癖毛になっていた。最初はただついていけないだけだと思っていたが、どうやらそれは計算された賭けであるらしかった。すべてのヒツジは食べる時間をなるべく増やし、（捕食者に食べられないようにしながら）歩く時間をなるべく減らそうとしている。はぐれることは、たいていは賢明な選択ではない。追いかけられ、群れに戻されることで、歩く時間を増やし、食べる時間を減らすことになるからだ。しかし、荒れ地ではすべての食べ物に同じ価値があるわけではない。ヒツジの主食は草だが、いちばんの好物はヤマヨモギや野草、とりわけナローリーフ・ユッカの果実だ（ユッカが見えると、無精なヒツジでも我を忘れてそちらに駆けていく）。何度か脱走するうちに、はぐれものはそうしたカロリーの豊富な食べ物を見つけることがある。あるとき、ギザギザがそうした小さな反乱をくわだて、六頭のヒツジを引き連れて群れを離れ、ヤマヨモギがたくさん生えている場所を目指した。素晴らしい発見をしたことに気づいて、わたしは群れの向きを変え、全員でそちらに向かった。それから四十分間、この生来のはぐれものはリーダーとして尊敬の眼差しを集めた。

最も重要なことは、ヒツジの意思を否定するのではなく、可能なかぎり方向修正をすることだった。ヒツジが自然と引かれていく、彼らが求めているものが集まった場所を見つけられれば、あまりストレスを与えずに群れの方向を変えることができる。モロナイ・スミスは、羊飼いの技術を高めるうえで目指すべきは、ヒツジをいじめることではなく、「羊飼いがしてほしいことを、ヒツジ自身がしたいと思うようにすることだ」と書いている。そしてそれが「あらゆる動物を扱う秘訣なのだ」

わたしは子供のころ、地球は基本的には安定した平穏な場所であり、繊細な、神聖とも言えるバランスを保っているのだが、それを人間が壊しているのだと思っていた。だがトレイルについて学ぶにつれ、こうした空想はしだいに消えていった。いまでは、地球とは大小さまざまな無数の彫刻家たちがつくる共同作品だと思っている。ヒツジも人間も、ゾウもアリも、それぞれが歩くことで地球の形を変えている。泥の小屋であれコンクリートの塔であれ、巣や住居をつくるとき、わたしたちは地球の表面を変形させる。食べることで、生き物を廃棄物に変える。そして歩くことでトレイルをつくる。わたしたちが問うべきことは、地球を変えてもいいのかではなく、どのように変えればいいかだ。

ヒツジは生きている草刈り機のようなもので、彼らを飼うときにはこの問いはより差し迫ったものになる。食欲旺盛なヒツジを飼う有能な羊飼いは、彼らの通過する地面を良くも悪くも大きく変化させる。著書『トゥティラ』の記述によると、ガスリー＝スミスとヒツジたちは四十年かけて、シダと低木とアマの土地を牧羊向きの牧草地に変えた。まず、ヒツジたちはシダやマヌカを抜けるトレイルを踏みかため、それによって沼地の水を排出する運河をつくり、ライスグラスなどの食べやすい草が道端に生えるようにした。こうして水だらけで草がシダに圧迫されていた一帯が、草に適した土壌になった。ヒツジの堆肥によって、風のため植物の育たなかった丘に芝生が生えた。ヒツジはまた丘の頂上と中腹の「寝

＊わたしの経験則では、七頭以上のヒツジはグループをつくってはぐれやすい。ただし、この七頭ルールは絶対ではない。一度、五頭のグループを午後のあいだずっと見失ったこともあった。

床」のあいだに「陸橋」も建てた。年を追うごとに、彼らは土地を住みやすいように切り拓いていった。

しかし羊飼いがよく注意しないと、ヒツジはまったく逆の影響を及ぼしてしまう、とガスリー＝スミスは言う。小区画の土地を往復しすぎると、蹄で土壌が踏みかためられて「鉄の面」のようになり、水が供給されず草の成長を阻害してしまう。さらに重大なのは、エリノア・G・K・メルヴィルの『A Plague of Sheep／ヒツジによる被害』に詳しく記述されている、過放牧の問題だ。好きなように草を食べさせると、ヒツジは生態学で言う「大繁殖による変動」のパターンに入り、土地を劣化させつづけることがある。ひとつの場所に放牧されるヒツジの数が多すぎると、ついには草を根まで食べ尽くしてしまう。温暖で乾燥した気候であれば、ヒツジが原因で砂漠化することもある。そこには負の連鎖が起きている。草は、土壌に当たる日射しを遮り、雨水を保つ役割を果たす。そのため草があまりに短くなると、土壌は乾燥する。土壌が乾燥すると、生えている植物が絶滅し、新たな、乾燥した気候により適した、ヒツジが食べられない植物が生える。この棘を持つ新しい植物が広がると、ヒツジは残された食糧を食べ荒し、さらなる悪循環に陥る。食糧が減れば、ますます根まで食べられ、それによってさらに食糧が減る。ついには大量のヒツジが死に、連鎖は途絶えるが、そのころには土壌と植生は修復不能なほど変化している。

メルヴィルによれば、十六世紀、メキシコのバジェ・デル・メスキータルに、先住民の強硬な反対を押し切ってスペインのヒツジを導入したことにより、多くの草地はオークの森と、アザミやメスキートなどの棘のある植物で厚く覆われた低木地に変わった。十六世紀の終わりには、「一五七〇年代によい放牧地だった場所が、低木に覆われたひどい土地になってしまった」という。

一九三〇年代、インディアン局は、ナバホ居留地のビゲイ家が暮らしている一帯でもこの過程が進行していると考えた。一八六八年から一九三〇年までのあいだに、ナバホ居留地の人口は四倍になっていた。人口増はおよそそれと並行するヒツジやヤギの増加で賄われ、夏は高地、冬は低地と交互に放牧されていた。しかし、土壌は乾燥しはじめ、よい牧草は減り、スネークウィードやスニーズウィード、ロシアアザミ、ロコウィードなどの有害な植物が増加していた。連邦当局はナバホ族が飼育する家畜を大幅に減らさないかぎり居留地の大部分が荒れ地になってしまうと判断した。

当時、インディアン局の局長だったのは、ジョン・クーリエという善意はあるが無慈悲な人物だった。アトランタ育ちでニューヨークとパリで高等教育を受けたクーリエは、ナバホ族を「機械文明の単調な海のなかに浮かぶ先住民文化の島」として美化していた。しかし彼は同時に、伝統と精神性、そして直接体験による知識に基づいたナバホの牧畜を、当時の科学的な生息地管理よりも劣るものとみなしていた。クーリエや彼の同僚たちは、ナバホ族のヒツジは明らかに過放牧だと考えていたが、ナバホ族の多くは牧草の減少は乾期の天候異常のせいだと考えていた（実際に、当時オクラホマ州のプレーリーで砂嵐を引き起こしたのと同じ気候の変化が起きていた）。旱魃《かんばつ》は宗教的伝統の変化によるものだと考えるナバホ族の長老もいた。そうだとすると、皮肉なことに、クーリエが提案する大規模なヒツジの屠殺を行えば聖なる人々をさらに怒らせ、旱魃をさらに悪化させることになってしまう。

クーリエが来るまえから何世紀にもわたってこの土地に住んできたナバホ族は、ジョージア州から来た白人のよそ者に自分たちのヒツジを処分するよう指示され、当然ながら怒った。森林官のボブ・マーシャルら顧問はクーリエに、ナバホ族の霊的な信念や複雑な家族形態、土地に対する深い知識を尊重するべきだと伝えた。

ところがクーリエはこのアドバイスを無視した。それどころか、苛酷な家畜削減の制度をつくり、数千のヒツジやヤギ、馬をまとめて銃殺した。その死骸の多くはそのまま腐敗するに任せるか、あるいは灯油をかけて焼却された。それにより、家畜の頭数は半分になった。さらに、クーリエは土地を十八の放牧用「地区」に分けることで、ナバホの牧畜制度を「近代化」しようとした。そのため、それまでナバホが変化しやすい苛酷な気候への対応策にしてきた季節による移動ができなくなった。ナバホ部族議会は激しく抗議し、規制を差し止めるための多くの決議を通過させたが、クーリエは連邦議会から認められた拒否権を発動した。不満を抱えたナバホ族の多くは実力行使で抵抗し、議会への抗議も行われた。結局、一九四五年にはクーリエは追放され、家畜削減制度は廃止された。ナバホの人々の多くは、いまもクーリエの苛酷な在任期間を文化的虐殺として記憶している。

あとから考えれば、一九三〇年代の問題の本質はナバホ族の飼っているヒツジが多すぎたことではなく、人口が多すぎたことだった。歴史学者のリチャード・ホワイトが指摘しているように、ナバホ族の人口が増えつづけていたころ、イギリス系とメキシコ系の牧場主がナバホの土地に入ってきていた。ナバホの人口が四倍になった期間に、アリゾナ州の人口は六十七倍になっている。一九三〇年代を通じて、政府当局は繰りかえし人口爆発による大惨事が起こる危険があると警告していた。しかし、ホワイトも書いているが、イギリス系アメリカ人に対して、人口増加の抑制やナバホの土地への侵入禁止を提案する者は誰もいなかった。クーリエら連邦政府職員は、ナバホ族にそれ以上の放牧地を与えようとせず、ナバホ族のヒツジを減らし、伝統を断絶させることを選んだ。クーリエは土地を守ろうとしたが、そのなかで無知や人種的優越、暴力性といった帝国主義の最悪の側面をいくつもさらけだした。彼の努力にもかかわらず、あるいはその努力のせいで、放牧地の植生はそれまで以上に衰えてしまった。

クーリエは、自分の仕事は実質的には羊飼いを飼いならすことだと考えていた。そして自分の案を成功させるには、知的で独立心を持った多くの人々に伝統を変えさせ、財産を犠牲にさせなければならなかった。これは繊細さを必要とする任務であり、ナバホ族自らが行ったほうがうまくいっただろう。ナバホのリーダーは彼らの信念の中心にあるホジョ（調和）によって意見を一致させることができたかもしれない。また、羊飼いとして育ったナバホの人々は羊飼いの最も基本的な格言を理解していたはずだ。賢明な羊飼いは群れの方向を変えることはできるが、結局は羊飼いが群れの必要に合わせるべきであって、その逆ではないのだ。

二週間が過ぎた。五月が終わり、六月になった。空は少しずつガスバーナーの炎のような青になっていった。暑くなるにつれヒツジたちは怠惰になった。午後二時頃になるとビャクシンの木陰に身を寄せあって昼寝をして、広がった鼻の穴からせわしなく息を吐いた。まだ毛を刈られていない子ヒツジたちは暑さに弱り、酔っ払いのように身を投げだしてひじをついて草を食べた。抜け落ちた羊毛の玉が、あちこちで草に絡まっていた。ヒツジたちを驚かすと、そのときだけ起き上がって走った。三時になるころにはすべてのヒツジが暑さにへたばり、牧場に戻るまでずっと木陰からつぎの木陰へと追い立てなければならなかった。

ビゲイ家での滞在が終わりに近づいたある午前、ちょうどわたしが羊飼いとして自信を持ちかけていたとき、ハリーと娘のジェーンが五頭のアンゴラヤギをピックアップトラックに乗せてきた。

柵のなかに降ろされたヤギを近づいて観察しようとした。だが柵ごしに見ると、なぜかヒツジしか見えない。そのとき、不思議なものが目に入った。隅のほうで、五頭の見慣れない生き物がヒツジのあいだに紛れこんでいた。その体はより白く、明るい色をしている。つり目で脚は細く、あごから白く長い髭が伸びている。見るからに緊張していた。この柵のなかは、まるで外国の刑務所のように感じられただろう。ヒツジの無愛想な顔やごつい肩は野蛮に思えるだろうし、ヒツジもわたしと同様に、このヤギたちを場違いで元気がないと思っているだろう。

アンゴラヤギがナバホ族の家族に重宝されているのを知ったのはあとになってからだった。原産地はチベットで、トルコのアンカラ（古名はアンゴラ）を経由してアメリカに入ってきたことがその名の由来だ。出エジプト記にも登場するほどの古い種だが、ナバホ族が大量に飼育するようになったのは二十世紀初めからだ。モヘアというアンゴラヤギの滑らかな毛が、羊毛よりも高値で取引されるようになったためだった。今日では、ナバホカントリー産のモヘアは世界最高級とみなされている。

翌朝、ベシーがヤギを柵から出すとき、わたしは不安だった。ジェーンから、以前にもヤギを育てようとしたが、飼うには厄介なためやめたと聞かされていたからだ。門が開くと、最初の数秒は通常どおりだった。ヤギたちはヒツジの列に混じり、柵から出てきた。それから犬たちが、不審そうにしばらくあたりを嗅ぎまわったあと、群れのなかに異質な生き物がいることに気づき、アンゴラヤギに向かって威嚇するように吠えた。ヤギはパニックになり、狂ったような目つきで犬から逃げまわった。ベシーとわたしが声を上げて棒を振り回したが効果はなく、犬たちは追いかける足を止め、混乱した、傷ついた目でこちらを見た。

たくさんの人からヤギはヒツジの先頭に立って歩くと聞いていたのだが、むしろ後ろを歩くことが多かった。群れから遅れたヤギをせかさなければならないこともあった。ヤギが気後れしたのは、（当然だが）犬が怖かったためだ。犬はたびたび最初の朝のことを忘れ、ヒツジ以外の奇妙な生き物がいることを嗅ぎつけ、興奮して攻撃するのだった。

ヤギの臆病さがわたしのリズムを乱した。何週間もかけてゴムボール三つのジャグリングを覚えかけたところに、新たにゴルフボールが加わったようなものだった。峡谷を通過して草の生えた谷に向かっていると、ヒツジが足早に駆けぬけたところでヤギが後ろ脚で立ちあがり、花盛りのクリフローズの木立や低木をかじった。小さな行動の違いによって、自分がヒツジの意図を読みとる能力に依存するようになっていたことに気づいた。

このわずかな違いが惨事につながった。翌日、群れが谷の反対側に着いたとき、ヒツジたちはいつものように風車を見つけ、列をつくってそれに向けて走りだした。だがヤギたちは、風車が何を意味するのか知らなかったのか、水のにおいがわからなかったのか、立ち止まってしまった。わたしはヒツジについていくことにした。見張っていないと隣の敷地に入ってしまうからだ（その土地はナバホ族の若者が黒いピックアップトラックで見回りをしていて、わたしは二度も家族の牧草地に侵入したといってきつく怒られていた）。ヤギたちは、あとからついてくるかもしれないし、さもなくばそこにじっとしているだろう。

水桶のところにヤギが現れなかったので、わたしは丘に上った。遠くのほうで、ヤギたちが短い尻尾を上に向け、午前の太陽を浴びて白く輝いていた。それからわたしは走って戻り、ヒツジたちを集合させ、向きを変えてヤギがいた場所へ向かった。ところが、そこへ行くとヤギは消えていた。日射しが暑くなりはじめ、子ヒツジたちは膝をついていた。ヒツジたちの多くは日陰に集まっていた。わたしはヒツジをそこに置いたまま、谷を駆けまわってヤギを探した。数時間たった。恥ずかしさにまた吐き気を催しながら、ヒツジたちを牧場に返してベシーとハリーにヤギがいなくなったことを告げた。

「まあ」とベシーは言った。全員でトラックに乗りこんだ。

わたしの羊飼いは、始まりと同じように終わった。ピックアップトラックの荷台に立ち、乾いた丘に視線を走らせ、黄色い草の茂みや木の隙間を見るたびに幻を見た。ハリーはときどきトラックを降り、土埃のなかにわたしが見失ったものを見つけようと、かすかな印を探すように目を凝らした。

パート3　狩猟

数日後、ニューヨークに戻り、わたしはヤギの安否を確認する電話をかけた。ハリーが五頭すべてを無事見つけたと聞いてほっとした。

ハリーの能力にわたしは驚いた。わたしはよく見失ったヒツジやヤギを自分で探そうとしたのだが、一度も見つけることができなかった。細かい雲母が混じった砂漠の土壌では足跡が非常にはっきりと残るのだが、数時間前についた跡と数日前についた跡を区別することはわたしにはできなかった。蹄の跡が、とりとめのない会話のようにあらゆる方向へ伸びていた。しかしハリーは、ひと目見ただけで足跡を簡単に区別できるのだ。実際彼は、ヒツジを柵から出して数時間自由にうろつかせ、そのあいだに別の仕事をすることもあった。そして午後遅くになると、馬に乗ってヒツジを追跡した。

情報はトレイルにある。しかしその暗号を読みとる方法を身につけるのはむずかしい。オーストラリア先住民のアボリジニは世界でも最も巧みな追跡の技術を持っているとされる。彼らは生後すぐ、足跡の読み取り方を教わりはじめる。一八五〇年代にオーストラリア南部に移住したトーマス・マガレーによると、アボリジニの母親は幼児の前に小型のトカゲを置いて追跡することを教えるという。トカゲはすばやく逃げ、子供はそのあとを這って、慎重に隠れ場所まで追っていく。トカゲを手始めに、子供は徐々に技能を高めていき、「甲虫、蜘蛛、アリ、ムカデ、サソリ、さらにはおとぎ話の足跡のようなものを追って地面に残された手がかりをたどる」。ピントゥピ族〔オーストラリアの先住民〕の男性は娯楽で、ひじや指を使って砂漠の砂の上に動物のトレイルの非常に正確な複製を作る。彼らは異なる生き物のつける跡を、巧みな腕前で再現する。

またカラハリ砂漠でも、クン族〔カラハリ砂漠北東部に住む狩猟採集民族〕の少年たちが動物の通り道について学ぶために小動物を捕まえる罠を仕掛ける。動物を罠にかけるためには、先を予測する必要がある。動物の動きを予測するための第一のヒントは、普段の足跡をたどることだ。よく使われるのは「ブラインド・セット」という単純な技術で、落とし罠や落とし穴、輪縄といった罠を動物のトレイルの脇に仕掛ける。ケニヤのドロボ族〔タンザニア、ケニア、ウガンダなどの高地森林地帯に住む狩猟採集民族〕はこの技術をさらに発展させ、底に釘を並べた深い落とし穴をゾウのトレイル上に掘ることもある。これは見事なイノベーションだ。彼らはゾウの道を突きとめ、未来の動きを予測し、それからミノタウロスと戦うテセウスのように、獣のいちばんの強みである巨大さを逆手にとって攻める。

動物のトレイルを追うのは、進化生物学者のルイス・リーベンバーグが言う「単純追跡」の最も単純な形態だ。リーベンバーグはクン族が行うねばり強い狩猟形態を長年研究してきた。こうした狩猟は、高度に発達した追跡技術を必要とする。技術に習熟すると、クン族のハンターはさらに「洗練された」技術(「システマティックな追跡」)に進む。この段階では、曖昧で途切れ途切れの足跡からパターンを探し、動物の行動のあとを追う。最後に、最も複雑な追跡(リーベンバーグは「推論的追跡」と呼ぶ)では、追跡者は散在するわずかな証拠を集めて動物がどこへ向かっているかについて仮説を立て、つぎに足跡が見つかる場所を予測しなければならない。

一九九〇年に発表された著書『追跡の技術——科学の起源』で、リーベンバーグは追跡技術を間近で研究することにより、進化の歴史の逆説を解き明かすことができると主張している。つまり、狩猟採集民が生きていくために科学的推論が必要でなかったならば、人間の脳は科学的に思考する能力（そしてこれが、科学的知識とテクノロジーの大きな発展につながった）を発達させることができたはずがない。人間はいつの日か原子の構造を解明することを目的に進化してきたわけではない。進化は、よく言われるように、あらかじめ計画を立てない。それならば、生き残るために必要がないのに、なぜ人間は科学をするように進化したのだろうか。

リーベンバーグはそれに対して単純に、追跡は科学だ、と答える。「追跡の技術は、基本的に現代の物理学や数学と同じ知的能力を要求する科学なのだ」。有名な天体物理学者で、クン族に言及することも多いカール・セーガンはこれに同意する。「科学的思考はほとんど確実に、はじめからわたしたちとともにあった。追跡能力の発展は進化における選択で大きな優位をもたらす。状況を判断できない集団はタンパク質をあまり得られず、残せる子孫も少ない。科学への適性があり、忍耐強く観察でき、判断力がある人々はより多くの食物、とりわけタンパク質を手に入れ、より多様な場所で生きられる。そして彼らとその形質を受け継いだ系統は繁栄する」

科学に関するこのような考え方は、古生物学で狩猟仮説と呼ばれる古い（そして議論の的になる）理論の一支流だ。狩猟仮説では、巨大な獲物を狩猟しようとしたことが人間の言語や文化、科学技術の発展につながったと考える。だがわたしはこれらの理論に疑問を抱いている。充分な証拠がなく、人間の進化において女性が果たした役割を無視しているからだ（追跡が先史時代の物理学だというなら、きっと植物採集は初期の植物学だろうし、料理は化学の先駆けに違いない）。

とはいえ、そこにはいくらかの真理が含まれている。狩猟は議論の余地なく人間の基本的な伝統だし、間違いなく人間をさまざまに形づくってきた。ペットや研究対象として見るはるか以前から、わたしたちは動物を捕食者や獲物とみなしていた。地球上でトレイルが果たしている役割を充分に理解するためには、そしてトレイルが長寿だけでなく死をもたらしてきたことを理解するためには、ハンターの目で見る必要がある。

この調査を始めるまえ、狩猟の経験と言えば、祖父の農場で幾度か早朝にシカ狩り用の隠れ小屋に入ったことくらいだった（記憶に残っているのは秋のテキサスの夜明けを何時間も呆然と見つめていたことだけで、子供にとっては拷問のようなものだった）。そこでわたしは専門の狩猟家を探しはじめた。知りあいが教えてくれたのが、アラバマ州に住むリッキー・ブッチ・ウォーカーだった。メールで問い合わせると、ウォーカーは自分の経歴の詳細なリストを返信してくれた。彼は生涯に百十四頭のオジロジカを弓矢で射てきた。今年はこれまで七頭。餌や犬は使わず、銃では一頭のシカも殺したことがない。それはひとつには銃声が好きではないからだ（ただし州兵のライフル部隊のリーダーとして、自分の銃は保持している、と彼は書いている）。最も重要なことは、少なくともわたしにとっては、彼が食糧のために狩りをするだけで、名誉のためにはしないという点だった。

ウォーカーはわたしを週末のあいだ予備のベッドルームに泊め、狩りに連れていくことを快く承諾した。そこでわたしは、アラバマ州ハンツビルへ飛んだ。手荷物受取所に降りていくエスカレーターの下に、体が大きく屈強そうな男が待っていた。頭にネオン管の明かりがあたって光っていた。スキンヘッドで、髪だけでなく鎖骨から上のすべての毛が剃られていた。まるで毎朝うなじに剃刀をあてて頭頂部まで剃りあげ、そのまま顔に剃刀を下ろしているかのようだった。眉毛があるはずの場所には、二筋の筋肉の線がある。淡い青色の瞳は細目の奥に挟まれている。楽しんでいるときも、周囲をうかがっているときも、この目の形は変わらないだろう。わたしたちは握手をした。彼はわたしの荷物をひとつ持った。Tシャツの背中には、モッシーオークという狩猟用アパレルメーカーのスローガンが印刷されている。「これは情熱じゃない。強迫観念だ」

空港の外は薄暗く、暖かかった。赤いフォードのトラックの荷台に荷物を載せて車に乗った。ハイウェイに乗るとすぐに、広くゆったりとしたテネシー川の流れを渡った。ウォーカーの携帯電話に従兄弟からのメールが着信し、わたしが代わりにそれを読み上げた。「八百キロのトウモロコシを仕入れた。三十六袋。おれの小さいトレーラーでなんとか運んでいる」

トウモロコシはシカの餌にするためのものだろう。それをウォーカーはよく思っていない。彼はシカにもチャンスを与えようとする。「ちゃんと公平にやりたいんだ」と彼は言った。「三十メートルの距離で矢をよけられたら、向こうの勝ちだ。だがよけられなければ、そのシカを冷蔵庫に入れて、肉を食べる」。一年を通して、ウォーカーが食べるほとんどの肉は野生動物のものだ。ほぼ毎年余りが出るが、それは近隣の老人に配っている。

ウォーカーの家からいちばん近い都市のモールトンに近づいたころ、一匹のコヨーテがヘッドライトの端で光った。ウォーカーは、自分で調査し、書き、あるいは設置した道端の二十六の歴史的記念碑を指さした。彼の家族がここに住みはじめて、少なくとも七世代目になる。その遺産は、彼のチェロキー族とクリーク族の血の濃さからして、記録文書よりもさらに古く遡るものだろう。

十九世紀前半にアンドリュー・ジャクソン大統領がチェロキー族とクリーク族の大半をアラバマ州から追放すると、州はそれらの部族と商取引をした者に罰金を科したため、残った人々の多くは白人に同化した。ウォーカーの先祖は混血あるいは純血のインディアンだったが、自ら「ブラックアイリッシュ」［ここでは、「瞳と髪が黒いアイルランド系アメリカ人」の意。インディアンであることを隠すための呼び名にもなった］と名乗った。彼らは誇り高き自主独立の民族で土地に頼って生き、あまり金を持たず、近親どうしが結婚することもあった。ウォーカーはよく、自分の家系図《ファミリー・ツリー》は、むしろ「家系の輪《ファミリー・リース》」といったほうがいいとジョークを言っていた。彼の祖父母は、共通の祖父母を持っているからだ。だがこれは、（少なくとも）はじめに受ける印象ほど衝撃的ではない。ある男女きょうだいの兄が結婚した女性の兄と、きょうだいの妹が結婚した。そしてその互いの子供（いとこ）どうしが結婚したということだ。ウォーカーはいとことの結婚に個人的に反対ではないが、彼自身にはその機会がなかった。

　彼は六十三歳で、すでにローレンス郡のインディアン教育プログラムの代表者の職を退き、弓による狩りと地域史の研究に専念している。彼は十四冊の歴史関係の書籍を出版しており、そのうち八冊はアラバマ州キレンのブルーウォーター・パブリケーションから出版されている。「歴史の話をしたら止まらなくなる」と彼は忠告した。「歴史オタクなんだ」

　彼の地域史に関する理解は深く、圧倒的だった。彼はよく、たとえば郡庁所在地に関する年代などの情報を挙げるのだが、そこから祖先や言語、地理など、植物の根のように絡まりあったオールド・サウス［本来はアメリカ合衆国建国十三州のうちヴァージニア州、ノースカロライナ州、サウスカロライナ州、ジョージア州を指すが、ここでは古い伝統が残る南部の州としてアラバマ州も含めている］の情報をどんどん列挙していくことがあった（ある午後、インディアンのトレイルについてひとりで話していたと思ったら、話題は地元のヒーローでオリンピックに出場しナチスを倒したジェシー・オーエンスの人生に移り、わたしはつい助手席でうたた寝をしてしまった）。これほどまでにひとつの土地に根を張った白人のアメリカ人には出会ったことがない。彼はまるで町のあらゆる通りの歴史を知っているようだった。だが、百二十キロほど車で走ると、彼にとってまったく未知の土地に出る。「外の歴史は何ひとつ知らない。だけどこの小さな地域の歴史なら知っているよ」と彼は言った。

彼にとって、その広い四車線の道路には歴史が敷き詰められていた。ウォーカーの目に見えているのは、ハイウェイ四十一号ではなく、タスカルーサからナッシュビルまで続いていた荷馬車用道路のオールド・ジャスパー・ロードだ。バイラー・ロードに入ると、彼は言った。「ほら、これがオールド・バッファロー・トレイルだ。バッファローの足跡をたどって馬を全速力で走らせても木の枝に引っかかる心配はないと言われている」

ライフルと鉄道網によって個体数が激減する以前、バッファローはアメリカ大陸の東海岸から西海岸まで広く分布し、歩きまわることで地形を変えていた。（より正確な名で言えば）アメリカバイソン〔バッファローは俗称。カナダ西部、アメリカ合衆国中西部に分布。準絶滅危惧種に指定されている〕はゾウと同じように、一列になって歩くことが多く、長距離を移動することができる。しかしゾウとは違い、ときにはとても大きな群れで移動することがある。一八七一年にR・I・ドッジ大佐は、幅推定四十キロ、長さが八十キロにおよぶ群れに遭遇した。草と水、鉱物を延々と探しまわるなかで、彼らは丘の斜面や川の土手に段のあるトレイル「バッファロー・ランディング」をつくった。歩くのをやめて転げまわると、バッファローは円形に地面をえぐり、浅い池を掘る。彼らはトウの茂みを踏み荒らし、アメリカヤマナラシをなぎ倒す。そのトレイルは浅いものもあれば、深すぎてバッファローの肩が側面に触れるものもある（航空写真にも写るほどで、その深さのため、地質学者が氷河によって削られた溝だと勘違いしたこともある）。ウォーカーが指さしたオールド・バッファロー・トレイルはかつて、モールトンからブレッドソーズ・リックという巨大な塩なめ場につながっていた。そこは一七六九年にアイサック・ブレッドソーというハンターが数千頭のバッファローと遭遇した場所だ。この塩分が堆積した場所の周りに、バッファローはパリの通りを思わせる放射状のトレイルのネットワークを構築した。

バッファローのトレイルがしばしばそうであるように、オールド・バッファロー・トレイルのこの部分も二本の川の分水嶺にある。バッファローは歩きやすい分水嶺にトレイルを拓く傾向がある。ゾウと同じように、彼らも山を越える最も低い通り道を見つける。ダニエル・ブーンは、ウィルダネス・ロードを切り拓いたとき、チェロキー族やショーニー族の道を通ったが、インディアンたちはバッファローの道を通ってカンバーランド峡谷を抜けていた。ジョン・マクフィーは『Rising From The Plains／平原からの復活』で、バッファローがいわゆる「渡り板」と呼ばれる自然の通路をどのように探したのかを地質学者のデイヴィッド・ラヴから教えられたと書いている。それは「ロッキー山脈で唯一グレートプレーンズ［ロッキー山脈の東側に広がる大平原］から、つづら折りやトンネルを経ずに山頂に登ることのできる場所だ」。渡り板はユニオン・パシフィック鉄道にとって理想的な経路となり、工業化した東部と開拓時代の西部をつないだ。

地理学者のA・B・ハルバートはバッファローが「蹄を地面にあて、わたしたちの道路や運河、鉄道などの多くのコースを間違いなく『開拓』した」と書いている。しかし、このバッファローのトレイルが道になり、さらには鉄道になったという目的論的な記述は、そうしたネットワークを構築するうえで人間が果たした役割をきわめて過小評価している。多くの地域でバッファローのトレイルはあらゆる方向に伸び、数多くの選択肢を与えていたが、どの方向へ進めば目的地に着けるかが示されたわけではなかった。バッファローのトレイルの「迷路」で迷子になったという報告は歴史文書のいたるところにある。また、バッファローのトレイルがまったくなかった場所もある。いま思えば、ルイスやクラークなど、バッファローの「素晴らしい聡明さ」に驚嘆した旅行者の多くにはインディアンのガイドがついていて、バッファローやほかの動物のトレイルのうちどれを通り、どれを無視すればいいかを知っていた。また、動物のトレイルがない地域ではすでに道がつくられていた、ということだろう。

バッファローのその後の減少はよく知られている。コートやベルトの材料となる革に対する需要が高まると、白人の狩猟者は鉄道に乗って西部に押しよせ、通過する列車からバッファローを撃つこともあった。列車との衝突で死んだバッファローもいた。機関車が接近してくる音によって恐怖に駆りたてられたバッファローは、線路に突進することがあったためだ。

連邦政府にとって、バッファローの破壊はいたって好都合だった。価値ある草を食べ、池をぬかるみにし、列車を脱線させる迷惑なバッファローを減らすことでひとつの問題を取り除き、同時に平原インディアンの主要な食べ物を奪い、彼らが放浪生活をできなくすることでもうひとつの問題を緩和できたためだ。ユリシーズ・S・グラント大統領は一八七三年に「バッファローが我が国の西部のプレーリーから完全にいなくなったとしても、わたしは残念だとは思わないだろう」と書いている。バッファローが絶滅すれば先住民の「土地と自らの労働に対する（たとえば農業や資本主義への）信頼感」を増すことになるからだ。一八七〇年代には数百万頭のバッファローが殺され、一八八〇年代にはすでにかなり減少していた。その頭蓋骨は雪の吹きだまりのように積みあげられ、その後肥料や骨灰磁器の原料として東部へ送られた。それから百年以上たった現在、彼らはいないことによって、逆に幽霊のような存在感を放っている。バッファローは去り、いまではそのトレイルだけが残っている。

ウォーカーの家に着くころには暗くなっていた。ほとんど彼が自分で建てた大きな美しい二階建ての家だ。ガレージから入っていくと、彼は「この家にはバスルームが七つある」と誇らしげに言った。「配管工事も全部自分でやったんだ」

彼はたくさんの部屋をわたしに見せてまわり、使っていないトイレもひとつずつ水を流して使用可能なことを示した。彼には離婚歴が五回あり、子供たちはみな大人になっているため、ここにひとりで暮らしている。彼はラミネート加工をした周辺の地図を二階から持ってきて床に広げた。非常に詳細な地図だった。左右で二メートル半ほどの幅があるが、載っているのは三十五キロほどのエリアだけだったように、丘や小さな峡谷に、ブラッシーマウンテン、シーダーマウンテン、シュガーキャンプ峡谷といったように、すべて名前がついていた。「これがわたしのホームグラウンドだ」と彼は言った。「この地域のすべての小川や丘を歩いた。一度も迷子になったことはないよ」

ウォーカーは生涯さまざまな方法で狩猟採集をして暮らしてきた。彼は地図で朝鮮人参を掘った場所や釣りをした場所、ドロガメを探した場所を示した。子供のころ彼は、フクロネズミやウサギ、アライグマを狩猟する猟犬のブルーティック・クーンハウンドのブルージョンと一緒にそうした森を駆けめぐった。彼はミンクやボブキャットを捕らえる罠を仕掛けた。シカ、ウッドチャック、フクロネズミ、アライグマ、マスクラット、ビーバー、スカンク、リス、ウサギ、ウズラ、ハト、ヤマシギ、シギ、カモ、ガン、七面鳥、カメ、ウシガエル、またはあらゆる種類の魚や小鳥など、どんな獣の肉を持ち帰っても、祖母が上手に薪オーブンで料理してくれた。豚や鶏の肉は特別な日のごちそうだった。

ウォーカーが八歳のころ、八分の一チェロキー族の血が入った彼の曾祖父が、彼にチェロキー族の伝統的な弓矢のセットを作ることを許してくれた。自伝の『Celtic Indian Boy of Appalachia／アパラチアのケルト系インディアンの少年』で、ウォーカーはその過程を詳細に記述している。まず、老人と少年は木目のまっすぐな、直径六十センチほどのオークの木を探しに出かける。見つけるとそれを横引きのこぎりで切り倒し、二メートル四十センチの長さに印をつけ、再び切る。ウォーカーは曾祖父が金属のくさびと大ハンマーを使い、木を縦に半分に切り、続けて四分の一に切るのを見ていた。もろい心材の部分は取り除かれ、辺材は「ボルト（切り揃えられていない木材）」を作るためにまた切断された。曾祖父はそれからドローナイフを使い、さらにポケットナイフでボルトのうち一本を削り、弓を作った（もう一本のボルトはいずれ斧の柄や杖などを作るために保管された）。老人は弓をやすりで滑らかにし、茶色い蜜蠟で磨き、麻糸の弦を張ると、もう一度蜜蠟で磨いた。それから彼は細く切ったホワイトオークでひと揃えの矢を削り、七面鳥の羽根をつけ、自ら鍛えた鉄の矢じりを装着した。

ウォーカーは大人になるまでずっとその弓で狩りをした。狩りのあと、彼は弓が歪まないように祖父の納屋のトタン屋根の下にしまった。ところがある日、家に帰ってくると弓が誰かに盗まれていた。そのときは二十代になっていたが、弓を失ったことに声を上げて泣いた。

一階に降り、ガレージで壁に釘で吊るされた弓のコレクションを見せてもらった。最初に手渡された長い木製の弓は弦が張られていなかった。それは色の薄いホワイトオークで作られており、木目が縦に入っていた。「これはひいお祖父さんが作ってくれた弓のほとんど完全な複製だよ」と、彼は言った。最初の弓がなくなったあと、友人が贈り物として作ってくれたのだが、そのころにはすでに別の弓を使うようになっていた。

彼はわたしに、弓を太ももに当てて射るときのように撓《たわ》ませ、その丈夫さを確認するように言った。太い木材のように、ほとんどしならなかった。ウォーカーは複製を壁に戻した。「じゃあ、いま狩りに使っているのを見せてあげよう」

彼はトラックのドアを開け、楽器を入れるような黒いプラスティックケースを取りだした。そのなかに、緩衝材に挟まれた最新のコンパウンドボウがあった。それはいかつく、竜の翼のように折れ曲がっていた。リムは精巧な複合金属で、迷彩柄で塗装されていた。弦は一本ではなく三本で、両端で滑車（カム）につながっている。ウォーカーはそれをわたしに手渡し、弦を引いてみるように言った。はじめは抵抗が強かったがやがてカムが回りはじめ、それから熱せられたタフィーのように、滑らかに最後まで引くことができた。弓の真ん中についた鉄の丸い穴「ピープサイト」から、ウォーカーが距離の調節に使うネオンの三本ピンを覗く。通常、ウォーカーは弦を指で引くことはない。手首に巻き、掌を通って弦にかける道具「トリガーリリース」を使ってより滑らかに射る。わたしは弦を数秒間目いっぱい引いたが、軽く、振動でその威力が感じられた。弦を放さず（それはウォーカーから固く禁じられていた）、ぎこちなくもとの状態に戻した。弦は驚くほどの力で引っ張り、わたしの手から離れそうになった。

「まるで義理の息子に教えているみたいだ」とウォーカーは言った。「装備は最高のものにしないといけない。すぐに殺してやることが思いやりなんだ。装備が悪いと苦しんで死ぬことになる。それに、たくさんの動物に怪我を負わせてしまう」

プラスティックケースには矢筒が入っており、そのなかには、的に当たると横に広がるブロードヘッドがついた鋭利なカーボンファイバーの矢がぎっしり詰まっていた。ウォーカーは矢じりを一本ずつ自分のブーツの側面に当ててしっかりと開くかどうかを確認した。それは開いては閉じ、まるで急降下しては水に飛びこむ小型の銀色の鳥のようだった。

そのうちのひとつがうまく開かなかった。ウォーカーがそれを調べると、乾いた血で固まっていたので、それを流しですすいだ。そして水分を拭きとると、輝く矢をケースにしまった。

「もし先祖が（つまりかつてのチェロキー族が）この弓を持っていたら、物事は少し違っていたかもしれない」と彼は言った。「おれは四十メートル先にこの弓を持って構えられたくはないね」

翌朝、わたしたちは夜明け前に起きた。ウォーカーは鹿肉ソーセージとパン、グレービーソース、野生のマスカダインのジャムをつくってくれた。ガレージでは、前回狩りに出たときに迷彩柄のオーバーオールを乾燥させるのを忘れ、酸っぱい臭いになっていることに気づいて腹を立てた。（ほとんど一日中鼻に押しあてる）迷彩柄のマスクも同じ臭いになっていた。だがしかたなくそれを着て、トラックに乗りこみ、ウォーカーの友人が所有する私有地に行った。トラックを停め、できるだけ静かに降り、決して音を響かせないようにドアを閉めた。ウォーカーはわたしを連れて森を抜け、懐中電灯を左右に振って主要な道で分断されているシカのトレイルを示した。彼は手を伸ばして地面から実のないドングリのかさを拾った。「いい徴候だ」と彼は小声で言った。

ウォーカーのやり方は単純だった。オジロジカは（とくにホワイトオークの）ドングリが好物なので、まわりの植物が踏みかためられた、新鮮な糞のそばのホワイトオークを探す。そこから二十メートルほど離れた地上六メートルほどの場所に身を置いて、ひたすら待つ。「最後の一ドルまで賭けていいくらい確実に、数時間待っていればその木にシカがやってくる」

「じゃあどうやってその木を探すんですか」わたしは尋ねた。

「ひたすら歩きまわるんだ」

わたしたちは梯子が幹に固定された、ウォーカーのお気に入りの木の前で立ち止まった。右のほうに道が、浅い沼を迂回して伸びていた。この場所の良さは、沼があるためシカがここを通らざるをえないことだった。頭の上には、男ふたりでいっぱいになるくらいのサイズの鉄製ベンチがある。ウォーカーは、はじめは固定された木のスタンドに陣取ることにした。いつも使っている持ち運び式の、鉄の歯で支える折りたたみ椅子だと、わたしが暗闇のなかで慣れないものの扱いに失敗し、落ちてしまうかもしれないと心配したためだった。ふたりともベンチにのぼると、ウォーカーは矢を木の右側に、弓を左側に吊るした。それから彼は、ナイロンのストラップでわたしも木に吊るした。ベンチには手すりもあるのに、信頼されていないことに少し腹を立てた。ところが三十分後、わたしはうとうとして前に倒れ、ストラップのおかげで落ちずにすんだ。

数時間そうしてすわっていた。気温が上がってきた。青葉の色は濃くなっていった。遠くの道路の音に混じってアメリカオシの鳴き声が聞こえた。ときどき、彼は獲物を呼び寄せようと、ほとんど呪術者のように二本のシカの角をたがいに打ち鳴らし、「牝鹿の鳴き声（ドウ・ブリート）」という名の小さな缶を操作して、みじめな猫のような音を出した。これは狩猟民のあいだに広く見られるものだ。たとえばメイン州のペノブスコット族はカバの樹皮を丸めたものでヘラジカの求愛の声を真似たし、日本のアイヌの猟師は木と魚の皮で作った道具で迷子になった子鹿の声を出した。

何も現れない。

四時間後、ウォーカーは荷物をまとめはじめた。

「やるだけのことはやったが、姿を見せないな」とウォーカーは言った。「弓を射ている時間より待つ時間のほうがずっと長い。それだけはたしかだよ」

歩いて帰る途中、彼はさらに多くの印を指し示した。柔らかい土やクローバーの上の蹄の跡。地面に開いた茶色い大きな穴。そのまわりの岩は乾いた塩で覆われている。シカが群れていてもおかしくないのだが、このあたりにはいなかった。シカは満月のもとで一晩中草を食べていて、いまは眠っているのだろうとウォーカーは推測した。「満月のときは、シカは真夜中と真昼に移動することが多い。そういうリズムで生きているんだ」

昼食のあと、バンクヘッド国立の森へ歩いていった。そこでウォーカーの友人、チャールズ・ボーデンが加わった。灰色の髭の奥に、歯医者のような、そぐわない若々しい笑顔が覗いている。ウォーカーと同じように、大きなレザーブーツを履き、Tシャツはジーンズの内側に入れていた。違うのは、革のベルトから拳銃を提げていたことだった。後ろから、ジャーマン・シェパードのジョジョがついてきた。彼とウォーカーはふたりとも太い木の杖を持って森を歩き、バランスを取りながら蜘蛛の巣を払っていた。

ふたりはまるで種を探す雌鳥のように地面に視線を向けて歩いた。ウォーカーはドングリをみつけるたびに「ドングリ」と声を上げた。ときどき腰をかがめて拾い、歯で殻を割って実を調べた。健康なドングリは白く滑らかだ（彼はひとつわたしによこして食べさせた。それは渋いマカダミアのような味がした）。だがなかには「駄目になった」実もあり、虫食いの黒い穴が開いていた。シカは駄目になったドングリを嗅ぎわけることができる。

ある程度ドングリの固まっているエリアを見つけると、ウォーカーは視線を上げ、登るのにちょうどいい木を探す。コツは、ドングリの山の風下の木を見つけることだ。そしてシカの視界よりも上まで登り、できればまわりの木の低い枝で隠れているといい。ふたりの男は視線を上げたり下げたりしながら歩きつづけた。

わたしたちは起伏のある土地に美しく伸びるシカのトレイルを進んだ。狩猟のうまいやり方は、深い茂みを探し、小さな草地を切り拓いて、自転車のスポークのようにそこに合流するいくつかの小道をつくることだとボーデンは言った。ハンターはそのスポークの中心近くに隠れ、本能に従って道を歩いてきた動物を襲う。

獲物が通る道を利用して狩りをする能力があるのは人間だけではない。ほかの多くの捕食者もそうしている。ボブキャットは獲物のトレイルの脇で隠れているし、メクラヘビはシロアリのフェロモンの道を嗅ぎわけられる。「追い剝ぎ甲虫」とも言われるハネカクシはアリのフェロモンの道を認識することができ、アリがそこを通るのを待ちかまえて運んでいる食べ物を盗む。またヨーロッパアオゲラは、粘り気のある長い舌をアリのトレイルに横たえ、あとはひたすら食べ物が運びこまれるのを待っている。ほとんどの動物にとって、トレイルをつくり、そこを通ることは進化するうえで優位になるが、進化した捕食者のほうがそれを利用することもあるのだ。

ウォーカーは一本のオークの木の周囲をまわり、印を探した。「ドングリ……ドングリ……」と独り言を言い、定期的に歯に挟んだ貝を鳴らした。子供のころ、彼とボーデンは暇さえあればこの森を歩いていた。ふたりが心配していたのは、自分の孫が同じ育ち方をしていないことだった。「田舎に住んで、狩猟とハイキングをしながら森で暮らしていると、その環境との親密さが育ってくる」とボーデンは言った。「ものの見方が変わってくる。無数の生き物の形態を見て、それを理解することができるし、自分もその一部だからだ。そこから切り離されたものではないんだ」

午後には、ウォーカーはバンクヘッドのなかの新しいお気に入りの狩猟場へわたしを連れていった。そこは理想的な場所だった。地面には蹄の跡がたくさんあり、ドングリがあちこちに落ちていた。シカが好む、畑と森の境目であることも好都合だった。ウォーカーはわたしのために選んだ木に案内してくれた。それは高いオークで、ツリースタンドという、折りたたみ椅子とアイゼンを不自然に合体させたような装置がついていた。シートとフットレストのふたつの部分からなり、その両方が幹に綱で留められている。どちらの部分にも金属の歯があり、樹皮に食いこんでいる。わたしはストラップを木に結び、フットレストに足を入れて固定した。ウォーカーの指示に従って、わたしは少しずつ幹を登り、最初にフットレストを上げ、自分の足を後ろに傾けて金属の歯を樹皮に食いこませ、それから上半分を上げた。ひじに体重をかけて足を上げるとき、フットレストが樹皮からはずれて足が数メートル上空で宙吊りになりそうになった。

目指す高さに達すると、ツリースタンドの二つのパーツを幹にしっかりと固定し、シートを開いてストラップを結びつけた。それが終わるころにはウォーカーはすでに地上三十メートルほどのところに腰かけ、緑色の忍者のようにマスクをはめて気配を消していた。

日はゆっくりと過ぎていった。空気は冷たかった。草木は青く染まっていた。ヒキガエルが鳴き、コヨーテが神経質なうなり声を上げた。それでもシカは現れなかった。狩猟は、主に退屈との戦いだった。あまりに長く森を見つめすぎて、丸太がシカに見えはじめた。ドングリが落ちた音を、シカが枝を踏んでいるのかと勘違いした。

ウォーカーは猛禽類のように顔をつきだして前を見すえながらじっとすわっていた。枝が落ちるとその音の方向を見つめ、それからゆっくりと、静かにまたまっすぐ前に視線を戻す。しばらくすると、彼はブナの葉を地面に振り落として風を確認した。それから彼は携帯電話を取りだし、たぶんそれほど新しくもない知らせをメールしはじめた。そしてついに、ツリースタンドをたたんで下へ降りる準備を始めたので、わたしもそれにならった。

それから数日間、わたしたちは同じように行動した。毎朝夜明けまえに起き、まえの晩にツリースタンドを残したままの狩猟場にやってくる。昼頃になるとホワイトオークとシカのトレイルの合流地点に注意して新しい狩猟場を探す。そして午後にはいつもの木に登って待つ。

三日たっても、わたしたちはまだシカに矢を放つところまでいかなかった。昼に車で森から戻るとき、わたしはウォーカーに、シカは何を考えているのだろうと尋ねた。「まあ、シカの頭に入ったことはないからわからないが、基本的には食べること、寝ること、セックスだろう。誰だって同じだ」。彼がそう言ったとき、森林局が管理する道路の四十メートルほど先に牡のシカが一頭飛びだしてきた。シカは目を開き、耳を回転させながらわたしたちのトラックのほうを向いたが、じっと動かなかった。ウォーカーはドアに手を伸ばし、路上でチャンスがあれば「射るぞ」と言った。だが彼は、シカの角を見た。二本の角は太く短い。それは、射ることが禁じられている若いシカだった。彼はトラックをゆっくりと前に進ませ、写真を撮ろうとしたが、シカは逃げてしまった。行ってしまったあと、シカのトレイルを調べると、ほかに三頭のシカの跡があった。そのトレイルはウォーカーが「すぼまったところ」と呼ぶ月桂樹の林の狭い隙間を抜けていた。

「ほら、やられたよ」とウォーカーは言った。「シカたちはたぶん昼間に動いてるんだ」。それはすでにわかっていたことだった。彼は午後になると必ず、シカは満月で夜中に食事をしているから捕まえられないんだと言っていたが、それでも毎朝夜明けまえにわたしをベッドから起こした。「習慣を変えるのはむずかしいものだ」と彼は認めた。「シカと同じように、おれたちも行動がマンネリ化してしまったんだろう」

次の日もわたしたちは明け方に起きた。何時間もすわって葉が落ちるのを見た。日が高くなると、ウォーカーは軽く口笛を吹いてわたしの注意を引いた。一頭の牡鹿が耕された畑の遠いほうに現れた。クリーム色に近い茶色で、腹は白く、脚は細かった。畑の端に沿って草を食べながらこちらに近づいてきた。

四十メートルほどのところにくると、ウォーカーは立ちあがって弓をとった。そこから計画どおりに進んだ場合、彼は弓をつがえ、トリガーリリースを装着し、流れるような動作で弓を引き、目いっぱい引いたまま、射るまえに数秒間ためる。「アー」と声を上げてシカを驚かせ、動きを止める。それから、ゆっくりと背中の筋肉を収縮させ、そっとトリガーを引く。装置は弦を解放し、矢が静かに弓から放たれ、毎秒百メートルの速度で飛ぶ。それはシカの肋骨のあいだに刺さり、矢じりが開いて臓器に六センチほどの「血の穴」を開ける。シカは驚き、それから傷ついて森のなかによろよろと入っていく。ウォーカーは追わず、腰を下ろして少なくとも一時間は待つ。傷を負ったシカは追われていると感じると、何キロも死ぬまで歩きつづけることがあるが、せかさなければ普通は射られたところから百メートル以内のところで横たわる。

ウォーカーは血の跡をたどってシカのところまで行くと、前脚を切断し、胸骨の下に小さな切れ目を入れる。そしてその穴に指を一本入れ、破らないように慎重に胃を取りだす（シカの胃は膨らみやすい。「もし切れ目を深く入れすぎて胃を割いてしまったら、ブシュッと破けてシカが食べたものを全身に浴びることになる」とウォーカーはわたしに注意した）。指で切れ目を広げ、ナイフが動かせるようにし、ナイフを差しこんでしっぽまで開き、胸を開き、食道と気管を断ち、横隔膜の両側を切り、内臓は地面に出して鳥に食べさせる。鼻の隔壁に穴を開けたあと、そこにウシの鼻輪のように棒を刺し、頭を上にしてトラックの後部に吊るす。

それから、ウォーカーはシカを解体のための特殊な店まで運ぶ。数年前まで、彼は夜中までかかって裏庭で鋭いのこぎりを使って自分で解体していた（「娘たちに聞けば、おれが娘たちのブランコにシカをぶら下げていた話が聞けるよ」と彼は言った）。テンダーロインを切り取ってステーキにし、肩肉を挽肉にしてハンバーガーのパテにし、リブをバーベキューに使い、背中の肉はシチューにする。だがそれには膨大な時間と労力がかかるため、ウォーカーはついに現代の便利さに頼るようになった。いまでは彼はシカを特殊な食肉処理業者に持ちこむ。そこでは背肉は捨てられる（「仕事のためだからできるだけ手早くやるんだ」とウォーカーは言った。「それに安くあげるためには、好きにやらせないといけない」）。すでにウォーカーの家の冷凍庫にはシカが入っているから、その肉は娘や隣近所に配ることになる。

これが、計画どおりに進んだ場合に起こったであろうことだ。だが実際には、シカが近づいてくると、ウォーカーは弓を下げてしまった。「若すぎる」と彼は小声で言った。彼は二本の指を頭の上に乗せ、それが前の日に出合ったYの字の角を持った牡鹿だったことを示した。わたしたちのにおいに気づいてシカは身をこわばらせ、それからしばらくじっとしていたあと、方向を変えて大きな弧を描くようにしてわたしたちから離れた。ウォーカーは木につかまったまま二十秒ほど、シカが太陽光の筋を横切り、見え隠れしながら、たどたどしく木立のあいだを抜けるのを見ていた。シカは遠く、小さくなったところで、光を浴びながら最後に一度立ち止まって、それから消えていった。

過去の先住民たちの狩猟技術と比べて、ウォーカーのテクニックは原始的だ。獲物にうまく忍びよるために、十七世紀初頭のポウハタン族は丹念にシカの変装をした。ジョン・スミスがこのやり方を詳しく書いている。ハンターはシカの毛皮の隙間から腕を入れ、そのなかに入る。頭部は「角、頭、目、耳などあらゆる部分ができるかぎり精巧に実物に似せられている」と。「体に皮をまとって、シカに忍びより、木から木へと這いながら進んでいき」、射ることができる距離まで近づく。

より大きなコミュニティではもっと組織的な共同の狩りを行っていた。スミスによれば、ポウハタン族は野に火を放ってシカを追いつめ、茂みの真ん中に集めるという広く行われたテクニックを使うこともあった。毛皮が取引されるようになると、一頭ごとではなく大量に狩猟する方法が行われるようになった。

人類学者のグレゴリー・A・ウェイセルコフによると、シカは「（アメリカ）東部森林地帯の部族にとって更新世終了後最も重要な肉の供給源だった」。簡単に言うと、それらの部族にはシカを「楽しみ（スポーツ）の機会」にする余裕などなかったということだ。そんな発想は彼らにはいっさいなかった。娯楽のための狩りは古代の帝国にも無数に存在したが、現在知られているスポーツとしての狩猟は過去千年間にヨーロッパの王室によって整備されたものにすぎない。

シカの肉はヨーロッパの貴族社会にとってもやはり最も重要な肉の供給源だったが、その理由は異なっていた。シカ肉は地位の印であり、男らしさの象徴であり、勢力を誇示するためのものだった。シカは狩りの概念と切り離すことができず、それゆえまさに狩りの同意語となった。歴史学者のマット・カートミルによれば、「狩りをする」というアイルランド語の動詞「fiadhachaim」は本来「シカ化する」という意味だ。英語の「venison」はもともと「狩りで得た肉」を意味していたが、いまでは「シカ肉」を意味する。

狩りは宮廷の退屈しのぎのためのものだった。そのため宮廷のゆがんだ作法が狩りに持ちこまれたことは皮肉ではあるが、驚くべきことではなかった。エリザベス朝のイギリスでは、「狩猟用ナイフの平らな部分で公衆の面前で尻を叩くこと」は狩猟のルール違反、「たとえば、狩猟中に口にすることを禁じられた『ハリネズミ』などの言葉を言うことなど」に対する罰則として習慣化していた、とカートミルは言う。イギリスの王族は馬に乗って狩りをし、勢子や弓を持つ者、ラッパ手などが付き従った。フランスでは、犬と馬に乗った騎手が追いつめて殺すパルフォルス式狩猟が標準となった。それでも、ルイ十五世のように大量に獲物を殺した王もいる。五十年以上にわたる狩猟歴で、彼はおよそ一万頭のアカシカを殺したと言われている。カートミルはこれを「人類史上おそらく類を見ない」頭数であるとしている。

王族の狩猟は新しい景観をつくりだした。一〇六六年、ウィリアム征服王はイングランドに侵入し、武力で王位を奪うと、広大な土地を王の所有林とする「御料林化」を行い、土地の所有権を大幅に変更させた。以前からの住民は土地に住みつづけることが許されるが、動物の狩猟や罠での捕獲、牧畜、森林伐採は禁じられた。有名なイングランド南部の古い森林とヒースの原生林で、いまもほぼそのまま残っている「ニュー・フォレスト」はウィリアムの命によってつくられたものだ。最盛期には、王家の所有する森林はイングランド全土の三分の一におよんだ。

ただし、こうした森林保護は現在の環境保護論とは関係がない。アカシカやノロジカ、ダマジカといった、大切な王の獲物を保護することが目的だった。ウィリアムの「御料林法」は、森林の生態系が安定していなければシカのような大型の動物は繁栄できないことをよく理解していたことを示している。しかし、この制度が明文化しているのはシカの個体数の最大化であり、その捕食者は同様の保護を受けることはなかった。オオカミの捕獲には報奨金が与えられ、一二〇〇年代には、狩猟によってグレートブリテン島南部から彼らは姿を消した。

その規制は住民にとっては重荷だった。ウィリアムは王家の森での弓と矢の使用を禁じ、近隣のすべての大型犬の前足から爪を三本抜くように命じた。この醜悪な処置は犬が彼のシカを追うことを防ぐための「適法化」と呼ばれ、木槌とノミで行われた。密猟者は手を切断され、目を潰され、あるいは命を奪われた。

野生のシカが捕食されることが増え、その生息地が縮小すると、貴族によってシカを保護するための私的な公園がつくられ、より厳しい規制が課せられた。当然ながら平民たちは新しい規制に悩まされた。一五二四年には三人の独立自営農民がシカの公園に侵入し、二頭の若いシカをばらばらに切り刻み、妊娠した牝鹿の子宮を割いて二頭の胎児を殺し、その遺体をその場に残した。これは明らかに、純粋な激しい怒りによる行動だ。当時の文学では、口承文学も含め、英雄的人物としてアダム・ベルやジョニー・クック、また有名なロビン・フッドなどの密猟者が描かれた。十万エーカーの王の森であるシャーウッドの森に住む盗賊とその愉快な手下たちの物語が表しているのは抵抗と牧歌的物語だ。彼らはシカ肉のパイやスウィートブレッド（膵臓）といったごちそうを食べる。彼らは土地を知り尽くし、輪のようにつながった秘密の小道を使って追っ手から逃れる。ロビン・フッドの命には、オオカミと同額だったことに由来する報奨金「オオカミの頭」が懸けられていた。貧しい者たちは（とりわけ）スポーツのための狩猟の行きすぎに対する抵抗を支持したが、貴族たちは生活のための狩猟者を軽蔑し、未開で卑怯な「密猟者」と呼んだ。

イギリス人はやがて、同じ判断基準を新世界に持ちこみ、先住民を「野蛮」とみなした。カリブーなどの有蹄類の季節的移動の経路を見つけ、獲物がやってくるのを待つ「リード・ハンティング」という先住民の方法を見て、有名なイギリスの狩猟家フレデリック・セロスはこう書いた。「まったくうんざりだ。そもそも、何時間もひとところに寝そべって獲物を待っているなど、狩猟とは言えない。そして条件が整えばカリブーを仕留める効果的な方法ではあるのかもしれないが、わたしはそのようなスポーツに、条件にかかわらずまったく魅力を感じない」

　こうした、保護だけでなく美意識にも基づいたエリート主義を根底にして、いわゆるスポーツマンの規範、つまり牝や若いシカを殺すことをよしとせず、利益のために狩りをすることを抑制し、年間を通じての狩りを禁じるといった精神が生じた。十九世紀後半以降にはこうした価値観が狩猟家であり環境保護主義者だったセオドア・ルーズヴェルトやマディソン・グラントによって法律化された。彼らはまた、最初の国立公園や国立林の設立にも力を注いだ。同時にアメリカのスポーツ狩猟家たちは、ヨーロッパの狩猟家が貴族的であったのに対して、粗野で質朴なアウトドア活動愛好家としての性格を強めていった。

　ウォーカーは、弓と矢で狩りをするのは自分が「強い伝統主義者」で、先祖の儀式を受け継ぐ人間だからだと言っていた。オジロジカが絶滅寸前まで狩猟され、その後前世紀に二度にわたって「再導入」された国立林のあの場所で木にすわり、かつてはアイルランド系とインディアンの血を引くヒルビリー［アメリカ合衆国南東部のアパラチア山脈周辺出身の白人に対する蔑称］の少年、いまでは法律と名誉に従う中流階級として、若すぎるシカを射なかった彼が受け継ぎ、体現していた伝統は、おそらく自分でも意識していないほど多かった。

　ウォーカーが若い牡鹿を射なかったあの朝がわたしたちの最後の狩りとなり、彼はわたしを空港へ送ってくれた。一頭も獲物が捕れなかったことを少し悔しがっているようだったが、ほとんどそんな素振りは見せなかった。「保証されていることなんて何もない。これは殺しじゃなく、狩りだからね」と彼は言った。

空港への長いドライブのあいだ、彼は暇つぶしのためにこれまでにトレイルをつくるのを見たことがあるすべての動物を列挙していった。そのリストは延々と続いた。「もちろん、シカはやたらとトレイルをつくる」と彼は言った。「ブタはトレイルづくりが下手だね。怒られると走りだして、アヒルの行列みたいに行ったり来たりする。深さが三十センチくらいになっているのを見たことがある……。ヘビは綿の布きれの上を通ると跡を残す。とくにガラガラヘビはね。あとをつけていって殺したものだよ」

ウォーカーがトレイルづくりの下手な動物について話すのははじめてではなかったが、やはり少し引っかかる言葉だった。わたしが会ったことのある環境保護論者には、人間のトレイルは地上の汚点だと考える人もいたが、動物のトレイルは自然でよいものとみなす傾向があった。生涯のハンターであるウォーカーは物事を違った角度から見ていた。どうやら彼は、人間がつくるトレイルと動物のトレイルを区別してはいないらしい。いずれにせよ溝は溝に変わりない。そしてこの三日間でわかったように、狩る者にとっても狩られる者にとっても、溝は落とし穴になりかねない。

彼は続けてさまざまなトレイルのつくり手を挙げていった。アライグマ、スカンク、カメ、マスクラット、ミンク、アルマジロ……。

「たぶんほとんどどんな動物もトレイルを歩くと思う。そのほうが簡単に移動できるからだ。バッファローのトレイルのようにね。たいていはそのほうが歩きやすい」

「だが」と、彼はかなり長い間のあとでつけたした。新たな発想で声が弾んでいた。「いちばんわかりやすいトレイルをつくるのは人間だね。この州間高速道路だってそうだ。人間が絶滅したら、誰かが一万年後にここに来て、おそらくこのコンクリートの橋の残骸を見つけるだろう。おれたちはやっぱり、どんな動物よりも有害なトレイルを残しているんだ」

Chapter 4

ある霜の降りた秋の朝、わたしは歴史家のラマー・マーシャルとトレイル・ハンティングに出かけた。彼は昔のチェロキー族［植民地化以前、アメリカ合衆国東部から南東部の内陸に居住していた。植民地化以後は白人の文明を受容して暮らしていたが、一八三〇年のインディアン移住法により、現在のオクラホマ州への強制移住が行われた］のホームランドに通っていた主要な歩道のすべてを少しずつつなぎあわせて地図を作成しているが、そのときは新たなルートを調査しようとしていた。暖かいものを重ね着して、それを日が昇るにつれて脱ぎながら、わたしたちはノースカロライナ州の丘陵地帯の森を通る砂利道を歩いていった。空の色は薄く、寒々として遠かった。丘からファイヤーズ・クリーク［ノースカロライナ州西部のクレイ郡にあるナンタヘイラ国立の森を流れるハイオスシー川の支流］が南に向かって流れ、太く泥を含んだハイオスシー川に注いでいた。

古いインディアンのトレイルを見たことがあると確信を持って言えるアメリカ人は少ないだろう。だがそのなれの果てなら、見たことも通ったこともある人がほとんどだ。たとえばマーシャルによれば、わたしたちがここまで通ってきたハイウェイはかつてチェロキー・トレイルと言われていて、現在のノースカロライナ州アッシュビルからジョージア州まで数百キロ続いていた。そこから曲がって入った道もやはりかつてのトレイルだ。周辺の山へ続くほかの数十の道もそうだ。

マーシャルはノースカロライナ州の古い先住民のトレイルのうち、八十五パーセントが舗装されていると推定している。北米大陸全体でだいたい同じような状況だが、森の深い東部ではとくにその割合が高い。シーモア・ダンバーが『A History of Travel in America／アメリカ移動史』で書いているように、「ミシシッピ川以東のアメリカ東部における現在の交通網全体は、多くのターンパイクも含め、数百年前につくられたインディアンの森の道のシステムを基にし、あるいはその上を通っている」

道のシステムはおそらく世界最大の文化的遺物だろう。多くの先住民にとって、トレイルは単なる移動のためのものではない。それは文化の静脈であり、動脈である。口頭伝承に依存する社会にとって、土地は植物学、動物学、地理学、語源学、倫理、系譜、精神、宇宙論、そして神秘などに関する書物を収めた図書館の役割を果たす。そうした素晴らしいアーカイブへと人を誘うことで、トレイルはそれ自体が豊かな文化的創造物や知識の源になる。その知識の体系は、ほとんどが帝国主義による侵略を受け、アスファルトの下に踏みかためられてしまったが、そこへ通じる細い道はまだ森のあちこちに走っていて、探すべき場所さえわかっていれば見つけることができる。

マーシャルは、わたしが会ったことがある歴史家とは違っていた。皮膚はざらざらで、灰色の無精髭を蓄えており、離れた目をまぶしそうに細めていた。上から下まで迷彩柄だが、柄は合っていない。迷彩キャップに迷彩バックパック、迷彩カーゴパンツ、上半身には迷彩空手着を着ている。彼の人生のさまざまな時期について知りたければ、身につけているものを指さしてそれにまつわる出来事を話してもらえばいい。トラッカーキャップには「アラバマ毛皮業者協会」と書かれていた。それはかつて罠猟師だった彼が副会長をしていた組織だ。首からかかっているビーバーの毛皮のポーチは、かつて小売店を経営していたころに買ったものだ。ポーチの横にはヒラタニオイガメが描かれたスターリングシルバーの大メダルがぶら下がっている。チェロキー族に長く神聖視されていたその絶滅危惧種のカメは、彼が一九九六年に設立したワイルド・アラバマという活動団体のシンボルだ。この団体はのちにワイルド・サウスという保護団体へと発展的解消を遂げ、現在ではアメリカ南東部の八州で活動している。

彼はかつて自分でデザインした空手着を着て稽古をしていた。だが、結局のところ「体重百六十キロの相手に殴り殺されそうになったら、銃で撃てばいい」と考えてやめてしまった。かつてアラバマで環境保護の指導者として活動していたときには、護身のため、どこへ行くにも二丁の強力なハンドガンを携帯していた。わたしと歩いたときには、軽量化のため小型の二十二口径のマグナムだけを持っていた。「これだけだと、裸でいるみたいな気分だ」と彼は銃を握りしめながら言った。

腰に巻いているオレンジのウエストポーチにはGPSの機器と数枚の地図、黒いノート、ペン、緊急用の発火具が入っていた。歩きながら、彼はときどきGPSを取りだし、地図を確認して黒い小型ノートにメモを取った。そこにはいくつもの地図が書かれていた。かつて測量事務所で図面作成をしていたころに覚えた謎めいた速記法をいまだに使っている。最初のページには、昔の探検家の日誌を思わせる書体で自分の名前が、その下に「道路を見つける人」を意味する彼のチェロキー名「ナノヒ・ディワティスキ」が書かれている（「道（path）」と「道路（road）」を表す言葉はチェロキー語では同じ「岩だらけの場所」つまり植物が生えず、地面がすり減った場所を意味する「ナノヒ」である）。

「あらゆるものは地図に落としこめる。あらゆるものが描ける。どんな中間地点も、どんな稜線も」と彼は説明した。彼はページをぱらぱらとめくった。「ここに来てからの旅は、すべてここに書いてある。リトル・フロッグにビッグ・スノーバード、デヴィルズ・デン・リッジ……」

マーシャルは古い地図のコピーと手書きの歴史的記述をつぎつぎに開いた。一枚の大きな現代の地図で、彼はわたしたちが歩こうとしているトレイルを見せてくれた。ファイヤーズ・クリークの脇を通っていき、カーヴァーズ・ギャップを抜け、タスクィティー・タウンとトマトリー・タウンという古いチェロキー族の集落を結んでいる道だ。これはトレイルを発掘する過程のごく一部にすぎない。仕事の多くは文書を調査することだ。彼は定期的に、ワシントンＤＣの国立公文書館など全国の図書館をまわり、助手とともに何日もかけて数千の古い記録を調べ、デジタル写真を確認している。記録でトレイルの位置を確認すると、彼はデジタルマッピング・プログラムで仮ルートを描く。それから森を歩きまわってそれを探す。仮定どおりの道を地面に見つけることができれば、それが実際に古いチェロキー族のトレイルである徴候とみなせるが、それでもまだ尾根から尾根へと横断し、その地域にほかの可能性がないかを確認する必要がある。「もし十本のトレイルがそこにあれば、どれがほんとうのトレイルなのか突きとめないといけない」とマーシャルは言う。「だが一本のトレイルしかなければ、まず間違いない」

彼はまた周囲のエリアにもよく注意し、それが手つかずの先住民の道なのか、それとも荷馬車の道路、防火帯、木材搬出用の道路に変えられたものなのか判断する（たとえば轍《わだち》が広く深ければ荷馬車の道路だと判断できるし、また道路脇には建設者が路面を平らにするためによけた岩が転がっていることが多い）。元のトレイル、荷馬車の道路、現在の道と三本の道がまるで残像のように隣りあって同じ場所を通っていたこともある。

マーシャルの研究は、わたしたちの道路ネットワークがどれほど先住民から引き継いだ（より正確には、奪った）ものかを明らかにしたことで知られているが、彼が最も重視しているのは、希少な、手つかずのままの古いチェロキー族のトレイルを探すことだ。彼の狙い（の一部）は環境を保護することだ。歴史的なチェロキー族の歩道の位置をつきとめられれば、連邦法に基づいて森林局は、（ときには数十年がかりの）適切な考古学的調査が行われるまで、トレイルの両側約四百メートルを保護する。そしてその場所に歴史的な重要性が認められれば、州はトレイルの歴史的背景、つまり古くから生い茂る森を保存するための手続きをとる。古いチェロキー族のトレイルを確認し地図に落としこむことで、マーシャルはこれまでに四万九千エーカーの公有地を伐採や採鉱から守ってきた。

マーシャルの仕事は環境保護に関する根本的な前提を揺さぶった。環境保護論者は普通、ある区画の土地を保護しようとするが、マーシャルは地理的な線を保護する。チェロキー族の道はしばしば獣道に沿っており、それは野生動物が生態系のあいだを移動する通路になっている。その道は分水嶺を越える通路となっていることも多く、将来の訪問者にも美しい景色を見せるだろう。マーシャルのさらに革新的な点は、人間の手を加えることが原生自然にとって重要であることを示すことで、文化と環境という、対立すると考えられてきたふたつのあいだに橋を架けたことだ。文化と環境を対立させる発想は、現代のアメリカ人にはおなじみだが、植民地化以前のアメリカ先住民にとっては、それはおそらくまったく異質な考え方だっただろう。マーシャルは少しずつ、人間のつくる景観を自然の景観に溶けこませている。

わたしたちは開けた場所を探しながら土の道を歩いていった。すぐに右に枝分かれするトレイルがあった。そこは開けていて風通しもよく、頭上の枝から落ちた桜やオーク、マツの落ち葉が敷き詰められた素敵な場所だったが、マーシャルが求めていたものではないようだった。まず、広すぎた。チェロキー族など多くのインディアンは、綱渡りをするように、つま先の先にかかとを置く歩き方をするように訓練されている。チェロキー族の男性の説明によれば、「広く大きな通りは必要ない。行くことさえできればいいのだし、（植物や薬草、獲物など）そこにあるものは道を広げたらなくなってしまう」。

マーシャルは、このトレイルはかつて木材伐採業者によって広げられたもので、尾根の頂上に近づくにつれ狭くなっていくだろうと推測した。しかし五分ほど歩いていくと、青いプラスティックの長方形の目印が木に打ちこまれていた。マーシャルはますます困惑した。このトレイルはハイキング・トレイルとして設計されたものではないはずだ。それなのに、地図やGPSで見るかぎり、そのコースに重なっている。

彼は結局、森林局がチェロキー族のトレイルを収用したのだろうと判断した。これはあまり例のないことだった。先住民のトレイルは普通、目的が異なるためハイキング・トレイルになることはない。先住民のトレイルはできるだけ早く目的地につくことを目指す。稜線を進み、頂上や峡谷を通ることはない。それとは対照的に、近代のヨーロッパ人が発明した娯楽のためのトレイルは、周囲を散策し、山頂や滝、見晴らしのよいところや水の多い場所など、景色の美しいところへ引き寄せられていく。また、現代のトレイルはハイカーが履くゴム底のブーツで地面が削れないように設計されている。そのためたとえば、急な斜面では傾斜を緩やかにするために長いつづら折りになっている。もともとあるトレイルはそれとは異なり、急坂を「最大傾斜線（水が麓へ流れるときに通る経路）」に沿ってまっすぐに上っていることが多い。

先住民のトレイルは快適さ（と浸食からの保護）よりも速度を大切にしているが、各部族それぞれの理由で、最も効率のいい経路を避けていることがある。カナダの平原インディアンを研究しているジェラルド・ウーテラールは、コンピュータ・プログラムに頼って古来の土地の「最も通りやすい経路」を描こうとする研究者に不満を抱くという。その作業は、先住民が火星探査車のように、誰もおらず物語もない土地を移動しているという誤った仮定に基づいているからだ。「わたしはいつも、すべての土地には物語があることを指摘するんだ」

　地球上に棲む生物のなかで、わかっているかぎり、人間だけが芸術、物語、儀式、宗教、共同体のアイデンティティ、道徳的な知恵といった豊かな文化を発達させてきたが、このことはトレイルにも反映されている。「わたしたちが物事を『論理的に』しないことには理由がある」と、アメリカ南西部の「交通の景観」を研究しているジェームス・スニードは述べている。もう少し正確に表現すれば、人間の行動の論理は、それによって生み出されるトレイルと同じく、驚くほど多彩だということだ。トレイルは敵の領域を避け、親しい人を訪れるために遠回りすることもあるだろう。聖地に立ち寄り、邪悪な場所を迂回することもある。マーシャルは、おそらく儀式の場だったクリングマンズ・ドーム［グレート・スモーキー山脈に属し、テネシー、ノースカロライナ両州にまたがる。アパラチアン・トレイルもここを通る］の山頂へ続く植民地化以前のトレイルを発見したことがある。チェロキー族が、村から村へ最も抵抗の少ない道を通っていたなら、頂上を通ることはなかったはずだ。北アメリカのほかの場所でも、儀式を行う重要な場所に寄り道し、歩行者が目的地へ行く途中で止まって祈りを捧げることができた先住民の道が発見されている。

　トレイルそのものが芸術作品や宗教的遺物のような文化の産物になることもある。西部では、多くの部族がトレイルの乾いた土壌や石に、道具を使って岩面陰刻を施していた。ニューメキシコ州のパハリト・メサで、スニードはトレイルがまるで櫛の歯のように何本も平行に通っているのを発見した。彼の仮説によれば、トレイルの建設はそこを歩くこと以外にも特別な意味を持っていた。テワ族の人々は山頂の聖地から村へ「雨の道」という道をつくり、穀物に雨が降るように願った。ヌーミック語派やユーマ語派の文化では、特定の山頂（聖なる力を持つ場「プハ」）へと続く道を建設した。生者だけでなく死者も、夢見ている人も、動物や水に棲むものや風もその道を通ると彼らは考えていた。そうしたトレイルは物質的世界と、精神と物語の世界の両方に存在していた。多くの先住民の文化で、これらふたつの異なった景観は分かちがたく結びついていると考えられていた。

トレイルが尾根にそって上りはじめると、マーシャルはそれが古いチェロキー族のトレイルであり、のちに開拓されたものではないという確信を深めた。まず、稜線を通っていることがチェロキー族のトレイルであることをはっきり示している。稜線に登れば、歩き手は「何キロも何キロも何キロも」さほどの障害に遭わずに歩きつづけられる。冬場には稜線を通れば凍てつく川を渡る必要もなく、夏場にはツタや月桂樹、ツツジなど、「月桂樹の地獄」と呼ばれる茂みに足を取られることもない。

トレイルの傾斜でわたしたちの歩みは遅くなった。マーシャルは、一マイル（約千六百メートル）歩くごとに、約三百メートル登っていると計算した。それもこのトレイルがチェロキー族のものでありヨーロッパ人のものではないという徴候だ、と彼は息を切らしながら言った。イギリス人は、馬に乗って越えるには急すぎるため、チェロキー族のトレイルを嫌っていた。

ここまで「最も抵抗の少ない道」と何度か書いてきたが、それはひとつの土地にいくつも通っているし、交通手段によっても変化する。平原インディアンは荷物を運搬するのに、ソリに似たドッグ・トラヴォイを使っていた。そのため彼らのトレイルは、羊毛のような滑らかな草が生えたプレーリーが多く、急な傾斜は避けられている。犬がうまくトラヴォイを引けなくなるためだ。ヨーロッパ人がアメリカ大陸に馬を持ちこむと、ドッグ・トラヴォイよりも急な傾斜を登ることができる、ホース・トラヴォイを導入する部族も現れた。しかし、馬はラマと比べれば急坂を登ることができず、そのためさらに南のペルーではスペイン人の征服者はインカ帝国のトレイルを通ることができなかった。

チェロキー族の移動は主に徒歩で、底が柔らかく、五本指に分かれた靴のように地面を足でつかむのに適したモカシンを履いていた。「靴はインディアンのトレイルと密接に関わっている」とマーシャルは言った。「だがそのことは誰も考えていない」。彼自身が履いているのは使い古しのゴム底のハイキングシューズだ。ブーツとクロストレーニング・シューズの中間のような形で、縫い目は黄色い接着剤でつながれている。以前モカシンを履こうとしたこともあったが、足の力が足りず、地面をつかむことができなかったという。

トレイルはさらに高く上っていき、あたりはさらに明るくなった。灰色の木で枯れ葉が揺れていた。トレイルの脇には倒れた栗の木があり、そこからキノコが生えていた。かつて栗は、この地域で最も多く生えていた木だった。夏になるとアパラチア山脈に淡い花の雨を降らせ、あまりに高く育つため、倒れると「晴れた日の雷」と呼ばれるほどの轟音を立てた。だが二十世紀初頭に、胴枯れ病のため数百万本が枯れてしまった。

こうしたことも含めて、わたしたちが歩いているこの森は昔のチェロキー族には見知らぬ場所のように思えるだろう。チェロキーの歴史を研究するタイラー・ハウはこの点をかなり詳しく教えてくれた。「当時といまとでは、森はまったく異なっています。チェロキーの世界をとりまく自然環境は完全に変わってしまいました」。まず、ほぼ全土にわたって木材の伐採が激しく行われたため、昔のチェロキー族からすれば、驚くほど若い木ばかりに見えるだろう。さらに、チェロキー族は定期的に森の下生えを燃やしていたため、ツツジや多花性のバラは除かれていた。だから彼らにとっては、現代の森はみすぼらしく、手入れがされていないと感じられるはずだ。

北アメリカを訪れた最初のヨーロッパ人は森を見て、樹齢や木の素晴らしさだけでなく、下生えがないことに驚愕した。初期の観察者は東海岸の森が英国の公園に似ていることを記している。馬（四頭立ての馬車と書かれた例もある）に乗り、最高速で走っても枝にぶつかることもないという記述も残っている。多くの植民者は何も知らず、これが自然のままの、神が定めた森の状態だと考えた。たしかにそう考えたのも無理はない。最初期の探検家がもたらした疫病によって、大量の植民者が押し寄せるころにはすでに先住民の九十パーセントが死んでいたからだ。第二波の開拓者たちは、管理者のいなくなった広大な庭に足を踏みいれたようなものだった。

しかしヨーロッパ人でも観察力のある人々は、その公園のような森が入念な管理によるものだと早くから気づいていた。一六三四年に最初のニューイングランド全体の自然誌を出版したウィリアム・ウッドは「インディアンが暮らしている場所では、もっと起伏の少ない平野（champion）でも見られる茂みやイバラ、わずらわしい下生えがほとんどない＊」と記している。一方、先住民の共同体が疫病のため死に絶えた場所や川で山火事が燃え広がらないところでは、下生えがあまりに多く、「通りすぎる人の衣服を破り、切り裂くため、荒れた平原と呼ばれている」。

火は歩きやすくすることだけでなく、畑の整地や狩猟、ベリーの木やノボタンが育ちやすくなるよう

＊「champion」あるいは「champaign」は、開けた水平な土地を表す古い言い方である。語源は（「大学構内」や「平原」などを意味する）「campus」と同じであることを思うとよくわかる。

にすること、蚊を追い出すこと、そして近隣の部族が使う自然の資源を枯渇させることにも使われた。イギリス人がそれまでの野焼きの習慣を廃止すると、数百万エーカーの開けたオークサバンナが二十年もたたないうちに鬱蒼と茂る森になった。現在では広く知られていることだが、北アメリカの先住民は恵まれた「自然の」状態のなかで暮らしていたのではなく、徹底的に景観を変え、真新しいモカシンを足の形に合わせるように辛抱強くそれを修正し、同時にモカシンが足を鍛えるように、景観によって修正されながら暮らしていたのだ。

わたしたちはトレイルが未舗装の道と交わっている尾根の頂上で昼食をとった。遠くに青い山々が見えた。白い日光が高い雲のあいだを貫き、溶けた氷のように美しく輝いていた。

マーシャルはバックパックを開き、小さなビニール袋を五つ取りだした。ひとつにはアルミホイルに包まれたベイクト・ポテトが入っていて、まだ温かかった。別の袋にはリンゴ、もうひとつにはピーナッツバターのサンドイッチが入っていた。また別の袋には生ニンニクの鱗片がまるごと入っており、マーシャルはそれを口に放りこむと、顔色も変えずに噛みくだいた。最後の袋は黒くなった厚切りのクマ肉だった。二時間燻し、さらにオーブンで焼いて残った脂を落としたものだ。一切れわけてもらったが、テキサス風の燻製ブリスケットのようなおいしさだった。マーシャルは大きなクマのリブに白い鼻面をした野良犬のようにかぶりついた。

彼は地面に横になってひじをつき、若いころの話を始めた。五年生のころ、インディアンの話に夢中になった。勉強しているふりをして、フロンティアの生活の回想録を教科書の裏に隠して読んでいた。自然とボーイスカウトに入り、そこでハイキングやカヌー、キャンプのしかたを覚えた。十八歳のときには五十五ガロン（約二百リットル）のドラム缶で筏《いかだ》（帆、単体でも使えるカヌー、三メートルのアメリカ連合国旗をつけて完成となる）を作った。それに乗ってふたりの友人とアラバマ川を下り、メキシコ湾に出たことがある。

その後すぐ、彼は「昔ながらの罠猟師《マウンテンマン》」［一八〇〇年代から一八四〇年代にロッキー山脈をめぐってビーバーなどを捕まえ、毛皮をとっていた人々］、ジョン・ガーヴィン・サンフォードと知りあった。ふたりで森をうろつき、朝鮮人参やヒドラスチスを探しているとき、サンフォードはときどきマーシャルを昔のチェロキー族の村があった場所へ連れていった。あるとき、サンフォードは廃れた村の炉のなかに入っていき、小さな黒焦げのトウモロコシの穂軸を見つけた（トウモロコシの穂は、ヨーロッパ人が耕作するようになるまえはずっと小さかったと説明してくれた）。マーシャルはあちこちの集落の跡地へ行き、陶器のかけらやトマホーク［インディアンが使用した斧］を探してみた。耕された畑に立っていると、チェロキー族の家がかつて建っていた円や四角の黒い跡があったこともある。その後数え切れないほど耕されているのに、何世紀にもわたる調理用の炉のあったところはいまだに黒いままだった。彼は古いチェロキー族のトレイルが通っていた場所や、その理由について考えた。

その後数年のあいだに、彼は国内を車でまわり、最も人里離れた場所をハイキングし、カヌーで移動した。友人たちがウッドストック・フェスティバルに行っているとき、彼はカナダのクウェティコ州立公園の湖で舟を漕いでいた。サバイバル技術を学び、やがて南東部アウトドア技術学校というサバイバル技術の学校を開いた。二年間、ミンクやマスクラット、アライグマ、キツネなどを罠で捕らえて暮らした。「先住民がやっていたことならなんでも真似してみたかったんだ。全世界を彼らの目で見てみたかった」

長いあいだ、彼は自分に十六分の一チェロキー族の血が入っていると信じていた。ところが二〇一五年に受けたDNA検査で、そうではないことが判明した。「家族の伝統というのは、家族の幻想でしかないとわかってしまうこともある」。それ以上に残念だったのは、彼の先祖のひとりが独立戦争中に、イギリス側についていたローワー・チェロキーの町の焼き打ちに参加していたことがわかったことだ。「わたしの使命は、先祖の罪を償うことなのかもしれない」

一九九一年、マーシャルは自然への情熱が昂じて活動を行うようになった。その年彼はバンクヘッド国立の森のなかの私有地に築百四十年になるキャビンを買った。製紙工場や原子力発電所でエンジニアとして嫌な仕事を何年も続けて、ようやく手に入れることができたものだ。そこに住めばまた原生自然に触れることができるだろうと思っていたが、ハイキングをしているうちに、古い木が生えているところを含めて森のかなりの部分が破壊されていることを知り、恐ろしくなった。

ある日、彼は地元の新聞で、猟師のリッキー・ブッチ・ウォーカーがインディアン・トゥーム・ホロウ共同墓地の皆伐を非難している記事を読んだ。そこは昔のチェロキー族の凍石の磁器が埋まっている場所だった。マーシャルはウォーカーと友人になり、汚された場所を案内してもらった。マーシャルはその光景に激怒し、あることを思いついた。バンクヘッド・モニターというニュースレターを作成し、森で行われている破壊の経緯を詳しく記録することにしたのだ。創刊号の一面の見出しは、「アラバマでチェーンソーによる大虐殺――史跡を皆伐」というものだった（彼はそれをアモコ・ケミカルの職場でこっそり印刷した）。マーシャルははじめそのニュースレターを駐車場で無料配布し、その後地元の店で、一部一ドルで販売した。読者はしだいに増えていった。十五年後には、はじめ四ページだったニュースレターは百ページになり、五千部を発行するようになった。

一九九四年には匿名の寄贈者が、仕事を辞めてフルタイムで森林局と闘えるようにマーシャルに給与を支給するという申し出をした。マーシャルはそれを受け入れ、それまで以上に力を注ぐようになった。しかし、地元のアラバマ州民に環境保護の意識を植えつけるのはかなりむずかしかった。あるコミュニティ・ミーティングでは、マーシャルとふたりの友人が酔っぱらった狩猟愛好家に銃口を向けられたことさえあった。その男は環境保護論者が「森を封鎖」しようとしているとわめきたてた。ふたりはその男が地面に地図を広げて近くの井戸の場所（おそらく、そこに死体を投げ捨てようとしたのだろう）を示そうとして、後ろにひっくり返った隙にどうにか逃げだした。

闘いが激しくなるにつれ、マーシャルは死の脅迫を受けるようになった。彼は人前に出るときには必ず、九ミリ口径のグロックとスミスアンドウェッソンの三五七マグナムという二丁の銃を携帯するようになった。当時の妻もやはり銃を持っていた。非番の警察官を雇って自宅の警護をしてもらっていたこともある。当時ウォリアー・マウンテンズ商会という小さな店をやっていたのだが、地元民にボイコットされ、結局閉店せざるをえなくなった。すべてあわせて、彼は貯蓄額すべてにあたる四十万ドルを失った。

マーシャルは子供のころ、「自然のなりゆきで右翼」になった。二十代のときはジョン・バーチ協会［一九五八年に設立されたアメリカの極右反共団体］の会員で、ロナルド・レーガンの選挙でボランティアをしていた。それ以降、彼の考えは少しずつ左に寄っていったが、それほど大きく変わったわけではない。「保護（conservation）は保守的（conservative）なんだ」と彼はよく言った。だから、バンクヘッド国立の森の彼の闘いの相手からラジカルな左翼だと言われたときはショックだった。「まるでわたしがこの世に存在する最も邪悪で、リベラルで、神を顧みない人間であるかのようだった」と、彼は回想する。「共産主義者と呼ばれたんだ」

マーシャルはしだいに「環境保護論者（environmentalist）」ではなく、「環境保全活動家（conservationist）」と名乗るようになっていった。環境保護論者のコミュニティのなかで、彼は浮いていた。キリスト教徒として、スポーツマンとして、彼はあらゆる生命存在を大切にするディープエコロジーには関心が持てなかった。森が好きなのは、人間が自由にうろつき、狩りをし、釣りをすることができるからだった。北部から来た環境活動家はまるで異星人のように思えた。オレゴン州で行われたグリーンピースが主催する合宿で、彼は参加者のなかで肉を食べるのは自分くらいだと気づいて驚いた。その合宿で、彼は木に登って環境破壊に抗議する横断幕を吊るすというワークショップに参加した。公共ラジオのリポーターは彼に、アラバマに帰ったら実践するのですかと質問した。彼は「ぜったい無理だ」と答えた。「アラバマで木に登ったら、木を切り倒される。道に体を縛りつけたら、構わず轢き殺されるよ。アラバマでは、これじゃ通用しない」

結局、アラバマ州民を説得し、自然を守る闘いに立ちあがらせるにはどうすればいいかという謎を解いたのはリッキー・ブッチ・ウォーカーだった。森で育ったウォーカーは都会育ちの環境保護論者とは違って、原生自然は多くの地元民にとって特別な「生物多様性」の聖域などではないということを知っていた。地域の最も深い伝統が生まれ、行われ、保存される場所だった。ウォーカーはマーシャルに、絶滅危惧種を守ることから地域の伝統を守ることへと軸足を移すように促した。狩猟や釣りは神聖なものと考えられ、およそ四分の一の住民がチェロキー族の祖先を持つ地域では、歴史的な部族の史跡を守る意識はとても強固だ。マーシャルはすぐにウォーカーの方法の利点を理解した。「アラバマに行くと、人々は絶滅の危険があるリスにはまったく関心を持たない。でも、地元の人が生まれてはじめてシカを捕まえた丘を荒らそうものなら、彼らはその相手を殺すだろう。すべては個人的な言葉で語られなくてはならない。人は自分のルーツを知れば知るほど、ますます土地と心の結びつきが強くなる。そうなれば人は立ちあがって自分の土地を守るために闘う」と、マーシャルはわたしに語った。

闘いは結局勝利に終わった。一万八千エーカーの公有地の伐採は凍結され、バンクヘッドの森をマツの植林地にする計画は中止になった。それ以来、数多くの聖地には人の手が入っていない。

振りかえってみると、自分の人生は全部、てんでばらばらな分野の仕事を総合して古いトレイルの地図作りをするための準備だったようにも思える、とマーシャルは言った。ハイキングをしていたことで山道を歩くことを覚え、罠猟師の経験から動物の習慣的行動をたどることについて知った。また、生涯を通じてアメリカ・インディアンの文化を研究してきたことにより、なぜインディアンのトレイルはヨーロッパ人のトレイルと違うルートを通るのかを理解することができた。測量事務所での仕事で測量図の読み方や地図の描き方を覚えた。そして狩猟や釣り、バプティスト教会の礼拝に参加したことやリベラルな官僚とやりあったことによって、ヒルビリーやチェロキー族の老人とも話ができ、机で勉強するだけでは触れられなかった情報を集められた。

わたしたちがあの十一月の朝に歩いたトレイルは、ノースカロライナ州西部で最もよく保存されたチェロキー族のトレイルだとマーシャルは結論づけた。のちに、W・G・ウィリアムズという陸軍大尉が書いた文書に記述があることも発見された。それは一八三七年に、チェロキー族の強制移住のため彼らの領域に秘密の偵察を行ったときの記録だ（ウィリアムズは不満げに、「まるででこぼこのトレイルだ」と書いている）。

はじめマーシャルはそれを「ビッグ・スタンプ・トレイル」と名づけた。その道がビッグ・スタンプという草の生えた高い山頂に続いているからだ。「スタンプ」とは地元の言葉で、たくさんのシカ（あるいは以前ならバッファロー）が集まって草を食べ、塩なめ場へ行くことで、植物を踏みあらした場所を意味する。

しかし、その名前については反対もあった。わたしたちのハイキングの朝、マーシャルはジミー・ラッセルというクマ猟師に会い、これからビッグ・スタンプに登ると言うと、間違いだと指摘された。

「あれはビッグ・ストンプというんだ」とラッセルは言った。マーシャルはそれをノートにつけた。

数時間後、マーシャルの携帯電話に着信があった。またしてもクマ猟師のランディという隣人だった（クマ猟師は素晴らしい知性の持ち主だが、充分に活用されていないとマーシャルは言った。彼らは獲物を追いかけて山を駆けめぐり、山のあらゆるトレイルを、もう誰も通らなくなったものまで知り尽くしている）。マーシャルはランディにこれから「ビッグ・ストンプ」に登るんだと告げた。

ランディはその言葉をさえぎった。「あれはビッグ・スタンプというんだ」

「ああ、たしかに地図にはビッグ・スタンプと書いてある。でもそれは間違っていると教わったんだ」と、マーシャルは言った。「あの山男があれはビッグ・ストンプだって言っていたよ」

「なんだって？　でもおれたちはいつだってビッグ・スタンプと呼んでる。実際にそう呼んでるんだ」とランディは言った。

マーシャルはこれもノートにつけた（そして結局、スタンプとすることにした）。

こうした仕事では、名前は重要だ。マーシャルはしばしば、文書に書かれた町の名前から可能性がある道をつなぎあわせなければならないことがある。チェロキー族の地名を文字で記録した探検家や調査した人がひどい（そして奇妙な）間違いを犯していることが多いため、これは恐ろしく困難な作業になる。

たとえば、「アヨリー・タウン（Ayoree Town）」というチェロキー族の村は誤って「イオリー（Ioree）」と呼ばれ、さらに「イオトラ・ヴァレー（Iotla Valley）」に変えられてしまった。ジョージ・R・スチュアートが傑作『Names On The Land／土地の名前』で指摘しているように、「カディスやブリストルといった、本来の意味を失ってしまった名前に」慣れているヨーロッパ人は、記述力が高く複雑につくられた先住民の地名を台無しにし、それを単なる識別用のタグとして扱った。考古学者が石器時代のナイフをペーパーウェイトとして使ったように。

マーシャルはよくわからない地名に出合うと、チェロキー族の言語学者トム・ベルトのところへ行って解読してもらう。たとえば最近は、現在のチャトゥーガ川の西の支流を表す「グィネケロキー（Guinekelokee）」という地名が「川岸に木が覆いかぶさる場所」を意味することを教わった。

わたしはある日の午後、ウェスタンカロライナ大学のベルトのオフィスを訪ねた。彼はカウボーイ・ブーツとブルージーンズをはき、ベルトには銀のバックルをつけていた。紫のドレスシャツを着た首回りにはキツツキの頭が刻みこまれたアワビのペンダントがぶら下がっている。少年のような瞳のすぐ上で、灰色が混じった髪がカットされている。声は温かく深みがあり、しわがれていて、はるか遠くから聞こえてくるように感じられる。

ベルトはオクラホマ州ターレカーで生まれ育った。彼の祖先は、アンドリュー・ジャクソン大統領による一八三〇年の悪名高いインディアン移住法の調印後にそこへ移り住んだ（ベルトがジャクソンをどう思っているかは明らかだ。オフィスの壁には、指名手配犯ポスター風に加工したジャクソンの写真がかかっている）。自発的に西部に移ったチェロキー族もいたが、多くは彼らの言葉で「ナノヒ・ドゥナトロヒラヒ（Nvnohi Dunatlohilvhi）」つまり「我らが泣いた道」、一般的に知られている名前では「涙の道」を、武装した軍に監視されるなか強制的に移住させられた。一万六千人のチェロキー族が故郷を追われた。舟で移動した人たちもいたが、多くは千六百キロ近くにもなる苛酷な道を歩いて移動することを強いられた。男性、女性、子供を合わせておよそ四千人が、ほとんどは病気のため亡くなった。

この強制移住やその痛みを、アメリカ先住民でない者が理解することはむずかしい。ベルトによれば、わたしたちのふたつの文化のあいだで、「場所の感覚」はまったく異なっている。欧米人にとって、「場所」とはおおむね住むところや経済活動の場、つまり人間が活動するための背景を意味している。そのためヨーロッパ系アメリカ人の場所はたいてい歴史がなく、置き換え可能で、所有者だけでなく名前まで変わることがある。それと比較して、チェロキー族にとっての場所は変化せず、特別で、永遠のものだ。「アメリカ先住民の世界では、場所のアイデンティティは変わらない」とベルトは言った。「わたしたちにとって場所とは、何かが起こった場所や、何かがある場所だ。自分たちがいる場所という意識はあまりない」

チェロキー族の部族としてのアイデンティティは、ベルトのオフィスからおよそ四十キロ西にある、キトゥワ（創り主のものである地）という古い町から得ている。チェロキーの村はかつてアメリカ合衆国南東部のケンタッキー州からジョージア州にまたがっていたが、その村の人々にどこから来たのかと尋ねたら、きっと「オチギドゥワギ（Otsigiduwagi）」つまりキトゥワだと答えただろう、とベルトは言う。その母なる町の儀式のための塚には、永遠の炎が燃えている。年に一度、その炎でできた炭があちこちの町に運ばれる。広大なチェロキー・ネイションはそれでつながっていた。言語と物語、祖先、伝統、そしてトレイルのネットワークで運ばれた赤く燃える炭によって。*

イギリス系アメリカ人とチェロキー族の場所の感覚がこれほどまでに異なっていることには、歴史、文化、経済などさまざまな理由がある。しかし、重要だが見落とされがちな違いは、それぞれの言語の構造そのものにある、とベルトは考えている。チェロキー語は重要な点で英語と異なっている。チェロキー語には話し手が空間内の位置を表す七つの主要な方角がある。北、南、東、西、上、下、そして(わたしたちには最もとらえがたい)「ここ」だ。目的語のすぐ後ろに主語が来る文法構造もまた、話し手を微妙に中心からずらす。「英語では、わたしはこのように思う(I think this)、わたしはあのように思う、わたしはこれが欲しい、わたしはあれが欲しい、という言い方をする。まるで、わたしが世界の中心にいて、世界はそのまわりにあるようだ」と、ベルトは言う。「わたしたちの言語では、あらゆるものが〝ここ〟で、わたしたちはそのまわりのどこかにいる。つまりわたしたちはその一部分にすぎない。自分がその中心にいるわけではない」。さらに、チェロキーの言葉は自然の環境に適した語順を持っていることにもベルトは気づいた。一頭のクマが自分の友人に近づいたとき、口から出てくる言葉は「クマを……わたしは……見た」のほうが、「わたしは……見た……クマを」よりも役に立つ。

育った環境が、地理と言語のつながりに対するベルトの感覚を鋭敏にした。少年のころ、彼はチェロキー語だけを話していた。七歳になるまで英語は習わなかった。そのころ、午後になると友達とオクラホマのプレーリーで戦争ごっこをして遊んだ。四十歳でノースカロライナに引っ越したとき、彼は自分がいつも想像していた土地がそこにあることに驚いた。近所で育った友人のひとりも同じような経験を語っている。その友人は、彼に五、六歳のころに描いた絵を見せた。背景は緑が豊かで山があり、オクラホマでそれまで見たことのあるものとはまるで似ていなかった。同じ風景が、自分の描いたほかの絵

＊チェロキー族の強制移住が始まった一八三〇年に、永遠の炎からとられた炭は西へ運ばれ、そこで再び火がつけられた。その後一九五一年に炎はノースカロライナ州に戻され、現在はチェロキーの町のチェロキー・インディアン博物館で燃えている。

にもある、と友人は言った。

「ここに来るまで、友人は自分が何を描いていたのか知らなかったんだ」とベルトは言う。「ここにある山を描いていたんだ」

こうした深い地理的な記憶は謎めいているように感じられるかもしれないが、そんなことはない——少なくとも、何も理解できないわけではない。それはその風景が言葉のなかに直接「符号化」されているからだ、とベルトは言った。チェロキー語の方角を表す言葉や構文は、山に基づいている。この言語にはさまざまな形の丘を表すきめ細かい記述のしかたがある。名詞に接頭辞をつけると、話し手の位置から上っている丘なのか下っている丘なのかを表すことができる（近くに川があれば、それがどちらに流れているかも記述できる）。オクラホマの平地に住んでいるとき、彼はこの記述のしかたはおかしいと感じていたのだが、ノースカロライナの山々の近くに来て、その意味がはっきりとわかった。

チェロキーの神話や伝説を数十年にわたって記録してきた民俗学者のバーバラ・ダンカンは、東西のチェロキー族の面白い違いに気づいたと教えてくれた。強制移住を拒んだ東部のチェロキー族の物語は、西部チェロキー族のものより土地に根ざしたものが多いというのだ。彼女はカメとウサギの競争の民話を引用する。その話で、賢いカメは仲間をいくつかの山頂に分かれて登らせておき、気取ったウサギが山頂まで登ってくると、もうその山頂にカメが登っていたことを知って、ウサギはそのたびにショックを受ける。東部チェロキーの物語ではそれが今日のミッチェル山で起きた出来事となっているのだが、西部チェロキーの物語ではたいていその舞台ははっきりしない。「それに、ミッチェル山へ行けば物語に書かれている場所が見られるんです」とダンカンは言う。「ミッチェル山に行ったことがなくても面白い物語であることに変わりありません。でもあの山の頂へ登ってあたりの景色を見れば、これはあの物語に書いてあった場所だ、素晴らしい、と思うでしょう」

「古いチェロキー族の領土にある、目立った岩や山、川の湾曲したところにはすべて、そこにまつわる伝説がある」。これは民族誌学者のジェームズ・ムーニーの言葉だ。「それは一段落で語れる、自然の特徴を説明する小話のこともあれば、神話の一章分にあたり、百六十キロ先の山の話に続くものであることもある」。この現象は、チェロキー族だけのものではない。先住民文化の物語では、赤ずきんが走っていく名のない森のような抽象的な場所で物語が進むことはない。物語には場所がある。たとえばイヌイットの場合、（多くは旅の記述である）物語が進むのは特定の実際の場所だ。その季節にいちばんよく吹く風のことを詳しく書いた話も多い。

西アパッチ族［ニューメキシコ州からアリゾナ州東部にかけて暮らしていたアパッチ族のうち、アリゾナ州東部に暮らしていた人々］に関する画期的な研究『Wisdom Sits in Places／知恵は場所にある』で、言語人類学者のキース・バッソは土地と言語が先住民の文化を築いていく多くの例を描きだした。まず、場所に名前がつけられる。それはしばしば複雑な視覚的細部（「ポプラの木の下で川が内側に曲がる場所」や「細かく白い岩が上に積みあがっている場所」）を意味する。名前がつくと、それらの場所はバッソが「記憶用のタグ」と呼ぶものとなり、創世神話や道徳的物語、祖先の歴史などの物語が結びつけられ、集団のアイデンティティが形成される。

アパッチ族は過去を、かつて先祖が通り、いまも使われる、しっかり踏みならされた道（インティン）とみなしている。「生きている人の記憶を超えて、この道を見ることはできない」とバッソは書く。「このため、過去は歴史的なものの助けを借りて構築（つまり想像）されなければならない」。アパッチ族はこの再創造の過程を、散らばった足跡から人の動きを再構築するように行う。時間の枠組みは曖昧になり、登場人物は個人的な特徴を失うが、場所や道徳的教え、動植物などの本質的な要素はとても具体的なままだ（典型的な物語は、「むかしむかし、あの場所のどこどこに、ふたりの美しい少女がおり……」といった始まりかたをする）。バッソは言う。「アパッチ族にとっていちばん重要なのは、出来事が起こった時ではなく場所であり、そしてアパッチ族の社会生活の発展と特徴を明らかにすることだ」

バッソはこの本で、逆の視点から見ればヨーロッパ系アメリカ人の一般的な物語がいかに奇妙に思えるかを紹介している。ヨーロッパの話を読んで聞かせるとすぐに、アパッチ族の人々はまるで紙に書かれたもののように味気ないと言った。それと比較して、アパッチ族の口頭伝承は鮮やかで、流動的だ。それは毎回、話し手の気分や聞き手の性格によってわずかに変化する。アパッチ族の物語は学問的基準からすれば厳密には正確でないかもしれないが、賢明でウィットがあり、何よりうまく機能している。誰かに教訓を教えるために、アパッチ族の長老はある場所についての物語を語る。そうすれば、教えを破った人がその場所を通ったり、そこの話を聞くとその教訓を思い出すだろう。だから、場所が人のあとを〝ついてくる〟とか、〝人の生活を正す〟土地という言い方をするとき、アパッチ族の人々は大げさなことを言っているわけではないのだ。

アパッチの文化では、場所は孤立して存在するのではない。むしろほとんどすべての先住民文化と同じく、場所は空間的、意味的な網目で途切れることなくつながっている。ある場所で、バッソは年老いたアパッチ族のカウボーイが小さな声で独り言を言っているのに気づいた。耳を澄ますと、老人は場所の名前をつぎつぎに列挙していた。「そのリストは長く、中断されたのはパイプから煙草ジュースを抜くときだけで、十分近くも続いた」

バッソが何をしているのか尋ねると、老カウボーイはずっと「名前を語っていた」と答えた。

「なぜです？」

「好きだからさ」と老カウボーイは答えた。「わたしはそうやって頭のなかであちこちに行っているんだ」

人類学では、このように場所を数え上げていくことをトポジェニーという。それは最も凝縮した形のストーリーテリングであり、語りを密度の濃い言葉の小分けにし、それが種のように、心のなかで花を咲かせる。アラスカ、パプアニューギニア、ヴァンクーヴァー島、インドネシア、フィリピンなど、遠く隔たった場所で観察されている。名前のリストは、記憶用のタグからタグへ、物語から物語へと地理的な線に沿って心をその風景へと導く。人類学者のトーマス・マシオによれば、パプアニューギニアのラウト族［パプアニューギニアのニューブリテン島に暮らす人々］は連続で数百の地名を諳《そら》んじることができるという。「そうした地名を覚えるためには、さまざまな道を〝歩かなければならない〟と長老たちは言う」と、マシオは書いている。「男たちの儀式用家屋でわたしが長老たちと一緒にすわっていると、長老たちはまるで土地の多くの道を旅しているか、想像のなかで歩いているかのように地名を続けて挙げていった。長老たちはある場所の名前を言い、その歴史を教えてくれ、それから彼らは、じゃあ〝つぎの場所を歩こう〟と言った」

トポジェニーは単に名前を羅列するだけではない。それは線でできた精神的風景を心のなかに呼び起こすことでもある。この考えは、翌年の夏にアッシュビルから車で一時間ほどの、古いチェロキー族の町アリジョイの近くのブラッシュ川沿いを、ラマー・マーシャルと一緒に歩いたときによくわかった。歩きながら彼はときどき立ち止まって、そこに住んでいたチェロキー族の人々が役立つと思っただろう植物を集めた。アメリカクロモジの葉をひとつまみ、ベアグラスの細長い葉を片手分、薬用のヒドラスチスの黄色い根茎などだ。川の土手で、彼はビーバーの巣を見つけ、かつてそこに罠をかけた話をしてくれた。

マーシャルは生い茂るサトウキビをかき分けてすばやく進んでいったが、息を切らしていた。屋内で古い地図や文書ばかり見ているからだ、と彼は言った。彼の研究への情熱は、強迫観念のようになりつつあった。

「妻にも最近よくそのことを言われるんだ」と彼は言った。「わたしたちはいまアメリカでいちばん素晴らしい場所にいるんだ。途方もない数のトレイル、美しい景色や川に恵まれている。なのに、わたしは今年何回釣りをしただろう？　たった一回だ。カヌーには四時間しか乗っていない。毎年わたしは『今年こそ違うぞ。釣りもして、ハイキングもして、バックパックやキャンプもする』と誓うんだ。でもできないまま年が過ぎていき、六十六歳になってしまったよ」

しかし、屋内で古い地図や物語を研究して過ごした時間は、彼とこの土地との結びつきをさらに強めた。ノースカロライナ州に引っ越してからわずか六年で、この地域の歴史や地理に関して、まさに百科事典並みの知識を得ていた。最も驚くべきは、歴史の語り方だ。彼の記憶は時間の順番ではなく、たいていは空間的に構築されている。あのアパッチ族のカウボーイやラウト族の長老たちと同じように、土地には数多くの記憶用のタグがついているのだ。

「わたしがノースカロライナ州西部すべての地図を描けることにみんな驚くよ」と、彼は言った。「すべての川の流域を描けるし、六十近くのチェロキーの町を書きこめる。それは、リストをAから順に記憶しているわけじゃない。わたしは（南接するジョージア州の）ラブン・ギャップやテネシー川の支流に続くトレイルを進んでいくところをありありと思い浮かべることができるんだ。わたしの心は山の上を流れていき、谷を下り、トレイルを進み、茂みをかき分けていく……」
彼は目を閉じて、頭を後ろへ反らし、わたしには見えないものを見た。

エスタトエの古い町があって、
ケウォチェの町、
テッセンティーの町……
スケーナの町、
エコイの町、
タッセーの町……
ニクワシ。
カートゥーゲチャエ。
ノウィー。
ワタウガ。
イオリー。
コウィー。
ウサーラ。
コウィッツィー。
アリジョイ。
アラーカ……

マーシャルがその朝わたしをブラッシュ川に連れだしたのは、以前は発見されていなかった、「涙の道」の一部を見るためだった。彼はその場所を史跡として保護するように連邦政府に働きかけていた。暗い歴史だが、それは大切な教訓になる。だがかつての「涙の道」は、ほぼ全域が開発されてしまった。ほかの部分は、ほとんどが現代の道路ネットワークに組みこまれている。

　涙の道はまとまった一本の道ではない。「道」と呼んではいるが、それは各部族が移動させられた道のすべてを表し、水路も数多く含まれる。一九八七年に、レーガン大統領はそのネットワークの一部を、強制移住から百五十年目を記念してナショナル・ヒストリック・トレイルに指定した。毎年、およそ十万人のライダーが移住させられた部族への連帯感をもって、現在はハイウェイになっているその支線のひとつをテネシー州チャタヌーガからアラバマ州ウォータールーまでオートバイで移動する。

　わたしたちは車を降りてブラッシュ川の吊り橋を渡り、砂利道を歩いて一本の支流のところまで行き、足場が釘で打ちこまれた丸太を伝って渡った（「レッドネック［アメリカ合衆国南部に住む貧困白人層に対する呼称］の橋だ」と言ってマーシャルはにやりとした）。小川の向こう岸に涙の道の忘れられた部分があった。水浸しだったが、それ以外はとてもよく保存されていた。数え切れない荷馬車が通ったため、土のむきだしになった道は広がっていた。

「この道は何キロも続いている」と、マーシャルは木々のあいだに消えていく道を眺めながら言った。

　そこに立っていると、涙の道だけでなくすべての先住民のトレイルに関する残酷なアイロニーが感じられた。数千年ものあいだ、先住民たちは美しく機能するトレイルのネットワークをつくってきたのだが、その同じトレイルを使って外から来た帝国にゆっくりと侵略されることになるとは思いもよらなかっただろう。彼らのトレイルを探検家や宣教師、農民や兵士だけでなく、病気やテクノロジー、思想が通過していった。そして、土地にやってきた外国人がある数に達すると、今度はそのトレイルで先住民は故郷を追われた。わたしたちは植民地化を、止めることのできない波や、平原を抵抗なく進んでいく数台の戦車のイメージで考えがちだが、むしろ、主要なネットワークを流れ、増殖していくウィルスといったほうがいい。

はじめから、ヨーロッパ人は土地を征服するために先住民の知恵や好意、生活基盤を利用した。先住民のガイドが白人を案内しなければ、大陸中の山を最も簡単に越えられる道は見つけられなかっただろう。ヘンリー・スクールクラフト［十九世紀アメリカの文化人類学者。五大湖地方に暮らすチペワ族の女性と結婚し、彼らと生活をともにしながら研究した］は、オジブワ族の長《おさ》に案内され、ようやくミシシッピ川の水源を発見できた。先住民のガイドに従ってバハ・カリフォルニアを歩いた探検家のジェームス・オハイオ・パティは、夜には眠っているあいだに逃げだされないように彼らの毛布の端に眠った（もし逃げられたら、「わたしたちはみな間違いなく死んでいただろう」と彼は書いている）。

ヨーロッパ人が先住民の知恵に頼ったいちばんいい例は、ジョン・レーデラーという謎めいた人物のものだ。彼は一六六〇年代にジェームスタウンに着いたのだが、それ以前のことは、ハンブルグ出身の医師ということのほか何もわかっていない。英語はほとんど話せなかったが、ドイツ語、フランス語、イタリア語、ラテン語（彼はのちにこの言語で旅を記録する）に堪能だった。頑固で野心家の彼は大きな借金や敵をつくる傾向があった。なぜそのような人物が、ヴァージニア植民地知事のウィリアム・バークレーにアパラチア山脈を抜ける経路を探索する許可を与えられたのかはよくわからない。しかし新世界に到着してわずか一、二年の一六六九年三月には、すでに最初の探検に出発している。彼は三人の先住民のガイドを雇った。旅は苛酷で、途中で流砂に飲みこまれそうになり、馬をオオカミに食べられるのではないかと恐れたが、どうにか五日後に彼の一行はアパラチア山脈の麓についた。はじめてこの有名な山の連なりを見たとき、レーデラーはそれが山なのか雲なのか判断できなかった。しかしガイドが膝をついて平伏し、「神は近づいている」という意味の言葉を（と、彼は書いている）大声で言ったため、ようやく理解した。山へ近づき、彼は馬に乗ったまま山頂を目指そうとしたが、馬は進もうとしなかった。レーデラーのガイドも明らかにその付近には不慣れで、トレイルからはずれて歩いて山をよじ登ろうとしたが茂みに絡まってしまった。かなり急な斜面もあり、下を向くと頭がくらくらした。夜明けとともに出発したが、ようやく山頂に着いたのは夜になってからだった。暗闇のなか、大きな石のあいだでキャンプをした。彼は明け方に山の上で目を覚まし、インド洋の輝く海を期待して西を見たが、さらに高い山々があるばかりだった。山々を抜ける道が見つかるだろうと、彼はその雪に覆われた山々を六日間うろついた。かすかにアルミニウムの味がする水を泉から飲んだ。凍える空気に手足がかじかみ、彼は諦めて帰路についた。

一六七〇年五月の二回目の探検では、レーデラーはより大胆な挑戦をし、五人の先住民のガイドとウィリアム・ハリス少佐が指揮する二十人のイギリス人を連れて出発した。彼は前回の探検から教訓を得ていた。最も大切なことは、いちばん登りやすいルートを知っている地元の部族の助けがなければ山に登ることはできないということだった。彼は信頼を得るために、たくさんの交換品を持参していた。丈夫な布、鋭く尖った道具、きらびやかな装身具、強い酒などだ。彼はまた、見知らぬ大陸を快適に旅する方法も学んでいた。夜は寝袋ではなく「どんなベッドよりも涼しく快適な」ハンモックで眠った。シカや七面鳥、ハト、ウズラ、キジを狩って食糧にした。獲物の少ない山地に入るときは、事前に肉の燻製を大量に用意した。ビスケットの代わりに、少量の塩で味付けした、乾燥したコーンミールを持ってきた。イギリス人はそれを笑ったが、彼らのビスケットは湿った空気でかび臭くなってしまった。彼らにコーンミールを分けてほしいと懇願されても、「さらなる発見をすると固く決意していたため」レーデラーは拒絶した。

出発の二日後、一行は石が積みあげられた村に到着した。彼らは村人に山の方角を尋ねた。老人は親切に行き方を教えてくれ、地面に棒で地図を描いた。ぐねぐねと曲がりながら山を抜ける、北と南、ふたつのルートだった。しかし、レーデラーの部下たちは老人の忠告を軽視して予定していたコースをたどることにし、コンパスに従って西に向かった。レーデラーもしぶしぶついていった。それから九日間、一行は荒れた土地を通って馬を疲れさせ、岩だらけの崖をよじ登った。レーデラーはその進み具合を、どんな植物も迂回することなくよじ登り、越えていくが、一日がんばっても六十センチほどしか進まない陸のカニに喩えた。そしてようやく、北に流れる川に到達した。ハリス少佐は、それを名高い「カナダの湖」の入り江だと（たぶん故意に）勘違いした。重要な目標物を発見したのだから、隊はジェームスタウンに戻るべきだとハリスは考えた。レーデラーはそれに反対し、議論になった。ハリスの部下は飢えと疲労からレーデラーを暴力で脅したが、前進を許可した知事の手紙を見せて切りぬけた。ハリスと部下たちは、一丁の銃とジャックゼタヴォンというサスケハノック族のガイドひとりを残して引き上げた。ハリスは植民地に戻り、レーデラーによれば「わたしが戻ってそれに異を唱えることはないと考えたのだろう、自分が称賛され、わたしが非難されるように事実を曲げて報告した」。

レーデラーとジャックゼタヴォンは先へ進み、村から村を旅し、しばしば止まって各地の首長に方角を尋ねた。レーデラーが集めた情報は、いくどか翻訳されるうちに意味が変わってしまっていたが、人身御供や真珠で装飾された聖堂など、植民地の異国的な雰囲気に満ちている。彼が遭遇した部族には背が高く好戦的で豊かなものもあれば、怠惰で弱々しいものもあった。民主的な部族もあれば、苛酷な支配者が統治する部族、いまだにあらゆるものを共有している部族もあった（「ただし、妻は除いて」とレーデラーは付記している）。ある村では、ひとりの男が燃えさかる石炭のなかに入っていった。身をよじり、口に泡を浮かべて立ち、一時間後に出てきたが体は無傷だったという。ドングリを炙って圧縮し、琥珀色の油を作り、それをコーンブレッドに吸いこませて「素晴らしいご馳走」を作るという繊細な過程を見たときなど、レーデラーは先住民の才覚に感銘を受けた。だが、残虐行為を喜んで行う部族を目撃したときには恐怖を覚えた。あるときには、若い戦士の集団が襲撃から戻り、長に「頭から剝いだ皮と三人の少女の顔を」誇らしげに見せていたという。

そのスウィフトのような書きぶりにもかかわらず、当時のほかの探検家たちとは違い、レーデラーは比較的穏健で、彼らに敬意を持って接し、細かい点も見落としていない。彼の二度目の探検はおよそ三十日間続き、無事に戻ってきた。その後間もなく、彼は三度目の探検に出るのだが、わずか六日後に肩を蜘蛛に嚙まれて失敗に終わる。先住民の男性が毒を吸い出してくれたおかげで彼はどうにか一命を取りとめた。

メリーランドの家に戻ると、レーデラーはノートを物語にまとめ、旅のルートを示す地図を描いた。彼の著述は長いあいだ、あまりに空想的で信頼できないとみなされていたが、研究者たちはその後、当時の技術的な限界を考慮すれば、驚くほど正確な記述だと考えるようになった（当時白人がアメリカ大陸の範囲についてほとんど知識がなかったことを忘れてはならない。多くの人が、東部の海岸のわずか三百二十キロほどのところにインド洋が広がっていると信じていたのだが、レーデラーはその誤りをはっきり示している）。レーデラーの記述には豊富な情報が含まれ、山々を越えていくための最も簡単なふたつのルートも示されていた。そのどちらも、その後ほかの探検家によって確認されている。そのひとつは、名前の残っていない先住民の集団が彼のために描いたルートで、もうひとつはジャックゼタヴォンについて歩いたときに見つけたものだ。それはあの老人が土の上に描き、ハリス少佐が傲慢にも無視したふたつのルートと同じものかもしれない。

レーデラーとハリスが示したふたつの典型的な態度は、植民地が広がっていくにつれ、いたるところで繰りかえされた。先住民のアドバイスを無視し、彼らのトレイルをはねつけた者たちは茂みに絡めとられ、沼にはまったが、先住民の知恵を取りいれた者たちは円滑に進むことができた。レーデラーから百年のち、有名な登山家のダニエル・ブーンと三十五人の木こりたちは馬で通れる道を切り拓き、カンバーランド峡谷を抜けてアパラチア山脈を越え、大陸西部への拡大の道筋をつけた。

先住民のガイドはときに、「道を発見する人《パスファインダー》」と呼ばれる。これにはふたつの意味がある。人里離れた荒野のなかでは、彼らの仕事はわかりにくいトレイルを見つけることだ。だがより人口が密集した場所では、あまりに道の網目が多く張りめぐらされた「迷路」になっていることもある。こんなとき、ガイドの仕事はそのネットワークを抜けるための道筋を示すことだ。ノースカロライナ在住のある研究者がこんな話をしてくれた。彼は最近、ノースカロライナ州ヒルズボロの歴史を読んだのだが、ヒルズボロが建設されたとき、そこは「道ひとつない荒野」だった、という曖昧でロマンティックな言葉で始まっていた。「でたらめだ!」と彼は声を上げた。「問題は道がなかったことじゃない。道が多すぎたことだ。だから先住民のガイドが必要だったんだ。そのなかからどの道を選べばいいかを教えてもらうために」

信頼できるガイドがいないとき、道のネットワークを進むための最善の方法は標識を使うことだ。現代のハイキング道にあるような、境界を示すカラフルな目印ができるはるか以前から、人々は木の幹に目印をつけてトレイルを区別してきた。アメリカ大陸のいたるところで、木の幹には明るい色が塗られ、精巧に彫られ、あるいはクマの脂肪と炭を混ぜたものでスケッチが描かれた。カナダ、オンタリオ州北東部の、スノーシューを履いて通る雪道では、常緑樹の枝が等間隔で雪に挿されており、それが標識の役割をしていた。モンタナ州からボリビアまで、多くの場所で、石が積みあげられた塚があり、機能の面で、そして精神的な面で役割を果たしていた。ナバホカントリーで羊飼いをしていたとき、わたしはときどき大きな石塚に遭遇した。それは祈りのためのものであり、また羊飼いが道に迷わないためのものでもあるそうだ。

おそらくもっと多く、だが確実に記録しづらいのが、先住民がトレイルを通過しながら残した目立たない標識だ。たとえば、折れたり曲がったりした枝をトレイルの目印にしてメッセージを伝えることは広く行われている。アメリカ大陸横断の旅に関する、いたって不適切なタイトルのついた記録『First Man West／西部を訪れた最初の男』で、アレグザンダー・マッケンジー［一七六四－一八二〇。スコットランド人の探検家。一七九三年にカナダを横断し、太平洋岸に到達した］は、先住民のガイドがトレイルを「通りながら枝を折ることで」目印にしていたと書いている。アフリカのゾウのハンターは普通、枝分かれしているトレイルの支線に、門を閉じて塞ぐように棒を置くことで印をつけるという。パプアニューギニアのラウト族には「ナカラング」という言葉があり、それは正しくない道に置く棒を意味している。その言葉にはまた、死という意味もある。死者が生者から分かれ、違った道を行くことから来ている。

数年前、わたしはペナン族［ボルネオ島の狩猟採集民族］の部族民、ヘネソン・ブジャンと彼のふたりの息子とボルネオ島のジャングルを歩いたことがある。見分けにくい道を歩いていきながら、彼らはわたしに、あとから来る仲間にメッセージを伝えるための枝の曲げ方や折り方を教えてくれた。ブジャンは枝を折るメッセージなど、およそ数十のシグナルを知っていて、たとえば「スズメバチの巣があるからこの道は通るな」とか、「きみは遅すぎる。先に山に登っている」といった意味のものがある。作家のトム・ヘンリーは、訪問したグループが使っていた枝によるサインを数多く記録している。四つ又に分かれた枝が地面に刺さっていればそれは埋葬の印で、三本の棒が上向きに、扇のように並んでいたら、それは縄張りの主張だ。なかでもとくに凝った棒のサインはメリナウ川流域で見つけたもので、その豊富な情報を解読すればおそらくつぎのようになるだろう——。

先端についた大きな葉で、その棒は村長が残したものだとわかる。苗木が三本抜かれているのは、この場所はかつて三つの家族のものだったという意味だ。葉が折れているということは、グループは腹を空かせ、獲物を求めていた。トウの結び目の数で旅の予定日数がわかり、長さの揃った短い二本の棒がサインの上に交差させてあるため、それはペナン族の全員に伝えなくてはならない。棒の種類と根元の削り方からどのグループなのかがわかり、その向きで旅の方向を知ることができる。

生きているあいだ、わたしたちは複雑な世界を理解しようともがきつづける。知識を得るのはむずかしいため、それを理解し、伝えるために、話し言葉と書き言葉の両方が使われる。口伝えの文化と書き言葉の文化はまったく異なるものと思われがちだが、トレイルの目印や、枝や石塚、絵、地図といった数多くの媒体からもわかるように、そのふたつの境界は曖昧だ。だが、最も単純で伝達力のあるサインのシステムは、文字や話し言葉すらなかったころには、トレイルそのものだっただろう。

ヘネソン・ブジャンとラマー・マーシャルには共通点がある。マーシャルはアラバマ州のバンクヘッドの森が伐採されないように闘い、ブジャンと数名のペナン族の仲間たちは、彼らの住む古くからの熱帯雨林を伐採から守ろうとした。成功する可能性は低く、重圧も大きかったが、どちらも成功した。

ペナン族のなかには、ボルネオ島の奥地で定住せずに狩猟採集を続けている人々もいるが、ブジャンと家族はすでに定住し、キリスト教とトタン屋根の快適な生活を受け入れ、ショットガンを所有している。しかし彼らはかなりの額の賄賂を拒否し、伐採をいまだに認めていない。それは文化的伝統に基づいた、いたって現実的な理由のためだ。彼らは食べ物のほとんどをジャングルから手に入れている。一緒に過ごした二日間に、わたしたちは野生のヒゲイノシシやマメジカ、魚、小鳥、シダ、コメ、青唐辛子、キュウリなどを食べたが、どれも住居から五キロ以内の場所でとれたものだ。ブジャンは吹き矢を巧みに操って、六十メートル先の梢にとまっているサイチョウを射とめた。彼はまた、ウリン［東南アジア原産の常緑広葉樹］をくりぬいたボウルを作り、トウのかごを織り、ジャングルの地面よりも床が高く濡れずに過ごせる竹小屋を建てることもできる。歩きながら、彼と息子たちは食べられる虫や殺菌用の葉、頭痛に効く植物、傘になる大きなシダの葉などを教えてくれた。

大人の腰の高さまで背が伸びると、ペナン族の子供たちは伝統に従い、土地について学ぶためジャングルの長い旅に連れていかれる。わずかひと世代前、ペナン族の親は子供たちに数週間からときには数カ月も学校を休ませ、古い物語やさまざまな技術を教えた。しかし最近では、ペナンの子供たちは学校の勉強があまりに忙しく、この先祖代々の知識を覚え、守り、伝えていくことはむずかしくなっている。

ブジャンと話していて、わたしは彼らの文化に対する最大の脅威は木材業者ではないかもしれない（こちらは、道を塞ぎ、木に釘を打ちこめば対処できる）と考えるようになった。むしろゆっくりと、だが着実に木材業者の世界観が浸透することのほうだ。

ブジャンはある午後、ディナーテーブルで短くなった黒いバナナを食べているとき、こうした文化的浸食への不安を語った。彼の子供たちは床に寝そべり、ペットとして捕まえてきた、ちょこちょこと動きまわるマカクザルの赤ちゃんと、ぎょろりとした目で動きの遅いセンザンコウと遊んでいた。ブジャンは、息子たちは腕のいいハンターだが、何キロも続く深い道のない茂みを迷子にならずに歩けるだけの方向感覚は持っていないと言った。それは、ずっとジャングルで過ごすことで身につく能力だ。彼は、自分の孫やひ孫たちはもっと弱くなり、知識もなく、国の援助がなくては生きていけなくなるのではないかという心配を漏らした。

産業化された社会に住むわたしたちは、ときとして暗黙のうちに、すべての狩猟採集民はその暮らしを「卒業」し、農業やグローバル資本主義に参加したがっていると思いこんでいる。しかしブジャンや多くの先住民の家族からもわかるように、いわゆる現代世界は、誰もが目指すべき目的地ではない。シャイアン族のように、農業を行う定住生活を捨て、狩猟採集に戻ることを選択した狩猟採集社会もある。ブジャンの家族は、西洋近代のいくつかの要素を取りいれたが、すべてを取りいれたわけではない。イノシシはショットガンで狩猟するが、鳥は吹き矢で射る。人間の道は絶えず枝分かれしている。すべての道がニューヨークのタイムズスクエアに通じていなくてもいい。

しかし、ブジャンの家族の例でわかるように、現代の消費資本主義がつくる道は、その終わりなき（そして終わりなく宣伝される）快適さと利便性、素晴らしい医療や魔法のような技術で、つねに狩猟採集社会を誘惑しつづける。西洋の資本主義がさまざまな経路から彼らの土地に一度入りこむと、狩猟採集民の生活はどんどん困難になる。生活圏が狭まり、政府の介入が増え、伝統はほころび、土地への知識は弱まり、同化へのプレッシャーが増していく。こうした状況では、西洋的な定住生活に変えることが最も抵抗の少ない道であるように見えてくる。

先住民のコミュニティが支配的な文化に同化するとき、それが強制であれ、望んでのことであれ、あるいは「取り残される」という恐れからであれ（マレーシア政府は頻繁にこう脅してくる）、それとともに、言語や言い伝え、宗教的行為、家族の義務、そして場所との関係といった、文化をつなぎあわせていた糸は失われてしまう。先住民のコミュニティが直面している問題の核心は、記憶に関することだ。集合的な記憶として長く蓄積され、土地に埋めこまれていた文化が、しだいに忘れられていくことだ。

現代のチェロキー族にもこうした心配の多くは共通しているが、彼らは独自の方法で浸食と闘っている。ブジャンの家族や、ベシーとハリー・ビゲイなど伝統的なナバホ族は、文明から離れ、ほとんどの技術を拒絶し、決して英語を学ばないことで文化を守っているが、チェロキー族は同化と伝統主義の中間の道を模索している。帝国主義的侵略が始まった当初から、チェロキー族の多くはすぐに英語を学び、近代的技術を用い、ヨーロッパの農法や商業を取りいれつつ、伝統を維持しようとしてきた。

その闘いはいまも続いている。文化を守るために言語は重要であるため、チェロキー族は、ほかの部族と同じように、集中的教育による言語学校を多数建てている。それによって子供たちは、親が話せなくても、母語をちゃんと操れるようになる。わたしはそのような学校のひとつ、ノースカロライナ州にあるキトゥワ・アカデミーを訪れた。運営しているのはギリアム・ジャクソンという人物だった。およそ一万四千人の東部チェロキー族のなかで、いまだにちゃんとチェロキー語を話せる人は数百人しかいないが、ジャクソンはそのひとりだった。

キトゥワ・アカデミーでは、授業やゲーム、食事、合唱など、あらゆる活動がチェロキー語で行われている。学校への通路には、「英語の使用はここまで」という横断幕がかかっている。教室には文字が書かれた木製ブロックが積んである。幼稚園でよく見かけるものだが、そこにはアルファベットではなく、珍しい、ファンタジー小説のファンが空想したような文字が印刷されている。チェロキー文字（正しくは「チェロキー音節文字」）だとジャクソンは教えてくれた。チェロキー語をしっかりと話せる人でもほとんどが読み書きはできないが、子供たちはその両方を学んでいた。

十九世紀初めにチェロキー語の書き言葉をつくったのは、シクウォイア、あるいはジョージ・ギストという名の鍛冶屋だった。英語が話せなかったシクウォイアは、遠く離れた人とも対話ができ、しかも知識を固定して時間がたっても消えてしまわないようにできる書き言葉の有効性に目をみはった。口伝えの文化では、知識は流動的で、担い手によって形が変わる。一八二八年の『ミッショナリー・ヘラルド』の記事によると、シクウォイアは「紙の上に物事を固定するのは、野生動物を捕まえて飼いならすようなものだ」と考えていた。

そうした技術の利点を知り、彼は自分の符号をつくりはじめた。まずは個人的な記号を一般の言葉にあてはめることから始めた。最初は複雑な象形文字を使っていたが、書いたり覚えたりするのが大変なため、より簡単な記号に変えた。しかし言葉のリストが数千にまで増えてくると、そうした記号でも覚えられないことがわかった。結局、さまざまな実験をしたのち、彼は言葉を八十六の音節に分け、それぞれに異なった文字をあてることにした。うまくいくシステムをつくるのに十二年を要した。

システムができあがり、自分の六歳の娘に教えると、ちゃんと読めるようになった。彼らは一緒に、新しいシステムを近所の人々に説明した。シクウォイアは人に秘密を教えてもらい、それを紙の上に書きつけると、別の人にその紙を、声が届かないところにいる娘のところへ持っていってもらった。すると少女はその紙切れから、父親に対して話されたとおりの文章を読み上げた。これはその場にいた大勢を驚かせた。

シクウォイアの新しい音節文字表は人気を博した。そしてすぐに聖なる歌や、薬の調合法の記録に使われるようになった。一八二八年には、『チェロキー・フェニックス』というバイリンガルの新聞が創刊された。一九八〇年代には、最初のチェロキー語のタイプライターが発明され、さらにコンピュータのキーボードがつくられた。技術とコスト面での制約から、依然としてシクウォイアの音節文字表による文字入力はむずかしかったが、二〇〇九年にiPadなどの電子タブレット向けのアプリケーションが発売され、チェロキー語での入力が簡単にできるようになった。

ジャクソンによれば、学校の子供たちはいたって簡単にタブレットでのチェロキー語の入力を覚えてしまった。「科学技術はほんとうに素晴らしい。ここにいる子供たちはみな、メールもできるし、iPadもコンピュータも使える。わたしなどよりはるかに使いこなしているよ。しかし植物や、森のなかの薬草や食べ物を見分けるという点では、子供たちはつながりをなくしてしまった」

たしかに、ヨーロッパ文化が知識、つまり膨大で複雑に絡まりあったテクストの集積を保存するために長く依拠してきた図書館などの文化機関は、口から口へと伝えられ、大地に刻まれてきた知識を適切に保存することはできなかった。先住民の文化が生き残るためには、言語と土地の両方が必要となる。

先住民の文化を保護しようと闘う人々には、だいたいふたつの立場がある。ひとつは、科学技術は

（順応性があって独断的でなく）チェロキー語のキーボードのように、先住民の文化を保存し、その土地のどこに伝統的な知識があるかを（デジタルマップを使って）特定する方向に発達しつづけるだろうと考える立場だ。もうひとつの立場はそれに対し、ジャクソンのように、土地からじかに学ぶことに時間を割かなければ、どのような技術によっても文化の浸食を止めることはできないと反論する。

ラマー・マーシャルはもともと科学技術を避けていたのだが、いまや完全にテクノロジーを信奉している。土地に根ざした知識が失われてしまったことを受けて、彼は千マイル（約千六百キロ）以上のトレイルをデジタルマップに落としこんだ。そして、いつの日か将来のチェロキー族がそこへ行けるように、そのトレイルの脇に見つかる、物語や食べ物、薬草も書き入れた。

ビッグ・スタンプへ行った翌日、わたしはマーシャルとワイルド・サウスのオフィスで会い、この団体の初期の計画を見せてもらった。グーグルアースを使って、彼はレイヴン・フォーク・トレイルとソコ・クリーク・トレイルを結ぶ近道の図を描いていた。衛星画像は現在のもので、ときおり、黄色い道が緑の山のなかに入っていくと、アスファルトの駐車場を表す灰色のもやもやが現れる。はじめはその時代のずれが嫌で、マーシャルはフォトショップを使ってそうした現代的な部分に木を生やそうかとも考えたのだが、結局はそうしなかった。この計画は、現在のあるがまま――つまり、現在歩かれているがままの姿を表すものであるべきだと判断したからだ。

こうしたデジタルの景観のところどころに、マーシャルは昔のチェロキー族が道端で見つけたであろうものを挿入した。朝鮮人参の葉やヘラジカ、バッファロー、トレイルの目印の木、昔の交易のための道の交差点などだ。ラトルスネーク・マウンテンという丘の上には、チェロキー族の神話に出てくる角を持つヘビ、ウクテナの想像図がある。

ジェームズ・ムーニーが聞いた話によると、怪物ウクテナはグレート・スモーキー山脈の暗く寂しい山道にひそんでいた。ある日地元のメディスンマン〔祈禱師・医師・予言者の性格を持つシャーマン〕のアガヌニチが、その大蛇の額に埋めこまれたダイヤモンドを捕ろうと、狩りに出かけた。彼はチェロキー族の土地をヘビやカエル、トカゲに遭いながら南に向かい、ガフティ山の山頂に到達してウクテナが眠っているのを見つけた。メディスンマンは山の麓まで引き返し、松ぼっくりで大きな輪を作った。その輪の内側を深く掘り、その中に、自分が立てる島を残した。メディスンマンは松ぼっくりを燃やしてから、ウクテナのところへ戻って、その心臓を矢で射ぬいた。大蛇は怒り狂って目を覚まし、メディスンマンに向かって突進してきた。だが、備えは万全だ。彼は山を駆け下り、炎の輪のなかに飛びこんだ。大蛇も毒を吐きながらあとを追ってきたが、毒は炎で蒸発してしまった。男が炎の輪のなかで待っていると、傷ついた大蛇は苦痛にもだえ、木々をなぎ倒した。その黒い血は斜面を流れ、炎の輪のなかの穴を埋めた。メディスンマンが小さな島で待っていると、大蛇はついに力尽きた。七日後、ウクテナが横たわっていた場所に行ってみると、その肉や骨は鳥についばまれていたが、ひとつだけ残っているものがあった。光り輝くダイヤモンドだ。その宝石によって、メディスンマンは部族でいちばんの権力を握った。

ここではかなりはしょって紹介したが、ウクテナの物語には膨大な量の情報が埋めこまれている。科学や神話が、すべてが物語の糸にしっかりと織りこまれている。紙に書かれていても、ハミングが聴こえてくる。想像するほかないが、山腹に立って、大蛇の尻尾でなぎ倒された木の生えていない場所や、黒い血でできた池を眺めながらそれを聴いたら、よりいっそう鮮やかだっただろう。

マーシャルの計画は物語をその正しい場所へもう一度戻す、小さいが意味のある試みだ。しかしそれはまだ、確固たる大地と直接つながってはいない。マーシャルもそれはわかっており、いつか拡張されたヴァーチャル・リアリティの技術と物語や地図を結びつけたいと思っている。そうすれば、子供たちはラトルスネーク・マウンテンの山腹でゴーグルをつけてウクテナの物語を聞いたり、聖なるキトゥワの塚へ行き、四世紀前の聖なる炎で輝いていた姿のデジタルの想像図を見たりすることができる。

歩くことがトレイルをつくる。そしてトレイルは景観を形づくる。そして時間がたつにつれ、風景は共通の知識や象徴的な意味のアーカイブの役割を果たすようになる。この意味で、わたしがここまで〝ネイティブ〟や〝先住民〟といった言葉でまとめてきたさまざまな文化は、「トレイル・ウォーキング文化」と表現することができるだろう。また、この分類に倣えば、近代のヨーロッパ人の文化は「ロード・ドライビング文化」と呼べるだろう。新世界の植民地化は、ヨーロッパ人が家畜化した動物に引き具をつけ、荷馬車などの乗り物で（のちには列車や自動車で）移動できなければ不可能だっただろう。今日、機械の力でわたしたちは桁はずれに速く（しばしばかつて先住民が使っていたのと同じトレイルで）移動することができる。しかしそうすることで、わたしたちは足と大地の基本的な結びつきを失ってしまった。*

北アメリカのブラックフット族［カナダからアメリカ合衆国モンタナ州で暮らすインディアンの部族］はトレイル・ウォーキング文化の典型だ。彼らの創世神話によると、世界は神のような存在であるナピ、別名オールド・マンがブラックフット族の土地を北へ歩いたときに創られた。その途中で、彼は川を創り、赤い土を盛り、動物たちに生命を与えた。彼は動物たちが食べる植物を生み出した。それから動物を狩り、植物を収穫する人間を創った。彼は人間が食べる根の掘り出し方や薬草やハーブの集め方、弓矢での狩猟のやり方、バッファローを崖

*単純化のため、あえてここで、あるいは本書のほかの箇所でも、船については（アメリカ先住民のカヌーやカヤックについても、ヨーロッパ人の船についても）述べていない。

から落とす方法、石斧の使い方、火の燃やし方、石鍋の作り方、肉の料理法を教えた。人々は場所から場所へと移動し、聖なる場所で儀式を行い、物語を語り、歌を歌うことでナピの旅を再現している。「重要な点は、彼らの土地全体を使わなければ、物語のすべてを語り、年ごとの儀式を行い、集団の社会的、意識的連続性をつくりだし、資源を再利用することはできないということだ」と、ジェラルド・ウーテラールは書いている。

「土地が彼らの記録なのだということを理解しなければならない」とウーテラールはわたしに説明してくれた。「そうした場所は、人々がそこを訪れ、名前や、物語、儀式、歌を記憶していることで生命を保つ」

トレイル・ウォーキング文化が発達すると、世界はしばしばトレイルとの関連で見られるようになる。西アパッチ族は、バッソが「精神の滑らかさ」「精神の回復力」「精神の安定性」と訳した三つの特徴を追い求め、「知恵の道」を歩くことが人生の目的だと信じている。この三つは個別に見るとよくわからないのだが、トレイルを（滑らかに、すぐに元気を取りもどして、安定して）歩いていることの比喩と考えればとてもよくわかる。クリー族にとっての理想の生活は、「スウィートグラスのトレイル」であり、ナバホ族の究極の善は平和と調和のとれた状態で、彼らはこれを「美しい道を歩く」と表現している。クリーク族の天地創造の物語は、好戦的な先祖が「白い道（白い草が続く道）」を進み、山を越え、現在の彼らの故郷に続いていたと語っている。そこで彼らは、白い心を持つと言われる、平和的な部族と出会った。クリーク族は暴力を完全に放棄することはなかったが、それでも白い道を歩こうと努めている。

チェロキー族では、個人にとって適切な状態を「オシ」といい、物事にとって理想的な状態を「トヒ」という。トム・ベルトによると、このふたつの言葉には適切な英語の訳語がない。オシは、ひとりの人間が一点でバランスを保ち、中央に立ってまっすぐ前を向いている状態を表す。トヒは何か、あるいはあらゆるものが、自らのスピードで、完全に平和的に進んでいることを意味する。歩道で足を引きずりながら歩いている老人も、猛スピードで走っている若い戦士もトヒの状態にある。ベルトによればそれは小川の流れのようなものだ。それはあるときは速く、あるときはゆったりと、いつも土地が要求する速度で進んでいく。このふたつが合わさると理想の状態になる。まっすぐバランスをとって、自然なスピードで動いている人。そのような人は正しい道「ドゥユクダイ」の上にいる。

わたしはベルトに、現実の道、つまり人々が実際に歩いている土と石でできた道がどのようにこの比喩的表現に影響を与えたのかを質問した。ベルトは、父親と狩猟に出かけると、父親はいつもその場所でどんな出来事が起こったのか説明してくれたという。「誰々がここに住んでいた、とか誰々がここでシカを殺した、といったことだ。その場所と自分を結びつけ、それを自分のものにさせるような物語が必ずある」

結局、わたしたちを土地に結びつけるものはなんなのだろう？　ほとんどの動物にとっては、その答えは精神的な親近感と象徴的な印なのではないかと思う。シカが見知らぬ場所に迷いこんだとする。シカは恐る恐るあたりを探検しはじめ、ときどき立ち止まってにおいを嗅ぎ、目を凝らし、耳を澄ませる。けれどもそのうちに、シカは何かの特徴に気づく。食べ物のありかを覚える。ある領域にフェロモンをこすりつけ、それが化学的な標識として働く。するとシカはもっと滑らかに行動するようになる。いちばん簡単に進める場所を発見する。その線に沿って移動しているうちに、そこにトレイルができる。

人が新しい土地に慣れていくときも、まずシカのように行動する。つまり資源を探し、ルートを覚え、標識を作る。しかし時間がたつにつれ、その場所はさらなる重要性を持つようになる。土地は資源だけでなく物語や精神、聖なる結び目、先祖の遺骨などを含むようになる。それと同時に、人々のあいだに、自分たちの生活は土地が生んだものに依存しているという深い認識が育っていく。人と土地は織りあわされ、もはやほとんど区別できなくなる。世界中の驚くべき数の文化で、最初の人間は泥か土から創られたとされているのは偶然ではない。ホピ族の創世神話のひとつのバージョンでは、人間はタイオワとスパイダーウーマンというふたりの神から創られた。タイオワが男と女というものを考え出し、スパイダーウーマンが、「その思考よ命を持て」と宣言しながら、泥で男と女を創った。

わたしたちが土からつくるトレイルも、同じように泥と思考の混合から生まれたものだ。時間とともに、足跡のようにより多くの思考が重ねられ、新たな意味が加えられる。トレイルは単なる移動の跡ではなく、文化を伝える経路となり、人と場所と物語をつなぐ。そしてトレイルを歩く人の世界を、たとえ脆くとも、ひとつにまとめる。

Chapter 5

現代のハイキング・トレイルは謎に包まれている。わたしたちハイカーは普通、それが大昔からあり、大地から生まれたもので、土と同じくらい古いと思っている。だが実際には、ハイキングという行為は自然に飢えた都会人によってこの三百年ほどのあいだにつくられたものにすぎず、トレイルはその飢えを満たすために新たな形に成長してきたものだ。ハイキング・トレイルの性質を正しく理解するためには、まずそのような憧れがどのようにつくられたのかを、初期のハイカーからその祖先へと遡って調べる必要がある。彼らがつぎつぎに起こした技術革新が、やがて人間を土地から引き離したのだ。

以前、東部チェロキー族の歴史保存オフィスで働く若いチェロキー族のヨランダ・サウヌーキという女性に、ハイカーの知りあいがいるかどうか尋ねたことがある。彼女はしばらく考え、自分も友達たちも、子供のころは森のなかで長い時間駆けまわって過ごしたと答えた。「でもあれをハイキングと呼べるのかしら。自分の土地で遊んでいただけで、たしかに山のなかだけど……」。その「自分の土地で」

という言葉がわたしの頭の片隅に引っかかった。自分の土地でハイキングできるものだろうか？　もしそうなら、ハイキングと長く歩くこととの違いはなんだろう？

仲間のハイカーたちの意見は、自分の土地をハイキングするというのは、家の裏庭でキャンプするようなもので、本物の経験の真似事みたいなものだということで一致した。ほんとうのハイクには原生自然、つまり人の土地の外側にある（誰のものでもない）土地が必要だ*。土地が満たすべき条件はそれだけではない。それは遠くて、なおかつ行くことのできる場所になければならない。敵や山賊はいてはならないが、旅行者や利用できる科学技術が多すぎてもいけない。そして最も重要なのは、探検するだけの価値がある場所とみなされることだ。つまり、美しいものであれ、体を動かすことであれ、そこでどのように価値を手に入れればいいかが知られていなければならない。このような条件が揃ったのは、産業主義が広まるのに伴い移動手段が発達し、原生自然に行くことができるようになり、同時にそれを消えつつある大切な価値だと考えるようになった近代になってからだった。

だとすると、「開けた土地を楽しみのために歩くこと」を意味する英語の「hike（ハイク）」という動詞ができてわずか二百年ほどしかたっておらず、動名詞の「hiking（ハイキング）」という形が二十世紀になってようやく登場したことは理由のないことではない。そうした意味になるまえ、「ハイク」は「こそこそと出ていく」とか「のろのろ進む」といった意味だった。「Take a hike!（あっちへ行け）」という言い方はこの古い意味の名残だ。この言葉がこのように変化した歴史は、ある意味で、現代人とわたしたちのトレイルが、原生自然というこの不思議なものを喜んで受け入れるようになった物語に通じている。

チェロキー族のもとで過ごした数週間のあいだに、チェロキー族のハイカーにはひとりしか会わなかった。すでに紹介した、チェロキー語のキトゥワ・アカデミーの校長、ギリアム・ジャクソンだ。ラマー・マーシャルはわたしたちを引きあわせるとき、ジャクソンは「グレート・スモーキー山脈のなかの、聞いたこともないような僻地に行ったこと」で有名だと紹介した。これは誇張ではなかった。ジャクソンは一日に七十七キロ歩いたことがあり、一年でおよそ千六百キロ歩くという。

そのころ、彼は退職を記念してアパラチアン・トレイルのスルーハイクをする計画を立てていた。歩ききることができれば、彼は純血のチェロキー族としてはじめて全行程を踏破することになると考えていた。**

わたしは以前ジャクソンに、チェロキー族にハイクをする人がほとんどいない理由を尋ねたことがある。「思うに、居留地での暮らしはあまりに厳しく、生きていくだけでも大変だからだろう」と彼は答

---

*アメリカの原野は誰のものでもなかったという考えは、近代ヨーロッパ人の発想だということを指摘しておくべきだろう。アメリカの原野はかつて、そのほぼすべてが先住民によって所有されていた。マーク・デイヴィッド・スペンスの『Dispossessing the Wilderness／原野の強奪』によると、南北戦争前、多くの人々がアメリカ西部を「インディアンの原野」とみなしていた。先住民は自然な（つまり充分に人間的でない）存在だと感じているからこそ、このような考えが可能になる。しかし、十九世紀終わりに環境保護運動が盛んになると、狩猟や採集、小規模農業、火の計画的使用といった先住民の土地の管理法は、環境保護論者が重視する「本来の純粋な」「原始的な」状態を破壊するものとみなされた。ウィリアム・クロノンの言葉は的確だ。「原生自然《ウィルダネス》は『誰にも手をつけられていない』人の住まない土地だという神話は、その土地を故郷としていたインディアンの視点から見ればとくに残酷だ。いま彼らは別の場所へ移動するよう強制され、その結果、旅行者は、彼らの純粋な、本来の状態の、神の創造の新たな夜明けを見ているのだという幻想を安全に楽しむことができるようになった」

**アパラチアン・トレイル管理事務所に確認してみた。そこには登録したすべてのスルーハイカーの詳細な記録が残っており、それによると、全一万四千人のスルーハイカーのうち、自らアメリカ・インディアンを名乗っているのは十三人、そのうち二人がチェロキー族だった。しかし、その人たちが二分の一ネイティブなのか、四分の一なのか、十六分の一なのか、それともネイティブの心を持っているだけなのかはわからなかった。

えた。ジャクソンは居留地の六十キロ西のスノーバード山脈の麓の、ただの「箱」のような狭い小屋で育った。彼の先祖は、近隣の山々に隠れることでどうにか強制移住を免れた人々だ。ジャクソンはウィリアム、ルー、シャーリー、ジェイコブ、エサル、エスターという七人きょうだいの三番目だった。家族全員が同じ部屋で、子供たちは三人ずつに分かれて親のベッドで眠った（ジャクソンは、両親がどうやってつぎつぎに赤ん坊をつくることができたのかまるでわからないと言って笑った）。子供たちは夏のあいだずっと裸足で森を駆けめぐった。毎日午後になるとストーブの薪を集めるのが彼の役目だった。母親は豆とパンの食事を森でとってきた食べ物で補った。シカやリス、キノコのシチューに、ルドベキア、ヒラタマネギ、アメリカヤマゴボウ、ブランチ・レタスといった植物だ。夜になるとマツの樹液の塊を棒の先につけ、火をともして明かりにした。「たぶんわたしは、生まれたその日からずっと森にいる」

十代のころ、ジャクソンは近所のトレイルを探検しはじめ、叔父のトラックを借りてロングハイクにも出かけた。持ち物はウールの毛布と、食品庫からくすねてリュックサックに詰めた食糧だけだった。チェロキー族のほかの人たちがほとんどハイキングをしないのに、なぜ自分だけ始めたのかは覚えていない。とにかくトレイルにいるのが好きだった。大学では、白人のアウトドア愛好グループと知りあい、もっと長いハイキング旅行に出かけるようになった。マラソンを七回走り、ホワイトウォーター・カヌーの全国大会で優勝し、虐待などの危険があるチェロキー族の若者を支援するアドベンチャー・キャンプの設立に加わった。キャンプは基金が尽きるまで二十年間続いた。

わたしはノースカロライナの山に戻ってくるたびに、必ず一日ジャクソンとハイクをした。彼と歩くのは楽しかった。彼は歩くスピードが速いが、頻繁に立ち止まって、一緒でなければ見逃したはずのものを見せてくれた。野生のアヤメやインディアン・パイプ、ハナホウキタケ、それにオオウメガサソウという奇妙な花もあった。それは悲しげに自分の根を見つめる目玉のようだった。彼はサワーウッドの木から一枚の葉をつまんでわたしに食べさせたり、きついルートビアのにおいがするサッサフラスの根を引っこ抜いたりした。彼がいつか見つけたマイタケはクジラの脳に似ていた。巨大で灰色をしており、迷路のようだった。彼は丁寧にそれを切り取って家に持ち帰ると、塩水につけて虫を除き、バター炒めにした。

歩きながら、よくアパラチアン・トレイルの話をした。彼はスルーハイクの計画についてたくさんの質問をした。わたしは人によって意見は違うと注意したうえで、それでも絶対にはずしてはいけない要点を伝えた――軽い装備と健康的な食事、そして南から北へハイクすること（岩だらけのカターディン山から出発してジョージア州の緩やかな緑の丘で終わるなんて、まるで『指輪物語』で滅びの山から旅を始めてホビット庄に戻るみたいな尻すぼみになる、とわたしは言った）。最後に、トレイルの途中のさまざまな場所で友人と会う約束をしておくといい、とアドバイスした。スルーハイクの中盤にさしかかって最初の興奮がさめてしまい、でもまだ終着点がぐいぐい引っ張ってくれるようになるまえのどこかで。木々の葉が芽吹き、巨大な緑の腸のなかに押しこまれているように感じはじめるころに。尻が傷だらけになり、足が膨れて『原始家族フリントストーン』の登場人物みたいになったあたりで。ペンシルヴェニア州を抜け出し、どうにかしてニュージャージー州に着きたいと思ったとき。こんな馬鹿げた冒険にはなんの意味もないと思いはじめ、無性に家に帰りたくなるころに。こんなときは、友人に励まされることが助けになる。

出会ってから二年後に、ジャクソンはフェイスブックで、その年の三月にスプリンガー山に向かい、長年待ち望んでいたスルーハイクをすると宣言した。わたしは祝福の書きこみをし、途中のどこかで一緒に歩かせてほしいとお願いした。

六月の約束の日、わたしはニューハンプシャー州ハノーバーで冷たい雨のなかバスを降りた。ジャクソンは近くの大学の建物の下でわたしを待っていた。その姿はいかにも、二千七百キロを歩いてきた六十代なかばの男性らしかった。最後に会ったときよりも十数キロ痩せていて、修道士のような目をして頬がこけていた。泥だらけのローカットのハイキングシューズを履き、合成繊維のカーゴショーツとひじに穴の開いた（ネズミに噛まれたんだ、と彼は言った）、前がファスナーのメリノシャツを着て、トレイルで集めたピン付きの、つぶれた野球帽をかぶっていた。そしてその上から、ビニールの雨合羽がすべてを覆っていた。彼はそれから三時間のうちに三度も、その日ピザ屋から無料で提供されたランチのことを詳細に語った。無料の食べ物にこれほど大げさに感謝を示すのは、彼がスルーハイカーになったという紛れもない証だった。

彼は壁のコンセントで充電していた携帯電話を取り、わたしは空のゴミ箱からゴミ袋をはずして自分の寝袋の防水用にかぶせた。悪いとも思わず物を漁るスルーハイカーの癖が早くも戻っていた。ジャクソンはわたしが二〇〇九年にスルーハイクをしたときのトレイルネームを尋ねた。「スペースマン」とわたしは答えた。彼は自分で、チェロキー語で「外」を意味する「ドイ」と名づけていた。外で遊ぶことが好きな二歳の孫のジェイコブとの楽しい思い出から取ったものだ。ジェイコブが服を着るのを嫌がったときは、「ドイ（外に行こう）」と言うだけでよかった。すると子供は走ってやってきた。

このときから、わたしと彼はスペースマンとドイになった。

わたしたちは濡れた通りから出発した。トレイルに着くまえにすでに、靴はぐちゃぐちゃになった。ドイによるとこの年はわたしがスルーハイクをした年と同じで雨が多く、トレイルはどういうわけか陰鬱で、晴れた山頂で一日過ごすことができたかと思えば、そのあと二日は地下埋葬所のようなじめじめした木々のなかにいなければならなかった。「うんざりしてる」と、ドイは告白した。「濡れた靴下にも、濡れた靴にも、もううんざりだよ」

いくらか道を探しまわって、わたしたちはトレイルを見つけた。その道を通って、運動場の脇を抜け、深い森のなかへ入っていった。歩きはじめるとき、わたしは彼のペースについていけないのではないかと心配だった。わたしは調子も整っていないし、都市の生活で足が柔らかくなっていたが、ドイは平均して一日三十二キロ歩いていた。年齢を考えると素晴らしい速さだ。

しかし最初に少し歩いただけで、栄養状態がよくないなか体を動かしつづけてきたせいで、ドイには以前ほどの体力がないことがわかった。上り坂では息をつき、下り坂ではよく右膝に手をついていた。わたしはその後ろで、毛がなく引き締まったふくらはぎを見ながら歩いた。彼の体は明らかに酷使されていた。あるところで、ほどよい上り坂を登りながら、彼は振りかえってわたしを見ると、呼吸を乱しながら尋ねた。「なんできみは息を切らしてないんだ?」

一時間後、ほかのスルーハイカーの集団が追いつき、怯えたシカのような足取りでわたしたちをすばやく抜いていった。みな若い白人で、茶色い口髭を長く伸ばし、脚は細く、こじんまりしたバックパックに防水カバーをつけていた。典型的なアメリカ人スルーハイカーだ。そのなかで、ドイは目立っていた。肌の色が濃く、髭はなく、年齢も何十歳か上で、はるかに重い持ち物を担いでいた。

雲から木々に降りそそぐ雨はやんだが、木から垂れる雨水はしばらくやまなかった。それからしだいに音が消え、暖かくなっていった。茶色い葉とオレンジ色のマツの葉が敷きつめられた地面から心地よい香りがしてきた。どこか上のほうで、ツグミが歌った。アメリカフクロウが「オオーオオーオオ、オオオ」と言った。

トレイルの脇には古い灰色の石塀が続き、その上から、二本の太いホワイトパインが妙な形に枝を伸ばしていた。塀にも木にも気づかずに通りすぎてしまいそうだが、それはまえの時代のほぼ完全な森林伐採の跡だった。十八、十九世紀のニューイングランドの農民は、ほとんどすべての木を伐採したが、自分の所有地の端にある大木のいくつかは、家畜用の日陰をつくるために残しておいた。そうして生き残った木は、思いのまま日の光を浴び、枝を広げた。なかにはこの二本のように、ゾウムシに食いあされ、いびつな形になったものもある（こうした木は、「オオカミの木」と呼ばれる。オオカミが家畜を食べるように、若い木が浴びるはずだった日光を奪いとるためだろう）。

石塀も、かつてここが農地だったことを示している。耕したときに地面から出てくる大きく平らな石は、安くて豊富な、長持ちする建築資材になる。しかし石で建物を建てるのは手間がかかるため、十九世紀には石塀に使用されることが一般的になり、同時に耐久性のある堅い木材は、塀用に購入するにはあまりに高価になってしまった。ニューハンプシャー州は長きにわたり、最も伐採の盛んな州だったが、材木が切り倒されるにしたがって長い石塀が築かれていった。

しかし一九二〇年代から、小規模農家が没落し、工業化（と、環境保護の思想）が発達するにつれ、森の多くは復活し、今日ではニューハンプシャー州の九十パーセントが再び森で覆われている。その森には、この地域から原生自然がほとんど消えかけた時代の名残として石塀とオオカミの木が残っている。

なかには、農業によって未開地らしさが薄められてしまったと考えるハイカーもいる。彼らは古くから残っている森を歩きたがり、古ければ古いほど価値があると考える。たしかにはるか昔から存在する森の荘厳さは希少だが、古い石塀の隙間から若木の芽が顔を覗かせているところには、否定しがたい心地よさがある。それは野生の空間が、不可避だと思われがちな農業化、工業化の流れを元に戻すこともできるという証拠だ。「その言葉の完全な意味における、新しい原生自然を創造することは不可能だ」とアルド・レオポルド［（一八八七―一九四八）アメリカ合衆国の生態学者、環境保護運動家。『野生のうたが聞こえる』などの著書がある］は一九四九年に発表された遺作で書いている。しかしニューイングランドの森はそれが必ずしも正しくないことを証明した。オオカミの木や塀などを含めた一切のなかを歩けばわかるが、古代からの原生自然よりも美しい唯一のものは、新しい原生自然なのだ。

アパラチアン・トレイルの成立過程を知るためには、こうした石塀やいびつな木の起源について知ることが重要だ。逆説的だが、野を切り拓くことは森を保存する第一歩なのだ。原生自然の征服から保護するための闘いへのこの奇妙な転換は、ヨーロッパの植民者が北アメリカにやってくるはるか以前から始まっていた。

ヨーロッパ人による南北アメリカ大陸の植民地化には、三つの理由が絡まりあっていた。多数の人々を送りこみ、人口過多で汚染された自国の窮状を緩和すること。以前は想像できなかった量の富を手に入れ、本国に持ち帰ること。そして荒れて、邪悪で、活用されていないと彼らがみなす土地を利用可能にすることだ。彼らがかつてないほどの広大な先住民の土地を奪ったことを正当化した主要な理由は、皮肉にも、先住民は農業を通じて土地を「改良する」ことができないため、その所有権を取りあげる、というものだった。ヨーロッパ人は先住民たちが数千年間にわたって丁寧に土地を最適な状態にしてきたことを都合よく見過ごしていた。

考古学的調査によると、チェロキー族の祖先など最初の北アメリカの住民は、二万年以上前にベーリング海峡にかかっていた陸の橋を渡って徒歩でやってきた。彼らは冷たい草地を（現在のカナダの大部分を覆っていた巨大な氷河に沿って）野営地から野営地へと南へ移動しつつ、マンモスやマストドン、ジャイアント・バイソン、クマほどの大きさのビーバーなど、巨大で動きの緩慢な草食動物を比較的簡単に捕らえた。彼らは移動しながら土地について学び、動植物を記憶し、（月ごとのサイクルだけでなく、年ごと、そして十年ごとの）天候に慣れていった。彼らはおそらく、元に戻せない変化を加えた（考古学的な証拠が示すところでは、パレオ・インディアンは数多くの大型動物の絶滅に関わっている）。しかし結局は、土地に合った生活様式を見つけた。それは狩猟と採集、そして農業（その割合は南へ行くほど増加する）の混合だった。

北東部の部族は人口密度を抑え、広い範囲を放浪した。彼らの土地は開かれ、塀もなかった。彼らは森の下生えを燃やし、シカやヘラジカ、バイソンの生息地を確保した。トウモロコシを豆やカボチャと一緒に植え、日陰をつくり、土壌の栄養を補給した。土地と文化はつながっていた。死んだ皇帝たちの名前（ユリウス・カエサル、アウグストゥス）や秘密の儀式（フェブルア）、古い神々（ヤヌス、マルス）で暦を満たす［カエサルはJuly（七月）、アウグストゥスはAugust（八月）、フェブルアはFebruary（二月）、ヤヌスはJanuary（一月）、マルスはMarch（三月）を表す］ことはせず、彼らは月の名前を生態環境のサイクルでつけた。鮭が川を遡る月、ガチョウの羽が抜け替わる月、産卵の月、クマが冬眠する月、トウモロコシを植えなければならない月、といったように。

十六世紀から十七世紀には、ヨーロッパ人がまったく異なった土地に対する考え方をもってこの大陸にやってきた。はじめにアメリカに着いた植民者は、まるで地球外生命体のように船をおり、いわゆる「新世界」におり立った。これら肌の色の薄い異星人たちは、彼らの神によって、地上の生命は彼らが使うために創られたのだと教えられ、「地に満ちて地を従わせよ」と命じられていた。彼らは土地のうち、積極的に農地や牧草地にされ、伐採され、鉱物が採集されていない場所は、「活用されていない」

とみなした。所有権は土地に変化を加えているかどうかで判断された。土地の権利を共有し、ゆっくりと巧みに生態系に手を加える先住民は、森の生き物と同じで、土地を所有しているようには見えなかった。「彼らの土地は広く、何もない」と、ひとりの清教徒の牧師は述べた。「そして人々は少なく、草の上を走りまわるばかりで、キツネなどの野生動物と変わりはない」

この大陸にはじめて来たイギリスの植民者は静かな邸宅に迷いこんだ子供のようにふるまった。何かくすねるもの（金、木材、毛皮）はないかと探しまわってから、模様替えに取りかかった。イギリス式の農業をするために森を伐採し、塀を張りめぐらせ、イギリス式の家や水車、教会を建て、イギリス式の地名をつけた（たとえばハンプシャーなど、イギリスの土地を思い出させるものが多かった）。彼らは土地の恵み深さと壮大さに気づいたが、そのような状態をつくった先住民の仕事はほとんど無視した。ほとんどの大木が切り倒された土地から来た彼らは、高々と伸びた森に驚いたが、それが先住民の手で育てられたものであることには気づかなかった。野生のシカが数多くいることに喜んだが、それが野焼きと計画的な狩猟の結果だとは考えもしなかった。先住民とは違い、イギリスから来た農民はすぐに土壌を瘦せさせてしまった。そこで川や海で大量の魚を釣ってきて肥料にした（そして「ほとんど耐えがたい悪臭」を発生させた）。彼らはライフルでシカやヘラジカを狩り、絶滅寸前にまで追いこんだ。鉄ののこぎりを使って膨大な量の木を伐採し、なかでもマツの巨木は船のマストに用いられ、さらに多くの人々が広い海を渡ってきた。

イギリス本国はひどい状況だった。皮肉なことに、この没落を招いたのは塀と伐採だった。十七世紀後半、チャールズ二世は王室の森を富裕な地主に売却し、貴族たちはそれまで共有の農地や牧草地だった土地に塀を張りめぐらせる「囲いこみ」を開始した。囲いこみによって農業生産は増加したが、多数の小作人や労働者が故郷を失った。またすでに、一五三〇年から一六三〇年までの百年間に、地方の小作人のおよそ半数が土地を追われていたと推定されている。それらの新しい放浪者は都市に集まり、ついで海を渡って、父祖の地とのつながりは完全に切断されてしまった。

同じころ、イギリスの薪の価格は高騰し、人々は暖房のため安い石炭を使うようになった。その結果、人口過密な都市は、ある作家が「地獄のような陰鬱な雲」と呼んだものに覆われることになった。のちにロードアイランド州となる植民地を設立したロジャー・ウィリアムズは、先住民（おそらくナラガンセット族かワンパノワグ族）から何度も「イギリス人はなぜここに来たのか」と尋ねられたと述べている。先住民が考えた答えは、イギリス人は自国のよい薪をすべて燃やしてしまったから、海を越えてそれを探しに来たというものだった。当たらずとも遠からずと言えるだろう。

植民者たちは、今日資本主義と呼ばれる、抽象的な資産価値を生みだし、交換し、蓄積する複雑な商取引の形態を持ちこんだ。物や行動は金に換算され、ほかの物や行動と交換することができる。倒された木々は袋いっぱいのコインと換えられ、それはまた一年分の穀物とも換えられる。この巧みなシステムによってほぼ地球規模の商取引網が可能になった。船が造られ、資源は集められて売られ、そして帝国が生まれた。人々の土地に対する感覚は変わった。土地はもはや単なる住む場所や暮らしの糧ではなくなった。それは商品であり、その価値は高めることができる。

北アメリカの先住民は商取引を知らないわけではなかった。ヨーロッパ人が来るはるか以前から、大陸には広い商取引用の通路が張りめぐらされており、それを通じて塩や巻き貝の貝殻、鳥の羽根、火打ち石、顔料、動物の皮革、毛皮、銀、胴、真珠など、多種多様な産物が運ばれていた。しかし資本の発明とともに、はるかに多くの対象が仮想の通貨（具体的には、植民者たちが共通通貨として普及させた、貝殻をつないだウォンパムム）によって取引されるようになった。突如として、大陸の無尽蔵とも思える資源が物不足のヨーロッパに向けて開かれた。ビーバーやシカ、バッファローの毛皮などの動物の製品は外国人の度はずれた渇望によって値段が上がり、先住民たちは（ヨーロッパ人のライフルと罠を使って）野生動物をかつてないほどのペースで殺しはじめた。土地の生態系と自分たちの生活が切り離されていくにしたがって、入念に手をかけるという気持ちも薄れていった。もし地域の七面鳥やバッファロー、シカを絶滅させてしまっても、町で鶏肉や牛肉を買えばよかったからだ。内陸の森を放棄し、ウォンパムを作る貝殻が貯めてある海岸沿いに暮らすようになった先住民のコミュニティもあった。

ゆっくりと、先住民の土地に対する倫理は弱まっていった。それと同時に、多くの部族がキリスト教に改宗し、それによって動植物との以前の対等な関係はなくなった。この文化的な変化と、攻撃的な軍事行動、不誠実な条約、疫病の流入などが重なり、環境史家のウィリアム・クロノンが言う「文化的、生態的帝国主義」の破滅的な混合が生じ、悪循環が生まれた。先住民の土地は縮小し、伝統的な食糧源は欠乏した。ヨーロッパの生活様式への変更を迫る圧力は増し、それによってまたさらに土地と資源を浪費することになった。同時に、ヨーロッパ人は消えゆく先住民を、ヨーロッパ人らしい言葉で尊びはじめた。「高貴な野蛮人」「エデンの子供」そしてのちにはシェパード・クレック三世が「エコロジカル・インディアン」と呼んだ。彼らは原野に完全に調和して暮らし、自分たちが踏みつけにしたとヨーロッパ人が恐れているすべてのものを、肉体的、精神的に体現していた。

さらに多くの先住民が殺されるか、同化していくあいだも、イギリス人はますます流入しつづけた。新世界は旧世界によく似てきた。イギリスの作物とイギリスの牧草（そしてイギリスの雑草）で覆われた塀で囲まれた田園がますます増え、そこでイギリスのウシ、ヒツジ、ブタが繁殖した。低地は農地ばかりになった。森には木こりが増加した。海は網でさらわれた。利益にならない場所は、利益をもたらすように変えられていった。沼は干拓され、乾燥地は灌漑され、肉食動物は絶滅させられた。畑は農園になった。工房は工場になった。金属や石油が採掘された。いたるところで、地面から富があふれ出てきた。この天然資源の系統立った（しばしば奴隷の労働力による）収穫によって、植民地はほとんど匹敵する国のない富を持つ国、資本主義世界の中心地へと成長していった。

すぐに経済的価値が見つからない場所のひとつに、はるかかなたの山脈があった。実際に、アメリカ合衆国での登山の歴史は、山にある新しい、高い価値をさらに手に入れようとする人々の歴史として語ることもできる。はじめに登場するのは財宝探しで、彼らは貴重な宝石や金属を探した。しかし何も手に入れることなく帰っていき、山は静かになった。それから、つぎつぎに波が押し寄せた。未知の知識を求める学者、美を求める芸術家や作家、原野の喜びを求める旅行者、健康を求める歩行者、そして最後にこれらすべてを合わせたものを求めて、現代のアウトドア愛好家がやってきた。

わたしとドイが歩いたところから百六十キロ北にワシントン山がある。アメリカ北東部で最も高い山で、その山頂はこれらの波のすべてと関わっていた。白人はこの大陸にやってきたのとほとんど同じ時期からこの「白い山《ホワイトヒル》」に登ってきた。最初の登山の記録は一六四二年のもので、メイフラワー号の巡礼者たちがプリマス・ロックを踏んだときから二十年ほどしかたっていない。登山のリーダーは無学な移民のダービー・フィールドだが、目的はほとんどわかっていない。ただおそらく純粋な喜びのために登ったのではないはずだ。植民者たちはほぼ例外なく山を嫌い、恐れていたからだ。

北東部の先住民の多くも、南部や西部のいくつかの部族とは異なり、登頂を避けていた。そこが恐ろしい精霊のすみかだと信じていたためだ。アニミズムの発想で考えれば、これは当然のことだ。あれほどの超俗的な場所にすむことができるものは、恐ろしい精霊以外にありえるだろうか？　地名学者のフィリップ・シャルランによれば、ヨーロッパ人がワシントン山と名づけるまえ、山頂が頻繁に雲で見えなくなるため、アベナキ族はこの地域の最高峰を「コダークワジョ（隠れた山）」と呼んでいた。おそらく、好奇心を抱いたアベナキ族のなかにはその霧深い山に登って戻ってこなかった者もいただろうし、戻ってきて恐怖を語った者もいただろう。凍えるような嵐、切り裂く風、目をくらませる雪（実際に、科学者がのちに山頂で、ハリケーンやトルネードを除く地上最高速の風を観測している）。なぜあえて危険を冒してまで登る必要があるだろう。

学者のニコラス・ハウは、フィールドが登頂したほんとうの理由は、地元のアベナキ族に対して白人はインディアンと同じ自然法則には従っていないと示すためだったと考えている。つまり山頂の征服は、ある種の心理的な戦争だった。

まだ頂に雪が残っているころ、フィールドは数名の部族不明の先住民のガイドとともに海岸に近い家を出発し、サコー川を遡ってホワイトヒルの麓に着いた。そこで彼は部族のわからない二百人ほどのインディアンの村を発見した。登山ガイドを雇おうとしたが、彼らは拒絶した。最初からのガイドも、ひとりかふたりを残して探検を放棄した。フィールドはその苦難に負けずに山頂まで登り、そこで、ある記録によれば五時間恐怖に耐えてすわっていた。「雲が足元を流れていき、山に恐ろしい音が響きわたった」。その寒い、空気の澄んだ高みで、彼は岩のなかに輝く宝石を見つけ、きっとダイヤモンドに違いないと考えた。彼は一カ月後に白人の移住者の集団を連れて再び登頂し、その輝く石のサンプルを持ち帰ったが、それはただの石英と雲母だった。

その後百五十年間、誰ひとりホワイトヒルを登ったという記録は残っていない。そのうちに、その山に対する科学者と神学者の集団の関心は高まっていった。山が新しいデータと知識をもたらすかもしれないと考えたためだ。つぎに登頂したのは一七八四年、植物学者の牧師マナサー・カトラーと歴史家の牧師ジェレミー・ベルナップが率いた科学者の集団だった。まもなく、山は(おそらくベルナップによって)大統領にちなんだ呼び名をつけられ、新国家で最も「威厳ある」山としての評価が高まっていった。

一七九〇年代までに、やはり古い先住民のトレイルを基にした荒れた荷馬車用の道路がワシントン山の西側の山腹に沿ってホワイト山地の峡谷に開かれた。次第に幅が広げられ、整備されるにつれ、その道路は南ニューイングランドからニューハンプシャー州北部とメイン州への直通ルートになった。「国内の商取引の生きた血が脈打って流れる動脈だ」とナサニエル・ホーソーンは書いた。

十九世紀初頭に、エイベル・クロフォードという名の木こりがその道路沿いに宿を開き、周囲の山々の素晴らしいパノラマを楽しめる山頂での冒険を提供しはじめた。山頂へ簡単に行けるように、エイベルと息子のイーサンはトレイルを切り拓いた。はじめにつくられたクロフォード・パスは、継続的に使われたハイキング・トレイルとしておそらくアメリカで最古のものだろう。それはゆったりと、遠回りをしていて、山のなかを曲がりくねり、「まるでそのような威厳ある存在に一挙に近寄ることをためらっているかのようだ」と、ローラとガイ・ウォーターマンはアメリカ北東部のハイキングの歴史に関する権威ある著書『Forest and Crag／森林と岩山』で書いている。* はじめその道は目立たず、初期のハイカーのひとりは「見にくく、たいていは木に目印がつけてあるだけで、そのいくつかは〝クロフォードの親父〟でないと見分けられない」と表現したほどだったが、時間がたつにつれ、わかりやすく広げられていった。それから百年ほどたつと、この道の終わりのほうはアパラチアン・トレイルの一部になった。

山への新たな好奇心と崇拝が芽生え、なかでもワシントン山は際立った存在感を示した。山頂にはエマソン、ホーソーン、ソロー（二度）が登った。彼らはみなそこにまばゆい神聖さを認めていた。ホーソーンは「威厳があり、しかも畏怖すべきだ」と感じた。ソローとエマソンはどちらも、のちに山々を崇拝の対象とみなした。ソローはその山頂に登ったばかりの友人に「きみは山々をひとりで歩いたことで向上しているに違いない。わたしはその山頂で、多くの人が教会に足を踏みいれたときのような畏敬の念を感じるだろう」と手紙に買いている。

一八三〇年代に入るころには、その不毛な山地はかつて嫌われたのと同じ理由で価値を認められた。つまり、恐ろしい高さや予測できない天候、そして何より、低地の騒がしい文明からの距離によって。はじめはゆっくりと、それから急に現れる嵐雲のように、山頂と美しさが結びつけられた。「当時のニューイングランドの男性は、ワシントン山に登頂したことがないと健康だとみなされなかった」とウォーターマン夫妻は書いている。そうした感覚は、山を遠い憧れの対象としている都市生活者のあいだから始まったようだ。山麓に住む人々は、土地から生きていく糧を得ることに精一杯で、おそらく山に登ることはなかっただろう。ワシントン山の麓に住んでいたひとりの農民は、山が平らであればいいのに、とトーマス・スター・キング牧師に語っている。

都会からの旅行者は山々を見たいと思っていても、歩いて登ることがむずかしかったり、登る気になれないこともあった。そこで一八四〇年に、クロフォード親子は馬が通れるように道を広げた。当時七

＊ウォーターマン夫妻の記述はやや持って回った言い方だ。エイベルとイーサンには先見の明があり、物怖じしやすい馬や体力のない都会人に合わせる必要があると知っていて斜面の緩やかな道を開拓したのだろう。

十四歳のエイベルは馬に乗って登頂した最初の人になった。一八五〇年代には、ワシントン山に通じる五本の道すべてが馬で登れるようになった。その十年後には、荷馬車用の道路が拓かれ、ほぼ同時期にはクロフォード親子によって切り拓かれた別の道に歯軌条鉄道が開通した。これにより、あまり歩かなくてもボストンの裏通りからワシントン山の山頂まで行けるようになった。ある著名な作家はメイン州ゴーラム行きの列車に乗り、荷馬車で「原生林を抜け」てグレン・ハウス・ホテルに着いたら、そこからポニーで山を登ることを勧めている。「絶対にそうすべきだ」と。新たに便利な方法が開発されたことで、毎年五千人もの人々がワシントン山の山頂を訪れるようになった。

当初、利用者が山のなかで夜を明かしたいと言うと、クロフォード親子は支柱と樹皮でできたテントを立て、なかに香りのよいバルサムモミの大枝で作ったベッドをこしらえた。一八五〇年代には、さらに増えた旅行者を収容するため、ティップトップ・ハウスとサミット・ハウスという二軒のホテルが山頂に建てられた。北東部のほかの山の頂にも、ホテルや山小屋、売店、そして小さな新聞の事務所などの建物が一斉に現れた。各地の峡谷にはリゾート地が生まれ、キャッツキル山地には、合計千室のホテルができた。宿泊客はひと夏をそうした「グランド・ホテル」で過ごし、日帰りで山へ登った。ホテルの周囲には道が張りめぐらされ、木のはしごや見晴らしのいい高台、休憩所などが設けられた。

南北戦争によって、数十年間は山地を訪れる観光客が減少した。しかし二十世紀を迎えるころには、自動車の出現で以前は行くことのできなかった山に簡単に行けるようになり、ハイキングへの人々の関心も復活した。古くからある山のトレイルを歩いたり、新しいトレイルをつくるハイキング・クラブが大量に生まれた。一方、歩くことを望まない人々にとっては、道路がたびたび改良されたため、車でワシントン山の山頂まで到達することが可能になった。ほかの場所と同じように人や車が集まり、大きな土産物屋やカフェテリアができた。いまでも、名高い山頂で「この車でワシントン山を登頂しました」と書かれたバンパーステッカーを誇らしげに購入するドライバーの姿を見ることができる。

わたしがスルーハイクをしたときにワシントン山の頂に着いたときは、恐ろしい郊外の景色のように思われた。山頂に近づくと、赤と白のラジオアンテナが目に入り、それから石塚、歯軌条鉄道の線路、カフェテリア、混雑した駐車場などが見えてきた。七月の天気のいい土曜日だったが、山頂は旅行者でごった返していた。四カ月近くほとんど何もない山の上を歩いてきたため、ショッピングモールに迷いこんだような気になった。

ほぼ四百年前、ワシントン山は何もない荒れ地で、経済的価値はないとダービー・フィールドはみなした。それから現在まで、山頂に何もないことがハイカーにとっての標識となり、人の管理がおよぶ場所という広大な海に浮かぶ原生自然の島を提供してきた。一八八二年に、あるハイカーは「この場所の登山者は人に管理されていない自然を堪能することができる」と書いている。人の手が入らない自然であることが人を引きつけ、そのために人の手で管理されるようになってしまったのは残酷な宿命だった。

わたしはほとんど知らなかったのだが、偶然の歴史の巡りあわせと世論の大幅な変化がなければ、アパラチアン・トレイルでわたしが通過したほかの多くの山頂も、それと同じ運命をたどる可能性もあったのだ。

ワシントン山の数百キロ北には、荒々しい双子のカターディン山がある。アメリカ合衆国ができたとき、ふたつはそれほど異なっていなかった。ワシントン山と同じように、カターディン山の麓に住んでいた先住民も、パメラという翼の生えた雷の精霊を恐れ、山頂に登ろうとしなかったという。どちらの山も、のちにそれぞれの州の最高峰として認められるようになる。ペノブスコット族はカターディン山を「最も偉大な山」という意味の言葉で呼んでいた。出発点は同じだったが、植民者が来るとふたつの山は違った道を歩みはじめた。ワシントン山を訪れる訪問者はますます多くなっていったのに対し、陰鬱なメイン州北部の森のかなたにあるカターディン山には誰も登らなかった。ようやく一八〇四年に十一人の政府調査員が登頂したが、それはワシントン山から百五十年以上遅れてのことだった。

一八四六年、ソローはカターディン山に登ろうとしたが失敗した。彼とふたりの仲間は山麓までカヌーで行った。ガイドはルイス・ネプチューンという名の先住民の老人で、山の精霊をなだめるために、山頂にラム酒のボトルを供えたほうがいいとソローに忠告した。ソローとふたりの仲間はヘラジカのトレイルを使って山をよじ登っていった。その途中、大きな石と石のあいだに伸びた、平らになったクロトウヒのてっぺんの部分を歩いていったのだが、そのときふと下を見ると、岩の裂け目にクマが眠って横たわっていた（「ここはもちろん、わたしが旅したなかで最も危険で、最も穴の多い土地だった」と彼は皮肉たっぷりに書いている）。

一行は霧で迷子になり、山頂にたどり着くことはできなかった。しかし下山の際、バーントランズ［「焼けた土地」の意］という場所を通り過ぎるとき、自分が人生のほとんどの時間を過ごしてきた田園は余分な農場や塀で景観を「従順な、安っぽい」ものにしていたが、いまいるのは完全に未開の土地なのだと、ソローは突然気づいた。バーントランズは残酷で恐ろしく、言葉にできないほど美しかった。ここには、人工物の底にある普遍的な基盤があると彼は感じた。のちにその経験を思い出して彼は書いている――。

これが話に聞く、混沌と古《いにしえ》の夜からできた地球だ。ここは誰のものでもない園、手つかずの大地だ。芝生でも、放牧地でも、草地でも、森林でもなく、草原や耕地、荒れ地でもない……人間はつながることができない。それは広大で、恐ろしい物質なのだ……岩や木々、頬に触れる風！　堅固な大地！　この現実世界！　コモンセンス！　触れあい！　触れあい！

ひとりの人間（実際には、その世代のすべての人間）が、どのようにしてこんな突然の啓示に打たれるほどに土地から切り離されてしまった（堅固な大地！　この現実世界！）のか、と人は問うに違いない。その答えは、すでに述べたように、わたしたちの祖先にまで遡る。狩猟採集民にとっては生態系全体を歩き、学び、関係しあうことが必要だったが、農業によってそれは不要になり、書き言葉によって土地は共通の知識のアーカイブではなくなった。一神教によってアニミズムの精霊は征服され、地上の聖地は消された。都市化によって、人々はつくられた環境に集まるようになった。機械技術と畜産の結びつきによって、速く地上を移動することができるようになった。欧米人は数千年のあいだ、人のいない地球の姿を忘れるために働いてきた。それを目の当たりにするのは衝撃的なことだった。

ソローの啓示以来、それと同じ、言葉にできない経験を求めてカターディン山に向かうハイカーは途絶えることがなかった。「男も女も、それまでは山に登ることができなかった多くの人々が登り、お茶会が開かれているかのようだった」と書かれたワシントン山などとは対照的な山として評価されていった。人気はしだいに高まっていったが、カターディン山は人の手による管理を拒みつづけた。一八五〇年代に各地で山頂に山小屋が建てられていたころ、メイン州の政治家はワシントン山の商業的な成功をうらやみ、カターディン山の道路の図面を作成した。道の調査員が派遣されたが、発見されたルートは荷馬車が通れないほど傾斜がきつく、計画はすぐに放棄された。一八九〇年代に入っても、ワシントン山のトレイルビルダーは巨石を移動させ、目隠しをしても歩けると言われるほど滑らかな道をつくっていたが、カターディン山のほうはウォーターマン夫妻によれば「北部の森でいちばんの荒れた道」のままだった。

カターディン山が人による管理を長く拒むほど、その自然を享受し、そのままに保とうとする「巡礼者」を引きつけていった、とウォーターマン夫妻は書いている。一九二〇年に、パーシヴァル・バクスターという風変わりな百万長者が、切り立ったナイフ・エッジのルートからカターディン山に登った。大きな感銘を受けたその男は、この土地を「永遠に野生のまま」に保つことができるようにすると誓った。翌年、州知事になった彼はその地域を州立公園とするよう働きかけた。州議会が否決すると、彼は自分の財産で土地を買い、二十万エーカーを手に入れた。その土地はのちに州立公園に指定された。当初から、バクスターはこう主張していた。「公園に関連するすべてのものは単純で自然でなくてはならず、インディアンと動物だけがその地域を自由に歩きまわっていたころのままに保たれなくてはならない」

十年後、バクスターの政敵だったオーウェン・ブリュスターは、そのエリアをホワイト山地のようにすることを目指して、技術の発展で可能になった自動車道を建設し、道路脇には大きなロッジや小さなキャビンを建てようとした。バクスターはその計画をどうにか退け、公園は簡単に行ける場所にはならなかった。つまり、バクスター州立公園の自然は、何もせず与えられたものではない。人の手でつくられたものなのだ。

こう言うと変だと（あるいは冒瀆とさえ）感じる人もいるかもしれないが、原生自然をつくるのは人間だ。それは、「トレイルをつくる」というのと同じ意味においてだ。わたしたちは土壌や植物、地質や地形をつくるわけではない（それらに変化を加えることは可能だし、実際にしているが）。だが、場所の境界や意味、使い方を定めることでそこに線を引く。カターディン山の歴史はすべての原生自然を象徴している。それはつねに人間の創意工夫、洞察、制約をじかに反映したものだった。

「文明が原生自然《ウィルダネス》を発明した」と、歴史家のロデリック・ナッシュ［アメリカの環境思想史家。著書に『自然の権利』など］は書いている。彼の記述によれば、原生自然は農業と牧畜の開始とともに生まれた。そのとき人間は世界を野生と家畜、自然と栽培物というふたつに分けて考えるようになった。原生自然を表す言葉は、狩猟採集民の言語には存在しない（「白人にとってのみ、自然は原生自然だ」と、テトン・スー族の長《おさ》ルーサー・スタンディング・ベアは書いている）。農民の視点で見ると、原野《ウィルダネス》は見知らぬ不毛の土地で、毒性のある植物や危険な動物であふれ、自分の家の暖かさや安全さとは正反対だ。こうした土地の管理者にとって、原野は混乱と邪悪さ、苦しみを意味している。プリマス植民地の知事ウィリアム・ブラッドフォードはこうした考え方の代表者で、人の住まない土地を、「野生の動物や野蛮な人間に満ちた忌まわしい荒涼とした原野」とみなしていた。

　農業が始まってから何世紀にもわたって、わたしたちは暗闇に潜むものから耕作地を守るために塀を築いてきた。しかし耕作される領域はどこまでも拡大しつづけ、ついには原生自然を脅かすまでになった。するとわたしたちは自然を塀で囲み、人間から守るようになった。広大なアメリカ大陸よりも、千年前に森林を囲みはじめたイギリスのほうが、こうした変化が早く始まっていることは明らかだ。

　工業化によって煤けた大気のなかで、とめどなく文明が広がることは有害であり、対照的に原生自然が清潔さと健康を表していると人々は考えはじめた。すると突如として、「原野／原生自然《ウィルダネス》」という言葉はまったく逆の意味を持つようになった。忌まわしいものから、聖なるものに変わった。この変化によって、人間以外のものに対する新しい倫理的態度が登場した。オルダス・ハクスリーのように原野を嫌う人も、「動物や植物、風景や星、季節など人間以外の世界と互いに触れあう生きた関係を結べなければ、大切なものを失うことになる。他者になりかわって自分でないものになれなければ、人は完全な自分にはなれない」と考えるようになった。

この「自分でないもの」という言葉は、わたしが出合ったなかで最も簡潔なウィルダネスの定義だ。人間が思うままに改造をしていない場所には、とても深く、古い知恵がある。「すべての美の根本には非人間的なものがある」とアルベール・カミュは書いている。この非人間性を垣間見るには、親近感という都合のいい思いこみを捨てなければならない。すると、わたしたちは世界が「異質で、単純化できない」ものだと気づく。この感覚は、ソローとハクスリーにもおなじみのものだった。「この山々、落ち着いた空、木々の輪郭はこの瞬間に、人間が与えていたまやかしの意味を失う」とカミュは書いている。「太古からの世界の敵意が、数千年の時を超えて目の前に現れ、わたしたちと対峙する」。過度に文明化した人類は、自分でないものを育み、体現するものであるために原生自然を大切にする。そのあるがままの土地で、人は恐れと畏怖の入り交じった感覚を覚え、ついには半分我を忘れて「触れあい！」と叫びだすかもしれない。

アパラチアン・トレイルを北へ進むうちに、ドイとわたしは楽なリズムを手に入れた。わたしたちはムース山を越えた。トレイルにはヘラジカの深い足跡やオリーブのような糞があったが、その姿は見えなかった。山頂からの眺めは雲を見下ろす飛行機の機内にいるようだった。下りにさしかかると、風が吹いて木々の葉と水を振り落とした。わたしたちはありがたいことにリーントゥ（木でできたシェルターで、トレイルのいたるところにあり、斜めに傾いたLの字のような形をしている）に着いた。＊誰かが雨風を防ぐためにビニールシートを張っていた。

「ハロー。誰かいますか」とドイが声をかけた。

「ドイ！」嬉しそうな声が一斉に聞こえてきた。

なかは暗く、蒸し蒸しして、酸っぱい臭いがした。スルーハイカーたちは寝袋に潜りこみ、幾人かは後ろの壁にもたれて立っていた。ヘッドランプが額の真ん中で冷たく光っていた。ドイは彼らを右から左へとひとりずつ紹介してくれた。「イチョウ」はアルビノの若いドイツ人男性で、氷のように白い髭と驚くほど青い目をしている。「ソックス」は黒髪の元気な若い女性で、韓国系アメリカ人なのだが、サカジャウェア［ルイス・クラーク探検隊に同行したショーショーニー族の女性］に似ていることからその名がついた。「キャッチミーイフユーキャン」は四十代の韓国系アメリカ人男性だ。寡黙で頬骨が高く、いつも笑っていて、歩く速さは誰もが知っている。「ツリーフロッグ」は若い白人男性で、もじゃもじゃの茶色い髪をしている。トレイルで知らない人に会うたび、自分は執事だと嘘をつく。エンジニアだとほんとうのことを言っても面白くないからだ。ドイは彼らと数カ月から数日のつきあいで、みなと気楽に仲よくしていた。わたしたちがパックを小屋のなかに置くと、ドイはちょっと詰めて場所を空けてほしいと言った。彼らがぼんやりと動かずにいると、彼はジョークを言った。「まあいい。そんなに急ぐ必要はない。十秒以内に動いてくれればね」。みんなは笑い、場所を空けてくれた。

＊「アディロンダック・リーントゥ」と呼ばれているその小屋の形状は、クロフォードたち山岳ガイドが客のためにその場で作っていた樹皮のシェルターからヒントを得ている。壁の一面がないリーントゥの形状のひとつ。

ドイとわたしは着替え、寝袋に入り、夕食を準備した。ツリーフロッグは、ドイに教わったチェロキー語を歩きながら練習したと言った。「大便（ディ・ガ・シ）」や「くそ！（エ・ハ）」、「水（アマ）」、そして「オスダ・ニガダ」。これは「何もかも素晴らしい」というほどの意味だ。「オスダ・ニガダ！」は雨にばかり降られたハイカーたちのかけ声になり、すぐに彼らの非公式なグループ名は、チーム・オスダ・ニガダになった。

コーラの缶のコンロで一杯のソバを作っていると、スルーハイカーだったころの気持ちが蘇ってきた。ツリーフロッグは気前よく、わたしとドイに町から持ってきたマフィンを分けてくれた。ねばり気があり、ぎっしり詰まっていた。わたしたちはふたりとも、包み紙についた分まできれいに食べ尽くした（古いスルーハイカーの格言にあるとおり、自分で運ばなくていい食べ物ほどおいしいものはない）。嬉しくなったドイはグループに新しいチェロキー語のフレーズを教えた。「ガ・ゲ・ユ・ア」は「愛している」という意味だ。ただし、とドイは言った。軽い気持ちで使う言葉じゃない。ほんとうにそう思っているときにだけ言うことができる。

ツリーフロッグは日記を広げてその日の出来事を書きはじめた。彼は母親のことを本に書こうとしていた。彼女はアパラチアン・トレイルのスルーハイクをしようとしていたが、癌に罹って断念した。彼は母の遺灰をカターディン山の山頂で撒こうと計画していた。マフィンのお礼に、わたしは彼に皺になった『ニューヨーカー』の最新号の小説特集を差しだした。彼は礼儀正しく手を振って断った。「重そうだからね」と彼は言った。それは内容ではなく、紙の重さのことだった。

会話のほとんどが時間と食べ物のことだった。どこそこの山、町、州で、食べている、食べた、食べるだろう、あるいは食べたいものについて。これだけ長い期間スルーハイクをしていると、頭のなかは冒険への渇望、猛烈な空腹、軽い苛立ち、そして静かな、一点への集中の混ざりあったものになる。カターディン山の引力に引かれて歩く彼らは、同じコースを、だいたい同じペースで歩くことになる。下り斜面の溝に乗ったビー玉のようだ。最近彼らは、カターディン山の山頂にみんなで揃って到達しようと決めたところだった。つまり、歩くのが遅いメンバーに合わせてゆっくりと進むということだ。その夜ガイドブックを見て、七月七日までに着いたほうがいい、とツリーフロッグは言った。ドイはその輝く対称の数字に笑みを浮かべた。チェロキー族の聖なる数字だ。それは宿命のように輝いていた。

トレイルを自然なものにするのは何か。それをつくった人なのか、それとも歩く人なのか、あるいは周囲の土地か。答えは、その三つの混ざりあったものだ。アパラチアン・トレイルが自然だという評価を得ているのは、象徴的な原生自然をつないでいるからだ。カターディン山だけでなく、グレート・スモーキー山脈、ブルーリッジ山脈、カンバーランド高原、グリーン山脈、ホワイト山地、ビゲロー自然保護区、そして百マイル・ウィルダネスがある。アパラチアン・トレイル管理事務所による大規模な土地収用計画のおかげで、それらの原生自然をつなぐ地域ものちにコースに組みこまれた。今日、トレイルはほとんど邪魔されることのない保護区域が、約三百メートルの幅で帯状につながっている。それは「最も長く、最も細いアメリカの国立公園」と呼ばれることがある。

しかしその土地は、考えを同じくするハイカーや活動家たちが保護しなければ守られることはなかっただろう。アパラチアン・トレイルもやはり、歩く人、トレイルビルダー、保護活動家、管理者、寄付者、そして公務員など多くの人々によってつくられたトレイルなのだ。だが、そのすべてに先立ち、このトレイルはひとりの男の想像から生まれた。森林局員、原生自然の提唱者、そしてユートピアを夢想する男、ベントン・マッケイだ。今日でも、トレイルには彼の輝かしい、特異な精神が刻印されている。

アパラチアン・トレイルのアイデアがはじめてマッケイの頭に浮かんだのは、一九〇〇年、二十一歳のときにヴァーモント州のグリーン山脈をハイキングしていたときだった。彼は友人とふたり、ストラットン山の頂で木に登り、景色を眺めていたが、「ふとした感覚」に目眩《めまい》がした。そのときふいに、アパラチア山脈全体を南北に貫く一本のトレイルが頭に浮かんできた、と彼はのちに書いている。二年後、ニューハンプシャー州のサマーキャンプで働いていたとき、その考えを上司に話してみたが、「馬鹿げている」と言われた。

だが歴史はそうではなかったことを証明した。また当時は、やがて三千五百キロのハイキングトレイルという大胆なものを生み出すためのさまざまな条件が揃いつつあった。世紀の変わり目以来、新聞や本では、アメリカは健康に悪い、道徳的に劣った、金銭に貪欲な国であると書きたてられていた。男の子たちはひ弱で、女の子たちは「暖房しすぎ、厚着しすぎ、楽しみを与えられすぎ」ていた。そうした恐れが生まれた背景は、ひとつには急速で前例のない都市化だった。たとえばマンハッタンは、一九〇〇年には現在よりも人口が多かった。アウトドアで「新鮮な空気のなかで」過ごす時間は、社会の不健康さに対する治療になるとみなされた。山に向かう機関車（そして自動車）はますます手軽で速くなっていった。アメリカ北東部では、サマーキャンプが広まった（わたしが子供のころに行ったパイン・アイランドのサマーキャンプは一九〇二年に設立されている）。二十世紀初頭には、スカウト運動も始まっている。一九〇二年、自然作家のアーネスト・トンプソン・シートンが男の子のためのウッドクラフト・インディアンズという団体を設立した。それに触発されたロバート・ベーデン＝パウエルはボーイスカウトとガールスカウトをつくった。「いまこそ、国家全体がアウトドア生活を重視すべきだ」とシートンは一九〇七年に書いている。

そのころ連邦政府は、アパラチアン・マウンテン・クラブやシエラ・クラブなどのハイキング兼環境保護団体の要望により、大規模な公用地を確保しはじめていた。これは一八六四年、エイブラハム・リンカーン大統領がフレデリック・ロー・オルムステッドの提言により、ヨセミテ渓谷と近隣のジャイアント・セコイアの森を国有化する法案に署名したことに始まる。オルムステッドはセントラル・パーク（彼はそれを「貧者にも富者にも、若者にも老人にも、善き者にも悪しき者にも」開かれていると主張している）の著名な設計者で、リンカーンに対して、もしヨセミテ渓谷が私有地になれば、イギリスの公園のように、金持ちがひとりで楽しむ、塀で囲まれた庭になってしまうかもしれないと助言した。ヨセミテ・グラント法は、国立公園制度の創設のための重要な先例になった。一九〇一年に、生涯アウトドアを愛したセオドア・ルーズヴェルトが大統領に就任すると、環境保護運動は最盛期を迎えた。彼は議会への最初の演説で国有林の設立を訴えた。一九〇九年に大統領の職を退くときには、百五十の国有林、五十一の鳥獣保護区、五つの国立公園を設置していた。合計でおよそ二億三千万エーカーの国有地を保護したことになる。

そのころ、新しいトレイルの考え方もひろまっていた。トレイルの設計者たちは、それまで人気のあるハイキングの目的地ごとに固まっていたトレイルを、まとまったネットワークとしてつなげることを考えはじめていた。やがて「スルー・トレイル（長く続くトレイル）」という発想が生まれた。一九一〇年、生徒をよく長いハイキングに連れていっていた地元の学校の校長ジェイムズ・P・タイラーはヴァーモント州の高山のすべてのトレイルをつなげることを提唱した。彼はそれを「ザ・ロングトレイル」と呼んだ。

マッケイを待ち受けていたのは、このような知的環境だった。彼はルーズヴェルトが大統領になる数カ月前にハーヴァード大学を卒業し、その後まもなくハーヴァード大学森林学大学院で修士号を取った。その後数十年間、森林計画に関係した仕事に携わり、人が景観をどのように変えることができるか（そして景観が人間をいかに変えるか）をよく知ることになった。一九一二年に関係した計画で、彼はホワイト山地で地下に吸収されずに流れる雨水の影響に関する重要な調査を行い、森林伐採が洪水を引き起こすことを明らかにした。この調査のためもあって、ホワイト山地はのちに国有林に指定された。

二十年のあいだに、マッケイは森林学を学ぶ痩せた学生から、眼鏡をかけ、黒い髪の、鷲のような鋭い顔をした学者になり、いつも口にパイプを挟んでいるようになった。その間ずっと、「アパラチアン・トレイル」のアイデアは少しずつ成長していた。一九二一年、彼は婦人参政権と平和運動の提唱者だった妻のベティを亡くした。マンハッタンのイーストリバーに身投げをしたためだ。悲しみにくれたマッケイはニュージャージー州の友人の農場に引きこもり、そこで森林に関わる仕事を中断してアパラチアン・トレイルの計画書をまとめた。そこに書かれたのは、単なるトレイルではなかった。彼がその歴史的な提案につけた『アパラチアン・トレイル：地域計画プロジェクト』という題は、その革新的な内容を覆いかくしていた。だが実は、彼はそのトレイルを都市化や資本主義、軍国主義、産業主義などの最大の問題点、彼が「生活の問題」と呼ぶものへの治療法とみなしていた。

マッケイの社会変革に関する考え方は、兄のジェームスが書いた『幸福の経済』という五百ページにおよぶ哲学的論文から大きな影響を受けていた。ベンサム、マルサス、ダーウィン、スペンサー、マルクスらの業績を参考にし、ジェームス・マッケイは産業主義の最も醜い側面に対抗する方法を追究した。彼が思い描いたのは、それぞれ独立した行為者が自分の利益の最大化を目指す社会（それは知らず知らず

「膨大な数の落伍者」を生み出してしまう）ではなく、「幸福の総量」を最大化しようとする、高度な専門的知識を持ったエリートが管理する安定した経済だった。政府は国民全体の幸福をどのようにして計測できるのかという疑問を想定して、この本には幸せを数値でとらえるための式とグラフがいたるところに出てくる（彼の伝記を書いたラリー・アンダーソンは、それは皮肉にも「幸福について書かれた本のなかで、おそらく最もユーモアに欠けた厳格な論文」だったと述べている）。

マッケイが兄から教わった最も重要な点は、社会問題を解決するためには、人の性格ではなく制度を変更しなければならないということだった。環境保護運動のなかでマッケイの発言力はしだいに強くなっていったが、彼は人の強欲さや行きすぎについてほとんど述べなかった。彼は環境がいかにわたしたちを弱めるか、あるいはわたしたちを強くするために環境をどのように変えられるかという点に集中した。子供時代の多くをニューヨーク市で過ごした（そしてそこを嫌っていた）彼は、自然からの乖離《かいり》、人口過多、競争過多の巨大都市という、近代性の明らかな特徴からその害悪を攻撃した。

当初からマッケイが最終的な目的としていたのは、何世紀にもわたって欧米人のあいだで大きくなっていた疎外感をなくすことだった。その重要な第一歩は、巨大都市の手が届かない、「日々の世俗的な、大量消費と結びついた生活の乱雑さから逃れられる避難所」であり、人が新たな生き方を学べる場所を確保することだと彼は考えた。彼は国立公園の増加を称賛し、しかしそれらがすべて遠い場所にあることを嘆いた。当時十七あった国立公園のうち、ミシシッピ川の東側にあるのはわずかひとつだけだった。一方、自然の緑の帯であるアパラチア山脈は、「アメリカ合衆国の人口の半数を占める中心地から一日以内で着くことができる」場所にある、と彼は書いた。

マッケイはトレイルの脇に、簡素なシェルターを建てるだけでなく、非営利のウィルダネス・キャンプや集団農場、アメリカの産業の中心地の市民が新鮮な空気を求めて避難できる静養所をつくることを望んだ*。現代が抱える病の原因は、文明に暮らす人々に自然のなかで生きていく力がないことだと彼は考えていた。人々は食べ物の育て方や、いろいろな物の作り方、足で歩く方法を忘れてしまった。経済に依存しなければ生きていけず、それが原因で不幸になり、働きすぎている。「大地に帰る」必要がある、とマッケイは書いた。

　彼の提案のいくつかには驚くべき先見性があった。彼の構想どおり、わずか一日で歩けるほどの間隔で、全区間に簡素なシェルターが設置された。彼はトレイルの維持は賃金労働者ではなくボランティアによって行われるべきだと主張していたが、それはボランティアにとって「仕事は楽しみ」だからだった。また彼は、三千五百キロのトレイルがすべて無から建設されるわけではないため、予想されるほど困難ではないと鋭く指摘していた。ただ現存するトレイルをつなぎあわせればいい。たとえば二百四十キロのヴァーモント州のザ・ロングトレイルはのちにアパラチアン・トレイルの一部になった。

　一九二七年に、マッケイはニューイングランド・トレイル会議に招かれて構想を説明した。その際の論文『アウトドア文化：スルー・トレイルの哲学』は、会議のメンバーの予想を覆すものだった。マッケイは原生自然のワークキャンプをつなげる計画の全貌を語った。古代ローマの例を引き、堕落した都会と未開の後背地を対比させた。ジャズやピクニックが好きな都市生活者の「キャンディ」のような甘さを非難し、その「クラゲ」のような軟弱さを、トレイルに集まるだろう、強くタフで、原生自然を理解している労働者と対比させた。

「ではここでスルー・トレイルの哲学について話しましょう」とマッケイは語った。「それは野蛮人の侵略を組織することです。これは、都会人の侵略に対する対抗運動です……都会人は都市の中心から外に向かって働きかけてきます。わたしたち野蛮人は、山頂から下に向かって働きかけなければなりません」

上品な東海岸のトレイル建設コミュニティは、マッケイの理想主義的な要素に恐れをなした。だがトレイルの設計そのものは本格的に始まった。マッケイは実際のトレイル建設にほとんど関心を示さなかったため、それは主にメイン州生まれのマイロン・エイヴァリーに委ねられた。彼は頑丈で、アメリカンフットボールの選手のような物腰の、経験豊富な現実主義者だった。彼の指導のもと、トレイルは一九三七年に木材搬出用の道路や古いハイキング道、そして数百カ所の、何キロも新たに切り拓かれたトレイルをつなげることで完成した。しかし、マッケイの計画の多くは削ぎおとされた。キャンプや農場、サナトリウムはなくなった。雑多なアイデアは整理され、森を貫く一本の曲がりくねったトレイルができあがった。

マッケイもやがて、トレイルの新しい限定された使命、つまり原生自然を貫く「無限に拡張された道」であることを受け入れた。一九七一年に、インタビュアーにアパラチアン・トレイルの「究極の目的」を質問されたとき、ほとんど視力を失っていた九十二歳のマッケイの回答は、禅のような簡潔さにまで削りこまれていた。

＊当時の呼び方で「神経衰弱」によって妻を亡くしたばかりのマッケイが、精神的健康を維持するうえでの原生自然の重要性を強調したのは偶然ではない。彼の書き物からは狂おしいほどの願いを読みとることができる。「現在設立されている療養所のほとんどは、恐ろしい精神的な病に苦しむ者にはまったく役に立たない。そのような患者の多くは癒やすことができる。ただしそれは単なる『治療』によってではない。必要なのは医療ではなく、広い場所だ。この山の数千エーカーの土地と、治癒のために計画された、設備の整ったコミュニティが患者たちに捧げられるべきだ」

一．歩くこと
二．見ること、そして
三．自分が何を見ているのかを見ること！

それでも、彼の意図はこだましていった。トレイルの革新的な起源はその後数十年のあいだに、歴史上類を見ない結果をもたらした。なかでも際立っていたのは、第二次世界大戦後、ハイカーのコミュニティが増加しつづけ、人生の問題に答えを探してトレイルを端から端まで巡礼するようになったことだった。彼らは放浪し、毛むくじゃらで悪臭を放ち、まさにマッケイの野蛮人のイメージそのままだった。七月になると、ニューハンプシャー南部のハイウェイでヒッチハイクをしている彼らの姿を数多く見ることができる。あるいは巨大な、冷たい照明のついたヴァージニア州の食料品店でオオカミのようにうろついているのを。またはペンシルヴェニア州のモーテルで、一台のベッドに三人が潜りこんでいるところを。ときにはニューヨークのタイムズスクエアで、ベアマウンテンから午後の列車でやってきて降りたところに遭遇するかもしれない。ハイカーははじめ呆然とし、それから光と音の洪水に子供のようにはしゃぐだろう。スルーハイクの経験者がわたしに言ったことがある。「ほとんどの人は文明のなかに暮らして森を訪れる。けれどスルーハイクをしているときは、森のなかに住んでいて、文明をときどき訪れることになる」

心地よく湿り気もないリーントゥのなかで、わたしたちは寛いで眠りについた。わたしはいびきとトタン屋根に落ちる雨音が聞こえないように耳栓をした。午後十時、日も落ちてだいぶたったころ、リーントゥのなかに強烈なヘッドライトの光が入ってきた。その光は、わたしの上をしつこく照らした。耳栓をはずすと、「やあ」と声が聞こえた。「ごめんよ。ちょっと場所を空けてくれるかな？　テントを持ってないんだ」。わたしたちは不機嫌そうに持ち物を並べなおして、ずぶ濡れの新入りの場所をつくった。肩と肩が触れるくらい狭くなった。

夜明けとともにみんな動きはじめた。ロープに吊るしていたものは、ひと晩たっても乾いていなかった。ウールの靴下を絞ると、ミルクコーヒーのような液体が垂れた。誰も朝食作りには時間をかけなかった。エナジーバーやトレイルミックスなどの携帯食や、山盛りのピーナッツバターで充分だった。

明るくなると、夜遅くに現れたハイカーがソーボー（South Bounder の略／カターディン山からスプリンガー山に向かって南へ進んでいる人）だとわかった。北部の州ではソーボーは簡単に見分けがつく。ノーボー（North Bounder／北へ向かう人）とは違って、まだ髭は伸びきっていないし、孤独を好む傾向がある。彼も例外ではなかった。カターディン山から、わずか十三日前に出発したばかりだという（昨晩のツリーフロッグの計算では、あと二十四日でカターディン山に到着するはずだった）。

ドイがすぐ頭のなかで計算した。「きみは十三日で六百九十キロ進んだってこと？」

「ああ」ソーボーはそれだけ言うと、軽々とバックパックを背負ってシェルターの外へ出た。

ほかのスルーハイカーはしばらく黙っていた。

「お急ぎらしい」とドイが言った。

「メインとニューハンプシャーを毎日五十キロ進んできたわけか」とツリーフロッグは言った。「すごいね」

ひとりずつ、スルーハイカーたちは濡れたブーツを履き、冷たい水に飛びこむかのように息を吸いこむと、シェルターから曇り空の下へ出ていった。わたしが最後だった。太陽は出ていない。植物はまるで二日酔いのように萎れていた。ピンク色のランが涙を流していた。

追いつこうと、わたしは急いで山を登り、反対の斜面を下って進んでいった。山の麓で、わたしは一本の道を横切り、高い草の生えた草原に入った。そこにはなんとピンク色のプラスティック製のフラミンゴがいて、陽気な老人がピンクのアイスクリーム・コーンを持っている絵が描かれた手作りの看板が立っていた。

ビル・アッカリー
ハイカーはみんなここに寄ってアイスクリームを食べていく
おいしい水がある
クロッケーが得意だ
みんな無料。料金なんか払わなくてもいい！

脇道を入っていくと、白く縁取られた青い家があり、チベットの祈りの旗が掲げられていた。裏庭は高い草が刈りこまれ、美しいクロッケーのコートができていた。ベランダにドイが腰かけていた。話をしていたアッカリーは立ちあがってわたしと握手した。彼は顔が長く、灰色の髪は残りわずかだった。大きな眼鏡をかけ、丸顔で笑顔を浮かべていた。

名前を尋ねられ、わたしは答えた。

「スペースマン？」と彼はうっとりするように言った。「この宇宙（スペース）みたいな素晴らしい名前だ」

わたしたちはしばらくアッカリーの家のベランダにすわり、チベット（彼が訪れたことがあった）や、ホメロス（彼がかつて研究していた）、ほかのスルーハイカーについて話した。彼はもう十年以上無料で食べ物を提供していた。ハイカーたちが言う「トレイル・マジック」だ。

そのうちに、ドイやチェロキー族の遺産のことに話題が移った。

「わたしたちはこの人を誇りに思うべきだ」とアッカリーはドイを指さして言った。「わたしたちの祖先だ。彼らが最初にここに来たんだ。クリストファー・コロンブスがはじめに来たと言われるが、そうじゃない」

「コロンブスは迷子になったんだ」とドイは言った。

「そのとおり。彼はひどい奴だった」

ドイは悲しげにうなずいた。

「まあともかく」とアッカリーはつけたした。「広い意味で言えば、わたしたちはみんな血がつながっているんだ」

荷物を持って出発するとき、アッカリーはわたしたちとハグをした。トレイルに戻ると、わたしはドイに、アッカリーに「祖先」だと言われたことを妙に思わなかったかを尋ねた。彼は全然そんなことはないと言った。「地球上にはたくさんの善人がいる。このハイクをしていていちばん楽しいのは、ビルのような人に会うことだね」。彼は、トレイルが人々を善良にすることにいつも驚いていた。ある日、膝が痛くてたまらなかったとき、仲間のスルーハイカーが彼のパックを背負うと言ってくれたことがあった。遠慮したが、ドイは心を打たれていた。見知らぬ人が、彼の苦しみを軽減するために喜んで二倍の苦しみを背負おうとしてくれたのだ。「わたしにとっては、それこそトレイル・マジックだね」と、彼は言った。「人が助けあうということが」

使われないトレイルは消滅する。しかし戦後、ハイキングの人気がアメリカで高まると、新たな危険が現れた。使いすぎだ。一九七〇年代にはしばしば、「愛されるあまり死んでしまう」と言われた。かつてないほどの数のハイカーがワッフルストンパーというスパイクの厚い底がついたブーツを履いて山に登って地面を掘り返した結果、土壌が削られたり泥になったりした。半数以上のハイカーが全トレイルの一割ほどに集中したため、人気のあるトレイルほど被害は大きかった。馬でも通れるようになっていたグレート・スモーキー山脈のトレイルでは、胸の深さまで地面がえぐれてしまった箇所もあり、一方で土壌に多くの岩を含む北部では、道幅が十二メートルほどに広がったトレイルもあった。

その対策として、いわゆる持続可能なトレイルが設計されるようになり、浸食を最小限に抑え、変化に敏感な植物は避けられ、近隣の水源が汚染から保護された。一九九〇年代には、それ以前の時代にはトレイルが避けて通っていたような場所にまで伸びていた現代のハイキング・トレイルは、まったく新たな形状と思想を持つようになった。もはや自然に触れることだけではなく、将来のハイカーのために自然が保護されるよう注意しなければならなかった。

持続可能なトレイルを設計するうえでむずかしいのは、人と水の管理だ。そして、そのふたつはいつも同時に対処できるとはかぎらない。たとえばトレイルビルダーは急な山腹を登る箇所に石段を設けることで、ハイカーに耐久性のある足場を与えると同時に、水の流れを止めることで浸食を遅らせようとする。ところがハイカーは、石段は不自然で登りにくいと考え、それをあまり歓迎しない。そのため石段の脇の斜面を登ろうとするため、そこに雨水が集まり、浸食されてしまう。このため、トレイルビルダーはガーゴイルと呼ばれる尖った岩を石段の両脇に設置しなければならない。

トレイルの傾斜を和らげ、浸食を抑えるためにつくられる長い曲がりくねった道（スイッチバック）でも同じようなことが起きている。ひとつの曲がり角から次の曲がり角が見えると、ハイカーはほとんど必然的に近道をする。疲れたハイカーは身勝手だ、とトレイルビルダーたちは言う。彼らの多くはこのことにとても苛立ちを感じている。「いつも言っているんですが、『ハイカー管理』は、ハイカーを排除できるなら、ずいぶん楽になりますよ」と、かつてトレイルクルーのリーダーをしていたモーガン・ソマーヴィルは言う。

近道ができると、トレイルビルダーはまずそれを塞ごうと考えるが、それではうまくいかないこともある。この点で、ハイカーは水によく似ている。結局は、ほとんどどんな障害もすり抜け、いちばん楽なルートを通っていくのだ。ソマーヴィルが最近話してくれたところでは、マックス・パッチという名の禿げ山へ最大傾斜線を登っていくトレイルが古くなり劣化していたため、トレイルビルダーのチームは、新しいトレイルがある方角を示した大きな看板を立てた。さらに看板の両脇にツツジを並べてそこを塞いだ。「二、三カ月は持ちこたえたんですがね」とソマーヴィルは苦笑いした。「いちばん弱そうなツツジが抜かれ、みんなそこを登っていくようになりました。十月に行ってみると、人が途切れずに上に向かって歩いていました。そのころには、通らないように書いてある看板そのものも抜かれていました……誰がやったのかはわかりませんが」

トレイルビルダーのトッド・ブラナムもまた、近道をつくりたくなるような箇所を枝や岩で塞ぐという手段を使おうとしたことはあるという。「だがトレイルの設計がよければ、その必要はない。トレイルから離れたくないと思うからだ。トレイルをはずれようと思わずに充分に楽しむことができるはずだ」

トレイルビルダーの仕事の中心は、昔からのジレンマに道筋をつけること、つまり人々にやるべきこと（長期的にみんなのためになること）をするように、そして低俗な本能による行動（短期的に自分のためになること）をしないように促すことだ。羊飼いをしていて学んだことだが、集団の方向修正をするいちばん簡単な方法は、集団の欲求を受け入れることだ。ブラナムもやはり同じように考えていた。たとえば、滝水の音が聞こえるのにそこまで行くトレイルがなければ、ハイカーは自分で荒削りなトレイルをつくるだろう。そうした即席のトレイルを消すのはかなりむずかしい。ほかのハイカーもそこを通るからだ。賢明なトレイルビルダーは、あらかじめその滝まで通じる長持ちするルートを見つけ、ハイカーをそこに誘導する。そうすれば、土地の本来の姿を守り、なおかつハイカーの欲求を満たすことができる。

トレイルが通りうるあらゆるルートを知るためには、トレイルビルダーは周囲の環境に対する幅広い知識を持っていなくてはならない。持続可能なトレイルを建設する第一歩は、その地域の地図を研究し、どこが最善のルートかについて大まかなアイデアを練ることだ。次に、そのルートを自分の足で歩いてみる。わたしはブラナムがノースカロライナ州ブルバード市の森でこの作業を行うのを見た。彼はまず既存のトレイルに沿って歩き、登りの傾斜や土壌の質を調べた。それから、それぞれの道を何度も歩き、最もしっくりくる行き方を求める（彼が丘を登り降りしている姿を見ていると、最善のルートを探すために試行錯誤するアリを思い出した。彼がやっているのはそれと同じことだ。ただし、実際の使用にはるかに先立って）。それから、オレンジ色のビニールテープを使ってトレイルのあるエリアで、目の高さの枝にオレンジ色の細長いテープを垂らす（「旗をつける」）。新しい旗をつけるときには、すでにある旗との並び具合を確認する。こうしながら、ブラナムは伐採する必要がある木を見極める。これはチェスに似た過程なのだそうだ。「いつだって七手先を読まなければならない。木を見ながら『この木は切る、この木も切る、この木は迂回する……』と考えているんだ」

これは動物界のどんなトレイルづくりにも似ていない。現代のトレイルビルダーは粗い線を引いて、あとは歩き手の改善に任せるのではなく、歩き手がそこからはずれる理由を与えないように、あらかじめ最も円滑なルートを見つけようとするのだ。この意味で、ハイキング・トレイルは古いチェロキー族の歩道よりも、現代のハイウェイとの共通点のほうが多い。

トレイルの建設作業にも不自然に思われることは多い。プラスキー（斧とつるはしをつなげたような原始的な道具）で丘を切り拓き、狭く平らなトレイルの基盤をつくる作業がほとんどだが、私有地のトレイルビルダーとしての経験が豊富なブラナムは、千百キロもの重さのスキッドステアという機械を使い、土壌を動かして適切な勾配にするほうを好む。トレイルができたら、落ち葉掃除用のブロワーを使って落ち葉や枯れ枝をトレイルに敷きつめ、八十七年製ＹＡＭＡＨＡ・ＢＷ３５０で二、三度行き来し、表面を踏みかためる。

アパラチアン・トレイルのように原生自然を通るトレイルを建設する場合、目指すのは、逆説的だが、人工的に自然なものをつくることだ。わたしはこの過程を、ある夏コナロックというトレイル建設のグループでボランティアをしていたときに間近で見た。そこでわたしは、とくに急な坂道でトレイルを支えるための「クリビング」という石の壁を組み立てる手伝いをした（「この壁をつくるのはジグソーパズルみたいなものだ」と、同じグループにいたベテランのトレイルビルダーは冗談を言った。「ただし、ピースはそれぞれ重さが二百キロもするうえ、欠けているものもある」。それが終わると、上部を土と葉で覆うため、これから歩くハイカーは地面の下にそれが入っていることにおそらく気づくこともない。これがトレイル建設の究極の目的なの、とグループのリーダー、キャサリン・ハーンドンは説明した。丁寧に建設し、それを巧みに覆いかくすこと。メイン州に住むトレイルビルダーのレスター・ケンウェイは、岩に開けた穴の表面をすべて注意深く塞ぐようにしている。すると岩の階段を登ったハイカーは、神の計らいでちょうどそこに岩が置かれていたのだと勘違いする。「トレイルクルーに対する最大の褒め言葉は、『この状態にするのは、あまり大変な仕事ではなかったようですね』というものだ」とウッディ・ヘッセルバースは書いている。

ベントン・マッケイはかつて「アパラチアン・トレイルの原案は、単なる原生自然を通過する歩道ではなく、原生自然の歩道だった」と語っている。同じことは、原生自然を通るすべてのトレイルについて言える。トレイルビルディングの手引きでは、例外なくトレイルの「原始性」を維持することの重要性が強調されている。これは単なる美学上の問題にとどまらない。トレイルビルダーによる「大地の上に軽く置かれた」トレイルと、手すりや公園のベンチが並べられた幅広い歩道とのあいだにはとてつもない違いがある。前者はわたしたちに、人間を超えた世界の複雑さと荒々しさを経験させてくれるが、後者は世界は人間のためにここにあるのだと思わせる。

トレイルビルダーに繊細さが求められるのはこうした点だ。彼らは手つかずの自然とはどのようなものかを感じとり、そもそも無秩序な経験に秩序をもたらさなくてはならない。それは素手で蝶を捕まえることに似ている。握る力が弱ければ蝶は逃げてしまうし、あまりに強く握れば蝶は死んでしまう。

スマーッ山の頂上に、まわりの木よりも高く、火の見櫓が立っていた。ドイとわたしは荷物をおろし、鉄製の螺旋階段を登っていった。上に着くと、わたしは木製の重い跳ね上げ戸を開けてなかに入った。そこには何もなく、ほこりっぽく、壊れた窓に囲まれていた。見下ろすと、すべての方角で緑が朝日に向かって揺れていた。

ドイが靴を脱ぐと、沼のようなにおいがした。「腐ってる」と彼は言った。わたしたちは靴下を窓にかけて干し、そのあいだ木の床にすわってドライフルーツを食べた。ドイは脚を伸ばし、膝を組んでいた。その足はひどい状態だった。白く、皺だらけで、水ぶくれができ、死んだ歩兵のようだった。親指の爪はどちらもプラムのような紫色で、爪がなくなっている指もあった。まだついている爪もそのうちになくなるだろう、と彼は言った。「これも、これも、これも、それにたぶんこれもそうだ。足がこんなに痛いのははじめてだ」

五年前に自分がスルーハイクをしたとき、わたしはこの火の見櫓のまったく同じ場所で、出発する気力が出ないまま午後中ずっとすわっていた。孤独を紛らわそうと買っておいた小さな黄色いポケットラジオを暇つぶしのために聴いたのだが、あまりきれいな音ではなかった。わたしの体は壊れかけていた。アパラチアン・トレイルに来て四カ月、ゴールまであと一カ月というところで、かなりみじめな状況だった。脂肪も筋肉もほとんど体から削げ落ちてしまっていた。ただ両脚だけが例外で、馬のような筋肉が震え、血管が脈打っていた。いつも濡れてこごえていて、しかもヴァーモント州でひどい風邪を引いたようだった。夜には震えが来て、熱のせいでアンモニア臭のする汗をかいた。それからもっとひどく震えた。朝になれば、また歩かなくてはならない。まるで終わりは見えない。

それから、なんの前触れもなく、何カ月も会っていなかった友達のスリスリと遭遇した。彼女は、じめじめしたリーントゥの床で寝袋に胎児のようにくるまっていた。太陽が出ないことに元気をなくし、三日間そこで動けずにいたのだった。わたしたちが合流したすぐあと、別のハイシーという友達とも出会った。そして、わたしたちがホワイト山地に入ったころから、何カ月も降りつづいた雨がやんだ。それから数週間は晴れ、のどかな日々だった。好天と仲間に元気づけられ、わたしたち三人は八月のあるあたたかい午前にカターディン山の頂に到達した。

火の見櫓のなかでドイにこの話をしてみたが、慰めにはならなかった。何を言ったところで、また濡れたブーツを履かなくてはならないことに変わりはない。

わたしたちは火の見櫓を降りた。わたしは岩のあいだから流れる細い泉で水筒の水を補充するために立ちどまった。ドイは、きっと追いつくだろうと言って先に行った。でも、長いあいだ追いつくことはできなかった。雨はやみ、日射しがまた植物を温めはじめた。空気は爽やかだった。歩きながら、わたしはトレイルを新たな目で見ていた。水がトレイルから流れていき、溜まるところ。またハイカーがトレイルから離れたところを歩いて幅を広げること。コナロックで働いていたころ、ハーンドンはトレイルビルダーとして働いたことで、トレイルを見る目が完全に変わったという話をしてくれた。「二、三キロ歩いただけで、いつも立ち止まって問題点を分析して頭のなかで階段をつくりはじめてしまうの。いったん脳をそういうふうに訓練すると、それ以外の見方ができなくなってしまう」

ドイに追いついたとき、彼は足を引きずり、一歩ごとに大きな緑色のパックを左右に揺すっていた。わたしたちは山をよろよろと降りていった。スルーハイカーは普通、ジョギングとはいかないものの歩くよりは速く滑らかなペースで進むのだが、それにはほど遠かった。

ドイは自分の足や故郷、それに孫の話をした。わたしたちは午後六時ごろキューブ山の麓のヘクサキューブという六角形のシェルターに着いた。なかにはドイの友人たちがいて、夕食を作りながら大声で話していた。ソックスは目出し帽を偽の髭のようにして、男のスルーハイカーのふりをした。ほかのみんなはそれを見て笑い転げた。

ドイは何も言わなかった。彼は二食分調理し、それを続けざまに食べたのだが、いくら食べても気分は晴れないようだった。会話が途絶えたとき、彼は少し間を置いて言った。

「みんな、聞いてほしいことがあるんだ。歩くのをやめようと思っている」

全員が信じられずに一斉に声を上げた。

「もう力が出ないんだ」とドイは説明した。「ここに登ってくるときも一度、転び落ちそうになった」

悲痛な沈黙があった。イチョウが最初に口を開いた。目眩《めまい》がするのは自分も一緒だし、骨も痛い。ソックスは、ヴァージニア州で二日休んだとき、やめようかと思ったし、マサチューセッツ州ではまた蚊になやまされた、と言った。ツリーフロッグは、ドイの問題の原因を探ろうと優しく質問をした。普段食べているものは何か——バッファローのジャーキー、ドライフルーツ、マカロニアンドチーズ、オートミール。どれくらいの量か——ぜんぜん足りない。ツリーフロッグは、もっと高カロリーのものを買うといい、経験から言って、持ち歩く食べ物は重さ一オンス（約二十八グラム）あたり百カロリーはないといけない、と忠告した。するとみんながその基準を満たす食品を挙げていった——ピーナッツバター、オリーブオイル、サマーソーセージ。

みんなは自分のバックパックを探って取りだしたものを、ドイに手渡した。ツリーフロッグはトレイルミックスをいくらかと電解質パウダー一包みをあげた。イチョウはキャンディバーを。キャッチミーイフユーキャンは真剣な顔で黒い朝鮮人参の袋（「これは本物だよ。かなり高価なんだ」）とヒマラヤ岩塩の小袋を持ってきた。誰かがピーナッツバターをひと瓶差しだしたが、ドイはそれを丁重に断った。自分で持っているから、と言って十六オンス（約四百五十グラム）の瓶を見せた。

「それでどれくらいもったの？」とツリーフロッグが尋ねた。

「だいたい二週間」とドイは答えた。

「僕は二日でひと瓶食べたことがあるよ」とツリーフロッグは言った。その瓶を荷物の上につけておいて、どんな理由であれ足が止まったらスプーン一杯分食べればいいと提案した。こんなやりとりがもう少し続いたところで、これが終わるころにはトレイルネームをドイじゃなくて「ドーウィ（doughy／パン生地のように柔らかい）」に変えなきゃならなくなる、とわたしは指摘した。ドイは笑った。少し気分が晴れたようだった。

それから、友達たちはドイの荷物を探り、置いていっても構わないものを選びはじめた。便を埋めるためのこて（木の枝で充分だ）、防ダニ剤の大きいボトル（でかすぎる）、ナルゲンボトル（重すぎる）、ウォーターフィルター（二酸化塩素溶液の小瓶で代用できる）、青いビニールシート（薄いポリエチレンのシートに替えられる、または両方なしでもいい）、使っていない膝当て、着替え、スペアの靴。ツリーフロッグは、自分のテントを家に送りかえしてドイの二人用テントを使えば、重さを分担できると言った。これは親切な提案だった。そうした場合、どんなことがあっても彼らふたりは最後まで一緒にいなければならない。

ドイの仲間たちが手を差しのべているのを見て、わたしはアパラチアン・トレイルが単なる原生自然の歩道という以上に大きな存在だということを思い出していた。アパラチアン・トレイルは、もっと自然に囲まれて人里離れたトレイルと比較して、「社交的トレイル」にすぎないと馬鹿にするハイカーもいる。だが、ベントン・マッケイはそんな呼び方を誇らしく思ったのではないだろうか。彼が当初意図したことは、単に都会の環境からの避難所を提供することではなく、人々が協力しあってアウトドアで生きていく場所を確保することだった。「反感ではなく協力が、疑念ではなく信頼が、競争ではなく学びあいがある」場を。そのビジョンから生まれたトレイルはユートピアにはならなかったが、出発点はそこにあった。

「もし最後まで歩きたいなら、きみがそこに行けるように、僕たちは協力を惜しまない」とツリーフロッグは言った。

ドイは少しのあいだ考えた。そして小さな弱々しい笑みを浮かべた。

「最後まで歩きたい」ドイははっきりと言った。

「協力するよ」ツリーフロッグは言った。

ドイはありがとうと言った。

ツリーフロッグは肩をすくめた。「ニガダ・オスダ」

そのときわたしは、彼が「オスダ・ニガダ（何もかも素晴らしい）」と言おうとしたのだと勘違いしていた。ドイはあとで、風の強いカターディン山の頂上から戻った数週間後にわたしに教えてくれた。偶然かもしれないが、ツリーフロッグが言った「ニガダ・オスダ」という言葉は、「誰もが素晴らしい」を意味する、チェロキー語の別のフレーズになっていたのだ。

Chapter 6

アパラチアン・トレイル（以下、適宜ATと略す）を大幅に延長するというアイデアがディック・アンダーソンの頭に浮かんだのは、一九九三年の秋のある午後のことだった。彼はそのとき、東海岸を貫通し、カナダとの国境が終点となる主要幹線である州間高速道路九十五号線でメイン州を北に向かっていた。南北に伸びる道路を見ているうちに、ふと思考が飛躍した。アンダーソンはアパラチア山脈がカタールディン山からさらに北へ続き、カナダの東海岸沿いに伸び、氷に覆われた北大西洋までつながっていることを知っていた。だったら、トレイルをカナダまで延長してもいいのではないか？

そのアイデアがどこから来たのか、まるでわからなかった。アパラチアン・トレイルは一度も歩いたことがない。まるで誰か別の人に向けられたメッセージを精神のアンテナでインターセプトしてしまったようだった、と彼はのちに語っている。おいおい、と彼は思った。どうしていままで誰も考えたことがないんだ？　すごいアイデアじゃないか！　ガソリンスタンドで車を停めると、それを一刻も早く誰かに話したくなり、隣でガソリンを入れていた人に説明した。「もちろん、その男は頭のおかしい人間を見るようにこっちを見ていたよ」

　メイン州の元環境保護局局長だったアンダーソンは、家に帰るとその地域の地図を広げた。それは町や道路、境界線を大部分消し、アパラチア山脈の尾根沿いを青い点でつないだ線が引かれた、メイン州と、カナダのニューブランズウィック州、ケベック州南部の地図だった。はじめは内々で友人や同僚にその地図を見せて反応を探った。

　一九九四年のアースデイ（四月二十二日）にインターナショナル・アパラチアン・トレイル（以下、適宜IAT）の構想を発表すると、ニューブランズウィック州とケベック州の代表者はすぐさま延伸に賛同した。その後数年のうちに、彼はプリンス・エドワード島やニューファンドランド島など、アパラチア山脈と同じ地質構造を持つ大西洋の島々の代表者から、トレイルをさらに延ばしてほしいという要請を受けた。彼はそのすべてに応じると答えた。フェリーや飛行機を利用しなければハイカーはそれらの島々には行けないが、そんなことは問題ではない、とアンダーソンは考えた。

　二〇〇四年にIAT委員会がニューファンドランド島への延伸に同意した直後、ディック・アンダーソンの友人のひとりで、メイン州地質学協会の前会長ウォルター・アンダーソン（親戚ではない）は、地質学的に見てアパラチア山脈は大西洋の反対まで、だいたい北アメリカと鏡写しで続いていることを示す地図を人々に見せた。約四億年前、大陸プレートの衝突によりパンゲア超大陸が形成された。このゆっくりした衝突によって、古代のアパラチア山脈は現在のヒマラヤ山脈ほどの高さになった。しかしその二億年後にパンゲア超大陸が分裂すると、のちに北アメリカ、ヨーロッパ、アフリカになる大陸はその高い山に沿って、紙が折れ目から裂けるように分離した。アパラチア山脈で見られる岩石が西ヨーロッパや北アフリカでも見つかるのはこのためだ。

ディック・アンダーソンはこの考えに魅了された。アパラチア山脈がモロッコまで続いているなら、なぜカナダで止まる必要があるだろう。トレイルをとどめるものなどあるだろうか？　多少の（たしかに、膨大かもしれない）量の水だろうか？いくらかの人々（まあ、それが大多数だとは認めよう）が抱く、トレイルに対する固定観念だろうか？

当時、彼が提案していることの真の姿、つまり世界最長のハイキング・トレイルに道しるべをつけ、維持していくという仕事の膨大さは、まだほとんど見えていなかった。しかしアンダーソンは、ベントン・マッケイと同じように、長大なトレイルをつくるという仕事は、基本的にトレイルの建設ではなくトレイルどうしの接続であることを直感的に理解していた。手腕が試されるのは、そのつながりの優美さ、結合の密接さ、カーブの曲がり目、そして何より、それらすべてをまとめるアイデアの強さ、アンダーソンの言うトレイルの「哲学」だ。インターネット時代の明るい夜明けとも重なる一九九三年から二〇〇四年というこの時期に、アンダーソンのトレイルを支える大きなアイデアが、人々の、生態系の、国や大陸どうしの、そして地質年代の「つながり」だったのはいたって自然なことだった。

トレイルのなかには、地表のすぐ下に横たわっていて、ただ人に掘り起こされるのを待っていたと思われるほど優美なものもある。そうしたトレイルは、わたしたちがつくったのではなく、人間の手を借りてトレイル自らが姿を現したように見える。人間もバイソンも、シカやそのほかの森の動物も、ある山脈を抜けるいちばん通りやすい道を探すとき、同じルートを取ることが多い。それでは、誰がそのトレイルをつくったのだろう？　人間か、バイソンか、シカか？　たぶん、完全な権利を主張できるのは誰もいない。最も抵抗の少ない道というそのトレイルの本質は、地形と歩き手の必要によってあらかじめ定まっていたのだから。生物学では「機能は構造に優先する」と言うことがあるが、ある意味で、トレイルはつくり手に優先するのだ。

テクノロジー思想家のケヴィン・ケリー［（一九五二―）『ホール・アース・カタログ』編集者、『WIRED』誌創刊編集長］によれば、素晴らしい技術的なイノベーションも、やはり同じように必然的に現れる。たとえばいったん道路のネットワークと荷馬車、内燃機関、ガソリンといった燃料が発明されると、誰かがそれを組みあわせ、自動車をつくるのは時間の問題だ。カール・ベンツとゴットリープ・ダイムラーが一年と間を置かずに現代の自動車をつくった（そしてほかの数人の発明家が数年以内に同じようなものを制作した）ことは偶然ではない。テクノロジーの使い途があり、正しい部品があれば、発明家は適切にそれらをつなげるだけでいい。この法則はまた、エンジンや金属部品、車輪など自動車の各部品の発明にもあてはまる。あとから考えれば、知性がそれらを最短距離で生み出すのは必然的なことだったし、やがてはそれらの発明から、さらに別のものが最短距離でつくりだされることになった。

あとから考えれば、偉大なトレイルも発明品もなるべくしてなったように思われる。だがケリーは慎重に、さまざまな力がある技術的ブレイクスルーの条件を生み出す一方で、そのテクノロジーの最終的な形はあらかじめ決まってはいないと指摘する。新しい発明はどれも、やはりその発明者によって形が決められる。たとえば白熱電球は、二十三人がそれぞれ別に発明したが、そのどれもが同じメカニズムでありながら、形とデザインはばらばらだった。ケリーはこの必然性と偶然の相互作用を、雪の結晶の形状になぞらえている。それは核（普通はごく小さなほこり）がある環境条件（過飽和な過冷却雲）と出合うことで、独特な形になる。「雪のでき方はあらかじめ決められている。しかしその決まった方法でできた個々の姿には、かなりの自由と美が存在する」とケリーは書いている。

　ベントン・マッケイが最初にATを提案したとき、新しい種類のハイキング道が生まれるための条件は揃っていた。ハイカーが歩く距離やトレイルはさらに長くなり、設計者はよりスケールの大きい構想を抱くようになっていた。実際に、アパラチア山脈の長さに匹敵する長距離トレイルの提案は、ATがはじめてではなかった。「一本のスーパートレイルが生まれることは必然だった」と、ガイとローラ・ウォーターマンは書いている。しかし、原生自然の保護と労働者階級の苦境を巧みに表現したベントン・マッケイの提案は人々の想像力を駆りたてた。マッケイの提案によって、トレイルは一気に実現へと向かった。

　ディック・アンダーソンもやはり同じように、一九九三年に実現されていない必然と出会ったのだろう。まさにそのとき、世界中でもっと長いトレイルが待ち望まれていた。さらに大きなモニュメントを求める傾向は、ATとともに始まっていた。そして一九八〇年代から九〇年代には、パシフィック・クレスト・トレイルやコンチネンタル・ディバイド・トレイルが出現し、規模で上回った。千六百キロ以上の長さを持つ「スーパートレイル」は、ロシアやニュージーランド、ネパール、日本、オーストラリア、イタリア、チリ、カナダで建設されている。西ヨーロッパでも広範囲に、グランド・ランドネのようなスーパートレイルの網の目が張りめぐらされている。またこの成長にはハイキング用具の軽量化も関わっており、それによってかなり歩行可能な距離は延びた。長距離ハイキングが人気を得るにつれ、トレイルは混雑していった。二十一世紀初頭には、ATのようなスーパートレイルはかつて魅力だった孤独と自然らしさを失ってしまったという不満の声も聞こえはじめた。このように、さらに長い長距離のトレイルが生まれるのに理想的な条件が揃っていた。

アンダーソンがＩＡＴを大西洋の先まで延ばすことを提案すると、すぐにそれは注目を集め、スコットランドとスペインは二〇〇九年に関心を表明した。ほとんどの国がすぐにそれに倣った。ルートの大部分にはすでにトレイルがあり、あとはつなぎあわせるだけでよかった。ＩＡＴが北アイルランドからアイルランドに入るところでは、接触するトレイルが異なった（そして互いに折りあいの悪い）管理者によって管理されていた。そこを接続するのに、作業は必要なかった。ただ発想の転換をするだけでよかった。わたしが二〇一一年の春にポートランドではじめてアンダーソンに会ったとき、彼はちょうど北ヨーロッパの七つの国にまたがる北海トレイルの管理団体が投票でＩＡＴへの参加を決めたことを知ったばかりだった。「これで合計九千六百キロだ」と彼は言った。「やれやれ。未加入リストから消さないと」

一九九三年にアイデアを思いついたとき、アンダーソンはそれがここまで順調に成長するとは思っていなかっただろう。実際、当初は厳しい反対に遭うのではないかと思われていた。素晴らしいひらめきのすぐあとに、彼は青い点を打った地図を友人のドン・ハドソンに見せた。「ディック、これはすごいアイデアだ」とハドソンは言った。「きっとみんな嫌がるぞ」。それはＡＴ管理事務所のメンバーやバクスター州立公園の管理者たちのことだった。彼らはＡＴがカナダまで通じることに抵抗するだろう。終着点であるカターディン山の地位が霞んでしまうからだ。二十年たったいまも、「延伸（extension）」という言葉はタブーで、ハドソンはそれを「Ｅで始まる言葉」と呼んでいる。だがやがて、ＡＴとＩＡＴの勢力争いには思いがけず妥協点が見つかった。アンダーソンがＩＡＴを「コネクター（接続）・トレイル」と呼ぶことにしたためだ。ＩＡＴはＡＴに接続し、そして同時にＡＴを世界へと接続する。

トレイルの核となる機能は接続する（connect）ことだ。その言葉は、ラテン語で「つなげる」あるいは「結合する」を意味する「connectere（コンネクテレ）」から来ている。トレイルは歩き手と目的地のあいだに線を引き、そのふたつを邪魔されない通り道でつなぎ、歩き手が早く円滑に目的を達成できるようにする。十九世紀に電気工学が発達すると、その言葉の二次的な意味が広く使われるようになった。ふたつのものが遠くにある場合、それらをつなぐことは、物質か情報が流れる経路をつくるということを意味する。ここでも、トレイルはコネクターとして機能している。ふたつの町にトレイルができると、コミュニケーションの道がつくられる。人々が行き来し、物が交換され、情報が伝達される。

人間やほかの動物は長いあいだ、トレイルを使って環境のなかの重要な中心地をつないできた。しだいに、人間の歩道はその土地の最も抵抗が少ない道に沿って整備されていった。それは効率的ではあったが、トレイルには速度の限界があった。歩き手は、トレイルの終着点まで自分の足の速さでしか行けなかった。そこから、より速く走るための訓練が始まった。規模の大きな社会（少なくともシュメール人のウルクにまで遡る）では、伝令が定められ、メッセージを速く遠隔地まで届けていた。*多くの帝国では、新しい種類の道が建設され、伝令がより速く走れるようになった。こうした道の発達が頂点に達したのはインカ帝国だった。道には平らな石が敷きつめられ、階段や木陰をつくる木、橋、休憩小屋、水飲み場が整備されていた。その道を、帝国の伝令はおよそ十キロずつリレー形式で走り、キープ［数学や歴史的な事件の記録などを縄や皮ひもを結び、その数や間隔によって表した表現手段］と呼ばれる数量を表す結び目のついたひもでメッセージを送った。このようにして、情報は一日に二百四十キロもの距離を運ばれた。

より速く移動することを求めると、トレイルはまっすぐに、平らに、固くなる。しかし世界のあちこちで、トレイルの形状や人間の体による限界を超えた人々が現れた。より速く移動し、物を運ぶために、ユーラシアの人々は動物の背に乗り、そこに荷車をつなげることを発明した（家畜は、このようにして、ある種の生きているテクノロジーになった）。道路は車輪つきの移動手段に適したように変化した。古バビロニアでは、「轍《わだち》の道」がつくられ、石造りの道路に重い荷車の通り道であることを示す溝が平行に掘られた。木製、そして鉄製の鉄道の原型だ。時代が下るにつれユーラシアの人々は乗り物と道路を発達させ、やがて自動車、つまり「馬なしの荷馬車」や、機関車、つまり「蒸気で走る馬」を発明した。すると間もなく、人間はそれらの機械を使って、どんなトレイルを通るどんな動物よりも速く大地を駆けまわるようになった。しかし、それでもまだ速さは充分ではなかった。次には、ダイダロスのように、翼をつくって自ら飛ぶようになった。

より速く移動する新たな手段を見つけると同時に、人間はさらに驚くべき速度で情報を送る方法を学んだ。のろしや手旗信号、トーキングドラムなどの初期の通信技術を発達させることによって、人類は単純なメッセージを目や耳で確認できる形に置き換え、一瞬にして遠くまで情報を送ることができるようになった。電気の発明で、より複雑なメッセージをより遠くまで送ることが可能になった。この変化は電報の発明とともに始まり、そのあとには、電話、ラジオ、テレビ、ファックス、そしてコンピュータ・ネットワークが続いた。今日では、情報はわたしたちの周囲をつねに行き交い、世界は数十億の人と機械によるおしゃべりで満ちている。円滑なつながりがあまりにあっという間に遠くまで広まったため、それはもうわたしたちの意識にのぼることすらない。

＊古代シュメールの詩が、伝説の王エンメルカルが書いたごく初期の文字の例を伝えている。彼は山岳をはさんだライバルの王にメッセージを届けようとしたが、「伝令は愚鈍で、それを暗誦することができなかった」。そこで王はメッセージを石版に刻んだ（ライバルの王はメッセージを解読できなかったが、この新しいテクノロジーに圧倒され、やむをえず降伏した）。

足跡は、たどられることでトレイルになる。そしてトレイルはテクノロジーによって形が変えられ、道路、ハイウェイ、航空路、銅線、ラジオ波、デジタル・ネットワークになる。技術革新が起こるたびに、わたしたちは目的地へより速く行くことができるようになる。ただし、新たなことが可能になるたびに、失われるものもある。

列車から自動車、飛行機へと発展するにつれてつながる速度は上がったが、旅行者と窓の外を通りすぎる土地は遠ざけられてしまった。同じように、いまでは多くの人が、デジタル・テクノロジーによって、直接触れる環境にいる人々や物事とのつながりが弱まっているのではないかと心配している。これを気むずかしい老人が進歩に反対しているだけの過剰反応にすぎないと切り捨てるのは簡単だ。だがどのテクノロジーの例でも、より速くつながることと引き換えに、現実の世界の豊かさを感じとる能力は衰退している。友人にメールを送ったり、特急列車に乗っている人は速く目的を達成できるが、そうすることで、その人はふたつの点のあいだに広がる膨大で複雑な領域を飛び越えてしまっている。人類学者のティム・インゴルドが指摘したように、わたしたちは風景の果てしない連続に身を浸すのではなく、ますます世界を、故郷とハイウェイ、空港と航空路といった「結び目とコネクター」のネットワークだと感じるようになっている。

場所や状況（このふたつが結びついたものが環境だ）の重要性は、結び目とコネクターの世界に移行することで必然的に低下している。トレイルはこうした単純化ができることを長く誇ってきた。だが、より速く移動できるようになるにつれ、通過する土地との関係の欠如はますます切実になっている。そのため、機関車が登場したのとほぼ同じころに、わたしたちを環境へと再びつなげる（のちには保護する）ために、新しいトレイルがつくられた。それらのトレイルは網のように広がり、延び、ついには一国の端から端まで、自然の景観からほとんどはずれることなく歩いていくことができるようになった。そして（一九六四年のウィルダネス法の印象的な言葉を引けば）「人間自身は滞在者であり、そこに留まることはない」。

巨大なコネクターであるIATがトレイルの歴史のなかでどのような位置づけになるのかを見通すのはむずかしい。これまでの延長なのか、以前の様式への後退なのか。それともまったく新しいものなのか。これに答えるためには、まず、このトレイルがどのような欲求を満たすものなのかを問うべきだろう。メイン州からニューファンドランド島、アイスランド、モロッコとIATのルートを実際にたどってみて気づいたのは、IATは規模と結合に関する混乱を解決しようとするものだということだった。このトレイルそのものが非現実的なプロジェクトだ。スコットランドのどこかの山頂に立ち、これは自分が数年前に海を隔てたジョージア州で登ったのと同じ造山帯なのだと了解する。人が神のように平然と大気のなかを移動し、ほかの大陸に光の速さで情報を送信することができる時代にあって、この真の地球規模の歩道は、世界のつながりや、それがどれほど小さくなったかをはっきりと感じさせてくれる。また同時に、地球が計り知れないほど、歩ききれないほど巨大であることを思い出させてもくれる。

二〇一二年の秋、わたしはカターディン山の山頂に行き、そこから国境に向かって北に歩きはじめた。わたしはIATのウェブサイトから印刷した案内と地図を持っていた。それを見れば、森林のトレイルや道路がつながったトレイルを抜けるために、どこで曲がればいいかわかる。国境まではおよそ一週間ということは知っていたが、その先に何があるのかはまるでわからなかった。ATを歩くときは、デイヴィッド・バロルの『長い緑のトンネル』の物語のようなことが起こると想像がついた。ところがIATについてはそんな予備知識はなかった。まさに未開の土地だった。

わたしは恐る恐るナイフ・エッジ・トレイルからパモラ・ピークを越え、東側の山腹を降りていった。山の麓から湿った砂利道を降り、藻でつるつるの遊歩道を滑っていった。冷たい空気が下りてきた。わたしはメリノウールセーターと合成繊維の上着、レインコートの三枚重ねで、ニット帽もかぶっていたが、それでも震えた。十月で、木々の葉は赤く色づいていた。ヒョウのような斑点のある小さなカエルが脚を引きずりながら道の脇に消えていった。

道は草の生えた荷馬車用の道になり、しばらく行くと門があって、そこから幅広い木材搬出用の道路が続いていた。左手には、ATと同じく手書きの白い文字で書かれた、インターナショナル・アパラチアン・トレイルの「南の終着点」であることを示す茶色い木の看板があった。その下に、IATの目印がある。一ドル紙幣ほどの大きさの白い金属の長方形で、青い枠線が引かれている。白い背景には十字型に文字が印刷されている。

A
I A T
S

これで正式にIATに入ることができた。ここからこの目印を数万個たどっていけば、やがてモロッコに到達する。* 全長およそ一万九千キロ、まさに地球規模のプロジェクトだ。その距離は、かりにハワイからボツワナまで地球内部を通る穴を掘ったとして、その地中のトンネルを端から端まで歩き、さらに半分戻ってくるのと同程度だ。その長さはあまりに圧倒的で、気候は厳しく、一回の旅で最後まで歩き通すことができる人はいるのだろうかと思われるほどだ。アンダーソンも、できるかどうかはわからないが、挑戦者は歓迎だという。ATも、かつてはスルーハイクをするには長すぎると思われていたのだ。一九二二年に、初期の設計者のウォルター・プリチャード・イートンは「アパラチアン・トレイル全行程は、主に象徴としてそこにある――誰も、つまり現実には誰も、その一部分しか踏破できないだろう」と述べている。一九四八年にアール・シェーファーが最初にアパラチアン・トレイル全区間の踏破を行ったとき、管理事務所は当初その宣言に疑念を抱いた。「でも実際には、彼がアパラチアン・トレイルを機能させたんだ」と、アンダーソンは言った。「トレイルの目的を表現するには、数人に端から端まで歩いてもらえばいい」

わたしがアパラチアン・トレイルを歩いていたころ、オビという名の、もじゃもじゃの髭をした熱烈なハイカーが、カタ―ディン山まで着いたら、計画どおりに行けば、そこからカナダ東部のIATをさらに二千九百キロ歩いてニューファンドランド島の北端までいくつもりだと語っていた。そのアイデアを教えてくれたのは、有名なニンブルウィル・ノマドというスルーハイカーで、彼は二〇〇一年にフロリダ州の南端からニューファンドランド島の北端まで、およそ八千キロをはじめて歩いた人だった。わたしはこのハイカーたちを尊敬と疑いの混ざった目で見た。まるで、特大のステーキを食べたあと、最後の締めに数十個のカキを平らげる大食いを見るように（アパラチアン・トレイルでは足りなかったんだろうか、とわたしは思った。なぜ歩きつづけたりするんだ）。だがひとりでIATの南の終着点に立っていると、そうしたスーパー・スルーハイカーが追い求めた感覚が少しだけわかるような気がした。それは、初期の

＊SIAは「Sentier International des Appalaches」の略で、標識はすべてフランス語で書かれなければならないという法律があるケベック州への配慮だ。

アパラチアン・トレイルのスルーハイカーが感じたのと同じものだ。孤独で、不確かで、すこしピリピリする感覚。そこには冒険があった。

　メイン州北部の秋は深まっていた。日の光にすら暗い、氷のような冷たさがあった。トレイルは広い木材搬出用の道路が八キロ続き、木星のような色の二次林のなかをうねりながら進んだ。それから数日は、今度は消えそうな細い未舗装のトレイルになり、川沿いの引き船道、それから土の道になる。その先は、ひたすらまっすぐなバイク道、スキーのゲレンデ、アメリカとカナダの国境になっている十三キロの現実離れした区間のほかは、トレイルは舗装された道路の脇を通り、そのまま国境を越えてカナダに入る*。

　国境を越えると、ＩＡＴはさらに未知の場所になり、カナダ沿海州の島々へと飛び、ますます明瞭に広がりを誇示するようになる。さらに北上してニューファンドランド島に上陸すると、トレイルはいくつかに枝分かれしたり、あるいは急に途絶えてしまい、わたしがこの島の西海岸のタカモアの密生したエリアでしたように、ハイカーは地図とコンパスで行き先を決めなくてはならなくなる。トレイルは伝統的に、歩行可能な一本の線と定義されてきた。しかしこの滑りやすく、不規則に怪物のようにひろがるトレイル、道路を飲みこみ、海を越え、視界から消えるトレイルは、ひそかにその定義を変えつつある。

　わたしは道路を歩くのが好きではないので、コンクリートにつきあたると、そこで立ち止まって親指を立てた。ときには一、二時間待つこともあったが、車は必ずとまって拾ってくれた。そして長くまっすぐな農道を飛ばして、数日分の距離を一時間で進んだ。告白すると、それはまるで魔法のようだった。ただ、歩きながら見る景色も恋しかった。メイン州の山間部のほとんどは、車の助手席に乗る人にはおなじみだが、フロントガラスとドアガラスの枠の向こうを絶えず流れていく画像としてしか見ることができなかった。メイプルシロップの店やじゃがいも畑、自転車に乗ったアーミッシュの男性、古い納屋などが、その枠のなかでゆがみ、だがなぜか倒れることなく過ぎていった。

トレイルが道路から分かれると、わたしはまた歩いた。車に乗ったり降りたりしていると、産業化した世界を旅する人間はサイボーグのようだと考えざるをえなかった。外国へ旅するときには、人は何も考えずにいくつもの異なった移動手段を使う。歩き、車で走り、飛行機に乗り、列車や路面電車に乗り、フェリーで海を渡り、またさらに歩く。IATで、わたしはもっと多くの機械に助けられて生きていることに気づいた。どこかへ運んでくれる車だけでなく、歩道やバイク道を舗装する大型機械、地図を印刷するコンピュータ、身につけている装備を作る工場。食べ物を料理し、乾燥させ、パックに包み、乾燥したものを水で戻し、もう一度料理して食べるのにも、機械を使っている。夜には（機械で建てられ、機械で暖房され、なかにはほかにも小さな多くの機械がある）知らない人の家や、木製のシェルター（その材料は機械で切断され運搬されたものだ）、風力発電所の回転する白いブレードの真下などの場所で眠った。

いちばん奇妙なのは、こうしたテクノロジーすべてがわたしにとっていたって普通で、自然なものとすら感じられたことだ。この深い、そしてしばしば無意識のテクノロジーへの信頼から、デザインと工学の研究者であるエイドリアン・ベジャンはわたしたちを「人間と機械が一体化した種」だとした。

人間は環境に適応する。適応の方法のひとつはテクノロジーを発達させることだ。ある発明が広く受け入れられると、それは景観の一部となり、それに対してまたわたしたちは適応する。わたしたちは現

＊このトレイルは、国境警備隊員に聞いたところ、「国境の眺望《バウンダリー・ビスタ》」と呼ばれており、六メートル幅の開けた土地が、地政学的なグレーゾーンを形成している。IATが純粋に国際的な空間を目指していることを考えれば、これは似つかわしいことだろう。

在のテクノロジーに適応するために、さらなるテクノロジーをつくりだす。たとえばスマートフォンは、単に人体や地球の物理的制約に適応しているだけでなく、携帯電話の電波塔や衛星通信、標準的な仕様のコンセント、各種のコンピュータ、十九世紀半ばにまで遡る電話制度に適応している。そして電話ケーブルに使われる銅は、わたしたちが過去七千年にわたって扱ってきた素材だ。

イノベーションはつぎつぎに積み重ねられていき、またそれが次のイノベーションの土台になる。それはやがて、まったく新たな景観、「技術の景観（techscape）［科学技術が普及することで、それ自体が環境の一部となっている景観］」を生み出す。過去の大帝国の廃墟の上に築かれる新たな都市のように。スマートフォンのような重要な新技術を取りいれようとしない人は、この変化を鋭敏に感じとる。テクノロジー嫌いは、まさに現代世界に不適応を起こす。たとえばわたしは何年も、不必要だし料金も高いからスマートフォンを買わないと主張していた。ところが友人たちが動画やウェブリンクをメールで送ってきても、わたしの携帯電話では開けなかった。さらに、家を出るまえに行き先の住所や道順を調べなければならないのも負担だったし、GPSを使えばその場で計画を修正できる。結局、半分はみんなについていくために、半分は迷子にならないために、わたしは考えを変えてスマートフォンを手に入れた。

この技術の景観では、新たな価値も出現する。それはオートマティック、デジタル、モバイル、スマート、ワイヤレス、フリクションレス［端末の操作などの面倒さを極力省いたサービス］、ハンズフリーなど、古い言葉に新たな意味が込められたものが多く、新しいテクノロジーはそうした価値に適応する。現代の意味での原生自然とは、産業社会の技術の景観から直接現れたと言えるだろう。ちょうどネットワークという言葉が電気通信の世界とともに現れたように。産業テクノロジーの出現とともに、わたしたちは原生自然を、農業が行われていない景観ではなく、テクノロジーが存在しない景観とみなすようになった。そして原生自然は荒れ地ではなく、避難所になった。

原生自然という言葉の現代の意味はほぼ、機械を使った移動の技術への直接の対義語として生み出されたものだ。イギリス最高の自然詩人ウィリアム・ワーズワースは、北部イングランドの湖水地方へ鉄道を拡張することに激しく反対し、現代の環境保護運動を一世紀前に先取りした。アメリカでは、アルド・レオポルドとボブ・マーシャル［一九〇一－三九）アメリカの森林官、作家、環境保護運動家］が、原生自然を（マーシャルの言葉で）「いかなる機械的手段による輸送の可能性もない」地域と定義している。ベントン・マッケイもこれに賛成し、後半生はアパラチアン・トレイルに「スカイライン・ハイウェイ」の侵入を防ぐことに力を注いだ。この三人は一緒に、ほかの数名とともに「ウィルダネス協会」を設立した。

ハイキングに関心を持ちつづけることは、技術の景観を離れて、その根源にある自然に触れたいという欲求から来るものだ。マッケイの言葉を借りれば、「機械の影響」の底にある「原始の影響」を見ようとすることだ。しかし皮肉なことに、ハイキングそのものもテクノロジーに依存している。初期のハイカーは山へ行くために列車や車に乗った。今日では、携帯電話やハイビジョンといったテクノロジーは嫌がられるが、浄水器やキャンプ用コンロ、GPSなどは許されている。いずれにしても、テクノロジーは野生のなかに不可避に入りこみ、ハイカーが新しい土地に入り、新しい方法で旅し、新しい言葉で考え、新たな価値を最適化することを可能にしている。

テクノロジーという明るい光のもとでは、原生自然の見え方は変わってくる。自然保護の旧来の枠組みでは、技術の景観とは、原生自然が奪いとられた景色にすぎない。しかしテクノロジーというレンズを通してみれば、原生自然はより醜悪なほかの景観から逃れるための、超ミニマリスト的な技術の景観にすぎないと見ることもできる。ジョン・ミューアやエドワード・アビーなどの自然賛歌で育った読者は、こうした定義をすぐには受け入れられないだろう。わたし自身もかつてはそうだった。テクノロジーと原生自然を、理論的にでも混合することに対する嫌悪感はこれほどまでに強い。しかしIATを歩くことで、わたしはこの問題を少し違った意味で考えるようになった。ほとんどのトレイルではテクノロジーとの関係は隠されている。車での移動を禁じたり、舗装道路を避けたり、建造物であることを隠したり、できるだけ原始的な性質を装うなど、あらゆる方法でそれは見えないようにされている。ところがIATではそうしたものが、臆面もなく、金歯だらけの口元を見せて笑っているようにさらけ出されている。

IATを北に進み、飛行機でニューファンドランド島へ行くと、わたしはまたヒッチハイクをした。ニューファンドランド島のセクションはほとんどがルート四百三十号というハイウェイ上にあり、西海岸まで続いている。この道路を、地元の観光協会は「ヴァイキング・トレイル」と名づけた。わたしはディア・レイクからヒッチハイクをして、町から町へと進み、景色のいいところで降りて歩いた（この長いドライブと短いハイクの組み合わせは、あとで知ったのだが、まさにこのトレイルの設計者がほとんどの人の利用法として想定していたものだった。明らかに、スルーハイカーを主眼に置いていたわけではなかった）。わたしはトレイルの北端の、クロウ・ヘッドという場所に着いた。そこから砂利道を歩いていくと、五キロも行かずに、氷山が垣間見える広い海に面した断崖に到達した。トレイルの終点を示す目印はなかった。いや、目印は以前はあったのだが、あとで知ったように、海風にさらされて真っ白になってしまったのだ。わたしはしばらく断崖の周囲をうろつき、はるかジョージア州から歩いてきて、ここに立ったらどう感じられるだろうかと想像しようとした。

達成感は感じられなかった。むしろ、罪悪感や喪失感を覚えた。ヒッチハイクをしたことで、スルーハイクが与える、ゆったりとした地元の風景との関わりは得られなかった。ヒッチハイクはあまりに手軽で、あまりに速かった。

しかし、ヒッチハイクにもひとつ利点はあった。地元の人々をよく知ることができることだ。車に乗ってゆったりと道路の前方を見つめていると、ドライバーとの会話は自然とはずむ。意外なほどあっという間にぎこちなさや疑い、恐れは消え、二度目のデートのような親近感が生まれる。ニューファンドランド島でわたしが乗せてもらったのは、猟師、鉱山労働者、大工などだった。そして一度は、前面に赤く塗った二本のヘラジカの角を固定した、リサイクル品を大量に載せたトラックにも乗った(うっかりヘラジカを轢いてしまうことが年にだいたい二十回ほどあるという)。どのドライバーもとても寛大だった。しきりにビールやドラッグを勧めてくれた。ヒッチハイクでは、乗せてもらうために「ガソリンか体かドラッグ」を要求されることがあるものだが、これはまるでその逆だ。見返りに要求されたのは、話し相手になることだけだった。

話の途中で、わたしはドライバーたちに、たったいま走行中で、いずれモロッコまでつながる予定のIATについて聞いたことがあるかどうか質問してみた。だが誰ひとり知らなかった。痩せこけて、バックパックを担ぎ、スキーのストックを持ってハイウェイの脇を歩いている人々を見たことがあるというドライバーもいたが、その区間や、彼らが歩いていた理由は誰も知らなかった。IATでは、ドライバーとスルーハイカーがルートを共有している区間が長いが、それぞれが異なった景観のなかにいる。速さの土地と、遅さの土地だ。それならば、ディック・アンダーソンがはじめてIATを思いついたとき、ハイウェイをドライブ中だったというのは、奇妙だが実はおかしなことではないことになる。のちに気づくことになるのだが、ハイキング・トレイルとハイウェイは、ヘルメスの杖に巻きつく二匹のヘビのように、対極にあると同時に奇妙に絡まりあったものなのだ。

アメリカの州間高速道路の構想をはじめて思いついたのが、ATの設立者ベントン・マッケイであることを知れば、ほとんどの人は驚くだろう。一九三一年、マッケイは（友人で森林官のルイス・マムフォードとともに）高速道路とダウンタウンの混雑を解消するために「タウンレス・ハイウェイ」の構想を提案した。マッケイの考えでは、問題の根本は道路のネットワークが古代の歩道から、乗馬道、荷馬車用の道路へと進化したものだということだった。自動車はまったく異なるテクノロジーであり、可能性や限界も異なる。だから専用の新たなシステムをつくるべきだ。列車と同じように、自動車が最大の速度で走ることができる専用道路を与えるべきだとマッケイは提案した。

主に一九五六年の連邦補助高速道路法のおかげで、現在の主要なハイウェイは都市を迂回し、その多くが（マッケイが「モーター・スラム」と呼んだ）派手に装飾された店ではなく森に囲まれている。車の速度は上がり、街は静かになった。そして文明の伝達回路は新しい交通網に合わせて再編された。馬よりも速く、列車よりも柔軟に行き先が決められる、ハイウェイを通る自動車は、第二次大戦後のアメリカのような、広大で、移動が頻繁で、個人主義の国家にはぴったりだった。現在、非効率性や大気汚染、死亡事故など、自動車の欠点もさらに明らかになってきているが、主要な交通手段の地位は揺らいでいない。また、アメリカの景観はそれを中心につくられているということもある。

現代の州間高速道路は比較的新しいが、ハイウェイの歴史は数千年前まで遡る。最初の歩道が拡張されて道路になると、次の段階は当然、より速く移動できるようにすることだった。そのために、道路の表面を固くすることや周囲よりも高くして水はけをよくする（それゆえハイウェイ、つまり高い道と呼ばれる）などの方法がとられた。トレイルとは異なり、ハイウェイは建設に莫大な労力がかかり、建設できるのは支配者が（たいていは奴隷か兵士からなる）労働力を集めることができる場合にかぎられた。その結果、初期のハイウェイは大帝国の支配を強固にする役目を果たした。そこを通っていったのは主に三つ、つまり王のための情報、王の軍隊、王に仕える人物だった。古代中国の秦帝国では、幅の広いハイウェイ（馳道《ちどう》）がつくられた。地面を固め、脇には常緑樹の木陰があり、平らな石で舗装され、皇帝の馬車の車軸の長さに合わせた溝が掘られていた。車線は三本で、中央の車線は皇族専用だった。古代ローマの街道沿いにはマイルストーンが置かれ、つねにローマからの（あるいはローマへの）距離を意識させた。アッシリアは新たな領土を征服するとすぐに道路を建設し、軍隊の派兵の速度を上げ、征服民の反乱を鎮圧した。マヤ文明も同様だった。インカ帝国の皇帝は即位に際し、すでに必要な道路がある場合でも、自らの支配力を誇示するという理由のみで、徴発した労働者に舗装道路を建設させた。

植民地時代のアメリカでは、道路網の発展が国家の発展と重なっていた。はじめ、ヨーロッパ人の入植地は比較的統制されておらず、道も整備されていなかった。だがやがて人口が増加すると、政府は支配を拡大し、徴税と法的保護を行った。税収は道路建設の費用になった。一七四〇年代、ノースカロライナでは、課税対象の全男性は毎年十二日間道路工事に参加するものとされていた。富裕な人々は、代理人に金銭を支払って労働を肩代わりさせた。また税の不払いを、道路工事への参加を増やすことで埋めあわせることができた。

道路のネットワークは便がよく、同時に人口が集中している場所をつなぐ必要があった。そのため最も通りやすいルートから離れて大都市に接続することも多かった。地理学では、この現象を「人口の重力」と呼ぶ。しかし、税によってつくられたこの道路は、その最大の貢献者に利便を提供するという意味で、「資本の重力」と呼ぶほうが適切かもしれない。植民地時代には原則として、公共の道路の脇には必ず大邸宅が一軒はあった。そのような邸宅を持つ一家は、政府に働きかけて道をそこに建設させるだけの影響力があったからだ。のちになってもこの原則は残ったが、新たな道路は邸宅ではなく、巨大企業の利害で決められるようになった。たとえばアラスカのダルトン・ハイウェイは、一九七四年に石油会社によってわずか五カ月で建設された。政府の技術者や資金援助があり、アラスカ縦断パイプラインの保守のためにプルドー湾まで達している道路だ。

「いつだって、道路の行き先が権力のありかを教えてくれる」と、植民地時代の道路網の歴史の専門家、トム・マグナソンがわたしに言ったことがある。ノースカロライナ州ヒルズボロをドライブしながら、彼は近隣の森の植民地時代の道路の名残を教えてくれた。こうした廃道をいまだに見分けることができる理由は、いくらか意外なものかもしれない、とマグナソンは説明した。現在では、政府が建設する道路は百年前より少ない。「わたしたちが運ぶ荷物は、以前より重くなっている。だから道路の表面はより質がよく、高価な素材でなければならないんだ。コストが高いほど、建設される道路は少なくなる」。たとえば、ノースカロライナ州のローリーからジョージア州のアトランタまで、トラック運転手はみな州間高速道路八十五号を通っている。ほかの道では、時間がかかり、コストが増えてしまう。だが一九五〇年には、トラックは十二通りのルートを日常的に使っていた。さらにその五十年前に遡れば、その数はおそらく倍になるだろう。

文明という生地に織りこまれていくにしたがって、ハイウェイはほとんど景観の一部になり、人はそれに適応しなければならなくなる。さまざまな企業や、ときには町そのもの（かつては「パイク・タウン

（ターンパイク沿いの町）」と言われた）が出現し、ハイウェイの通行者にサービスを提供する。たとえば、ハイウェイによる迂回のため、ノースカロライナ州だけで十三の集落が消滅している。ほかにも、ティンバーレイクのように、取り残された地域を離れ、幹線道路沿いに移動した都市もある。固定された構造が生活に不可欠になった場所では、どこでも同じことが起こった。はじめは人の役に立つように道路がつくられるが、やがては人のほうがそれに合わせて行動するようになるのだ。

歩き手の視点から見れば、現代のハイウェイの危険性は、自動車の技術への適応が原因だ。車は高速では曲がりにくいため、たとえ山にトンネルを掘ってでも、ハイウェイはできるだけまっすぐでなければならない。車が高速で走ることは歩行よりもはるかに危険だから、ハイウェイには規制や罰則、つまり周囲の建築物の制限や速度制限、そして恐ろしい交通警察官などが必要になる。また高速で走る車はその前に飛びこんでくるどんな生き物も殺してしまうため、道路脇を歩く人間や動物を無視し、危険にさらす。

このようにして、ハイウェイはまったく新しい、高度な技術を持った移動の景観を生み出した。「人間と機械が一体化した種」にとって最適化されたこの景観は、生身の人間に適合してはいなかった。より遠くへ、より速く到達すること、従来は不可能だった方法で場所同士を結びつけることという、人間の深い欲望を体現したものだったにもかかわらず。自動車によってハイカーが山へ追いやられるまえ、歩行者と車輪のついた乗り物は道路を分けあっており、十九世紀後半のアメリカでは道路を歩くことが人気だった。人々が道路を歩くことを長く愛好してきたことがATをつくるうえで重要であり、今日のIATと同じように、トレイルの多くがはじめは（未舗装の）道路の上を通っていた。この方法は理に適っていた。国の予算を得て長距離トレイルを建設するためには、はじめに歩行可能なルートをつくり、注目を集める必要があったのだ。そして、トレイルの存在が人々に知られ、予算が得られたら、それを少しずつオフロードに切り替えて荒野を通るようにする。「たとえばメイン州では、アパラチアン・トレイルははじめ木材搬出用の道路を通っている箇所が多かった」と、AT管理事務所の元所長、デイヴ・スターツェルは言った。「その後、そうした箇所の多くを移設させることができた。ただしそれには三十年以上の時間と、二億ドル以上のコスト、三千区画以上の土地の収用が必要になった」

しかしこれには困難がつきまとう。トレイルを道路から移設するための資金の問題だ。資金を得るには、ハイカー（とメディア）を引きつけ、そのトレイルが人々の欲求を満たすものであることを示さなければならない。ところが、ほとんどのハイカーは道路の上を歩きたがらないのだ。新しいテクノロジーをつくり、普及させる過程でもやはり同じ問題は生じる。たとえば、もしある地域の住民全員が（出資や労働などで）協力すれば、新しいハイウェイはすぐに建設できるだろう。だがそのハイウェイが完成し、使われるようになったあとでないと、それが必要で有益だということを証明することはむずかしい。こうした意味で、まだ形も整わず、路面も固い現在のIATを実際に歩いたハイカーは信頼に基づいた行動をとっていることになる。彼らは歩くことでトレイルの成立に協力しているのだ。

カナダから家に帰り、わたしはそのようなスルーハイカーをふたり見つけた。ウォレン・レニンガーとスターリング・コールマンだ。二〇一二年に、彼らはふたりともフロリダ州の南端からニューファンドランド島の北端まで、IAT（およそ八千キロ）を踏破した。コールマンは、道を歩くことで地元の人々と接することができた（よく食べ物をもらったし、一度など、数人の男の子たちが走ってきてサインをせがんだこともあった）のを楽しんだが、全体としてはあまり親しみを感じられない経験だったと言った。長く、まっすぐに伸びる道路は、彼らの精神に影響を及ぼした。レニンガーは、もしやり直せるなら、バイクを用意してそういう区間は急いで通過するだろうと言った。コールマンは、多くの道路に目印がついていなかったため、しだいにトレイルが目に見えなくなっていったと言う。「どんどん自分がトレイルからはずれてしまったような気持ちになっていった。まるで、紙に書かれた目的地に行かされているみたいだった」

アイスランドで、事態は大きな展開を見せた。二〇一二年の春、わたしはディック・アンダーソンから、ＩＡＴの総会がはじめて海の向こう、レイキャビクで行われるという連絡をもらった。各地に散らばった組織の団結を目指した画期的なイベントだった。彼はわたしを招待してくれた。そこで、受け取っていた奨学金の残額で飛行機を予約した。

真夜中のレイキャビクに到着すると、空はアンズ色だった。夏至に近い六月末で、日が落ちるのは三時間ほどだ。わたしは落ち着きなく眠りにつき、午後二時ごろ目を覚ました。遅れていたので、硫黄が混じった水道水で歯を磨き、顔を洗うと、アメリカ大使館で行われているＩＡＴ委員会の歓迎会に急いで向かった。

大使館のなかは日光であふれていた。白髪の男性たちとショートカットの女性たちが氷水のグラスとオードブルの載った小皿を持っていた。わたしは茶色のコーデュロイ・ジャケットとタイを着けたディック・アンダーソンに挨拶した。ドン・ハドソンが、短めの黒い髪をしたニューファンドランド島出身のＩＡＴ会長ポール・ワイルゾルを紹介してくれた。ワイルゾルはいかめしい人物で、ＩＡＴのことを「ブランド」と呼ぶ妙な癖があった。あるときなど、ＩＡＴがアイルランドのアルスター・ウェイなどの既存のトレイル上を通ることについて、それは「ブランド再生」ではなく「異なるレベルでのブランディング」なのだと語っていた（また、IATをマクドナルドになぞらえていたこともある）。ワイルゾルは余暇に論理学に関する大部の論文を執筆しており、それをいずれ紙の形ではなく、完結した形を持たず、ハイパーリンクの挿入された電子文書として公開したいと考えている。IATにポストモダン的な性格を与えたのは、メインの森の住人で七十代のディック・アンダーソンとは思えないから、いったい誰なのだろうとずっと不思議だったのだが、ワイルゾルに会った瞬間に謎は解けた。

アイスランドに来るまえ、ワイルゾルはグリーンランドに行っていたのだが、そこは彼によれば、トレイルのほかの区間とは完全に異質だった。トレイル自体がなく、ハイカーは地図とコンパス、（できれば）GPSを携帯する義務がある。広く凍てつく川を渡らなくてはならず、小さなゴムボートと伸縮式パドルを持参することが推奨されている。またホッキョクグマが出るため、できるだけライフルを携帯したほうがよい。

その夏、トレイルのグリーンランド区間のディレクター、レネ・クリステンセンと五人のグリーンランド生まれの少年たちがメイン州を飛行機で訪れ、トレイルの出発点を見学した。この旅は、まさにアンダーソンが促進することを願っていた文化間の相互交流だった。彼らが歩いたのは故郷とほぼ同じ岩だらけの道だったが、動植物相は完全に異なっていた。彼らが唯一親しみを覚えることができたのは、アンダーソンによればカターディン山の頂だけだった。ある夜、雷雨があたりを覆った。オーロラを雲のように当たり前のものと思っている少年たちは、それに唖然としていた（「わたしはグリーンランド北部に十二年住んでいますが、雷は一回も見たことがありません。誰も雷について知らないんです」とクリステンセンは言った）。

大使館の外で、わたしは長椅子に地質学者のウォルター・アンダーソンと隣りあってすわった。アイスランドは地質学的に広い意味でのアパラチア山脈に含まれるのかどうかを尋ねてみた。「いや、アイスランドにはアパラチア山脈の岩石はまったくない」と彼は答え、肩をすくめた。「その点からすると、たしかに厳密ではない。だがトレイルがここを通っている理由は、この島が大西洋の中央を走る地溝帯の真ん中にあり、ふたつのプレートが離れていく狭間にあるためだ。地溝があいだをつないでいる。だから、アイスランドは地質の物語には含まれているんだ」

数日後、わたしたちは全員で地溝帯を見学した。シンクヴェトリル国立公園でツアーバスを降りると、あたりには木が生えていなかった。草の生えた野原から突き出ているのは切りたった岩で、上部は平らで、表面は柔らかい緑色をしている。太陽は雲の向こうに隠れ、かすかに暗い冬の予感がした。

公園を管理するオーラヴル・オルン・ハラルドソンは短い挨拶でわたしたちを歓迎してくれた。アイスランドは地溝とともに生まれた。ユーラシアプレートと北アメリカプレートが分かれていくところで溶岩が海中に噴出し、海嶺をつくった。ある地点で、とくに活発な火山が対流運動を続け、海底が数万フィートも隆起し、やがて黒く煙を上げたまま波の上に出てきた。その山頂のいちばん高いところにアイスランドが建国された。

ふたつの大陸プレートは一万年のあいだ、年間数ミリメートルの速度で広がりつづけ、それによって海底に地溝帯をつくった、とハラルドソンは説明した。蛇行しながら砂利道を地溝帯の底に降りていくと、乱雑に積みあがった岩の壁が下に行くほどひろがっていた。青い雨具を着た白髪のディック・アンダーソンは、少し前屈みになり、子供のように不思議さに目を輝かせていた。

「すごいぞ、ドン」と、彼はあるところで、長いオレンジ色の嘴《くちばし》をした鳥を指さして言った。「あれはなんだ？　なんて言うんだろう」

「ミヤコドリだ」と、ドン・ハドソンは答えた。

「なんと、ここにはミヤコドリがいるのか」

さらに降りていくと、彼は岩壁を指さしてウォルター・アンダーソンに尋ねた。「これは全部溶岩なのかい」

「全部、溶岩だ」とウォルターは答えた。

「でも色が違うのもあるぞ」

「ああ、それなら鳥の糞だよ」

地溝帯の底まで降りると、わたしたちは手をつなぎあって溝の端から端までひろがって写真撮影をした。その意味を、ワイルゾルはみなに告げた。大西洋はかつてわたしたちを分離させたが、「こうしてIATがもう一度つなげてみせた」

それは、アイスランド観光協会の会議室で前日に行われた総会でも言われたことだった。総会は六時間にわたって世界各国から来た委員の発表が行われ、メイン州、ニューブランズウィック州、ニューファンドランド島、アイスランド、ノルウェー、スウェーデン、デンマーク、イングランド、スコットランド、北アイルランド、アイルランド、スペインの風景の写真と動画が頭上のプロジェクターにつぎつぎと映しだされていった。ドン・ハドソンは順番が来ると、アパラチアン・トレイルの当初の目標のひとつは、考えを同じくする共同体どうしを結びつけることだったと話した。「いま、ベントン・マッケイはどこかの山上で微笑んでいることでしょう」

発表は順調に進んだが、会議が進むにつれ、参加者たちは最初は恐る恐る、反対意見を述べはじめた。まず、デンマークの女性が、フランス語が公用語でない国では、IAT／SIAのロゴから「SIA」

の表示をはずしてもいいかと質問した。「将来的に、より……シンプルにすることは可能でしょうか？」

ワイルゾルは、ＳＩＡの表示が加えられたのはケベック州への配慮のためだったが、それはスペイン語（Ｓが「sendero／道」を表すことが可能）でも通じるものだと述べた。「たしかにその理由は通じないかもしれません。しかしどんなロゴも、ベンツだって、みな同じことです。ただの画像なんですよ」

十年前に自宅のキッチンでそのロゴを考案したドン・ハドソンは、それほど執着しなかった。「それらはすべて一時的な、変更可能なものです。とくに地質年代などと比べれば」

結局、各トレイル・クラブは、全体の形と配色を変えないかぎり目印に好きな三文字を入れられるということで意見はまとまった。

フェロー諸島から来た女性は、ハイカーがトレイルで迷子になってしまうのではないかと懸念を表明した。そこには石塚による標識しかなく、これまでずっと、伝統的な知識に頼って進むしかなかったためだ。ＧＰＳやＱＲコードなどのテクノロジーをトレイルに導入する方法が話しあわれたが、結論は出なかった。それからＡＴ管理事務所の元所長のスターツェルが手を挙げ、アパラチア山脈の地質にどれだけ近くなければならないかという基準について質問した。「たとえば、バルセロナのトレイルのあるセクションをＩＡＴに加えるよう提案している人がいるが、アパラチア山脈の一部だとはみなせないとします。それに対して『素晴らしい提案ですが、わたしたちの要求を満たしていません』と答えるべきでしょうか。あるいは、ＩＡＴは来る者を拒まないのでしょうか」

ワイルゾルは「最大限可能なかぎり」アパラチア山脈の地質を含むかどうかに忠実でなければならないと答えた。しかし、それがあまり現実的でない例もある。実際にグリーンランドでは、アパラチア山脈の地質は東海岸に見られるが、行くことも歩くことも困難なため、トレイルは島の西側にある。「ことによると、西サハラにもトレイルができるかもしれない。しかしいまのところ、そこへ行ったハイカーが無事に戻ってくることができるとは思えないのです。柔軟な対応をする必要があるでしょう」

　つぎにワイルゾルは参加者に、トレイルがどの程度一本の線としてつながっているべきだと思うかを質問した。議論のまえに、彼は自説を披露した。彼の立場は、一本につながっている必要はないというものだった。彼が管理するニューファンドランド島のセクションを、トレイルではなく「ルート」と言った。ワイルゾルは、「スルーハイカーはハイキング界のスターで、象徴としては重要な存在だが、この計画全体のなかでは、その数はいたって少ない」ということを念頭に置いてほしいと参加者たちに促した。ほとんどは、最大で一、二週間ハイキングをする人々で、彼らにとって、一本につながっているかどうかは大きな関心事ではない。イギリスでは、トレイルはイングランド、スコットランド、アイルランドの景色の素晴らしいエリアを含むため、分岐している。「一本につながっているべきだという教条主義のためだけにこうしたものを放棄するべきではないでしょう」

　ドン・ハドソンは、トレイルにとって決定的な理念は、結びつけることであり、一本につながっているかどうかではないと主張した。しかし、と彼は認めた。外部の人々には、この考えを理解するのは簡単ではないだろう。トレイルがニューファンドランド島まで伸びたとき、ハドソンは「ニューファンドランド島まで歩いていくことはできない。どうしてインターナショナル・アパラチアン・トレイルに含めることが可能なのか？」と質問されたという。「ネットワークへのつながりを説明できるかぎり、それは可能だ」と彼は答えた。

　アイルランドの女性が、トレイルの名前はインターナショナル・アパラチアン・トレイル・ネットワークに改称すべきではないかと声を上げた。ハドソンは、当初はインターナショナル・アパラチアン・トレイルズと複数形を使っていた、と答えた。「単数形にした理由は忘れてしまいました」最後に、ワイルゾルは聴衆に、誰かトレイルは厳密に一本につながっているべきだという考えを支持する人はいますかと尋ねた。

誰もいなかった。

ＩＡＴのかなりの部分は、地球上に広がるケーブルとコードの網目、つまりインターネットというごく新しい発明品から生まれ、それを体現している。インターネットの言語と精神は、中心を持たない複数のネットワークのつながりによって遠く離れた同じ考えの人々を結ぶことだ。そしてそれが、ＩＡＴ委員会のあらゆる決定の基準となっていた。

また、インターネットは初期の段階から、トレイル（のちには道路）の機能、つまり情報を速く遠くまで送ることとの拡張だった。およそ十九世紀までは、情報伝達の主なルートは道路だった。「新聞と電報、エンジンが開発されるまでは、誰の家も道路から一メートルほどのところにあった」と、トム・マグナソンは言う。「人力の時代には、人々はできるだけ道路の近くに住んでいた。それが当時のインターネットだったからだ。あらゆる情報はその道路から送られてきた」

電報の登場とともに、道のふたつの機能（物の運搬と情報のやりとり）は分離した。物は道路や鉄道を（そして海路や空路を）通っていくようになり、情報はワイヤーで、より速く送られるようになった。そして道のネットワークと同じように、ワイヤーのネットワークによって、そこから送られる情報は新しい構造を持つようになった。すでに見てきたように、粘菌のような単純な生き物でも、トレイルを使って（「食べ物はここだ」「食べ物はここにはない」といった）情報を外在化してまとめているし、世界中の先住民は長いあいだトレイルを使って土地を理解し、物語に形を与え（最初にここでこれが起こり、それからあそこであれが起こった）、空間的（医療や精神的、歴史的）関心で場所をつなぎあわせた。コンピュータとインターネットの発明は、人類が千年にわたって探究してきた情報伝達、蓄積、選別、処理の方法における、最新のブレイクスルーだ。

一九四五年、優秀な技術者のヴァネヴァー・ブッシュは近代的なネットワークでつながったコンピュータの出現を予想した。その年の夏、彼は月刊誌『アトランティック・マンスリー』に論文を発表し、そのなかで「メメックス（memex：memoryとindexからなる造語）」という機械の予想図を載せた。それは一台の机、二台のモニター、マイクロフィッシュに焼きつけられた大量のテクスト、それに加えて、タッチスクリーンや修正を加えたデータの印刷など、未開発の数多くの技術からなるものだった。理論上、メメックスの利用者はリンクによってつながれた文書をスクロールして読みながら、自分自身でリンクやコメントを加え、編集することもできる、とブッシュは書いている。七十年たったいまこの論文を読み返すと、この機械は、まるで当時の時代的制約を加えてSF小説に描かれたウィキペディアのようだ。

研究者として、ブッシュは文化によって生まれた文書がどんどん膨大になっていくことに鋭く気づいていた。彼はこの過剰さの原因は科学にあると考えていたようだが、これは文字が生まれてからずっと続いてきた悪しき問題だ。書き言葉の技術によって人は情報を外部に蓄積することができるようになり、わたしたちは口伝えの物語や土地に依拠した記憶への信頼を失った。こうした変化の長所は、シクウォイアをはじめとするチェロキー族が学んだように、書き手が亡くなっても情報は消えず、伝達することも容易だということだった。そして短所は、人が大地から疎外されてしまうことに加えて、もはやひとりの人間が読むことができないほど、文書が蓄積されていくことだった。情報が増えすぎることへの恐れは、少なくともすでに古代ローマ時代からあった。文字情報の氾濫は印刷技術の発明とともにさらに加速し、そのためルネサンス期の学者はインデックスや内容表などの整理方法を考えるようになった。そのころすでに、学者たちはテクストどうしをリンクさせて形式を変えることを望んでいた。十八世紀につくられたメメックスの原型は、ノートクローゼットと呼ばれ、テクストの切り抜きの長い紙を細長い薄板に貼りつけ、さまざまな見出しのもとに吊るすことができるようになっている。

ブッシュは、新たなマイクロフィルムの技術のなかに、情報を濃縮し、整理し直す可能性を見いだし、『ブリタニカ百科事典』は「マッチ箱くらいのサイズになる」と考えた（デジタル・テクノロジーがまだ登場していないこの時点では、ブッシュはマイクロチップのおかげで『ブリタニカ百科事典』がピンの頭くらいのサイズになることはもちろん知らない）。しかし、机の上に小さくなった本がすべて積み上げられるようになったとしても、それ自体は情報過多の問題の解決にはなっていない。いやむしろ、それを悪化させると言えるだろう。このため、ブッシュはテクストどうしが「連想的トレイル」に結びつけられることを思い描いた。この仕事は大部分、「膨大な共通の記録のなかに有益なトレイルをつくることに喜びを見いだす」忍耐力のある人物の手に委ねられることになるだろう。情報の山をかき分け、テーマ別につなげ、そしてガイドブックのようにそのトレイルを共有する「トレイルブレイザー」の仕事になるだろう。

彼は以下のような例を挙げている。

メメックスの所有者は、たとえば弓と矢の起源と性質に興味があるとする。なかでも、十字軍との戦いで、トルコの短い弓がなぜイギリスのロングボウよりも優秀だったのかということを研究している。彼は数十冊の関連のありそうな本と記事をメメックスに入れている。まず彼は百科事典を開き、興味深いが表面的な記述を見つけ、そこを開いておく。つぎに、一冊の歴史書でまた関連する部分を見つけ、そのふたつをつなげる。このようにして、多くのアイテムで一本のトレイルをつくっていく。ところどころ自分のコメントを書き入れ、それをメインのトレイルに組みこむか、あるいはあるアイテムの脇道として付け加える。そのうちに、入手可能な物質の弾性が弓と深く関係していることがわかると、彼はそこから脇道に入っていき、弾性と物理定数表について調べはじめる。そして、そこに手書きによる自分自身の分析を挿入する。こうして彼は手に入る材料の迷路のなかに関心によるトレイルをつくる。

ブッシュはこの例で、この学者と友人とのその後の会話を想像している。友人は、イノベーションに抗う人々に興味があると言う。学者は、トルコの弓とそれを取りいれなかったイギリスの射手のことを思い出して、自分のトレイルを呼びだし、コピーを取って友人に渡す。「ここからさらに一般的なトレイルにつなげることもできるだろう」とブッシュは書く。

ブッシュの洞察で重要な点は、コンピュータは人間の脳の輪郭に合わせて発達しなければならないということだ。当時、情報を整理する一般的な方法は、ファイリングキャビネットであれ、図書館であれ、厳密にカテゴリー別に分けられ、階層構造を持っていた。たとえばボルヘスの『伝奇集』を探すためには、まず図書館へ行き、文学の階へ上って、スペイン語文学のコーナーへ行き、名前がBで始まる作家の棚を探す。「一冊見つけたら（つぎの本を探すために）そこからいったん出て、また新たな道に入り直さなければならない」とブッシュは書いている。「人間の精神はそのようには働かない」。ブッシュによれば、思考はカテゴリーに分類されない。それらは「連想のトレイル」を通じてつながっている。一九四五年には、すでにこうした考えはよく知られていた。それを詳しく解明した最も有名な本がウィリアム・ジェームスの『心理学の根本問題』だ。ジェームスはそこで「意識の流れ」の概念を取りいれている。ブッシュは文字テクストの資料を連想によってつなげることで、文字の最大の強み（そして脳の弱み）である記憶の永続性を最大限利用できると考えた。「パーソナル・マシンは単なる遺伝子ではなく、詳細な思考の過程を次世代に伝える新たな形」を提供するだろう、とブッシュは書いた。「息子は父親から、父親の思考が成熟していくにつれてたどったトレイルを引き継ぐ。その途中には、父親のコメントや批判も書き添えられている。息子は有益なものを選び、仲間と共有して、それをつぎの世代のためにさらに洗練させる」。研究のあらゆる段階は保存される。意識の流れは凍結され、引き出され、時代を超えて受け継がれていく。ブッシュはそう信じていた。

ブッシュの論文は、ダグラス・エンゲルバート（パーソナル・コンピュータの初期の考案者）やテッド・ネルソン（ハイパーテクストの発明者）など、次世代のコンピュータ・エンジニアに深い影響を与えた。その後数十年のあいだに、ふたつの並行した、しかしほぼ独立したテクノロジーが登場した。パーソナル・コンピュータの発明と、インターネットの発達だ。インターネットは、さまざまな既存の学術、軍事用コンピュータ・ネットワークをつなげたことが始まりだった。そのふたつの道は、ティム・バーナーズ＝リーがワールド・ワイド・ウェブ（WWW）とHTMLを考案したことによって完全に合流した。この組み合わせによって世界中の人々はパーソナル・コンピュータの高次のネットワークを通じて情報を伝え、共有することができるようになり、バーナーズ＝リーの言う「単一の情報空間」を形成した。テクストという時代遅れのテクノロジーは、ハイパーテクストとして装いを新たにした。文書はハイパーリンクというトレイルに結びつけられた。トレイルから脇道が芽を出し、それはやがてスタート地点に戻ることもあった。そしてテクストのネットワークが出現した。伝記作家のウォルター・アイザックソンは、この歴史的なブレイクスルーを「世界規模で書かれた」ブッシュのメメックスと表現した。

ブッシュと同じように、バーナーズ＝リーもまたテクストは変形できるものであり、読者は必要に応じて編集し、改良できると考えていた。しかし、初期のウェブ・ブラウザであるモザイク（mosaic）などが普及するにつれて、バーナーズ＝リーはそれらが派手な画像に囲まれた固定したテクストの羅列にすぎないということを知って幻滅した。それは黒板ではなく拡散した雑誌、そしてトレイルというよりハイウェイのようだった。

ウェブはそれ以来広まり、糸（スレッド）を地球上につなぎ、それはわたしたちの家やポケットにまで達した。それがある日わたしたちの脳に入ることもまず避けられないだろう。現在までに書かれたウェブページの総数はほぼ五百億ページと推測されている。それを一冊の本にすれば、その重みは十億ポンド（約四十五万トン）に達し、積み上げた高さはカターディン山の二倍になる。

人々はようやく、情報過多に対処するための道具として設計されたウェブが、皮肉にもそれを悪化させていることに気づきはじめた。一本のトレイルは複雑さを解消し旅を容易にするが、無数のトレイルがつながると、突如としてガイドの必要な迷宮が現れる。同様に、インターネットは多数のトレイルのネットワークであり、あまりに広大なため、それ自体が原生自然と変わりない。「案内図もなく、ほとんど自然化した、完全に迷子になりかねない」場所だとケヴィン・ケリーは書いている。「その境界線は不明で、それを知る方法もなく、無数の謎に満ちている。絡まりあったアイデアやリンク、文書、画像でできた茂みが、ジャングルのような濃密な他者性を生み出している」

はじめに、混沌、つまり何もない土地があった。そこから、意味が出現した。最初に一本のトレイルが、それから別のトレイルが。しだいにトレイルは分岐し、網の目のようになり、ついにその密度と複雑さは混沌に（完全にではないが）似てきた。そこで事態は一変した。ベントン・マッケイは簡潔に述べている。「人間は、ジャングルを切り拓き、そこに迷宮をつくった」。この迷路では、ガイドや標識、地図など、より高度な種類の道づくりが行われる。そしてそれらはつながり、さらに高度な種類の解釈のための道づくりが行われる。地図に対するガイド、さらには地図ガイドのためのガイド、地図ガイドのためのガイドのためのガイド……（最初はこの考えはおかしく思えるのだが、わたしは最近『ガイドへのガイド：恒久的障害の評価のためのAMAガイドに対する評価者用アルゴリズム　第五版』という本を見つけてにやりとした）。道づくりのレベルが上がるごとに知識は蓄積され、世界はより歩きやすくなっていくが、新しい道は必ず、古い道でできた広大な原野を人間が扱えるように単純化することを目指さなければならない。

IATの機能は、こうした道のひとつになることなのだとわたしは気づいた。それは既存の交通網に、より高度な種類のガイドを重ねるものなのだ。そしてその交通網は、より古い歩道に重ねられたものだ。だが、IATはあらゆる場所へ行き、すべての人をつなげるという欲求のために、別のネットワーク、別の原野になる危険をはらんでいる。

その日のレイキャビクでの予定表の最後にはわたしの名前が印刷されていた。その横には、モロッコと書かれている。壇にのぼり、わたしはその場の人々の期待をあまりあおらないようにと思いながら、トレイルの終着点まで歩いた旅の写真のスライドショーをした。委員たちはラクダや砂漠が出てくることを期待していた。ワイルゾルはそれまでに、少なくとも二回その言葉を口にしていた。しかしわたしの写真はほとんどが岩だらけの山地、古風な村、ジャラバを着た山岳民、古いテレビ、そして犬がいる赤い平原といったものばかりだった。

この数カ月前、ポートランドでわたしがトレイルの終着点を尋ねると、ディック・アンダーソンはアンティアトラス山脈のタルーダント［モロッコ南西部の都市］という町に決まったと教えてくれた。彼はタルーダントという町の名をゆっくりと、かすかに微笑みながら、まるでエキゾチックな魔法のように口にした。元平和部隊のボランティアがマラケシュからそこまでのルートを決めたという。しかし連絡をとってみると、アンダーソンの勘違いだとそのボランティアは言った。トレイルの最後の区画はまだ定まっていない。もしわたしがトレイルの終点を見たいなら、選ばなくてはならない。誰かがルートを決めるのを待っていて、それを教えてもらうか（わたしのいつものやり方だ）、あるいは、自分でそこへ行き、自分でルートを決めるか。

わたしはアンダーソンに、春の終わりまでにルートが書きこまれた地図を送るつもりだと連絡した。当初は、モロッコまで移動し、マラケシュからタルーダントまで続いているはずの砂漠の原生自然をひとりで歩く計画だった。しかしすぐに、そんな空想的な計画は捨ててしまった。マラケシュとタルーダントのあいだには原生自然などなく、山腹の農地や放牧地、山あいの集落がひろがっていた。フランス語はほぼ駄目で、ベルベル語は完全にわからなかったから、わたしはたぶんそこで出会う人のほとんどと会話をすることができないだろう（モロッコで英語を話せる人の割合は十五パーセントで、地方の山岳地帯ではさらに低くなる）。わたしがロシア軍経由で取り寄せたタルーダントの地形図には数百もの蜘蛛の巣のようなトレイルのネットワークが描かれており、点線が引かれていたが、簡単に迷子になってしまいそうだった。どうやらこのネットワークをよく知るガイドが必要だと悟り、アンダーソンの助けを借りてラティファ・アセルーフという現地のガイドを雇った。彼女が食事や宿などのすべてを手配することになった。

マラケシュ空港に着くと、運転手が看板を持って待っていた。挨拶代わりに、彼はわたしに携帯電話を渡した。アセルーフとつながっていた。

「ハロー、ロバート？　ラティファです。この運転手があなたをわたしの家まで連れて来てくれるわ」

「素晴らしい」とわたしは言った。「ありがとう」

電話が切れた。

仲よくしようと、わたしは運転手に名前を尋ねようとした。

「ジュヌパルパ・アングレ（英語は話せません）」と彼は申しわけなさそうに答えた。

「ダコー（そうですか）」とわたしは言った。今度は、たどたどしいフランス語で尋ねてみた。

運転手はわたしに携帯電話を渡した。またアセルーフとつながっていた。

「ロバート？　この運転手は、英語を話せないの」

「ありがとう」

彼はわたしをおんぼろのメルセデスに乗せた。車がマラケシュのピンク色の街を走り出すと、わたしは窓の外を見てメモを取りはじめた。何袋もの穀物を載せた荷馬車、車のまわりをうろうろするヤギの群れ、あいだに子供を挟んで自転車に乗るふたりの女性。気がつくとわたしは、アメリカと違うところばかりをメモしていた。そこでわたしは共通点にも意識を向けた。派手な広告、谷間にジグザグに伸びる電線、車だらけの舗装された道路、役目を終えた宇宙船の残骸のようにそびえ立つ携帯電話の電波塔。

アミズミズの町に入ると、空気が冷たくなった。アセルーフは自宅の玄関の前に立ち、笑顔を浮かべ、布巾で手をぬぐっていた。彼女は歩くのに適した体型をしていた。引き締まっていて、手足が長い。近隣の人々は薄い肌の色をしているが、彼女は濃く日焼けしている。サハラの祖先の名残だ。「まるでまとまらない」と自分で言う髪を、紫色のヘッドスカーフで後ろに束ねていた。

彼女はわたしをリビングルームに招き入れ、ラム肉とプルーンのシチューが入ったタジン鍋を持ってきた。赤いウインドブレーカーを着て、小さな黒い帽子をかぶった男が入ってきてわたしの隣にすわり、握手をした。顔は細く鼻が高く、口にちょび髭を生やしていた。アセルーフはモハメド・エイ・ハムーと紹介してくれた。アセルーフの役割は物資や宿の手配をし、わたしの質問攻撃に答えることで、彼は道先案内人《パスファインダー》として雇われていた。英語を話せなかったから、アセルーフがキッチンで働いているあいだ、わたしたちは無言で食事をした。

昼食が終わると、わたしたちは荷物をマイクロバスに積み、一時間ほどの町まで進んだ。乗車中、アセルーフは段々になった斜面に生えている植物を挙げていった。灰色のクルミの木立に、ピンク色の桃の花。ミントとタイム、チューリップの庭。建物は石壁で、平らな石がパン屋のウィンドウに並ぶパンのように、心地よくでこぼこに積まれていた。遠くでは、村が見えなくなり、山腹の岩と見分けがつかなくなった。そのなかで白いモスクと、たぶん新築のマラケシュピンクの家だけが見えていた。地元の男性と少年はほとんどが黄褐色か茶色のジャラバを着ていた。それは頭の先が尖ったフード付きの長いローブで、フランシスコ会修道士のような雰囲気だった。

道路は、アメリカやヨーロッパの多くの道路とは異なり、ほとんどがボランティアの共同作業でつくられたものだった。いくつかの村から人々が集まって建設し、維持されていた。数日後、わたしたちは八人の笑顔の男たちが、ふたつの村のあいだの道の脇に壁をつくって補強しているところを通過した。

九人目の男が近くの火のそばでお茶を淹れていた。

ヴァンが停まり、アセルーフは降りるように合図した。わたしたちはルーフからバックパックをおろし、道路を歩きだした。寒くなってきており、空は暗くなりかけていた。アセルーフは近くの村に行き、どこか（適切な代価で）夕食を提供し、床で眠らせてくれる家はないかと声をかけてまわった。その夜、わたしたちは霧のかかった広い谷を見下ろす、小さな家に泊まった。夕食のまえに、男たちはみなリビングルームで一緒にすわり、一枚の毛布を全員の脚にかけてテレビを観た。

テレビのニュースキャスターは黒のブラウスを着た女性で、黒い巻き毛が肩にかかっていた。彼女は腕を組んでデスクにすわり、背後ではコンピュータ・グラフィックスが輝いていた。要するに、アメリカのチャンネルで目にするニュースキャスターとまったく同じだった。違いがあるとすれば、彼女の話す言葉がひとつもわからなかったことくらいだ。合成繊維の服を着てそこにすわり、身振りを読みとりながら、わたしは不思議な懐かしさと、同時にはるか遠くに来たという感覚を覚えていた。

ドイツ語にはこんな感覚を表現するいい言葉がある。「アンハイムリッヒ（unheimlich）／そのまま訳せば『un-homelike／故郷のようではない』の意」だ。批評理論の研究者ニコラス・ロイルによると、「uncanny／不気味な」と訳されることの多いその言葉は、「親しみと疎遠さの奇妙な混合」と定義される。人は親しみのあるものを心地よく感じ、また完全に疎遠なもの（つまり異国的なもの）にも心地よさを感じるが、そのふたつが混ざりあうと不安を覚えはじめる。その結果、「自分の体を見知らぬ体のように経験することになる」とロイルは書いている。

翌朝、わたしたち三人はヒツジのトレイルをたどって海抜三千メートルの山道を越えた。出発するまえ、アセルーフは荷物運搬のため地元のラバ追いを雇っていた。山道の頂上付近まで登ったところでその理由がわかった。この寒く別世界のような場所はできるかぎり早く通過する必要があるのだ。霧が谷底から吹きあげられてきて、わたしたちを包んだ。下り道に入るとあらゆる植物が氷で覆われていた。背の高い草は凍った白い羽根のようで、木立は珊瑚礁に似ていた。ラバ追いは両手に息を吹きかけ、巻き毛が氷で白くなっていた。あるところで、彼は突然走り出してわたしたちを置き去りにしようとし、ラバから荷物をおろして逆方向に進みはじめた。アセルーフは結局、賃金を二倍にすると言って呼び戻さなくてはならなかった。

尾根の反対側の風下で、ハムーは鋭い石で地面から乾いた木の根を掘りだし、小さな石の炉を作って火をつけた。わたしたちはラムコフタのグリル、オリーブ、焼きたてのピタを食べた。それは間違いなくわたしがこれまでトレイルで食べた最高のランチだった。

それからアセルーフは調理道具を片付け、わたしたちは岩がちな峡谷の左側を下っていった。ハムーは近道をし、這いおりなくてはならないようながれ場を通ったが、アセルーフもラバ追いも嫌がっていた。ハムーはヤギのようにすばしこかった。山道の終わり近くで、彼は携帯電話をいじりながらわたしたちを待っていた。

その後数日間で、ハムーが子供のように携帯電話に夢中になっていることがわかった。彼は何キロもそれを見つづけたまま歩くことができた。わたしはアセルーフに、あれは何をしているのかと尋ねた。どうやら彼には村ごとにひとりずつガールフレンドがいて（家には妻がいるのに）、そのなかのひとりにメールをしていたらしい。その後、彼は何かしら理由をつけてガールフレンドがいる村を通ろうとした。それはわずか数分間（あるときは数時間）ガールフレンドの家で過ごすためだった。そのあいだ、わたしとアセルーフを外で待つはめになった。アセルーフはあとでわたしたちの時間を無駄にしていることと妻への裏切りを叱った。彼は何も答えずに携帯電話をにらみつけていた。

ハムーはボスが女性だということが気に入らないようだった。友達から電話がかかってきて、アセルーフとわたしの旅の様子を尋ねると、アセルーフは泣いてばかりいると冗談を言った。アセルーフが話してくれたのだが、ハムーは彼女に向かって「家に帰って、女性らしく子育てでもしたらいい」と言ったようだ。アセルーフは肩をすくめてその挑発をやり過ごした。彼女はそれまでに、もっとひどい言葉をかけられたこともあった。

はじめから、アセルーフの選んだ仕事はむずかしいものだった。二十代はじめのころ、母親に山岳ガイドのコースを履修したいと言ったが、許してもらえなかった。どうしてもというと、母親は頬を平手で打った。それでもアセルーフはその道に進んだ。彼女はいま三十九歳で、いまもきょうだいと一緒に育った家に住んでいる。しかしきょうだいはみな、彼女と病弱な母を置いて家を出ていった。現在、彼女はモロッコでふたりしかいない女性ガイドのひとりだ。

ベルベル人の伝統衣装のなかで、彼女は目立っていた。慣習にとらわれず、灰色のヨガパンツ、膝までとどくメリノウールセーター、そして黒い雨具を着ていた。村を通りすぎるとき、好奇の目で見られるのはわたしではなく彼女だった。子供たちは彼女の後ろに集まり、フランス人か、アメリカ人かとささやきあう。彼女が振り向いてベルベル人だと言うと、子供たちは困ったような笑い声をあげた。

わたしたち三人は不思議な旅の道連れになった。同じ道を歩いてはいるけれど、それぞれ目指すところは違っていた。ハムーはできるだけ楽にわたしたちをタルーダントまで連れていき、家に帰りたいようだった。アセルーフは円滑で、実りがあり、楽しい旅にしようとしていた。そしてわたしはＩＡＴのルートを描くために来ていた。アセルーフは何度もハムーにわたしの事情を伝えようとしていたが、それはやはり困難なことだった。「彼はここに、ある日北アメリカからヨーロッパ、モロッコに通じるとても長いハイキング・トレイルのルートを描くために来ている」という内容を、彼女はベルベル語で話したのだろう。反応から、ハムーがその考えをばかばかしいと思っていることがわかった。

わたし自身も疑いを持ちはじめていた。ハムーとアセルーフ以外に、モロッコの人々との交流はほとんどその場かぎりで、笑顔で手を振るくらいのものだった。ハイキングは、異質な文化をつなぐための手段としてかなり不充分なのではないだろうか。ここの人々とほんとうにつながるためには、一年（あるいは十年）くらいとどまり、ここに根を下ろして、言葉を学ばなければならない。ハイキングとは動くことであり、物事の表面を滑りつづけていくことだ。意味のある異文化交流がそこから生まれることなどあるのだろうか？

二日目の晩には、塗り立てのペンキのにおいがする家に泊まった。玄関の壁は結婚式に備えてコマドリの卵のような青色に塗られていた。キッチンで腰を下ろしていると、女主人がタイムの香りのするお茶を淹れ、五人の娘と四人の孫娘たちを呼んだ。そのあと、男主人がゆったりと入ってきた。九十二歳の元判事で、巨大な蛾の羽のような耳をしていた。彼への敬意を示すため、みなが自分の席を彼に譲ろうとした。アセルーフは老人が堅い背もたれのあるところにすわりたいだろうと察して、立ちあがってストールを壁際に移動させた。老人はそこに喜んで腰を下ろした（ハムーはあとで、アセルーフは人の感情のことを気にしすぎだと文句を言った。するとアセルーフは答えた。「ええ、だからわたしはモロッコでいちばんのガイドなの」）。

儀礼的な挨拶が終わると、アセルーフは老人にこのあたりの地理について質問をつぎつぎに浴びせた。

訴訟や争議を和解させるといった仕事のため、彼は山岳地帯のあちこちを訪れたことがあり、あらゆる村の名前と、すべての山のいちばんいい越え方も知っていた（ほかのことはともかく、トレイルを広げ、新たな道路を拓いたことについてはフランス人を称賛していた）。そのあと、彼はわたしを指さし、アセルーフに何かを尋ねた。わたしは彼女がはっきりした手のジェスチャーを使って何分もかけて説明するのを見ていた。パンゲア超大陸の分裂、アパラチア山脈に走った亀裂、それから、そのすべてをつなぎあわせることになるトレイルについて。わたしは、困惑し、馬鹿にしているだろうと予想してみなの表情を見た。老人はゆっくりとうなずき、何かを語った。「それがアラーの御心だ、と彼は言っているわ」とアセルーフは通訳した。「大昔、人々はみな同じ場所から来た。でもこれが（アセルーフは自分の頰をつねった）まるで違うものになってしまった。でもその下にある骨や血は、すべて同じだ。わしの言っていることがわかるかな？」

わたしたちはさらに歩き、雪に覆われた山道、土の道やヒツジのトレイルをたどった。また別のラバ追いを雇った。なかには、ずっと木の棒でラバを叩いている若い男もいた。ラバは数分ごとに彼の顔に向けてガスを放って仕返しをした。丘の色は灰色とモグラ色、濃い血の色が混じっていた。ここがパンゲア超大陸の一部だったころ、モロッコの一部はメイン州にくっついていたはずだ。ところがわたしはこの砂だらけの山と、あの緑と花崗岩のアパラチア山脈のあいだに近さを感じることができなかった（じつは、あとでわかったのだが、わたしたちはまだ、地質学的により若い、ハイアトラス山脈にいたのだった。わたしたちはこのあとようやく、アパラチア山脈と同じ造山運動でできたアンティアトラス山脈に入った）。

二日後、わたしたちはマイクロバスに乗り五十キロメートルほど進んだ。アセルーフは通りすぎた村の名前を、わたしがあとで写せるようにノートに丁寧に書いていた。バスのなかで、丸顔の若い男が自分の家に泊まるよう提案した。アセルーフはその男を疑わしそうに見た。

「家はきれいなの？」

「見ればわかる」と男は答えた。

「お皿はちゃんと洗ってある？」

「見ればわかるさ」

アセルーフがさらに質問しようとしたのを男はさえぎった。「ねえ、もう質問はやめてよ。泊まりたいの、泊まりたくないの？」

畑や果樹園を抜ける長い道の先にある彼の家に着くと、彼は振りかえってアセルーフに言った。「見せてあげるよ。ほら、すっかり汚いまま」

アセルーフはため息をついた。何も言わず、彼女は洗っていないグラスをすすぎ、キッチンの床を掃除した。

その家はコンクリートのぼろ家だった。家のなかはふたつに分かれていた。四部屋のうち二部屋は人間用で、汚い床にコンクリートブロックを積み、木の板を載せたベンチがあるキッチンと、固い木の寝床に毛布がかけられたベッドルームだった。残りの二部屋は乳牛用だった。この乱雑な場所に四人の兄弟たちが住んでいた。年上の三人（二十三歳、十九歳、十七歳）は近くのスイカ畑とオレンジの果樹園で働いている。まだ十二歳のいちばん下の子は羊飼いだった。

部屋を明るくするため、少年のひとりが巨大な、白鳥の首のようなガスランタンに火をつけた。化学の実験室にありそうなものだった。わたしたちはベッドルームの床にすわり、アセルーフはタジン鍋でラム・シチューの夕食を作った。レンズ豆とライスといった単純な男料理に慣れている少年たちはシチューをおいしそうに食べ、平たいパンをちぎって汁に浸した。はじめは恥ずかしがって、とくにいちばん下の子は兄たちの後ろに隠れて疑うようにこちらを見ていた。それでもやがてアセルーフは、『ピーターパン』のウェンディのようにふるまいはじめた。少年たちにアラビア語やフランス語を教え、家の散らかり具合をからかった。眠るころには、少年たちは彼女にここに来て一緒に暮らしてほしいと言いはじめた。

夕食後、いちばん年上のアブドゥル・ワヒドがチェッカーの勝負をわたしに挑んできた。ボードはベニヤ板に手でマスを書いたものだった。駒は、彼が庭で集めてきた小石だった。チェッカーはとても古いゲームで、聖書にも書かれている（アブラハムが生まれた場所とされる）古代都市ウルから、三千年前のチェッカーボードが発掘されているが、現代の形にしたのはフランス人で、おそらく彼らがベルベル人に伝えた。アブドゥル・ワヒドのフランス式のルールは、わたしが親しんだルールとは若干違っていた（たとえば、駒がキングに成ると、チェスのビショップのように斜めに何マスでも動くことができた）。

ゲームが終わると、少年たちはアセルーフのカメラをいじりはじめた。下のふたりは、わたしの眼鏡をかけ、わたしが持ってきたクッツェーの『夷狄《いてき》を待ちながら』を読むふりをしながら交替でポーズをとった。それからアブドゥル・ワヒドがわたしの iPhone を耳に当てて撮影した。最初はわたしのことをからかっているのかと思ったが、カメラのまわりに集まって写真を確認しているのを見ているうちに、それが一種の演技なのだと気づいた。彼らは別の人生を生きている自分を思い描いていたのだ。

「真の旅とは」と、ロビン・デヴィッドソンは書いている。「ほんの一瞬であれ、他者の目で世界を見ることだ」。これはどうやら、ふたつの方向に働くらしい。旅は、単に新しい物の見方を得るということとにとどまらない。それは新たな見方で見られるという経験でもあるのだ。

夜が更けると皿を片付け、ハムーとわたしとアセルーフはリビングルームの寝床に横になった。キッチンでは少年たちが青い穀物用のビニール袋に入って寝た。優しいラジオの音のなかで、彼らはすやすやと眠りについた。


翌朝、わたしたちはタルーダントに向けて出発した。目の前には、ふたつの山脈のあいだの固い砂のくぼ地、スースの谷が広がっていた。スイカ畑、柑橘類の果樹園、小麦畑、アルガンの木の林を抜けていった。地面からの放射熱が風で伝わっていく。まるで熱せられたタジン鍋の底を歩いているようだった。途中で三頭の痩せこけた恐ろしい犬に追いかけられ、石で追い払わなければならなかった。犬の所有者になぜおとなしくさせないのかと尋ねると、男はにやりと笑って、犬に追われたくなければわたしの土地を歩かなければいいと答えた。

タルーダントの北の山々のなかに、わたしはトレイルの終着点にふさわしい、モロッコのカターディン山があるはずだと思っていた。ところが、予定に遅れていたため、ハムーはわたしにもアセルーフにも言わず、ルートを変更していた。わたしは正午ごろになってようやく、本来通るはずだった、山に向かう回り道ではなく、平らな農地を抜けてまっすぐタルーダントを目指していることに気づいた。わたしはアセルーフのほうを向き、どうなっているのかと尋ねた。彼女がハムーに尋ねると、彼はこの近道のほうが早く、「近代的な設備に近いから」と説明した。

ルートを変えるには遅すぎた。山を登り、時間どおりにタルーダントに着くことは不可能だった。わたしはがっかりしたが、驚きはそれほどなかった。アセルーフが何度この旅の目的を伝えようとしても、ハムーはまるで理解していなかったからだ。彼には人が自発的に山々をハイキングする理由がわからないようだった。このハイクのあいだ、彼は何度も景色を犠牲にして大胆な近道をしていた。一度など、わずか数分短縮するために、丸められたおむつが山のように捨てられた谷を通ったこともある。そしていま、彼は最後の近道によって、この旅の最も重要な部分を切り落としてしまったのだった。

わたしの帰国便は翌日だった。IATの役員にトレイルの様子を報告するには充分なくらい歩いたが、これではまだルートを推薦することはできない。ルーフとわたしは可能な選択肢を検討し、残りの仕事を彼女に託すことにした。あとから考えれば、最初からそうすべきだったのだ。アセ地図を描き、語るべき物語だったのだ。

数週間後、タルーダントからハイアトラス山脈に戻ったというメールをもらった。彼女はオークの森を抜け、ヤギ小屋で眠り、そしてイムーラスという山あいの集落まで登ったそうだ。そこからジュベル・ティネルグウェとジュベル・オーリムというふたつの山頂へ行くことができる。厳密にはどちらもアパラチア造山帯に含まれないが、写真で見ると、そのどちらも不思議なくらいカターディン山に似ていた。それがなぜか、この長く、奇妙な、謎めいたトレイルの終着点にふさわしいように思えた。

帰国後も、わたしはIATの終着点のことが気にかかっていた。最後に確認したところでは、委員会はまだトレイルのその部分については未決定で、終着点を決めるためにアセルーフなど地元のガイドに問い合わせをしているところだった。

これまでの歴史からも、モロッコの区画の終着点がどちらの山になっても、それは終着点として定着せず、仮の区切りになるだろう。長距離トレイルには、さらに長く延びようとする力がある。ATの設計者はかつて終着点をオグレソープ山からスプリンガー山へ、そしてワシントン山からカターディン山へ移した。その後ディック・アンダーソンがカターディン山から北へカナダまで延ばし、さらに大西洋を越えてモロッコにまで到達した。しかしこの世界最長のトレイルはおそらくまだ延びるだろう。アパラチア山脈はタルーダントからさらに南へ、紛争が続く西サハラまで伸びている。またトレイルの反対側では、アパラチア山脈はジョージア州とアラバマ州を越え、ミズーリ州のウィチタ山脈、オクラホマ州のウォシタ山脈につながっている。両州の代表団はIATに延伸に向けた活動を行ってきた。「歩くのは相当困難になるだろう」と地質学者のウォルター・アンダーソンはわたしに言った。「だが彼らには正当な科学的根拠がある」

トレイルがどこまで拡張されうるのかに興味を持ち、数名の地質学者に連絡してみた。ひとりは、研究によるとメキシコ南部にアパラチア山脈の岩石があり、それは大陸が移動し、メキシコ湾ができたときに取り残されたものだと語った。別のひとりは、メキシコのアパラチア山脈については知らないが、コスタリカにはアパラチア山脈の遺物が残っているかもしれないという。また別の地質学者によれば、メキシコやコスタリカについては断言できないが、はるか南のアルゼンチンにはアパラチア山脈の痕跡があると考える根拠があるようだ。

わたしはつぎにディック・アンダーソンと会ったとき、この地質学者たちの見解を伝えた。及び腰になるのではないかと思っていたが、彼はそれを聞いて喜んだようだった。「この計画は、延ばしたいという人々の思いに合わせて動いてきたんだ。こちらから大がかりな延伸の働きかけをすることはない。けれど本来の原則が導いてくれるところなら、どこまででも喜んで行くつもりだ」

アトラス山脈へのハイクに出かけるまえ、その原則は高貴で野心的なものに思われた。山脈にちりばめられた太古の遺物の跡をたどること。地質年代の巨大さを把握すること。政治的境界をぼやけさせること。そして遠い人々と場所をつなぐこと。だがモロッコに行ってみると、それはあまり現実的ではないように思えてきた。アメリカとは違って、モロッコのトレイルは人のいない公園を通っているわけではない。トレイルの多くには人が住んでいる。ジョージア州からスルーハイカーが続々と訪れるようになったらどうなるだろう。地元の人々はわたしを受け入れてくれたように彼らを受け入れるだろうか。それとも、あちこちで写真を撮る外国人を煙たく思うようになるだろうか。それにハイカーたちは？彼らは地元の人々に敬意を示すだろうか、それとも、ハイカーがずっとそうしてきたように、美しい風景を汚す厄介者とみなすだろうか。

わたしは、単なる物理的なつながり（単なるトレイルやハイウェイ、光ファイバー）が、異なる考えを持つ人々のあいだに意味のある橋を築くことができるのかと疑念を抱くようになっていた。ジェット機とインターネットが発達した現在、世界はかつてないほどさまざまな方法でつながっている。だが、ネットワークではとらえられない、わたしたちが「誰かとつながった」と言うときに表している別の意味のつながりもある。哲学者のマックス・シェーラーはこの親密さを「同胞感情」、つまり仲間としての深い相互理解の感覚と呼んだ。シェーラーによれば、こうした種類のつながりには、ほかの人々の精神が「自分と等しいリアリティ」を備えていると認識することが必要になる。そしてこの認識によって、わたしたちは個人の精神という制約を超え、意識の集合的な領域に入ることができる。「まさにこの同胞感情によって、自己中心的な選択や独我論、エゴイズムを完全に克服することが可能になる」とシェーラーは書いている。

この、スピードも遅く謎だらけの人間の脳によるつながりは、ほかのつながりのように速くすることはできない。IATの設計者が直面している問題はこの点にある。わたしたちは音速で旅をし、光速で情報を送信することができるが、深い人間のつながりは、人のあいだに信頼が育っていく（地衣類のようなゆっくりした）速さ以上にはならない。

こうして、広範囲につながりあった景観は、結局思わぬ断絶をもたらす。同胞感情を伴わないつながりは、必然的に衝突を生む。ふたつの文化が突然つなげられると、そのあいだの違いのほうが類似点よりも目立って浮かびあがってくるものだ。たとえば、ヨーロッパ人がはじめて大洋を渡り、アメリカ先住民と出会ったとき、彼らは宗教や文化的価値の違いばかりを意識し、共通点は見落とした。その結果数世紀におよぶ戦争が起こり、今日まで続く不均衡な力関係と搾取が生じた。これと同じ関係は、帝国の歴史を通じて数えきれないほど繰りかえされてきた。

この数十年で、グローバリゼーションとインターネットの発達によって国家間の文化的相違は大幅に減っているが、相違点はますます目立つようになっている。遠い場所があまりに近く感じられるため、わたしたちはそこにいる人が自分と同じ世界観を持っているものと思いこみ、ところがそうではないと判明すると、相手は愚かなのか、悪なのか、救いがたいほど変わっているのだと判断してしまう。じかに接した相手と遠い隔たりを感じると、歩みよることはできるのだろうかと疑念を抱きはじめる。

アトラス山脈でのハイク中に、わたしは道先案内人のハムーについて何度もそう考えた。一週間共に過ごし、歩き、食べ、木の寝床で隣りあって眠った。アセルーフに通訳をしてもらって、何度か話そうともしてみた。しかし旅の終わりまで、結局わたしは彼を仲間だと思うことはできなかった。アセルーフへの侮蔑的な態度や、山を眺めもせずメールばかりチェックしていること、おかしなほどの近道好きなど、彼の生き方はさまざまな面でわたしとまるで合わなかった。

何より、ハムーとわたしは景観に対する態度がまったく異なっていた。ハムーはアトラス山脈を前に進むための障害物としか見ておらず、昔のニューイングランドの農民のように、もし山を平らにできるなら喜んでするだろうと感じたことが何度もあった。アメリカでは、こうした考えから破壊的な発想が生まれた。なかでも最もひどく、悪名が高いのは、アパラチア山脈で山頂を破壊して行われた石炭採掘だ。だがわたしは、あの山々で生まれ育ったハムーには、言葉にしがたい、しかしわたしにとってのアパラチア山脈よりも親密な山とのつながりがあるのかもしれないということを見落としていた。

わたしがこのことに気づいたのは、旅の最後の夜、三人同室で泊まったタルーダントのホテルの部屋にすわって、この旅を地図上で復元しようとしていたときだった。アセルーフがハムーに何かを聞くと、彼はひとつひとつの町や山、その週に通りすぎたランドマークの名前を、いっさい何も見ず、口元に微かな、楽しげな笑みを浮かべて暗誦したのだ。

……タダレット、

アクフェルガ、

ワウズレック、

アルコーム、

トゥーグエリール、

タズリダ、

ニングーガ、

タムソールト、

タグムート、
イママーン、
タズードゥート、
タラジョート、
ラーバ、
ティジナルキャディ……

当時、わたしはハムーの出自について、そして、わたし自身の出自についても、ほとんど知らず、そのせいで意見が食い違う理由がわからなかった。人の手が入っていない自然の景観は容赦ない征服者であり、自然が豊富な大陸で育った欧米人には恐れを呼び覚ます。わたしたちは何世代にもわたって、富とテクノロジーを使って自然の苛酷さを遠ざけてきたからだ。一方ベルベル人は、産業主義による最悪の環境破壊は行わなかったが、植民地支配の不平等を味わい、その後未開の自然に対するロマン主義的な愛を復活させることはなかった。「彼らはそこをレクリエーションの場とはみなさなかった」と、アルアハワイン大学の客員教授でベルベル語の詩を専門にするミシェル・ペイロンは言う。「彼らにとってそこは生活の場であり、立ち向かうべき困難であり、そしてもちろん、いまでは稼ぎを得る場所なのだ」。多くのベルベル人は捧げ物をし、イスラム教の聖人の墓地を訪れるために山頂を訪れる、とペイロンは言い添えた。そういえば道先案内人のハムーは、とくに心をかき乱されたときは高い山に登り、アラーの神がつくった無限の空間のなかで自分の問題を正しく見定めようとするのだと言っていた。
ハムーとわたしに足りなかったのは、どうやら触れあいではなく、互いの状況に対する理解だったようだ。ふたりの人間のあいだに文化的な溝があると、谷をはさんだふたつの山頂のように、はじめはそこに橋を架けることはできないと感じられる。けれども文化や技術、偶然などからなる、その溝の複雑な層の奥までのぞきこんでよく観察すれば、共通点を見つけ出し、そこから互いの頂を登っていくこともできるものだ。老判事が言っていたように、「大昔、人々はみな同じ場所から来た」のだから。その同じ起源から、人間は枝分かれし、土地やほかの人間に対してありとあらゆる方法で適応しながら地球上に広がっていった。異化と同化を繰りかえしながら。切れたり、またつながったりしながら。誤解と理解を繰りかえしながら。

いま、数年たってあの旅について思いかえすとき、とりわけ印象に残っている場面がある。わたしたちの最後の日、スースの谷を抜け、タルーダントを目指して長く歩いたときのことだ。わたしたちはまばらに生えた果樹のあいだの幅広い土の道を通った。わたしはハムーの後ろ、アセルーフはわたしの後ろを歩いていた。考えに没頭していると、アセルーフが何かに驚いて声を上げた。ハムーとわたしは足を止め、周囲を見渡した。彼女はもう一度声を上げ、不揃いな果樹のほうを指さした。わたしたちの目はその人さし指の先を追い、気づかずに通りすぎていたものを見つけた。ヤギが、なんとアルガンの木の枝、地上五メートルほどのところにつかまっていたのだ。それは口を伸ばし、いちばん高い枝の、オリーブの形をした実を食べようとしていた。

アセルーフはわたしに、この地域のヤギは木に登るようになるのだと教えてくれた。ヤギがアルガンの実を消化すると、農家は糞から種を集め、そこからオイルを絞る。それは肌の老化現象を逆転させることができるものとして、外国に天文学的金額で売られている。

ヤギは、堅い緑色の実をかじった。その様子を見上げていると、わたしのなかにゆっくりと喜びが湧きあがってきた。その張りつめた首筋や、小さな蹄を狭い枝に寄せている姿には、どこか親しみがあった。わたしはふいに、そのヤギに、そしてわたしたち、あと少しで手が届くものを得ようともがいているすべての生き物に、深い共感を覚えた。

アセルーフとハムーがそのときにどう感じたのかは、わからない。それでも、ふたりともやはり笑っていた。アセルーフは木に登ったヤギの写真を撮った。そして一枚わたしに送ってくれると約束した。

それから荷物を背負い、前方のトレイルに視線を戻すと、わたしたちは再び歩きだした。

エピローグ

わたしたちは、この世界を移動するとき、自分が生まれるまえからある道を通る。生まれてはじめて呼吸をするときには、たどるべきたくさんの道筋がすでにある。「精神的な道」「キャリアの道」「哲学的な道」「芸術的な道」「健康への道」「美徳への道」……これらは、家族や社会、あるいは人類が用意してくれたものだ。「道」という言葉はどれも偶然使われているわけではない。現実の道と同じように、こうした抽象的な道も、わたしたちの行動を導き、制約するものだ。それは一歩ずつわたしたちに寄り添い、目的地まで伸びている。こうした道がなければ、わたしたちひとりひとりは人生の原野を自分でかき分けてどうにか生き延び、同じ間違いを繰りかえし、同じ解決法を再発明しながら進まなくてはならないだろう。

だが、問題がある。そのなかからどの道を選べばいいのだろう。随筆家のジェームス・フィッツジェームス・スティーヴンは鮮やかにこのジレンマを描いている。「わたしたちは雪が舞い、霧が立ちこめる山道に立っている。ちらちらと道が見えるが、それは誤った道かもしれない。もしその場にとどまれば、凍死するだろう。もし道を間違えれば、わたしたちは悲惨な末路をたどる。正しい道があるのかすら、よくわからない。さてどうする？」

古代の哲学を少し覗いてみるだけでも、生きる道を選ぶのは昔から簡単ではなかったことがわかる。だがそれは、現代ではさらにむずかしさを増している。科学技術や文化、教育、政治、商業、輸送手段の発達が組みあわさり、人々は以前には考えられなかったほど多様な生き方を手に入れられるようになった。全体としてはよい発展だし、人生の道がさまざまな欲求を叶えていることの証だ。だがこの変化には――ゆっくりとしていて、人によっても度合いは異なるが――副作用もある。人生の選択肢があまりに多すぎることだ。

たとえば誰にでも関係しているのは、「生活のために」どんな仕事をするかという問題だ。初期の人類は、植物を集め、動物の肉を漁るほかなかった。これは人類全員が行っていたことだ。その後、新たな職業が登場する。まず狩猟の発明、それから医療、呪術、芸術、そして農業だ。五千年前、古代メソポタミアの『標準的な職業リスト』では、上は王から、下はまだ解読されていないが明らかに不快な仕事まで、百二十の仕事が書かれていた。今日のアメリカ合衆国では、およそ二万から四万の職業があると推定されている。

宗教あるいは哲学的伝統の選択もそれに劣らず多様だ。まともな宗教の条件を定めることはむずかしいため推定もばらばらだが、いずれにしても宗教の数は数千にのぼると考えられる。そしてこの数字は、組織化された宗教の合計にすぎない。ジョニー・キャッシュが歌う「One Piece at a Time」に出てくる車のように、自分でつなぎあわせてつくった個人的な信念の体系の数を知ることは不可能だ。

結局、わたしたちはみな道を求める者《パスファインダー》なのだ。わたしたちは人生が与える道のなかからどれかを選び、それがうまくいかなくなったときは必要に応じて修正し、工夫を加える。複雑なのは、わたしたちが道を修正するとき、道もまたわたしたちを修正するということだ。わたしはこの現象をアパラチアン・トレイルで自分の目で見た。トレイルはわたしたちハイカーが一歩歩くごとに修正されるのだが、結局のところ、わたしたちのコースを決めているのはトレイルだ。それをたどることで、わたしたちはその条件に合わせて変化する。体重が減り、持ち物を削ぎおとし、歩くほどに速度を速めていく。同じことは人生の道にもあてはまる。わたしたちは協力してそれを形成するが、それによってわたしたちひとりひとりも変化する。だから道は賢明に選ばなくてはならない。

二〇〇九年にアパラチアン・トレイルからニューヨークに戻ったとき、スルーハイクの経験はわたしの体のなかにあとまで残った。足根骨、指骨、立方骨、楔状骨、靭帯、腱、筋肉、動脈、静脈など、わたしの足という複雑な機械は、その後一カ月痛みつづけた。朝ベッドから起きると、九十代の老人のようによろよろとバスルームまで足を引きずっていった。

スルーハイクは変容だ。五カ月にわたり、わたしは新しい名前で、新しい体で、新しい優先順位に従って行動した。トレイルを歩ききるころには、わたしは野生動物のように身軽になり、頭が冴えていた。けれど家に戻ると、数カ月のうちに以前と同じように退行してしまった。まず、わたしはもじゃもじゃの、チャールズ・マンソンのような髭を剃った。それを生やしていると、見知らぬ人からこわごわと顔を覗きこまれることがあった。数週間後には髪を切った。落ちた体重はゆっくりと、体がオイルの膜で包まれるように、徐々に戻っていった。あふれるほどの物を持ち、明るいスクリーンを眺める暮らしに戻った。昔からの、最も抵抗の少ない道が容赦なく復活した。建築家のニール・リーチが書いているとおりだ。「住民が都市を変えるように、都市はその住民を変える」

わたしは、かつて読んだことのあるとても古い詩のことをよく考えた。それは古代中国の隠棲者、寒山が書いたものだ。*

登陟《とうちょく》す寒山の道　寒山路窮《きわ》まらず
（寒山への道を登っていく　寒山の道は果てしない）
谿《たに》長く石磊磊《らいらい》　澗《たに》闊《ひろ》く草濛濛《もうもう》
（谷が長く続き石だらけで　谷川は広く、草が茂り薄暗い）
苔の滑《なめ》らかなる雨に関《かか》わるに非《あら》ず　松の鳴る風を仮《か》らず
（苔がよく滑るのは雨のせいではなく　松は音を立てるのに風を必要としない）
誰か能く世累《せいるい》を超《こ》えて　共に白雲の中に坐せん
（俗世の煩雑さを離れ　わたしとともに白雲のなかにすわる者はいるだろうか）

［書き下し文は『座右版　寒山拾得』（久須本文雄著　講談社刊）による］

寒山は都市で育ち、皇帝の使節となるべく学問に励んでいたが、三十歳のときに家を出て東へ千里旅し、寒巌の山腹の洞窟に住みついた。彼はその後生涯をそこで暮らし、詩を書き、「まったく自由に放浪した」。そこに住むと、彼は山の名前にちなんだ名前をつけた。寒山とはある種のトレイルネームだ。彼は多くのものを必要としなかった。「石頭《いし》」に枕し、「青天」を掛け布団にした。彼がこの新しい生活に求めたのは、「流れに枕し兼ねて耳を洗う（隠遁生活に入る）」ことだけだった。

寒山は中国で詩人として愛され、世界中の探求者や放浪者の英雄になった。彼の詩はしばしば、彼が避けた街の生活という道と、彼が追い求めた狭い山のトレイルとの対比に戻ってくる。仏教や道教でも古くから、教えを説明するために道の比喩を用いてきたが、それらは万人のための広い道として描かれてきた。寒山はこの伝統を破った。彼は生き方があまりに一般的になり、トレイルがあまりに混雑し、すり減ってしまったと考え、読者に「塵俗を出で（汚れた俗世を離れ）」「草を践《ふ》みて（雑草を踏みわけて）」道をつくるよう促した。千年後、地球の反対側で、ソローもまた同じ比喩的なつながりを表現した。「地球の表面は柔らかく、人間の足で踏みつけられる。精神が旅する道も同じだ」と、彼は書いた。「世界のハイウェイはいかに削れ、埃だらけなことか　伝統と画一化の轍《わだち》のいかに深いことか」

彼らが描写しているのは、あらゆる生き物に共通する、道からの離脱だ。あるケムシが新しい葉を見つけ、そのあとに十匹がそのトレイルをたどる。十一匹目が来るころには、葉はもう筋まで食べ尽くされ、そのケムシは、腹を空かせて新たな方向へと動きだすだろう。同じ法則は食物を探すアリや放牧中の家畜、ファッションのトレンドや株式市場、渋滞する道や地面の削れたハイキング道にもあてはまる。寒山は天台山の「奥深く」に分け入り、行き詰まる慣習から逃れられる場所を見つけ、そこで新鮮な、必要最小限の暮らしをした。

スルーハイクを終えて何年かのあいだに、わたしはしだいにアパラチアン・トレイルが自分にとっての寒巌だったことに気づいた。単純さと自由によって規定される自然の場所で、暴力や強欲は比較的少なく、明確な目的地があって気を紛らわすものはあまりない。だが寒山とは違って、わたしはそこを去り、都市に戻った。もうひとつの生活がわたしを放さなかった。

ひたすら歩きつづける生き方はおそらく可能だろう。トレイルでの生活はお金がかからないし、わず

＊英訳はゲーリー・スナイダーの『Cold Mountain Poems』による。この章のほかの英訳はすべてレッド・パインの『The Collected Songs of Cold Mountain』から。どちらも素晴らしい訳だ。スナイダーはより叙情的で、レッド・パインは学術的な正確さがあり、網羅性も高い。

かな蓄えと季節仕事で何年も、あるいは何十年も生きているフルタイムのハイカーも何人かはいる。そうした放浪者は托鉢僧を思い起こさせる。社会の重力から自由になり、アウトドアで簡素な暮らしをしている。

長年、ずっと歩きつづけているハイカーの興味深い名前を、思いがけない場所で何度も耳にしていた。ニンブルウィル・ノマドのことだ。一九九八年のはじめてのインターナショナル・アパラチアン・トレイル（IAT）の記録によると、ノマドは自分の財産をすべて捨て、フルタイムで長距離トレイルをハイクすることに専念した。彼は誇りを持って自分を「ハイカー・トラッシュ（ゴミのようなハイカー）」つまり原始的な放浪者の現代版と呼んでいる。冬場はピックアップトラックに住み、ウォルマートや国立公園の駐車場で眠っているという。そして暖かい季節になると、歩きはじめる。

彼がしていることは神話のように思われがちだ。ノマドは感染症を防ぐため、十本すべての足の指の爪を外科手術で切除しているという話を何人かから聞いたことがある。ミニマリストで有名な彼は、バックパックの重さを厳密に十ポンド（約四・五キロ）以下に制限しているという。人々は、彼の調理道具は曲がったスプーンとライター一本ずつだけだと冗談を言う。そして可能なかぎり食糧を運ぶことを避け、安いロードサイドの店やガソリンスタンドで食事をしているらしい。

こうしたスタイルのハイキングは一般には尊敬されていない。二〇〇一年にノマドに会ったラマー・マーシャルは、長距離のハイキングをして毎晩レストランに入っていたら「森のなかにいる目的を無にすることになる」と思うと語ったことがある。ところがノマドは、どうやらだいぶ以前から、森という範囲にとらわれずに移動しているようだ。わたしは彼が、人間がつくった人間界と自然界の境界を尊重していないことに共感した。毎日、彼はポスト産業主義の原生自然をさまよい、森から森へ、レストランからレストランへと、多くの部屋がある巨大な世界で優美な道を見つけ、「必死で平和を求めて」歩いている。

十五年以上のあいだに、彼はおよそ五万四千キロを歩いてきた。まず、アパラチアン・トレイル、パシフィック・クレスト・トレイル、コンチネンタル・ディバイド・トレイルのいわゆるトリプル・クラウン（三冠）を制覇した。それから彼は十一のナショナル・シーニック・トレイルをすべて歩き、二〇一三年にアンデカプル・クラウン（十一冠）という奇妙な名前で呼ばれる偉業を達成した。その最後の締めくくりとなるモナドノック山で、ディック・アンダーソンら友人たちに祝福された。達成感と満足感に包まれ、七十五歳の誕生日が近づいていたこともあり、彼はハイキングシューズをもう履かないと誓った。ところが翌年の春、彼は戻ってきた。ニューメキシコ州からフロリダまでの苛酷なロードウォークを完歩し、自分で「グレート・アメリカン・ループ」と名づけたルートを歩ききると宣言した。それはアメリカ合衆国の四隅をつなぐトレイルのループ（輪）だった。これが最後のロングハイクになる、と彼は宣言した。

彼と会ったことがなかったわたしは、ノマドが単なる気むずかしい人間嫌いなのか、それともジャック・ケルアックの言う「新たなアメリカの聖人」なのかわからなかった。わたしはこうした生活や、それがどんな人物をつくったかについて知りたかった。そこでわたしはある日彼に、最後のハイクを数日間一緒に歩かせてほしいとメールをした。彼はジャーナリストに対して、無根拠とは言えない深い疑念を抱いていたから、慎重な交渉のすえにようやく、一緒に歩くことを認めてくれた。彼はわたしに、六月初旬のある日には、テキサス州ウィニーの郊外をテキサス州道七十三号で東に向かっているだろうと伝えてきた。もし会えればついてくるのは歓迎だが、人に合わせてゆっくりと歩いたりはしない、と。

約束の日、わたしは姉と一緒にヒューストンから南東へ、道路脇にハイカーがいないかと気を配りながら車で向かった。地図にアリゲーター・ホール・マーシュと書かれた場所を過ぎるあたりで彼を見つけた。ハイウェイの反対側で、白い姿をした彼が車の流れと逆向きに歩いていた。わたしたちは車を回して五十メートルほど先の路肩に車を停めた。彼は手を振りながら近づいてきた。就学前の子供用ナップサックくらいのサイズの青いバックパックを背負っていた。プラスティックの水筒が擦りきれた青いひもでベルトからぶら下がっていた。ひじの内側には折りたたまれたトレッキングポールがあり、手にはプラスティック製の欠けたコーヒーカップを持っていた。

車のところで握手をすると、彼は微笑んだ。長く伸びた白髪には黄色い線があり、白い髭はところどころ黒いものが混じっていた。その両方が襟元に達し、そこで海のように渦巻いていた。頭の上に白いランニングキャップをかぶっていた。サングラスをとると、眩しさに細めた目には深い皺が刻まれ、その窪みはあまり日焼けしていなかった。手も日焼けしているが、それは親指のつけ根あたりまでで、そこから上はシャツの袖で日焼けせず、ピンク色のままだった。

繰りかえされる動作はパターンをつくる。四十六日間路上に出ている彼にはパターンがいくつもあった。彼はボロボロのランニングシューズを見せた。穴が開いて指先が突きでていて、回内足のため内側に傾いていた。古着屋で五十セントで買った白のボタンダウンのドレスシャツは、荷物を背負っているあたりに焦げたような黒い染みができていた。

彼の本名はM・J・エバーハートといった。「エブ」と呼んでほしい、と彼は言った。

照り輝く金属とガラスの塊が音を立てて通りすぎ、熱い風を起こした。エバーハートは姉のステーションワゴンのリアバンパーに腰かけた。アイスクリームと冷たい水を持ってくると、彼は照れながらそれを受けとった。「ああ、これは助かるよ。ありがたい」と彼は言った。コーンを食べると口元に笑みが浮かんだ。

「受けとるよりも与えよといつも聞かされてきたものだが、誰かが受けとらなくてはならないのだし、わたしは受けとる側にまわってきた」とエバーハートは回想録『Ten Million Steps／一千万歩』で書いている。この本は、彼に食事をふるまったり、自宅に連れていったり、手に大金を握らせようとした人々の話であふれている。彼はたいていい断るのだが、結局は折れるのだった。彼が最初に持ったトレッキングポールは、三時間ほど一緒にいた仲間のハイカーがドイツから送ってくれたチタニウム製の高価なスティックだった。直接相手に対しても、文章のなかでも、エバーハートは感謝の気持ちをいつも表している。本のなかで、彼は百回以上「ありがとう」という言葉を使っている（それに対して、「トレイル」という言葉はわずか六十七回）。

アイスクリームを食べ終え、包み紙をわたしの姉に渡すと、彼はプラスティックのコーヒーカップに氷を詰めた。それで準備は整った。わたしは姉と別れのハグをした。姉は車に乗って走り去り、わたしとエバーハートは百万エーカーの緑の農地に残された。

「うちの裏庭へようこそ！」と言って、エバーハートは山盛りの氷を持って手を広げた。海抜約三メートルの平らな大地だが、巨大な雲が出ていた。白い山脈が、切断されて空中に浮遊していた。

歩きながら、エバーハートはこれまでの旅の話をしてくれた。歩きはじめたのは四十六日前で、出発点はコンチネンタル・ディバイド・トレイルの南の終着点だった。そこから東へ向かい、ニューメキシコ州の黒ずんだ荒れ地を通り、エル・パソを抜け、塵旋風にとりつかれた、乾いた焦げ茶色の平原を歩いてきた。道路を通るのはセミトレーラーばかりで、銀色の巨大な車体が十秒に一台ほど時速百六十キロで駆けぬけていく。その排気ガスを吸いこまないように、鼻から浅く息を吸うようになった。車は凄まじい音を立てていく。

テキサス州西部では、ハイウェイはまっすぐに伸び、地平線で消えている。空間と時間の感覚が麻痺した。毎日何時間も歩いても、まるで前に進んでいる気がしなかった。遠くの山々は、近づくよりも速く遠ざかっていくように感じられた。ハイウェイには一マイルごとに標識が立っている。彼は毎回それをチェックして、確実に数字は変わっていると自分を納得させた。

つねに吹いている風が、日中は顔を押しもどし、夜になるとテントのなかに砂を送りこんだ。それを避けようとして、ある日彼はゴーストタウンの廃屋のなかにテントを設置した。すると割れたガラスの破片で空気注入式の寝袋がパンクしてしまった。別の夜には、トラックの駐車場のブースに倒れこんで眠った。砂漠の朝は強烈に寒かった。毎日背を丸め、ビニールの雨合羽のフードを頭にかぶせ、ポケットに手を入れるようになった。

計画ではガソリンスタンドからガソリンスタンドへと歩くつもりだったが、何十キロも何も建物がないこともあった。もしときどき人が車を停めて彼に水を与えてくれなかったら、たぶん死んでいただろう。砂漠を通り抜けたときには、不吉にもハゲワシが頭上を舞っていた。

ハゲワシ以外、彼が目にしたほぼすべての動物が（ほとんどは車に轢かれて）死んでいた。サンゴヘビや二頭のミュールジカ、アライグマ、アルマジロ、無数の鳥。そしてわけのわからないことに、コヨーテが数頭フェンスに縛りつけられていた。

こうした経験をするのはテキサス州西部だけのことではない。ハイウェイは速く、固いものに適合しているため、遅く、柔らかいものは殺されてしまう。わたしたちが話しているときも、頻繁にたくさんの死骸の脇を通りすぎた。カメ、ヘビ、アルマジロ、ワニの子供、何かわからなかったが、おそらく犬。こうした動物たちの毛皮や骨は激しく飛び散っていた。まるでロケットエンジンの脇で眠ったかのようだった。

「今日はあらゆる種類の動物の事故死を見たよ」と、エバーハートは言った。

わたしは彼に、ハイウェイではハイカーは歓迎されていないと感じないかと尋ねた。

「道を歩くのは楽しいよ」と彼は答えた。「街に着けば、地元の人と話すことができる。緑のトンネルではこういうわけにはいかない」

歴史的にも、道路には奇妙なタイプの歩行者が引きつけられてきた。いわば「社交好きな苦行者」とでもいう人々だ。二十世紀初頭、放浪詩人のヴェイチェル・リンジーは、清貧、純潔、禁酒の誓いを立て、「美の福音」を唱えながらアメリカの道路を何千キロも歩いた。彼が『物乞い、とくに詩人の仲間のためのハンドブック』を出版したおよそ半世紀後、ミルドレッド・ノーマンという女性が彼の足跡をたどろうとした。彼女は名前をピース・ピルグリム（平和の巡礼者）に変え、アメリカの道路を通って、非暴力の哲学を広めながら大陸を横断しはじめた。* 彼女は自分のポケットに入るもののほか、何も持っていなかった。食べ物も寝床も、すべて見知らぬ人に頼っていた。

十二キロほど歩いたところで、コンビニエンスストアに入った。店内の空気はおいしかった。はじめ

*偶然にも、ノーマンはアパラチアン・トレイルの全コースを（何度かに分けてではあるが）歩いた最初の女性でもある。ハイキング中、彼女は火を通さないオートミール、ブラウン・シュガー、ドライミルク、トレイルの脇で手に入った野生の食べ物を食べた。彼女は自分のスルーハイクを生涯の巡礼のための「訓練」と表現した。

て聞くのにとてもなじみのある音が響いていた。圧縮機の音と液体が流れる音に、ときどき氷と、冷たくなったコインが鳴る音が混じる。

ひな鳥のような顔をした老婆がカウンターの向こうで車椅子にすわっていた。骨張った腕には青い静脈が浮いている。しわがれた声でわたしたちに挨拶した。

「やあ、調子はどうだい」と、エバーハートは嬉しそうに老婆に声をかけた。「ソーダファウンテンはある？　ああ、あるじゃないか！」

彼は欠けたプラスティックのカップをソーダファウンテンにセットし、縁まで氷を入れ、透明な液体を注ぎこんだ。彼はそれをゆっくりと飲みほし、もう一杯注いだ。残念そうな表情で振りかえると、カウンターまで歩いていった。

「炭酸水かと思って注いだんだが、間違いだった。それは半分くらい飲んだかな。それからスプライトのボタンを押した。だからその分の代金を払うよ」

「いいんですよ」と女性は言った。「あなたは無料です」

「外はすさまじい暑さだからね」と彼はすまなそうに答えた。

「ほんとに」

彼は老婆に心からありがとうと言い、わたしたちは歩きだした。

「あれはフェアじゃなかった」彼はあとで告白した。「あんなふうに人の感情を操ることができるのはよくないことだ。ついそれに甘えてしまう」

歩きながら、わたしは少しずつ、どのようにしてM・J・エバーハートがニンブルウィル・ノマドになったかを知っていった。生まれたときつけられた名前はメレディス・エバーハートだった。そのころは男の子の名前だったんだ、と彼は言った。場所はオザーク高原［ミズーリ州南部からアーカンソー州北部にかけて広がる高原］の「眠たい」町で、人口は三百三十六人だった。まるでハックルベリー・フィンのような子供時代だった、と彼は言う。夏は裸足で過ごし、釣りをして馬に乗った。秋には郡の医者だった父親とウズラを捕った。

エバーハートはその後検眼医の資格を取り、結婚し、ふたりの息子を育てた。フロリダ州タイタスビル（「宇宙の都市USA」）に住み、白内障手術の前後に行う検眼で、すぐに年収十万ドル以上を稼ぐようになった。患者の多くはNASAの科学者だった。人々が視力を取りもどすことを喜び、家族を養えることを誇りに思った。ところが、その仕事はなぜか空っぽのように思えた（なかでも、規則や法律のための書類仕事は果てしなく、しかもそれは年々量が増えるようだった）。

一九九三年に仕事を辞めると、ジョージア州のニンブルウィル・クリークのほとりの狭い開拓地でひとりで過ごす時間が増えた。妻とは気持ちが離れていった。それから、自分でもよく覚えていないという、五年間の暗黒時代が来た。のちに彼の息子たちに電話をしたところ、ふたりとも父親とはもう何年も話していなかったが、面倒見もよく、しっかりした収入もある父親だったと記憶していた。だが怒りっぽく、酔ってふさぎこむことも多くて、ときには（暴力はふるわなかったが）怒鳴ることもあったという。

新しい家は、いつも登っていたスプリンガー山の麓に近かった。少しずつ歩く距離を延ばし、計画的に区間ごとにATを歩き、ついにはペンシルヴェニア州に到達した。それから一九九八年、六十歳のころ、フロリダ州からカナダのケベック州のガスペ岬まで、七千キロの大冒険に出ることにした。トレイル、道路、それにいくらかの道のない原生自然を雑多につなぎあわせたコースだ。そのころ、心ブロックと診断されていたが、ペースメーカーを入れたほうがいいという医者の忠告は無視した。息子たちは、生きて帰ってこないだろうと考えた。

トレイルで、エバーハートは第二の故郷、ニンブルウィル・クリークにちなんで名前を変えた。フロリダの沼地から歩きはじめ、水浸しのトレイルを北に向かった。濁った水が腰のあたりまで達することもあった。沼地を抜けたころには、足の指の爪は十本とも剝がれていた。ケベック州に着くころには、すでに十月下旬だった。その十カ月間に、少しずつ宗教的な目覚めを経験していたが、厳しい、凍てつく山を越えるときには、信念が揺らいだ。「神よ、なぜわたしを見捨てたのですか？」ジャック・カルティエ山の麓でのある日、空が黒くなるのを見て彼はこう問うた。嵐の合間にようやく山頂まで達し、日射しのなかで「寛大な神の温かい存在」を感じた。トレイルの終点に到達すると、友人のバイクの背に乗って南へ戻った。そして旅の締めくくりとして、マイアミの近くからフロリダキーズまでさらに二百八十六キロを歩き、そこで「まったく、完全に、心から満足し、ほとんど涅槃《ねはん》に入ったような」心境に浸った。

彼は違う人間になって戻ってきた。シャワーを浴びるのをやめた。髪を伸ばした。自分の持ち物をどんどん捨てた。三日間で、生涯にわたって集めてきた本を、一冊一冊、自宅の庭で樽のなかで燃やした。二〇〇三年には妻と離婚した。家と資産のほとんどを妻に譲り、ニンブルウィル・クリークも含めた、ほかの不動産も取消不能信託［設定後の条件変更や取消が認められない信託］でふたりの息子に譲渡した。それからは社会保障給付小切手だけで暮らしている。もし月末までにそれが尽きれば、食べるものもない。しかし彼は、ずっと歩いている自由を手に入れた。それは、自由そのもののように思えた。「まるで一歩歩くごとに、そうした重荷はわたしの体からゆっくりと着実に排出され、足元の、そして通りすぎた道に流れ出た」

エバーハートは道端でとまってビニールケースから地図を出した。地図には二十四キロ分しか載っていない。旅の行程をすべてカバーするには百七十枚必要になる。だから迷子にならないように、重さとコストはかかるが、小さな黄色いGPSを持つことにした。

驚いたことに、彼はGPSのほか、小さな携帯電話とデジタルカメラ、iPod Touch（フリー・ワイヤレス・ネットワークにログインし、天候をチェックしたり、ジャーナルをアップしたり、メールの返信をするため）も持っていた。

携帯電話は、高校時代のガールフレンド、ドゥウィンダがどうしてもと言って持たせたものだ。彼女はわたしたちが歩いているとき、二度電話してきた。彼は最初、重量が無駄に増えると思っていたのだが、オザーク高原で脚の骨を折ったときに携帯電話に命を救われた。「それから携帯電話のことで不満を言うのはやめたよ。喜んで持ち歩いて、毎日彼女と話をしている」。彼はわたしに、誰もテクノロジーの世界から「完全に逃れる」ことはできないが、「完全にそれに支配されないようにする」ことはできると語った。

「その点では、わたしはかなりうまくやっていると思うよ」

一緒に歩きはじめて十六キロほどで、エバーハートは路肩が狭くなってきたことに気づいた。彼はテキサス州のポート・アーサーに近づいていると予測した。そしてたしかに、街はすぐに近づいてきた。尖った機械の塔から白い蒸気が上り、青い空のなかに魔法のように消えていった。

ポート・アーサーは石油の街で、メキシコ湾の海底から採られた原油の精製が盛んだ（商工会議所のモットーは「石油と水が美しく混ざりあうところ」）。わたしたちは有刺鉄線のフェンスをいくつか越えた。その背後には、骨のような長く白いチューブが輝いていた。巨大な石油精製所は、イタリアの未来派建築家アントニオ・サンテリアを彷彿とさせる。アメリカ国内の石油、プラスティック、石油化学製品の多くがここから来ている。それは見たこともないようなものだった。まるで光り輝くクルーズ船の甲板の下のエンジン室に入り、船を前に進ませる煤だらけの機械を目の当たりにしたようだった。

帰宅する車が列になってアイドリングしていた。排気ガスで空気は悪かった。「なんでこんな暮らしをするんだろう」と、エバーハートは運転席のやつれた顔を見て言った。「家で過ごすより、車のなかにすわっている時間のほうが長いだろうね」

バレロ社の製油所の前の広い交差点で、わたしたちはパトカーの窓のところで立ち止まって方向を尋ねた。短髪で歯が二本欠けた警察官が運転席に、制服ではない女性が助手席にすわっていた。「左に曲がって四ブロックくらいです」と警察官は言った。「メインロードからはずれないように。治安が悪い場所ですから」

わたしたちは歩道を歩いた。ハイウェイの路肩を二十四キロ歩いたあとではかなり快適だった。通りには小さな家が並んでいた。コンビニエンスストアの駐車場で、ひとりの男が自分のトラックの後部ドアに腰を下ろし、長い缶のビールを飲んでいた。店のなかはやはりきれいで涼しかった。エバーハートが喜んだことに、ここには六種類の冷凍ブリトーが置いてあった。もう何週間も好きなブリトーを食べていなかったのだ（「西部に来てブリトーを食べなかったら、何も食べていないことになる。ここにはそれしかないんだ。朝食のブリトー、ランチのブリトー、それにたぶんデザートのブリトーだってあると思う」）。店の奥で、ソーダの木箱の上にすわり、冷たい空気のなかで夕食を食べた。

エバーハートがデザート（ブルーベルのバニラアイスクリーム）に移ろうとすると、店員のひとりが彼に、商品を補充したいのでどいてほしいと言った。エバーハートは謝った。

「この店に来る人はみな車にすわれるが、わたしたちは歩いてきたんだ」と彼は説明した。

店員は疑わしそうな目で見た。

「行き先は？」と店員はヒンディー語なまりの巻き舌で、早口で尋ねた。エバーハートはミズーリなまりのゆったりとしたしゃべり方だった。会話はうまく伝わらず、あいだに入って通訳をしなければならなかった。

「明日橋を渡ってルイジアナ州に入る。今月末にはフロリダ州に着く予定だ」

「何かの記録のために？」

「いや、ただ歩いてるんだ」

「楽しみのため？」

「うん、まあ……」

「夜はどこに眠ってるんです？」

「キャンプ用のテントがある」

「どこかで風呂に入るんですか」

「きみほど頻繁じゃないよ」

「何日間歩いてるんですか」

「ニューメキシコを四十六日前に出発した」

店員は言葉をとめ、首をかしげた。「なぜそんなことをするんです？」

「わたしは長距離ハイカーで、歩くことを楽しんでいる。人と会ったり、アイスクリームを食べたり」

そう言ってエバーハートはにやりとした。

「ええ、わかります」

「悪くない人生だ。嵐のときはずぶ濡れになるけれど……」

エバーハートは財布から名刺を出した。アメリカの地図が赤い線で囲まれていた。店員はまた当惑した。「メディアに伝えなきゃ。地方紙のニュースになるかもしれませんよ」

エバーハートの笑顔はこわばった。

あとで彼は、ああしたことを訊かれるのはよくあることだと言った。人々が質問する理由はよくわかる。彼らにとっては「まるで得体の知れない人間」だからだ。興味を抱くのは当然のことだ。しかし、ひとつだけ彼が恐れている質問があり、それは単純になぜかと問われることだった。ほかの質問なら一日中でも答えられるが、その質問には答えたくないんだ、と彼は言った。「なぜかわかるかい？　答えようがないからさ」


なぜハイキングをするのか。わたしはこの質問を数多くのハイカーにしてきたが、一度も納得できる答えが返ってきたことはない。理由はひとつではないだろう。体を鍛えるため。友達との絆。野生に浸り、生を実感するため。征服するため。苦しみを味わうため。悔悟のため。思索に耽るため。喜びのため。だが何にもまして、わたしたちハイカーが探し求めているのは単純さ、道がいくつにも枝分かれした文明からの逃避だと思う。

トレイルのいちばんの喜びのひとつは、明確に境界を定められていることだ。毎朝、ハイカーの選択肢はふたつしかない。歩くか、やめるか。その決断をしてしまえば、ほかのこと（いつ食べ、どこで眠るか）はあるべき場所に収まっていく。チャンスの国アメリカ（ここでは、心理学者のバリー・シュワルツが「選択のパラドックス」と呼ぶものにとり囲まれている）で生まれた人々にとって、選択からの自由という新たな解放は大きな安心感をもたらすのだ。

こうした解放は、面白いことに人の選択肢を拡大しつつ、同時に制約する。アメリカ合衆国は、イギリスからの独立を宣言して以来、孤独で自由な行為者のための場所と自らを規定してきた。歩くことはいつも、この束縛されない状態の象徴であり、実践だった。ソローはいみじくも、「父母、兄弟姉妹、妻と子と友人のもとを離れ、二度と会わない気構えができたとき、負債をすべて返済し、遺書を書き、あらゆることに決着をつけ、自由の身になったとき」になってようやく「歩く準備が整ったことになる」と書いている。歩くことがこれほど自由に感じられるのは、このように生活を単純にできるからだ。歩くことで、わたしたちはさらなる身軽さを手に入れる。

わたしたちはその夜、そのコンビニエンスストアから数ブロックの草の生えた土手で眠った。わたしはハンモックを、電柱と、「警告：軽質炭化水素パイプライン」と書かれた看板がぶら下がっている金網のあいだに吊るした。日が沈むと、オレンジ色と緑色の光の玉が現れ、製油所の暗闇のなかを漂った。遠くの塔の上では火の柱が上がっていた。

翌朝はサイレンと鶏の鳴き声で目が覚めた。草やハンモック、エバーハートの寝袋に大きな水滴がついていた。あたりには蚊が飛びかっている。「さあ新しい一日だ」とエバーハートは腕を伸ばしながら言った。「もう一日がんばって歩こう」

道路に戻り、彼はゆっくりと歩きはじめた。朝は、少なくとも三十分は背中の痛みがとれないそうだ。

「毎朝、今日こそこの痛みは消えないだろうと思うんだ」と彼は言った。「でも必ず消える」

製油所をもう一度通過するとき、彼は立ち止まって写真を撮った。「あそこに建っているあの塔は、自分で雲をつくって吐き出してる」。わたしがこれまでに会ったハイカーのなかで、彼は珍しく人工物に対する理解がある。風景の写真を撮るとき、ほとんどのハイカーはできるだけ電線が写らないようにする。だがエバーハートは、どんな写真にも電気が使われていることを受け入れれば、もっといい写真が撮れるようになる、と語る。

問題は、ハイカーたちが自分の人生を部分に分けようとすることだ、と彼は言った。あっちには原生自然、こっちには文明。「そのあいだにある壁は、自然にそこにあるものじゃない。わたしたちがつくるものだ。安らぎや静けさ、孤独や理由を見つけるためにオリンポス山の頂から景色を眺めなくてはならない人がいるとしたら、その人は完全に人生を見失っている。それは麓のシアトルのダウンタウンの道の真ん中にだってあるものなんだ。わたしはそういう壁を壊して、人生を分けるのをやめ、昨日歩いて通り抜けたラッシュアワーの渋滞のなかにも同じだけの安らぎと喜びを見つけられることを目指してきた」

伝統主義者であることを誇りにしているエバーハートは、その点で環境哲学の最前線にあるとわたしが指摘すると驚いた。この二十年で、ウィリアム・クロノンらのポストモダンの環境論はミューアやソローの教義を否定し、人間の文化から区別される世界として思い描かれた自然とは、人間がつくりあげた、役に立たないものにすぎないと主張している。自然という概念は、こちらに自然な世界、こちらに人間の世界というように、地球をふたつに分割する。クロノンは、こうした分割はわたしたちを地球から疎外するだけでなく、人間がもともと動物であり、細胞の集まりであり、協力しあい絡まりあった生き物のひとつだったことを忘れさせると述べている。蟻塚をつくるシロアリも、木をなぎ倒すゾウも、人の住まなくなった家に茂るクズの蔓も、あるいは協力しあって草地を踏みならす羊飼いとヒツジも、すべての生き物は自分の必要に合わせて世界をつくりかえている。わたしたちが自然と呼ぶものは、ほとんどがこうした小さな変化や適応の結果なのだ。ひとつの存在やある原始的な状態を指して、これが「自然」だと言うことはできない。すべてが自然であり、また、いっさい手を加えられていない自然などどこにもない。

聡明で良心的なたくさんの人々が、いつか捨ててしまった、もっと自然な生き方に人間は戻るべきだと考えている。しかし、自然を善と同一視することの問題点は、単に自然という概念が幻想に過ぎないことだけでなく、その発想では望ましい結果が得られないことだ、とクロノンは言う。「わたしたちが〝物事の自然な行い方〟について話すとき、無言のうちに、それ以外の方法はありえないと言っている」。何かが自然だ（だから〝本来の、本質的な、変更できず、議論の余地のないもの〟なのだ）と主張すると、世界がどうあるべきかについて意義のある対話はすべて飛ばされてしまう。

ポート・アーサーの東端で橋を渡ると、その先には緑の島があった。橋の終わりに、「プレジャーアイランドへようこそ」という看板がかかっていた。そこにはヨットや釣り堀、ゴルフコース、木造の城、キャンピングカーを駐車し宿泊できる施設などがある。わたしたちは釣具屋まで歩き、そこで朝食をとった。エバーハートは困っている店員に例の名刺を見せた。許可をもらって、店先にレインフライを広げて干した。そのあいだ、日陰のピクニックテーブルにすわった。エバーハートはチーズデニッシュを食べ、コーヒーを飲んだ。彼はとても満足げだった。

「なあ、ロブ」彼は自分からわたしに話しかけてきた。「簡単に幸せになれる人間は、とても幸せになれる」

　彼はしばらく何かを考えていた。

「子供の顔には無邪気さがあるだろう？　でも子供時代が終わると、あれはどこかへ消えてしまって、年老いて弱くなるまで取り戻せない。それでも、ときどきそれを持っている人に会うことがある。話をするまでもない。顔を見ればわかるんだ。その人たちには内的な喜び、内的な平和がある。わたしの顔にもそれがあるといいんだが」

　彼はサングラスをはずし、わたしの目を真剣に見つめた。「きみから見て、わたしはほんとうに幸せに見えるかい」

　わたしは、そのまっすぐな質問に少し戸惑いながら、彼をじっと見た。彼のなかには、たしかに輝くものがあった。頬はピンク色で、瞳は誠実で澄んでいる。だが、それ以外のものも見えた。丁寧に抑えられているが、昔の怒りが少しだけくすぶっていた。そこにある平和は壊れやすく、新しいもののように思えて、それを刺激することに不安を覚えた。

　わたしは彼の質問に別の質問で返した。平和とは、長く続く状態だと思いますか、それとも、保つために努力しつづけなければならないものなのでしょうか？

「毎日努力しつづける必要がある」と彼は答えた。「日々が巡礼で、毎日更新しなければならない。放っておいたら、わたしは惨めになってしまう。わたしがこの何年か保ってきた安らぎははかないものだ。あっという間に消えてしまいかねない」

　わたしたちは日射しでよく乾いたレインフライを畳んだ。出発するときには荷物が軽く感じられた。道はぬかるんだ沼地に入っていった。風が濡れた緑の芝をそっと撫でていく。エバーハートは立ち止まって一回頭を下げ、自分が書いた祈りの言葉を暗誦した。古いカウボーイの詩人のリズムを借りたものので、思いをこめた声は枯れていた。

主よ、わたしに道路の脇の道をお与えください。
どうかこれがあなたの計画の一部でありますように。
重荷を積み、もっと多くを背負わせてください。
わたしはそれをできるかぎりの力で引きましょう。
どうかわたしに忍耐を、この背中に強さをお与えください。
放たれればわたしは進みます。
荷を運ぶロバのように
畑を耕すウシのように。
旅に出ればあなたの証人になりましょう。
あなたの道、真理と光に向かって。
わたしの表情は落ち着き、正しく
徳と善への道を照らします。
そしてくじけ、倒れてしまわないように
わたしが努力したことを誰もが知ってほしい。
不器用さと弱さ、もろさのためです、
主よ、あなたをわたしが否定したのは。

あなたの審判の日に恵みあれ。
あなたの与えた慈悲に恵みあれ。
すべてあなたへの賛美であるこの旅に恵みあれ。
この道路の脇の道を行く旅に。

この祈りは、ノースカロライナ州のケープ・ハッテラスからカリフォルニア州のポイントローマへ大陸横断のハイキングをしているときに心に浮かんだものだ。彼はこれをそのとき持っていたマイクロカセットレコーダーに吹きこみ、帰宅したあと書き起こした。知らない言葉を辞書で調べるとき以外は一度も手が止まらなかった。

ルイジアナ州との境に近づくと、空気はしだいにひりひりと熱を帯びはじめた。エバーハートのシャツにはピンク色の下着が透けて見えた。通りかかったコンビニエンスストアで、わたしは水筒に水道水を補充した。外で蓋を開けてそれを飲んでみて、わたしはのけぞった。灯油のような臭いがした。エバーハートによれば、このあたりではよくあることらしい。「ここまでの三軒くらいで、『まったく、こんなもの飲めるわけがない』とみんな言っていたよ。実際、まえの店にいた女性は『あの冷蔵庫から水のボトルを一本とってきて』って言っていた。ここには恐ろしくまずい水もあるんだ」

日中ほとんどの時間を外で過ごしているのに、エバーハートはこの汚染に対してそれほど怒ってはいないようだった。もちろん汚染を認めたりはしないが、環境規制を強めることに対してはそれ以上に懐疑的だからだ。彼にとって、個人的な自由は侵すことのできないもので、その自由を脅かすものはすべて危険なのだ。

「神がわたしたちをこの地上に送りこんだのは、繁殖し、暮らしの糧を得ていくためだ」と彼は説明した。「石油は天然資源だ。だから、わたしたちは結局、それを使い果たすことになる。その日が来るまえに、人類が水素からエネルギーを生み出すことを願おう。そして、もう一回月に行くんだ。でもその日まで、わたしたちは何をしていればいい？　畑を鋤《すき》で耕して、馬に乗り、山小屋を建て、薪を燃料とし、インディアンと戦うか？　そんなことをしてなんになる？　いまある資源は、神がわたしたちの前に置かれたものなんだ」

わたしは驚き、そのことを彼に伝えた。ミニマリストである彼は、ほかの人にもあまり大きな足跡をつけない生き方を勧めるのだろうと思っていた。

「自分の生き方についてては喜んで話すが、それを人に強いるつもりはないんだ」と彼は答えた。「実際にそういうことはある。わたしだっていろいろ強要されている。そんなことは許せない。まったく許せないね。もしわたしが飛行機を買って、それに一ガロン［約三・八リットル］五十ドルの燃料を千ガロン入れたいと思ったとする。それだけの金をわたしが持っているなら、好きにさせてもらいたいね！」

それから、政府による規制の役割について、長く、ときには白熱した議論が続いた。しかしずっとこの点について話しているうちに、わたしたちの相違点は政治的なことではなく、認識の違いなのだと気づいた。汚染問題の解決法どころか、問題のありかについてすら意見が合わなかった。環境学は、エバーハートの考えでは、国民に対する政府の支配を強化すること、人間を神の上に置くこと、というふたつの意図を持った人々によって「政治化され、歪められている」。この計略には、ダーウィニズムも役割を果たしている、と彼は主張する。彼は腕を広げて周囲の土地を示した。「ここに立ってあたりを見渡せば、秩序があることがわかるだろう。ただの混沌でしかないというかもしれないが、そうじゃない。ちゃんと秩序がある。それはダーウィンがつくったものじゃない」

わたしは周囲を見渡した。道の両端に背の高い雑草が繁茂していて、有刺鉄線のフェンスのすきまから飛びだして柱を斜めに押している。草地には無数の昆虫や両生類、鳥が棲んでいる。エバーハートはそこに、目的を持ち、完全に設計され、丁寧に手を加えられた神の創造を見る。一方、わたしは同じ場所に進化の奇跡を見る――競争しつつ協力し、繁殖しては死んでいく、自己永続的でありながら絶えず流動的な、粒子や細胞、体、システムの無限に複雑な配置だ。わたしは彼の見方で世界がどのように見えるかを想像し、また自分の見方からもう一度見てみた。どちらもそれぞれに美しく、崇高だった。

「わたしは創造主を信じている。来世を信じている。聖霊を信じている。わたしはこうしたものを、ごくまっとうに心の底から信じている」と彼は言った。「この会話のあいだ、わたしはきみが間違っているとは言わなかった。きみは自分が信じたいように信じればいい。しかしわたしにもわたしが信じたいように信じる権利がある。善悪を厳格に区別する教会の教えに基づくコミュニティで育った老人に、それ以上のことを求めないでくれ」

こんな話をしているうちに、午後の熱が体にまとわりついてきた。ハエがエバーハートの髭にからまって揺れていた。議論をするにはあまりに暑くなってきたうえ、その日はまだまだ何キロも歩かなくてはならなかったので、わたしたちは気まずい沈黙におちいった。つぎの休憩場所に着くとどちらもほっとした。トラックが停まっているレストランで、わたしたちは冷えたプラスティックの椅子に腰を下ろした。四人家族が余り物のオニオンリングとフライ、食べかけのハンバーガーをくれた。そこから八キロ歩き、また別のエアコンのオアシスでとまった。隣のテーブルには手に負えない二人の幼い男の子を連れた母親がすわっていた。男の子たちはエバーハートが通りすぎると口をぽかんと開けて眺めていたが、すぐに忘れてまたじゃれあいはじめた。

店の手伝いをしていた母親の話では、二〇〇五年以来二回ハリケーンの被害に遭い、店は水浸しになった。もう洪水の保険金を受け取ることができないため、ハリケーンが近づいてくるたびに商売道具をトレーラートラックに積みこんで逃げだすという。

「でも毎回戻ってくるんだよね？」と、エバーハートは驚いたように言った。「信じられないな」

ハリケーンは予測をすることができないらしい。「まるで行き当たりばったりなの」。前回のハリケーンでは、自転車は元の場所に残っていたが、古い洗濯機は家の裏の沼地まで飛ばされていた。そこにすわりながら、わたしはこんな騒々しく荒れ狂う複雑さのなかで生きていくのはどのようなものだろうと考えた。ここで生きていることで、執念深い気まぐれな神を信じるようになるだろうか、それとも完全な無神論者になるだろうか。

わたしはかつて、ルイジアナ州のまさにこの郡（科学者たちによって、海面上昇と嵐の増加によって深刻な被害を受けると予測されていた［キャメロン郡のこと］）で、人間の活動が気候を変動させるという科学的見解を、住民の半数以上が正しいと考えなかったという調査結果を読んだことがあった。エバーハートもその見解に懐疑的だった（「それは信仰から大きくはずれている」と彼は言った）。実際、ハリケーンが猛威をふるうこの場所でそのことを考えてみると、アリのように振り回されて生きていくわたしたちちっぽけな人間が、地球に大きな変化をもたらせると考えることなど、まったく驚くべきことのように思えた。まるで神々を傷つけるとこうなると見せつけられたようだった。

わたしたちはみな、土地に育てられる。わたしたちは育った場所ではじめに世界について学ぶ。それがわたしたちの言語や信念、期待を形づくる。わたしは広い峡谷があり手入れの行きとどいた芝が生えたミシガン湖のほとりで育った。そこでは人間の技術によってシカゴ川は流れが逆向きにされ、プレーリーはトウモロコシ畑とコンクリートに変えられていた。エバーハートはオザーク高原の北東部の出身だ。厳しい土地で、メリウェザー・ルイスが探検し、無法者のジェシー・ジェームズ〔（一八四七－八二）西部開拓時代のガンマン。兄弟らと強盗団を結成した〕が悪行を働いたところだ。かつては鉛鉱山があって、地面から直接掘り出した鉛をウシが引いていたのだが、その後資源は枯渇した。残された人々は酸性の土地に頼って生きていかなければならなかった。ここで出会ったこの女性と子供たちは、夏から秋にかけて、いつ暮らしを奪いとられてしまうかもわからない境遇だ。

その店を出るころには、太陽が傾きかけていた。わたしたちは寝ることができる乾燥した場所を探して道端を歩いていった。はじめに消防署の軒下を、それからヘッド・オブ・ザ・ホロウという墓地の裏手を見た。エバーハートは墓の奥のほうに、ライブオークの林を見つけた。すばやく有刺鉄線を乗り越え、そのふしくれだった枝の下で身をかがめた。「最高だ」と彼は声を上げた。

フェンスのなかは日陰の多い林で、地面に敷きつめられた細い枝が風に揺れていた。わたしたちは急いでテントを立て、蚊が霧のように寄ってきたので、あわててナイロンの繭にくるまった。わたしは、エバーハートの歩き方では「森のなかにいる目的を無にすることになる」というラマー・マーシャルの言葉を思いかえしていた。ここに、わたしたちはほとんど誰も眠ったことがない原生自然の片隅を発見した。それはほんとうに素敵だった。「澄んだ心と開いた精神があれば、人は地上のどこにでも原生自然を経験できる」とゲーリー・スナイダーはかつて言った。「この地球は未開の場所で、今後もそうでありつづけるだろう」

ウィリアム・クロノンによれば、原生自然とは自然と同じように幻想的な概念だ。彼は原生自然が現代世界からのエデンの園のような避難所、「わたしたちが世界に自分の印をつけるようになった以前に存在したまっさらな状態」とみなされることを危惧する。それはわたしたちの幻想であり、万一のための備えでもある。わたしたちは、イエローストーン国立公園が美しく保たれているかぎり、家の近所の川が汚染されてもしかたがないと思ってしまう。「自分のほんとうの故郷は原生自然だと想像することで、実際に住んでいる故郷のことは諦めてしまう」と彼は書いている。

しかしクロノンは、自然という概念はわたしたちの思考を狭めかねないが、原生自然の概念は思考を広げることができると主張している。原生自然のなかで間近に目にすることができるのは、自分たちに先立って存在し、単純化を頑なに拒む、驚くほど複雑な世界だ。「原生自然は人間がつくったのではない世界を思い出させ、人間はほかの存在や地球に対して謙虚さと敬意をもつべきだと教える」。この教えは、「(ほかの)自然物だけでなく人に対しても適用できる」と彼は書く。つまり、彼の「原生自然」とシェーラーの「同胞感情」は、不思議とよく似た概念なのだ。

農場では、土地は農家にもたらす利益のみで定義される。農家は、作物と土壌、悪天候、害虫、負債以外のことはあまり考えない。だが原生自然の決定的な特徴は、人が管理しないという点にある。それは生い茂るままに放置された土地だ。原生自然はつねに、フェンスの向こうの、自分ではない、故郷ではない土地と定義されてきた。それは開けた土地であり、誰も所有せず、それを知り尽くしていると言える者は誰もいない。古来、そこはあらゆる種類の予言者、探検家、苦行者、はみだし者、反逆者、変人たちに住処を与えてきた。ミューアのように聖なる場所とみなした人々もいたし、清教徒のように恐るべき場所とみなした人々もいた。しかし誰ひとり、それを知り尽くせると考えることはなかった。それは永遠にわたしたちの理解を超えた場所なのだ。たぶんだからこそ原生自然は、ソローが「この広大で、残忍で、荒涼とした母」と歌ったように、ますます世俗化し、自然から離れたこの社会のなかで超越的な力を保つことができたのだろう。雪に覆われた山頂であれ、木立の陰であれ、未開の土地はエバーハートとわたしという異なった人間のどちらもが、同じ宇宙の光を浴びているように感じられる場所なのだ。

未開の土地では、大胆な思考が花開く。そこでは、わたしたちは自分の知識の限界を感じることができ、違う生き方をする違う生き物がいることを受け入れられる。クロノンは大胆にも原生自然に関するエッセイの結論で、わたしたちはもう一度この未開の感覚を人間の景観に取りいれ、たとえば、庭の木を野生のものとして見なければならないと主張している。原生自然という概念は人間を含むものとして再構築されなければならない。つぎの環境意識の大きな飛躍は、「都市から原生自然まで、すべてのものを『故郷』という言葉に含めることができるような共通の場を見つける」ことになるだろう、と彼は言う。

翌日がエバーハートと過ごす最後の日だった。夜が明けると、わたしたちは道路に戻ってまた東へ歩きだした。熱を帯びた灰色の空が覆いかぶさっていた。途中、沼地が燃えていた。左手は広大な農地だった。一台のヘリコプターが上から細かい化学物質の霧を放出していた。右手には分厚い暗雲がメキシコ湾から迫ってきて、灰色に遠くまで伸びていた。

あと十六キロ歩くと、わたしはヒッチハイクでハリケーンの被害に遭ったホリービーチの町からヒューストンへ、デンマーク人の旅行者のグループと一緒に戻り、三日間で歩いた距離をわずか一時間で逆戻りすることになる。だがこの朝、終わりはまだはるか先のように思われ、すでに脚も痛くなりはじめていた。ずっと同じ道路の表面を何日も歩きつづけることは、工場で働いているような負担を体にかける。毎日何時間も、ほとんど同じ動作の繰りかえしだ。膝の裏や、足の裏など妙な部分が痛くなってくる。

だがエバーハートは何事もなさそうだった。猫背で、右足をわずかに引きずっているが、その足どりははじめからとても安定し、正確に一時間で四・八キロのペースを守っている。そしてときどき立ち止まり、トレッキングポールに体をもたせかけて片脚ずつ後ろに伸ばしてほぐす。痛みを和らげるため、一日に何度も大量のアスピリンとサプリメントを摂る。

年齢やこれまでのことを考えれば、まだ歩けること自体が驚異的だった。過去の旅で、彼はこれまでに肋骨を四本と、すね、くるぶしを骨折していた。帯状疱疹や歯の膿みで耐えがたい痛みの発作に見舞われたこともあった。歩いているときに言葉にできないほどの恐怖に襲われたこともある。カナダで雷に打たれたのだ。その感覚を説明するのに、彼は体をガソリンで浸し、火のついたマッチを触ったらどうなるか想像できるかとわたしに尋ねた。「ボワッと燃えるんだ。揺れさえしない。ただ自分の体を通り抜けていくんだよ」

彼は若いころ、わたしよりも背が高く、百八十センチほどもあったという。ところが、長い年月のあいだに背骨が圧迫されてきた。「わたしはいま、縮みつつある。体が縮んでいる。精神が縮んでいる。語彙が縮んでいる。長い思考を紡ぐ能力は、完全になくなってはいないが、十年前とは違う。一部は……」彼はそこで言葉を切った。「このフォークを見てくれ」彼はしゃがんで、地面から先のもげたフォークを拾いあげた。「ほら。これは美しいだろうか?」

彼の趣味のひとつは、道端に捨てられた食器を集めることだ。いつか八本のナイフとフォークのセットを揃えたいと思っている。

ハイキングのあいだずっと、彼はほかにも光るものを拾っていた。コインや鍵、ビー玉、洗車機用のメダル、補聴器の電池など。そしてつぎに郵便局に着いたとき、集めたものすべてを妹の家に送り、二本のガラス瓶に入れて保管している。

道端でがらくたを集めるこの習慣はとても興味深かった。彼が抱える矛盾のなかでも、最も強烈かもしれない。ほとんどあらゆる面で、彼は極端なミニマリストだ。家にいるときも、彼は人生最後の日々を、不要なものを選んで捨てる過程とみなしている。持ち物はトラックに積みこめるくらいしかない。妹の家の地下には、思い出の品や写真、両親の形見などが段ボール箱ひと箱分置いてある。そうしたものも思いきって捨ててしまいたいとは思うが、愛着のある子供時代のものを捨てるのは「とてもむずかしい」そうだ。

「わたしは友人たちに言うんだ。毎年毎年わたしは持ち物を減らして、そのたびに幸せになっている、と。持ち物をいっさいなくしてしまったらどうなるのか興味があるよ。わたしたちは何も持たずに生まれてきて、何も持たずに死んでいく。たぶん、わたしはその準備を少し早めにしているんだと思う」

数分後、エバーハートは砂利道の交差点で立ちどまって荷物を見せてくれた。彼は中身を地面に広げた。ビニールテント、寝袋、マット、電気製品の小袋、少量の医薬品、ビニールのポンチョ、地図、超軽量のウインドブレーカー、金属のがらくた。薄いものばかりだった。強風が吹いたら、彼の持ち物はほとんど飛ばされてしまうかもしれない。

食べ物に火を通すのに、以前は自分で発明した薪の小型コンロを使っていたが、もう捨ててしまった。

それから、最初のスルーハイクに持っていったもので、その後使わなくなったものを挙げていった。重たい革のブーツはトレイル・ランニングシューズに替えた。一・四キロのフレーム入りのバックパックは二百グラムのフレームレスタイプに、一・四キロの合成繊維の寝袋は、四百五十グラムのダウン製で、ジッパーを切り落としたものに変更した。歯ブラシの代わりに木の爪楊枝を持っている。替えのソックスも靴も、着替えも持っていない。読み物も、ノートもない。トイレットペーパーもない（代わりに、彼はインド式のすすいでこする方式にしている。水が乏しいときは自分の尿ですすぎ、あとで水を使ってよく洗う）。医薬品は、バンドエイド数個とアスピリン、メス一本だけだ。

荷物を軽くするのは、恐れを捨てていくプロセスだ、と彼は言った。持ち物それぞれが、怪我や不快さ、退屈、攻撃など、その人の恐れを表している。どんなミニマリストでもなかなか捨てられない、「最後まで残る」恐れは、飢えだという。そのため、ほとんどの人は「余分な食物」を運んでいる。彼は緊急用のキャンディバーくらいしか持っていない。

少しまえに、わたしは彼に死ぬことを恐れているかと質問していた。彼は首を横に振った。「いや、そんなことはないね」。彼は祖父が森のなかで死んだ話をしてくれた。狩猟中の心臓発作だった。父親も森のなかで死んだ。薪を集めていて、チェーンソーの事故に遭ったためだ。そして自分も「そこに向かっているところだ」

「自然のなかに行くことに対する恐怖はとっくの昔に捨ててしまった。ひとりきりで長いあいだ、遠い旅を続けてきたから、わたしは自然のなかで最高に落ち着き、安心でき、自分らしくいられるんだ。アドレナリンの放出とか、そんなことじゃない。物事をあるがままに受け入れるというだけのことだ」

彼の道具をひとつひとつ見ていると、ある疑問が何度も浮かんできた。恥ずかしく思いながら、わたしは、足の爪をすべて外科手術で切除したという噂はほんとうなのかと尋ねた。

彼は微笑んだ。「ああ、そうだよ」

彼は腰を下ろしてぼろぼろのスニーカーと靴下を脱いだ。靴下で隠れていたくるぶしは青白かった。ピンク色の指先は黄色いたこができ、長くて節くれだっていた。近づいてよく見ると、ほんとうだった。爪はなく、髭のようなものが数本生えているだけだった。

彼は、自分で選んだ生き方に身を捧げていることを疑問視されたり、旅のことをただの楽しみだと貶められたときには、いつも靴を脱いで足を見せるのだそうだ。

「足の爪を根元から全部はがして、もう生えてこないように酸をかけるというのがどんなものか想像できるかい？　どんな感じがするか、わかるだろうか。これが楽しみだと思うかい？」


家に帰り、わたしはエバーハートが定期的に投稿しているウェブサイトのエントリーから彼のその後の進み具合を確認した。彼はある夜、フロリダで終着点に達し、街灯の下にひざまずいて感謝の祈りを捧げた。彼はわたしにこれが最後のスルーハイクだと言ったが、その翌年、また旅に出て、オレゴン・トレイルの全行程を歩いた。さらにつぎの年は、カリフォルニア・トレイル、モルモン開拓者トレイルを歩いた。最後に話したときには、ミズーリ州からカリフォルニア州までポニー・エクスプレス・トレイルを歩く計画を立てていた。彼は足が体を運んでいくかぎりどこまでも歩きつづけるだろう。エバーハートのお気に入りの詩人、ロバート・サービスが書いたように。

世界の道はかぎりなく、どの道も誰かがすでに歩いている。

きみは多くの人の足跡をたどり、分かれ道にたどりつく。
一本は明るく安全で、もう一本は恐ろしく薄暗い。
ところがきみは孤独の道を見やる。孤独の道はきみを誘う。
うるさくて手軽なハイウェイには進みたくない。
裏道の危険を求め、それがどこへ行くかなど気にしない。
たいていそれは行き詰まりだし、苦しみはいつものこと。
兄弟の骨からそれを知るが、きみはよろこんで進む。
きみの骨から誰かがあとに続き、世界の道は均《なら》される。
恋人に別れを告げよ、友人に別れを告げよ。
孤独の道、孤独の道はいつまでも続く。

寒山もまた、単純な生活の栄光だけでなく、苦しみも正直に歌っている。不自由な体を嘆き、（炙った鴨や蒸した豚、豚の羹《あつもの》など）捨ててきた贅沢な食べ物を思い出してよだれを垂らし、死んだ友人を思って涙を流す。エバーハートと同じく、自由な放浪のために妻と子供を捨てている。そのことは、彼の詩のいたるところに反映されている。息子が幼いころ「喉を鳴らし、甘い声を出した」ことを好んで思いかえす。彼は、妻のもとに戻るのだが自分だとわかってもらえないという夢を何度も見る。どんなよい思い出にも刺すような後悔の念が張りついている。「焉《いず》くんぞ知らん松樹の下《もと》　膝《ひざ》を抱《いだ》いて冷颼颼《しゅうしゅう》たらんとは（松の樹の下でひとり膝を抱え、寒々とした松風の音を聞くことになろうとは思いもしなかった）」

こうした詩を読むたびに、わたしはまもなく八十歳になろうとするエバーハートが固い地面に眠っていることを思わずにはいられなかった（「おお、わたしの老いた、骨張った関節症の体よ」と彼は日誌で、テキサス州西部の寒い砂漠の夜のことを書いている。「間違いなくこいつは悲鳴を上げるだろう」）。これが霞のような夢物語が燃え尽きたあとに残るものだ。これが自由のコストだ。年を追うごとに、孤独でぎりぎりの生活は厳しさを増していく。「沼《ちょう》沼《ちょう》として山径峻《けいけわ》しく（高山は道が険しい）」と寒山は書く。それでも彼はさらに登っていく。

わたしが現代のノマド、エバーハートのことを調べたのは、自分が長距離トレイルでのシンプルな暮らしを選んでいたら、どのような人生だったかを知りたかったからだ。彼と一緒に歩くことで、単純化された人生の長所と短所を見ることができた。刃が鋭ければ鋭いほど、刀は脆《もろ》い。エバーハートは自由を最大化することを選んだ。それは快適さや仲間、安全を捨てることを意味していた。彼は地面に眠らなくてはならないが、好きなところにどこでも寝られる。病気や怪我をすれば、死ぬかもしれない。それでも、少なくとも外で死ねるだろう。

「自由であることは喜ばしい」とオルダス・ハクスリーは書いている。彼はエバーハートと同じく、長いあいだ一台の車と数冊の本くらいしか持たない生活をしていた。「だが告白するが、ときには、自分で放棄した束縛を惜しいと思うこともある。そんな気分のときは、物であふれた家や植物が育つ土地などが欲しくなる。狭い範囲の土地やそこに住む人々について身近に知りたくなる。それらを生涯かけて知っていられたらと思う。しかし人は同時に相反するものを手に入れることはできない。もし自由を望むなら、結びつきによって得られる利点は犠牲にしなければならない」

つまり、自由には制約がともなうということだ。寒山の言う「世累《せいるい》（俗世の煩雑さ）」を断ち切れば、仕事の要求や家事、さらには友人や家族に対する義務から解放される。しかしその煩雑さは、同時にわたしたちの人生に意味を与え、災難との緩衝地帯になるものでもある。結局は何かを犠牲にするしかないのだ。

その選択に賛成するかどうかはともかく、彼らが自由な人生を生きるために捧げているものは、わたしたちに居心地の悪い疑問を投げかける。わたしたちにとって、何がいちばん大切なのか？　エバーハートや寒山にとっての自由と同じくらい大切にしているものが何かあるのか？　そしてそれを得るために、何を犠牲にできるだろう？　犠牲にできないものはなんだろう？　そしてそこから、何よりも大切なものについて何がわかるだろう？


年を取ることは、別な種類の解放をもたらす。若さゆえの疑念や怒り、焦燥感からの自由だ。老人は、選ばなかった道のことはすべて忘れ、自分のそれまでの選択を連続した一本の道とみなすことができる。哲学者のハイデガーは森の住人で、「野の道」や「森の道」が持つ現実的な知恵を愛し、その視点から人生を論じた。死の三年前、彼は友人のハンナ・アレントに手紙を書いた。「これまで歩いてきた道を顧みると、野の道を歩くときには見えない手によって導かれていて、人が追加すべきものはほとんどないように思えてくる」。だが、彼がそう判断できるのは、あとから振りかえっているためだ。運命というのは目の錯覚だ。わたしのような三十歳の人間の目には、人生の道はいくつにも枝分かれしていて、そのいくつかは先で行き止まっているのではないかと思える。

だからわたしたちは、もう一度、本質的な問いかけに戻ってくる。わたしたちは人生の道をどのように選ぶのか？　どの道を行けばいいのか？　何を目指して？

こうした質問に、巧みに、先を見通して答えられることを、わたしたちは知恵があるという。（知性でも、利口さでも、道徳的善でもなく）知恵こそが、未知の領域を進むための導きになる。知恵という言葉は古くさく感じられるかもしれない（わたしもそうだ）。哲学者のジム・ホルトが書いているように、哲学者たちにとって、知恵について語ることは時代遅れだ。ラウトレッジ哲学百科事典には、「知恵は、哲学の地図からほぼ完全に消え去った」と記載されている。古代の哲学者は知恵を「善を最大化する」方法と定義した。しかし、現代の哲学者は知恵について議論することを避けている。「価値判断が混ざりすぎ、客観性を失った概念」だとみなしているためだ。尻込みや退屈のためではない、とホルトは書く。「むしろ、さまざまな要素からなる『よい生き方』には唯一の正しいバランスなどないため、知恵によって万人共通の価値を高めることはできないと考えているのだ」

彼は続ける——。

あなたは芸術（たとえばコンサート・ピアニストになること）と他者を助けること（たとえば医学校に行き、国境なき医師団に加入すること）のあいだで、どう生きるべきか迷っているとしよう。どのように決断すればいいだろう。芸術的創造と道徳的善を比較するための共通の判断基準などない。また、比較できない人生の価値は、このふたつ以外にも数多くある。では、何を選べば未来の幸福をより大きくすることができるだろうか。だが、その問いにも答えは出ない。というのは、あなたがどの道を選択するかによってあなたという人物は形づくられ、それにともなって好みも変化するためだ。だから、好みによる満足感で判断することは循環論法に陥る。

わたしは、これまでとは違った角度から、再び知恵を問題にするべきだと思う。ホルトが指摘したように、知恵という概念は定義しづらい。だが「時間による試練に耐えた、生き方の選択方法」とすればどうだろう。時間という要素は欠かせない。数千年にわたって、世界各地のさまざまな文化で、知恵は年老いた人々と古い本にあると考えられてきたことには正当な理由がある。また、さまざまな文化に見られる人間の知恵の特徴（忍耐、平静さ、先見性、思いやり、衝動のコントロール、不確実さに耐えること）が、子供には欠けた性質であることは偶然ではない。知恵は経験から生まれる純化した知性であり、信念を現実で慎重にテストすることで育まれるものだ。人は問題の解決に成功することもあれば、失敗し、やり方を修正することもある。人は時間をかけて学び、適応し、成長していく。つまり知恵は進化する判断力なのだ。

知恵には、（たとえば道徳的純粋さは芸術的な美よりも価値が高い、あるいは価値が低い、といった）主観的な価値が含まれるという考えは、一見もっともなようだが、実は正しくない。知恵は、力を得たり美を創造したり他者を助けるといった目的を達するための手段なのだ。それは行動のための基盤を与えるものであって、倫理ではない（たとえばマキャヴェリはとても知恵があり、とても非倫理的な最低野郎だった）。実際に、古いものはすべて、なんらかの知恵を備えている。よく見れば、木や海藻、山や川、惑星や恒星にも、それぞれの知恵がある。この本は、あちこちへと回り道をしながら、トレイルの知恵について探究してきた。それは、未知の土地を進み、目的地に到達するために必要となる知恵だ。その土地とは、海底の砂の上かもしれないし、新しい知の分野かもしれないし、ひとりの人間の人生かもしれない。この知恵はいたって人間的であり、いたって動物的であり、わたしたち個人の、そして社会の未来に大きな実りをもたらす。

知恵のよしあしは、機能によって測られる。歩き手の必要を満たすトレイルは多くの人に利用され、また、利用されることによってトレイルは長く残っていく。トレイルの知恵の本質は、利用され、長く残っていくことにつながる性質にある。現代人が生きていくうえでトレイルがこれほど重要な意味を持つ理由のひとつは、それが開放されていて、誰もが好きなところへ行けることだ。しかし、すべてのトレイルが同じだけの知恵を備えているわけではない。区別しないとはいっても、やはり優劣は存在する。森を歩く人なら誰でも、いいトレイルとあまりよくないトレイルがあることを知っている。それならば、知恵を備えたトレイル、つまり時間とともに改善されていくトレイルには、何か共通点があるのだろうか？

以下に述べるわたしの見解は、今後さらに改善されることを望む。最高の知恵を備えたトレイルに共通しているのは、わたしが見たところ、耐久性と効率性、柔軟性という三つの性質のバランスだ。このうちひとつしか持っていないトレイルは長く残らない。耐久性の高すぎるトレイルは、あまりに固定されていて条件の変化に対応できない。柔軟性がありすぎるトレイルは脆く、やがて浸食されてしまう。あまりに効率的なトレイルは、無駄な遊びがないため、復元力を欠く。たとえばアリのつくるフェロモンの道は、耐久性と柔軟性の見事なバランスを保っている。ほかのアリが食物のところへ行けるだけ長持ちし、しかも新しい道をつくることができるようにすばやく消える。アリは確実に最も効率的なルートを発見するが、賢明にも余分な回り道もつけておいて、最善のルートが塞がったときの予備も確保しておく。その結果、トレイルは単に時間による試練だけでなく、現実世界による試練に耐えたもの、つまり条件が変わったときにも対応できるものになる。

人間という種が始まって以来、人間はトレイルの知恵を、そう名づけることなくずっと使ってきた。科学もテクノロジーも物語も、トレイルの知恵を巧みに利用してきた。わたしたちが世界を理解する多くの方法は、アリのトレイルを使った問題解決法に何よりよく似ている。わたしたちは複数の理論を複雑な現実世界にあてはめて試練にさらし、うまくいくものを探しあてる。よりよいルートが残り、悪いものは消え、うまくいったものは少しずつ改善されていく。

いくつもの道がある世界を正しく進んでいくためには、トレイルの知恵を利用すればいい。ホルトの例に出てくる人なら、最終的な結論を出すまえに、両方を調べてみればいいだろう。それぞれの分野を試してみて（長時間ピアノを弾く、あるいは医学の入門コースをとる）、どちらが自分の能力や適性に合うか探ることだ。ホルトは目的や価値観はとる道しだいで変わると指摘している。だったら両方の道を試してみて、自分がどう変わるかを確認すればいい。ひとつの道で失敗し、満足できないとわかったら、自由にもう一方や、その経験によって発見できた別の道に進むことができる。知恵はしばしばあてもなくさまよう。聖アウグスティヌス、シッダールタ、李白、トーマス・マートン［（一九一五－六八）アメリカのカトリック教会厳律シトー会の修道司祭、作家］、マヤ・アンジェロウ［（一九二八－二〇一四）アメリカの黒人女性詩人］――彼らの洞察力は、若いころの奔放な回り道によって深められた。「追い求め、迷うのはよいことだ」とゲーテは書いている。「わたしたちは追い求め、迷うことによってのみ学ぶのだから」

たしかに、ある程度の迷いは必要だ。だが生涯迷いつづけ、道のない原野から出られないとしたら悲惨なことになる。しかし幸いなことに、わたしたちはひとりで放浪するわけではない。ここに、トレイルによる生き方のもうひとつの利点がある。トレイルの素晴らしさは、自分自身の放浪や、ほかの人々の放浪から得られた成果を保存できることにある。そしてそのトレイルを誰かがたどれば、知恵はさらに改善され、広められる。また協力とコミュニケーションによって、個人的な知恵は集団の知恵に変わっていく。

作家で社会運動家のシャーロット・パーキンス・ギルマンは一九〇四年に書いている。これまでの人間の歴史は「つながるための線《ライン》」を発達させることだった。それが結局は「社会の組織」の発展につながった、と。

社会が発達するにつれ、トレイルや道、道路、鉄道、電信線、路面電車、あるいは月一度の旅行、毎日の配達など、つながるための線《ライン》は成長し、より太く、より速くなっていく。このようにして社会は一体化していく。未開の地で道に迷っている頑固な世捨て人を除いて、あらゆる人は他者とつながるための線を持っている。それには「家族の絆」や「愛情による結びつき」といった心理的なつながりもあれば、玄関から首都まで続く現実的な道のつながりもある。

社会の組織に足があり、自分で動いていくわけではない。それは地上を広まり、流れていく。メンバーは自由に歩きまわっているように見えるけれど、互いに分かちがたく結ばれ、社会の刺激や衝動に鋭敏に反応している。

百年以上の時間が経過したいま読むと、この言葉の先見性は驚くほどだ。しだいに、わたしたちの集合的知性は、共同体や国家、あるいは種をも超えて成長してきた。毎日、人間は海を越えて会話し、ほかの生物や組織の意図を読みとり、多様な必要性を織りこんでさまざまな行動の計画を立てている。このようにして、わたしたちはゆっくりと自分自身を超越している。同時に、海や空の化学的組成を変化させ、生態系を消滅させてしまうような、わたしたちの環境を変化させる能力も急激に大きくなっている。わたしたちの集合的知性の成長が破壊に追いつけるのかどうか、「自由に歩きまわっているように見えるけれど、互いに分かちがたく結ばれ」た人類すべてが、共通の目的のために協力できるのかどうか、という問題には答えが出ていない。

何千年もの時間のあいだに、最初につくられた仮のトレイルは広がり、グローバル・ネットワークになった。それによって人々はより早く自分の目的を達成できるようになった。ところがこの変化によって、ひとつの予期せぬ結果が生じた。わたしたちの多くが、人生の時間の多くをコネクターと結び目、デザイア・ラインとその先にある欲求の対象だけに触れて過ごすようになったことだ。そのような狭い視野のなかで生きることには、危険がある。トレイルがより早く目的地に到達させてくれるほど、わたしたちはますます世界の複雑さや流動性から遮断され、生活は脆弱で、固定され、近視眼的になってしまう。わたしたちの集合的知性がどれほど大きくなっても、広大な宇宙と比べればいかに小さなものかということを忘れてはならない。「無秩序と混沌から秩序を生み出す試みは、あらゆる人間の生活の本質だ」と、老賢人バールーフ・マーゼル［（一九六〇-）イスラエルの右翼政治活動家］はかつて作家のデヴィッド・サミュエルズに語った。「ただし、物語は真実ではない。真実は混沌にある」

老賢者は正しい。だが、それだけではまだ半分の真実にすぎない。存在論的な真実、世界の奥にある真実は混沌だ。しかし現実的な真実、わたしたちが実際にそれを使って何かをなしとげるための真実は、不純物を取り除かれた混沌だ。前者は原生自然であり、後者は道だ。そのどちらもが本質で、どちらもが真実なのだ。

寒山は千年以上前に死んだが、彼のことはわずかではあるが、いまに伝えられている。それは七十年におよぶ隠遁生活で、彼が数百から数千の詩を書いたからだ。紙を使わず、彼は自分の考えを木や岩、崖、建物の壁に書きなぐった。ときには、風景の落書きを風景のなかに書きこんだこともあっただろう（そうした詩のうちおよそ三百編が官吏によって書き写され、保存された）。晩年の詩で、寒山は七十年前に住んでいた村を再訪したことを回想している。知っている人は全員亡くなり、埋葬されていた。まだ生きているのは彼だけだった。詩はこう結ばれている。

為めに後来《こうらい》の子に報ず　何ぞ古言《こげん》を読まざるや
（後世の人々に伝えておく　昔の人の言葉を読むべきだと）

わたしはこの格言がこの村の廃屋の壁になぐり書きされているのを想像するのが好きだ。通りすぎる人は、きっと面くらったに違いない。ところで、この言葉には少しおかしなところがある。人はもっと読むべきだと書くことは、何でも願いが叶えられる魔法で、叶えられる願いの数を増やすように願うようなものだ。だが、やはり彼の言うとおりだ。この人生を生きていくのに、寒山の的確な言葉「古言《オールド・ライン》」以外に頼るものはあるだろうか？

ニーチェはこう書いている。「最も喜ばしい運命は、作家であることだろう。年老いたとき、かつて自分のなかにあった、人に勇気や力を与え、高め、啓発する思考や感情のすべてが自分の本のなかにまだ生きており、もう自分は灰にすぎないとしても、その火はまだ燃え、広がっていると書くことができるからだ。また本だけでなくあらゆる人間の行動はなんらかの形で他者の行動や決断、思考を引き起こし、起こるすべてのことはこれから起こることと密接に関係するのだと考えるとき、わたしたちは真の不死性、運動の不死性を認識する。ひとつの動きは、琥珀《こはく》に閉じこめられた虫のように、すべての存在の結合のなかに閉じこめられ、永遠に残る」

わたしたちは生まれ、混沌とした野を歩いていく。だが完全に迷ってしまうことはない。以前に歩いた人が残した跡をたどっていけばいいからだ。歩くことや物語ること、経験、ネットワークなど、地球上で行われる最も広い意味でのあらゆるトレイルづくりは、よりよい、より長く残る知恵を共有し、未来へと保存するための柔軟な方法を見つけたいという人類共通の大きな望みにつながっている。寒山の卓見は、間違いなくトレイルをさまよい、考えることに費やした一生から得られたものだろう。先人の知恵はわたしたちをここまで連れてきた。その先は、自分の足で探究しなければならない。

この本を書きはじめたときに知りたかったのは、アパラチアン・トレイルでわたしはどんな手に導かれていたのかということだった。その答えは、トレイルそのもののように、地球規模に広がり、太古まで遡ることになった。わたしは目に見えない手だけでなく、目に見える線《ライン》によって導かれていた。無数の生き物たちが前へ進み、導き、あとに従い、道を逸れ、つなげ、近道を見つけ、その目印を残すことによって刻みつけた道という線によって。地球の生命の歴史は、歩くことでつくられた一本の道とみなすことができるだろう。わたしたちはみなその道の継承者だが、同時に開拓者でもある。一歩ごとに、わたしたちは未知へと踏みだし、道に従い、そこに新たなトレイルを残していく。

古い伝説によると、あるとき寒山は寒巌の岩の割れ目に入っていき、そのあとで割れ目は塞がってしまった。そしてその後、彼の姿を見た者はいないという。彼は最後には、住処とした山とひとつになった。あとにいくつかの詩《ライン》だけを残して。

ホイットマンが書いたように、「新たな土地に関する探究をし、最初に手をつける者として最善を尽くして、あとから来る者にその改善を委ねる」ことがこの本の目的だ。この本に書かれたすべてのことは、わたしが知りうるかぎり、厳格に事実に基づいている。ただ出来事の順番については、明確さや構成のために入れ替えてある。たとえば、章や各部分の配置は時間の経過どおりの順番ではない。誤りを発見された場合は、今後もこの本を改善していくために、どうか robertmoor.ontrails@gmail.com までご連絡いただきたい。

謝辞

どんな本も、トレイルと同じように、人々の協力でできるものだ。でもわたしはあえて、この本にはこの言葉がとりわけよくあてはまると言いたい。この本が完成したのは数百人の人々が手を貸してくれたおかげだが、スペースの都合で、そのうちごくわずかな人々にしか感謝を述べられない。まずとても大きな感謝を、まさにたゆむことのない、洞察に満ちた編集者のジョン・コックスに捧げなくてはならない。また、エージェントのボニー・ナデルに会えたことは、ほんとうにありがたいことだった。彼女はこの醜いアヒルの子のような本が、毛むくじゃらで曖昧なアイデアでしかなかったころからよく面倒を見て、本としてちゃんと飛びたつための準備をしてくれた。また、出版者のジョン・カープは、あとから考えても不思議なほど、わたしがこの計画をなしとげられると信じてくれた。この本に携わったほかの編集者たちにも感謝を――カリン・マーカス、ロビン・ハーヴィー、メリッサ・スミス、ウィル・ブリークリー、デイヴィッド・ハグランド。友人で、賢明な法律顧問の、コンラッド・リッピー。たくさんのアドバイザーたち、テッド・コノヴァー、ロバート・ボイントン、デイヴィッド・ハスケル、ロバート・レヴァイン、クリス・ショー、ビル・マキベン、ジャニス・レイ、レベッカ・ソルニット。そして何年ものあいだ、いつまでも続く草稿を注意深く読んでくれた友人たちに――アンドリュー・マランツ、サンドラ・アレン、ウィル・ハント、フェリス・ジャブル。

この本を書くあいだ、わたしは大小さまざまな疑問を抱えて数百の人々に助けを求めた。ここに挙げるのは、寛大にも時間を割いて返答してくれた方々のうちのごく一部にすぎない。みなさまに感謝を――イエイン・カウジン、ジェフ・リヒトマン、ロナルド・キャンター、スティーヴ・エルキントン、ロビン・スローン、エイミー・ラヴェンダー・ハリス、マシュー・ティーセン、エリザベス・バーロウ・ロジャース、ダイアナ・ジェームス、サラ・ウルツ、ローレンス・ビュエル、ロバート・プラウドマン、ジェフリー・S・クラマー、シグネ・ジェッペソン、ライダム・ランドグレン、トニ・ヒューバー、ピーター・コクラン、ユースタス・コンウェイ、E・O・ウィルソン、ジューディス・デュプレ、スティーブン・ブディアンスキー、ケン・スミス、アンディー・ドーンズ、ジム・ゲーリング、ベン・プラター、トレイシー・デイヴィッズ、マーガレット・コンキー、ベイジア・コレル、ゲーリー・スナイダー、パオロ・ミエット、ベネディクト・ジョルノ、ヴィンセント・フォーカシエ、ロレイン・ダストン、エヴァ・ウィリアムズ、メアリー・テラル、レベッカ・スコット、ロバート・マクノートン、トーマス・トロット、ダン・リッチョフ、マーク・ラトクリフ、シャーロット・スレイ、ウォルター・R・チンケル、ジョン・ブラッドレー、リチャード・ボン、ケン・コブ、エリック・サンダーソン、ピーター・コッポリロ、ローリー・ポタイガー、ジョーダン・サンド、ブランドン・カイム、アンソニー・シンクレア、ヴァレリウス・ガイスト、ジュリエット・クラットンブロック、ジャック・ホッグ、フィクレット・バークス、テッド・バルー、アンドルー・ジョージ、マーティン・フォイズ、J・ドナルド・ヒューズ、ジェイソン・ニーレス、ジェニファー・ファー・デイヴィス、ジャスティン・ショー、ジェニファー・マシューズ、ロドニー・スネデッカー、キャリー・グレゴリー、ジェームス・クレランド、クラウディオ・アポルタ、トム・ヘンリー、エリック・レカ、リー・アラン・ドゥガトキン、エリック・ジョンソン、A・J・キング、ピーター・デヴリオーツ、ロンダ・ガレリック、ボブ・シックリー、ピーター・ジェンセン、シーヴェルト・ウゴール、チャーリー・ロダーマー、アレグザンダー・フェルソン、ブラム・ガンサー。

ヴァージニア・ドーソン、ブレット・リーヴィ、ケリー・コスタンゾ、ジェイク・ストックウェル、シモン・ガルニエ、クリス・リードには特別な感謝を。

シャルル・ボネの古風なフランス語を巧みに翻訳してくれたA・ラリに。

ミドルベリー大学環境ジャーナリズム・フェローシップに、この本を書くための研究資金を提供してくれたことに対して。

エヴァとボブ・モラウスキー、ジュリア・モラウスキーとステファン・コワルチュック、スーとビル・ギニー、タミとジェリー・マギー、アイセガル・サバシュとマクス・オフシャニコフ、ルイーザ・ビュキエットとペレッツ・パーテンスキー、デイヴィッドとトリス・クリッチフィールド、ベンとエミリー・スワン、そしてこの本の執筆中に旅先でわたしを泊め、食事を提供してくれたすべてのみなさま、ありがとうございました。また、道路脇でこの見知らぬ男を拾い、つぎのトレイルまで乗せてくれたすべてのドライバーにも。

最後に、大きな愛と感謝をわたしの家族に。ベヴァリー、ボブ、アレクシス、リンジー、エイドリアン、マット、ブルック、バンティング家のみんな、それにそれ以外の家族全員にも。アンディとクリス、トレイルの終点で迎えてくれてありがとう。そして何より、わたしの冒険のパートナー、レミに。きみはどこに飛びこむときにも必ず賛成してくれる。その先にどれほど冷たい水が待っていても。

訳者あとがき

　アメリカ合衆国東部に、アパラチア山脈に沿って北はメイン州のカターディン山から南はジョージア州のスプリンガー山まで伸びる、全長およそ二千二百マイル（約三千五百キロ）の長距離自然歩道、アパラチアン・トレイルがある。想像を絶するほどの長さだが、日本にあてはめると山口県の下関市から青森市まで歩き、そこで折りかえして再び下関市まで歩いた場合、その歩行距離が約三千キロであることを考えると、その長大さがいくらか感じられるかもしれない。それはおよそ三百メートルの幅の自然保護区域が帯状につながる、「最も長く、最も細いアメリカの国立公園」である。現在、一日ハイキングをするだけの人々まで含めると、毎年二百万人以上がこのトレイルを歩くという。

　アメリカの森林局員ベントン・マッケイの構想をもとに、一九三七年に開通したこのアパラチアン・トレイルは、当初その果てしないほどの距離のために、端から端まで一挙に歩ききることは不可能だと考えられていた。ところが一九四八年にアール・シェーファーという人物がはじめて全セクションの踏破に成功すると、そのあとに多くの者たちが続いた。春から秋までの一シーズンでトレイルを完歩する「スルーハイク」を行う人々の数はその後も増加し、やがて、お互いに助けあい、行動を共にするといったハイカーたちのコミュニティが形成されるまでになった。いまでは周辺の町で、スルーハイクの途中でいったんトレイルから降りてきたハイカーたちが、髪や髭を伸び放題にし、独特な身なりをしてうろつく姿を日常的に見ることができる。

この本の著者、ロバート・ムーアもそんなスルーハイカーのひとりだった。彼は森に囲まれたアパラチアン・トレイルを数カ月歩きつづけているうちに、自分の足元にどこまでも伸びる道について疑問を抱いた。道の本質や起源を求める彼の探究は、やがてトレイルだけでなく人のつくる道全般へ、さらには道づくりの先駆者である昆虫や動物たち、はるか五億年以上前にはじめて海底を這って跡を化石として残した古生物、そして現代のインターネット網へと大きく広がっていった。

そもそも道とはなんなのか？ それはどのような機能を果たしているのか？ 多くの人や物が通り、発達していく道と、廃れてしまう道の違いは何か？ 自分の人生という道を、どのように選べばよいのか？ こうした疑問への答えを探して、彼は世界各地をめぐる旅に出る。

目的地まで自分で行き、直に対象に触れること——それがジャーナリストでありハイカーでもある著者の一貫した方法論だ。道ひとつない未開の原野であれ、化石の発掘現場であれ、彼はできるかぎり自分の足で歩いてそこまで行く。あるいはさまざまな人々のもとを訪れ、彼らとともに歩きながら話を聞き、なるべく同じことを自分の体を使ってやってみる。たとえばアメリカ先住民の血を引くアラバマ州の狩猟家を訪れてシカ狩りに同行し、ボルネオ島に住む先住民ペナン族の男性とともにジャングルを歩きまわる。そうした旅の記録でもある本書は、広大な領域にわたる知的な探究であると同時に、優れた紀行文学としても読むことができるだろう。

この本が著者ロバート・ムーアの書籍第一作である。彼が今後どのような道を歩んでいくのか、次の作品を楽しみに待ちたい。

二〇一七年十二月　岩崎晋也

著者

Robert Moor

ロバート・ムーア

ミドルベリー大学環境ジャーナリズム・フェローシップ受給者で、いくつかのノンフィクション作品に対し受賞歴がある。『Harper's Magazine』『n+1』『New York Magazine』『GQ』などの雑誌に寄稿している。カナダ、ブリティッシュ・コロンビア州ハーフムーンベイ在住。

訳者

岩崎晋也

いわさきしんや

京都大学文学部卒業。書店員などを経て翻訳家に。訳書に『アーセン・ヴェンゲル　アーセナルの真実』『もうモノは売らない――「恋をさせる」マーケティングが人を動かす』(いずれも東洋館出版社)など。

トレイルズ「道」と歩くことの哲学

2018年 1月25日 初版発行
2023年 4月28日 第六刷発行

著者
ロバート・ムーア

訳者
岩崎晋也

発行者
赤津孝夫

発行所
株式会社 エイアンドエフ

〒160-0022 東京都新宿区新宿6丁目27番地56号 新宿スクエア
出版部 電話 03-4578-8885

装幀
芦澤泰偉

装画
影山 徹

本文デザイン
五十嵐 徹

編集
宮古地人協会

印刷・製本
中央精版印刷株式会社

Published by A&F Corporation
Printed in Japan
ISBN978-4-909355-02-7 C0098